香港文學大系

評論卷二

林曼叔 主編

商務印書館

《香港文學大系一九一九—一九四九》編輯委員會已盡力查究相片刊載權的資料。如有遺漏之處，請版權持有人與本編委會聯絡。

香港文學大系一九一九—一九四九・評論卷二

主　　編：林曼叔
責任編輯：洪子平
封面設計：張　毅
出　　版：商務印書館（香港）有限公司
香港筲箕灣耀興道 3 號東滙廣場 8 樓
http://www.commercialpress.com.hk
發　　行：香港聯合書刊物流有限公司
香港新界大埔汀麗路 36 號中華商務印刷大廈 3 字樓
印　　刷：中華商務彩色印刷有限公司
香港新界大埔汀麗路 36 號中華商務印刷大廈
版　　次：2016 年 2 月第 1 版第 1 次印刷

ISBN 978 962 07 4511 9

《香港文學大系一九一九—一九四九》人員名單

編輯委員會

總主編　陳國球

副總主編　陳智德

編輯委員　危令敦　陳國球　陳智德　黃子平　黃仲鳴　樊善標（按姓氏筆畫序）

顧問

王德威　李歐梵　許子東　陳平原　黃子平（按姓氏筆畫序）

各卷主編

1　新詩卷　陳智德

2　散文卷一　樊善標

3　散文卷二　危令敦

4　小說卷一　謝曉虹

5　小說卷二　黃念欣

6　戲劇卷　盧偉力

7　評論卷一　陳國球

8　評論卷二　林曼叔

9　舊體文學卷　程中山

10　通俗文學卷　黃仲鳴

11　兒童文學卷　霍玉英

12　文學史料卷　陳智德

總序

陳國球

香港文學未有一本從本地觀點與角度撰寫的文學史，是說膩了的老話，也是一個事實。早期出現多種境外出版的香港文學史，疏誤實在太多，香港學界乃有先整理組織有關香港文學的資料，然後再為香港文學修史的想法。由於上世紀三〇年代面世的《中國新文學大系》被認為是後來「新文學史」書寫的重要依據，於是主張編纂香港文學大系的聲音，從一九八〇年代開始不絕於耳。[1] 這個構想在差不多三十年後，首度落實為十二卷的《香港文學大系一九一九——一九四九》。際此，有關「文學大系」如何牽動「文學史」的意義，值得我們回顧省思。

一、「文學大系」作為文體類型

在中國，以「大系」之名作書題，最早可能就是一九三五至三六年出版，由趙家璧主編，蔡元培總序，胡適、魯迅、茅盾、朱自清、周作人、郁達夫等任各集編輯的《中國新文學大系》。「大系」這個書業用語源自日本，指有系統地把特定領域之相關文獻匯聚成編以為概覽的出版物：「大」指此一出版物之規模；「系」指其間的組織聯繫。[2] 趙家璧在《中國新文學大系》出版五十年後的回憶文章，就提到他以「大系」為題是師法日本；他以為這兩字：

既表示選稿範圍、出版規模、動員人力之「大」，而整套書的內容規劃，又是一個有「系統」的整體，是按一個具體的編輯意圖有意識地進行組稿而完成的，與一般把許多單行本雜湊在一起的叢書文庫等有顯著的區別。[3]

《中國新文學大系》出版以後，在不同時空的華文疆域都有類似的製作，並依循着近似的結構方式組織各種文學創作、評論以至相關史料等文本，漸漸被體認為一種具有國家或地域文學史意義的文體類型。[4] 資料顯示，在中國內地出版的繼作有：

- 《中國新文學大系一九二七—一九三七》（上海：上海文藝出版社，一九八四—一九八九）；
- 《中國新文學大系一九三七—一九四九》（上海：上海文藝出版社，一九九〇）；
- 《中國新文學大系一九四九—一九七六》（上海：上海文藝出版社，一九九七）；
- 《中國新文學大系一九七六—二〇〇〇》（上海：上海文藝出版社，二〇〇九）。

另外也有在香港出版的：

- 《中國新文學大系續編一九二八—一九三八》（香港：香港文學研究社，一九六八）。

在臺灣則有：

- 《中國現代文學大系》（一九五〇—一九七〇）（台北：巨人出版社，一九七二）；
- 《當代中國新文學大系》（一九四九—一九七九）（台北：天視出版事業有限公司，一九七九—一九八一）；

➤《中華現代文學大系——臺灣一九七〇—一九八九》（台北：九歌出版社，一九八九）；
➤《中華現代文學大系（貳）——臺灣一九八九—二〇〇三》（台北：九歌出版社，二〇〇三）。

在新加坡和馬來西亞地區有：

➤《馬華新文學大系》（一九一九—一九四二）（新加坡：世界書局／香港：世界出版社，一九七〇—一九七二）；
➤《馬華新文學大系（戰後）》（一九四五—一九七六）（新加坡：世界書局，一九七九—一九八三）；
➤《新馬華文文學大系》（一九四五—一九六五）（新加坡：教育出版社，一九七一）；
➤《馬華文學大系》（一九六五—一九九六）（新山：彩虹出版有限公司，二〇〇四）。

內地還陸續支持出版過：

➤《戰後新馬文學大系》（一九四五—一九七六）（北京：華藝出版社，一九九九）；
➤《新加坡當代華文文學大系》（北京：中國華僑出版公司，一九九一—二〇〇一）；
➤《東南亞華文文學大系》（廈門：鷺江出版社，一九九五）；
➤《臺港澳暨海外華文文學大系》（北京：中國友誼出版公司，一九九三）等。

其他以「大系」名目出版的各種主題的文學叢書，形形色色還有許多，當中編輯宗旨及結構模式不少已經偏離《中國新文學大系》的傳統，於此不必細論。

1「文學大系」的原型

由於趙家璧主編的《中國新文學大系》正是「文學大系」編纂方式的原型，其構思如何自無而有，如何具體成形，以至其文化功能如何發揮，都值得我們追跡尋索，思考這類型的文化工程的意義。在時機上，我們今天進行追索比較有利，因為主要當事人趙家璧，在一九八〇年代陸續發表回顧編輯生涯的文章，尤其文長萬字的〈話說《中國新文學大系》〉，除了個人回憶，還多方徵引紀錄文獻和相關人物的記述，對《新文學大系》由編纂到出版的過程有相當清晰的敘述。[5] 後來不少研究者如劉禾、徐鵬緒及李廣等，討論《中國新文學大系》的編輯過程時，幾乎都不出《編輯憶舊》一書所載。[6] 在此我們不必再費詞重複，而只揭其重點。

首先我們注意到作為良友圖書公司一個年輕編輯，趙家璧有編「成套文學書」的事業理想；同時，身為商業機構的僱員，他當然要照顧出版社的成本效益、當時的版權法例，以至政治審查等種種限制。[7] 從政治及文化傾向而言，趙家璧比較支持左翼思想，對國民政府正在推行的「新生活運動」，以至提倡尊孔讀經、重印古書等，不以為然。因此，他想要編集「五四」以來的文學作品成叢書的想法，可說是在運動落潮以後，重新召喚歷史記憶及其反抗精神的嘗試。[8]

在趙家璧構思計劃的初始階段，有兩本書直接起了啟迪作用：阿英（錢杏邨）介紹給他的劉半農編《初期白話詩稿》，以及阿英以筆名「張若英」寫的《中國新文學運動史》。前者成了趙家璧「理想中的那本『五四』以來詩集的雛形」，後者引發他思考：「如果沒有『五四』新文學運動的理論建設，怎麼可能產生如此豐富的各類文學作品呢？」由是，趙家璧心中要鋪陳展現的不僅止是歷史上出現過的文學現象，他更要揭示其間的原因和結果；原來僅限作品採集的「『五四』以來文學名著百種」的想法，變成「請人編選各集，在集後附錄相關史料」的比較立體的構想，再進而落實為「一套包括理論、作品、史料」的「新文學大系」。《史料集》一卷的作用主要是為選入的作品佈置歷史定位的座標，提供敘事的語境；而「理論」部分，因為鄭振鐸的建議，擴充為《建設理論集》和《文學論爭集》。這兩集被列作《大系》的第一、二集，引領讀者走進一個文學史敘事體的閱讀框架：新文學好比這個敘事體中的英雄，其誕生、成長，以至抗衡、挑戰，甚而擊潰其他文學「惡」勢力（包括「舊體文學」、「鴛鴦蝴蝶文學」等）的故事輪廓就被勾勒出來。其餘各集的長篇〈導言〉，從不同角度作出點染着色，讓置身這個「歷史圖象」的各體文學作品，成為充實「寫真」的具體細部。

《中國新文學大系》的主體當然是其中的《小說集》、《散文集》、《新詩集》和《戲劇集》等七卷。劉禾對《大系》作了一個非常矚目的判斷；她認定它「是一個自我殖民的規劃」（“self-colonizing project”），證據之一是《大系》按照「小說、詩歌、戲劇、散文」的文類形式四分法（“four-way division of generic forms”）組織「所有文學作品」，而這四種文類形式是英語的“fiction”，“poetry”，“drama”，“familiar prose”的對應翻譯，《大系》把這種西方文學形式的「『翻譯』的基準」（“‘translated’ norms”）典律化，使自梁啟超以來顛覆古典文學之經典地位的想法得成具體（crystallized）；所謂「自我殖民化」的意思是，趙家璧的《中國新文學大系》視西方為「中國文學」意義最終解釋的根據地。[9] 衡之於當時的歷史狀況，劉禾這個論斷應該是一種非常過度的詮釋。首先西方的文學論述傳統似乎沒有以「小說、詩歌、戲劇、散文」的四分法來統領「所有文學作品」。[10] 而現代中國的「文學概論」式的文類四分法可說是一種糅合中西文學觀的混雜體；其構成基礎還是中國傳統的「詩文」分類，再加上受西方文學傳統影響而致「文學位階」得以提升的「小說」與「戲劇」，統合成文學的四種類型。這四種文體類型的傳播已久；翻查《民國時期總書目》，我們可以看到以這些文類概念作為編選範圍的現代文學選本，在《大系》出版以前或約略同時，就有不少，例如《新詩集》（一九二〇）、《現代中國詩歌選》（一九三二）、《當代小說讀本》（一九三二）、《短篇小說選》（一九三四）、《近代戲劇集》（一九三〇）、《現代中國戲劇選》（一九三三）等等。[11] 趙家璧的回憶文章提到，他當時考慮過的「文類」是：「長篇小說」、「短篇小說」、「散文」、「詩」、「戲劇」、「理論文章」，[12] 而不是四分文類的定型思考。因此，這種文類觀念的通行，不應該由趙家璧或《中國新文學大系》負責。事實上後來出現的「文學大系」亦沒有被趙家璧的先例所限囿，例如：《中國新文學大系一九二七——一九三七》增加了「報告文學」和「電影」；《中國新文學大系一九三七——一九四九》的小說類再細分「短篇」、「中篇」和「長篇」，又另闢「雜文」集；《中國新文學大系一九七六——二〇〇〇》的小說類除長、中、短篇以外，增設「微型」一項，又調整和增補了「紀實文學」、「兒童文學」、「影視文學」。可見「四分法」未能賅括所有中國現代文學的文類。

劉禾指《中國新文學大系》「自我殖民」——完全依照西方標準（而不是中國傳統文學的典範）來斷定「文學」的內涵——更是一種「污名化」的詮釋。如果採用同樣欠缺同情關懷的批判方式，我們也可以指摘那些拒絕參照西方知識架構的文化人為「自甘被舊傳統宰制的原教主義信徒」。無論是哪一種方向的「污名化」，都不值得鼓勵，尤其在已有一定歷史距離的今天作學術討論時。近代以來中國知識份子面對西潮無所不至的衝擊，其間危機感帶來的焦慮與徬徨，實在是前古所未有。正如朱自清說當時學術界的趨勢，「往往以西方觀念為範圍去選擇中國的問題，姑無論將來是好是壞，這已經是不可避免的事實」；[13] 在這個關頭，有責任感的知識份子都在思考中國文化「如何應變」、「自何自處」的問題。無論他們採用哪一種內向或者外向的調適策略，都有其歷史意義，需要我們同情地了解。

胡適、朱自清，以至茅盾、鄭振鐸、魯迅、周作人，或者鄭伯奇、阿英，這些《中國新文學大系》各卷的編者，各懷信仰，尤其對於中國未來的設想，取徑更千差萬別；但在進行編選工作時，其相同的思路還是明顯的——就是為歷史作證。從各集的〈導言〉可見，其關懷的歷史時段長短不一；有只駐目於關鍵的「新文學運動第一個十年」，如鄭振鐸的《文學論爭集・導言》，或者朱自清的《詩集・導言》；也有由今及古、上溯文體淵源，再探中西同異者，如郁達夫的《散文二集・導言》。[14] 當然，其中歷史視野最為宏闊的是時任中央研究院院長的蔡元培所寫的〈總序〉。〈總序〉以「歐洲近代文化，都從復興時代演出」開篇，將「新文學運動」比附為歐洲的「文藝復興」運動；此時中國以白話取代文言為文學的工具，好比「復興時代」歐洲各民族以方言而非拉丁文創作文學。蔡元培在文章結束時說，「歐洲的復興」歷三百年，「我國的復興，自五四運動以來不過十五年」：

> 新文學的成績，當然不敢自詡為成熟。其影響於科學精神民治思想及表現個性的藝術，均尚在進行中。但是吾國歷史，現代環境，督促吾人，不得不有奔軼絕塵的猛進。吾人自期，至少應以十年的工作抵歐洲各國的百年。所以對於第一個十年先作一總審查，使吾人有以鑑既往而策將來，希望第二個十年與第三個十年時，有中國的拉飛爾與中國的莎士比亞等應運而生呵！[15]

我們知道自晚清到民國，歐洲歷史上的"Renaissance"是一個重要的象徵符號，是許多文化人的迷思；然而這個符號在中國的喻指卻是多變的。有比較重視歐洲在中世紀以後追慕希臘羅馬古典著述之「古學復興」的意義，認為偏重經籍整理的清代學術與之相似；也有注意到十字軍東征為歐洲帶來外地文化的影響，謂清中葉以後西學傳入開展了中國的「文藝復興」；又有從歐洲「文藝復興」時期出現以民族語言創作文學而產生輝煌的作品着眼，這就是自一九一七年開始的「文學革命」的宣傳重點。[16] 蔡元培的〈總序〉也是這種論述的呼應，但結合了他對中西文化發展的觀察，使得「新文學」與「尚在進行中」的「科學精神」、「民治思想」及「表現個性的藝術」等變革相互關聯，從而為閱讀《大系》中各個獨立文本的讀者提供了詮釋其間文化政治的指南針。[17]

《中國新文學大系》的結構模型——賦予文化史意義的「總序」、從理論與思潮搭建的框架、主要文類的文本選樣，經緯交織的導言，加上史料索引作為鋪墊——算不上緊密，但能互相扣連，又留有一定的詮釋空間，反而有可能勝過表面上更周密，純粹以敘述手段完成的傳統文學史書寫，更能彰顯歷史意義的深度。

2「新文學大系」的繼承

《中國新文學大系》面世以後，贏得許多的稱譽；[18] 正如蔡元培和茅盾等的期待，趙家璧確有意續編第二、第三輯。[19] 一九四五年抗戰接近尾聲時，趙家璧在重慶就開始着手組織「抗戰八年文學」的第三輯編輯工作，並邀約了梅林、老舍、李廣田、茅盾、郭沫若、葉紹鈞等編選各集。[20] 但時局變幻，這個計劃並未能按預想實行。一九四九年以後，政治氣氛也不容許趙家璧進行續編的工作；即使已出版的第一輯《中國新文學大系》，亦不再流通。

直至一九六二年及一九七二年香港文學研究社先後兩次重印《中國新文學大系》；[21] 香港文學研究社還在一九六八年出版了《中國新文學大系・續編》。這個《續編》同樣有十集，取消了《建設理論集》，補上新增的《電影集》。至於編輯概況，《續編・出版前言》故作神秘，説各集主編名字不適宜刊出，但都是「國內外知名人物」，「分在三地東京、星加坡、香港進行」編輯，以四年時間完成。事實上《續編》出版時間正逢大陸文化大革命如火如荼，文化人備受迫害；各種不幸的消息，相繼傳到香港，故此出版社多加掩蔽，是情有可原的。據現存的資訊顯示，編輯的主要工作由在大陸的常君實和香港文學研究社的譚秀牧擔當；[22] 然而兩人之間並無直接聯繫，無法互相照應。另一方面，二人各因所處環境和視野的局限，所能採集的資料難以全面；在大陸政治運動頻仍，顧忌甚多；在香港則材料散落，張羅不易；再加上出版過程並不順利，即使在香港的譚秀牧亦不能親睹全書出版。[23] 這樣得出來的成績，很難説得上完美。不過，我們要評價這個「文學大系」傳統的第一任繼承者，應該要考慮當時的各種限制。無論如何，在香港出版，其實頗能說明香港的文化空間的意義，其承載中華文化的方式與成效亦頗值得玩味。[24]

《中國新文學大系》的「正統」繼承，要等到中國的文化大革命正式落幕。從一九八〇年到一九八二年，上海文藝出版社徵得趙家璧同意，影印出版十集《中國新文學大系》，同時組織出版《中國新文學大系一九二七——一九三七》二十冊作為第二輯，由社長兼總編輯丁景唐主持，趙家璧作顧問，一九八四年至一九八九年陸續面世；隨後，趙家璧與丁景唐同任顧問的第三輯《中國新文學大系一九三七——一九四九》二十冊於一九九〇年出版，第四輯《中國新文學大系一九四九——一九七六》二十冊於一九九七年出版。二〇〇九年由王蒙、王元化總主編第五輯《中國新文學大系一九七六——二〇〇〇》三十冊，繼續由上海文藝出版社出版；二十世紀以前的「新文學」，好像都有了「大系」作為相照的汗青。這「第二輯」到「第五輯」的說法，顯然是繼承、延續之意。然而第一輯到第二輯之間，其政治實況是中國經歷從民國到共和國的政權轉換，在大陸地區社會文化曾經發生翻天覆地的劇變。「嫡傳」、「正宗」的想像，其實需要刻意忽略這些政治社會的裂縫。當然趙家璧的認可，被邀請作顧問，讓這個「嫡傳」的合法性增加一種言說上的力量。不過，這後四輯對其他「大系」卻未必有明顯的垂範作用；起碼從面世時間先後來說，比起海外各大系之承接「新文學」薪火，反而是後發的競逐者。

在這個看來「嫡傳」的譜系中，因為時移世易，各輯已有相當的變異或者發展。在內容選材上，最明顯的是文體類型的增補，可見文類觀念會因應時代需要而不斷調整；這一點上文已有交代。另一個顯而易見的形式變化是：第二、三、四輯都沒有總序，只有〈出版説明〉。《大系》原型的第一輯每集都有〈導言〉，即使是同一文類的分集，如「小説」三集分別有茅盾、魯迅、鄭伯奇的論述；「散文」兩集又有周作人和郁達夫兩種觀點。其優勢正在於論述交錯間的矛盾與縫隙，可以生發更繁富的意義。第二、三輯開始，同一文類只冠以一位名家序言，論述角度當然有統整齊一之效。再看第二、三兩輯的〈説明〉基本修辭都一樣，聲明編纂工作「以馬克思列寧主義，毛澤東思想為指針，堅持從新文學運動的實際出發」，前者以「反帝反封建的作品佔主導地位」，後者的主導則是「革命的、進步的作品」；毫不含糊地為文學史的政治敘事設定格局；這當然是第一輯以「新文學」為敘事英雄的激越發展；第二、三輯的理論集序文，大概有着指標的作用，據此可以推想：第二輯的主角是「左翼文藝運動」，第三輯是「文藝為政治（戰爭）服務」。

第四輯〈出版説明〉的文字格式與前兩輯不同，逗漏了又一種訊息。這一輯出版於一九九七年，形勢上無論出於外發還是內需，有必要營構一個廣納四方的空間：「對那些曾經遭受過錯誤批判和不公正對待，或者在『文革』中雖未能正式發表、出版，但在社會上廣泛流傳產生過較大影響的作品，都一視同仁地加以遴選」；「這一時期發表的臺灣、香港、澳門作家的新文學作品，一並列選。」於是少不了臺灣余光中的一縷鄉愁、瘂弦掛起的紅玉米；異品如馬朗寄居在香港的焚琴浪子，也得到收容。第五輯〈出版説明〉繼續保留「這一時期發表的臺灣、香港、澳門作家的新文學作品，一並列選」的句子，其為政治姿態，眾人皆見；尤其各卷編者似乎有很大的自由度決定他們對臺港澳的關切與否。因此我們實在不必介懷其所選所取是否「合理」、是否「得體」。

只不過若要衡度政治意義，則美國華裔學者夏志清、李歐梵和王德威之先後入選四、五兩輯，或者有需要為讀者釋疑，可惜兩輯的編者都未有任何說明。

第五輯回復有〈總序〉的傳統，共有兩篇。其中〈總序二〉是王元化生前在編輯會議上的發言；因此王蒙撰寫的一篇才是正式的〈總序〉。這一篇意在綜覽全局的序文，可與王蒙在第四輯寫的《小說卷・序》合觀；兩篇分別寫於一九九六年及二〇〇九年的文章，都表示要以正面、積極的態度去面對過去。王蒙在第四輯努力地討論「記憶」的意義，說「記憶實質是人類的一切思想情感文化文明的基礎和根源」，其目的是找到「歷史」與「現實」的通感類應。在第五輯〈總序〉王蒙則標舉「時間」；說時間是「慈母」，「偏愛已經被認真閱讀過並且仍然值得重讀或新讀的許多作品」；又說時間如「法官」：「無情地惦量着昨天」：

> 時間法官同樣有差池，但是更長的時間的回旋與淘洗常常能自行糾正自己的過失，時間的因素同樣能製造假象，但是更長的時間的反復與不舍晝夜的思量，定能使文學自行顯露真容。

《中國新文學大系》發展到第五輯，其類型演化所創造出來的方向、習套和格式已經相當明晰。不過，我們還有一系列「教外別傳」的範例可以參看。

3 「文學大系」的「教外別傳」

我們知道臺灣在一九七二年就有《中國現代文學大系》的編纂，由巨人出版社組織編輯委員會，余光中撰寫〈總序〉，編選一九五〇年到一九七〇年的小說、散文、詩三種文類作品，合成八輯。另外司徒衛等在一九七九年至一九八一年編輯出版《當代中國新文學大系》十集，沿用《中國新文學大系》原型的體例，唯一變化是《建設理論集》改為《文學論評集》，而取材以一九四九年到一九七九年在臺灣發表之新文學作品為限。兩輯都明顯要繼承趙家璧主編《大系》的傳統，但又要作出某種區隔。司徒衛等編委以「當代」標明其時間以國民政府遷臺為起點，與止於一九二七年的趙編《大系》並非線性相連。余光中等的《大系》則以「現代文學」之名與「新文學」區辨。他撰寫的〈總序〉非常刻意的辨析臺灣新開展的「現代文學」與「五四早期新文學」之不同。相對來說，余光中比司徒衛更長於從文學發展的角度作分析；司徒衛的論調卻多有迎合官方意志之嫌。然而我們不能說《當代中國新文學大系》水準有所不如；事實上這個《當代大系》各集的編者大都具有文學史的眼光，取捨之間，極見功力；各集都有導言，觀點又起縱橫交錯的作用。其中瘂弦主編的《詩集》視野更及於臺灣以外的華文世界——從體例上可能與全書不合，但從概念上卻是當時的「中國」概念的一種詮釋；香港不少詩人如西西、蔡炎培、淮遠、羈魂、黃國彬的作品都被選入。余光中等編《現代文學大系》的選取範圍基本上只在臺灣，只是朱西甯在「小說輯」中收錄了張愛玲兩篇小說，另外（張）曉風編的「散文輯」又有思果三篇作品，但都沒有解釋說明；張愛玲是否「臺灣作家」是後來臺灣文學史一個爭論熱點；這些討論可以從此出發。論規模和完整格局，《當代中國新文學大系》實在比《中國現代文學大系》優勝，但後者的編輯團隊——余光中、朱西甯、洛夫、曉風——也是有份量的本色行家，所撰各體序文都能照應文體通變，又關聯到當時臺灣的文學生態。其中朱西甯序小說篇末，詳細交代《大系》的體例，其中一個論點很值得注意：

我們避免把「大系」作為「文選」，只圖個體的獨立表現，精選少數卓越的小說家作品中的菁華，而忽略了整體的發展意義。這可以用一句話來說，我們所選輯的是可成氣候的作品。如此「大系」也便含有了「索引」的作用，供後世據此而獲致從事某一小說家的專門研究資料蒐集的線索。[25]

朱西甯這個論點不必是《中國現代文學大系》各主編的共同認識，[26] 但卻為「文學大系」的文類功能作出一個很有意義的詮釋。

「文學大系」的文類傳統在臺灣發展，余光中最有貢獻。在巨人出版社的《中國現代文學大系》以後，他繼續主持了兩次「大系」的編纂工作：由九歌出版社先後於一九八九年出版《中華現代文學大系——臺灣一九七〇—一九八九》，二〇〇三年出版《中華現代文學大系（貳）——臺灣一九八九—二〇〇三》。兩輯都增加了《戲劇卷》和《評論卷》；前者涵蓋二十年，共十五冊；後者十五年，十二冊。余光中也撰寫了各版《現代文學大系》的〈總序〉。在臺灣思考文學史或者文學傳統，難免要連繫到「中國」這個概念。在巨人版《大系・總序》，余光中的重點是把一九四九年以後臺灣的「現代文學」與「五四」時期的「新文學」相提並論，也講到臺灣文學「與昨日脫節」——對三、四〇年代作家作品的陌生——帶來的影響：向更古老的中國古典傳統和西方學習。他又解釋以「大系」為名的意義：「除了精選各家的佳作之外，更企圖從而展示歷史的發展，和文風的演變，為二十年來的文學創作留下一筆頗為可觀的產業。」他更曲終奏雅，在〈總序〉的結尾說：

我尤其要提醒研究或翻譯中國現代文學的所有外國人：如果在泛政治主義的煙霧中，他們有意或無意地竟繞過了這部大系而去二十年來的大陸尋找文學，那真是避重就輕，一偏到底了。[27]

這是向「國際人士」呼籲，也可以作為「中國」二字放在書題的解釋：真正的「中國文學」在臺灣，而不在大陸；這是文學上的「正統」之爭。但從另一個角度來看，對臺灣許多知識份子而言，「中國」這個符號的意義，已經慢慢從政治信念變成文化想像，甚或虛擬幻設；我們知道，中華民國於一九七一年退出聯合國，一九七二年美國總統尼克遜訪問北京。在司徒衛等編成《當代中國新文學大系》之前不久，一九七八年十二月美國與中華民國斷絕外交關係。

所以，九歌版的兩輯「大系」，改題《中華現代文學大系》，並加註「臺灣」二字，是國際政治形勢使然。「中華」是民族文化身份的標誌，其指向就是「文化中國」的概念；「臺灣」則是具體的地理空間。余光中在《臺灣一九七〇——一九八九》的總序探討《中國現代文學大系》到《中華現代文學大系》前後四十年的變化，注意到一九八七年解除「戒嚴令」後兩岸交流帶來的文化衝擊，從而思考「臺灣文學」應如何定位的問題。「中國的文學史」與「中華民族的滾滾長流」，是當時余光中和他的同道企盼能找到答案的地方。到了《中華現代文學大系（貳）》，余光中卻有另一角度的思考，他說：

> 臺灣文學之多元多姿，成為中文世界的巍巍重鎮，端在其不讓土壤，不擇細流，有容乃大。如果把……非土生土長的作家與作品一概除去，留下的恐怕無此壯觀。[28]

他還是注意到臺灣文學在「中文世界」的地位，不過協商的對象，不再是外國研究者和翻譯家，而是島內另一種文學取向的評論家。

究之，余光中的終極關懷顯然就是「文學史」或者「歷史上的文學」。在他主持的三輯「文學大系」中，他試圖揭出與文學相關的「時間」與「變遷」，顯示文學如何「應對」與「抗衡」。「時間」是「文學大系」傳統的一個永恆母題。王蒙請「時間」來衡量他和編輯團隊（第五輯《中國新文學大系》）的成績：

> 我們深情地捧出了這三十卷近兩千萬言的《中國新文學大系》第五輯，請讀者明察，請時間的大河、請文學史考驗我們的編選。[29]

余光中在《中華現代文學大系（貳）．總序》結束時說：

> 至於對選入的這兩百多位作家，這部世紀末的大系是否真成了永恆之門、不朽之階，則猶待歲月之考驗。新大系的十五位編輯和我，樂於將這些作品送到各位讀者的面前，並獻給

漫漫的廿一世紀。原則上，這些作品恐怕都只能算是「備取」，至於未來，究竟其中的哪些能終於「正取」，就只有取決定悠悠的時光了。[30]

4 「文學大系」的基本特徵

以上看過兩個系列的「文學大系」，大抵可以歸納出這種編纂傳統的一些基本特徵：

一、「文學大系」是對一個範圍的文學（一個時段、一個國家／地域）作系統的整理，以多冊的、「成套的」文本形式面世；

二、這多冊成套的文學書，要能自成結構；結構的方式和目的在於立體地呈現其指涉的文學史；「立體」的意義在於超越敘事體的文學史書寫和示例式的選本的局限和片面；

三、「時間」與「記憶」、「現實」與「歷史」是否能相互作用，是「文學大系」的關鍵績效指標；

四、「國家文學」或者「地域文學」的「劃界」與「越界」，恆常是「文學大系」的挑戰。

二、「香港的」文學大系：《香港文學大系一九一九—一九四九》

1「香港」是甚麼？誰是「香港人」？

葉靈鳳，一位因為戰禍而南下香港然後長居於此的文人，告訴我們：

> 香港本是新安縣屬的一個小海島，這座小島一向沒有名稱，至少是沒有一個固定的總名……。這一直到英國人向清朝官廳要求租借海中小島一座作為修船曬貨之用，並指名最好將「香港」島借給他們，這才在中國的輿圖上出現了「香港」二字。[31]

「命名」是事物認知的必經過程。事物可能早就存在於世，但未經「命名」，其存在意義是無法掌握的。正如「香港」，如果指南中國邊陲的一個海島，據史書大概在秦帝國設置南海郡時，就收在版圖之內。但在統治者眼中，帝國幅員遼闊，根本不需要一一計較領土內眾多無名的角落。用葉靈鳳的講法，香港島的命名因英國人的索求而得入清政府之耳目；[32]而「香港」涵蓋的範圍隨着清廷和英帝國的戰和關係而擴闊，再經歷民國和共和國的默認或不願確認，變成如今天香港政府公開發佈的描述：

> 香港是一個充滿活力的城市，也是通向中國內地的主要門户城市。……香港是中華人民共和國成立的特別行政區。香港自一八四二年開始由英國統治，至一九九七年，中國政府按照「一國兩制」的原則對香港恢復行使主權。根據《基本法》規定，香港目前的政治制度將會

> 維持五十年不變，以公正的法治精神和獨立的司法機構維持香港市民的權利和自由。……香港位處中國的東南端，由香港島、大嶼山、九龍半島以及新界（包括二六二個離島）組成。[33]

「香港」由無名，到「香港村」、「香港島」，到「香港島、九龍半島、新界和離島」合稱，經歷了地理上和政治上不同界劃，經歷了一個自無而有，而變形放大的過程。更重要的是，「香港」這個名稱底下要有「人」；有人在這個地理空間起居作息，有人在此地有種種喜樂與憂愁、言談與詠歌。有人，有生活，有恩怨愛恨，有器用文化，「地方」的意義才能完足。

猜想自秦帝國及以前，地理上的香港可能已有居民，他們也許是越族蜑民。李鄭屋古墓的出土，或許可以說明漢文化曾在此地流播。[34]據說從唐末至宋代，元朗鄧氏、上水廖氏及侯氏、粉嶺文氏及彭氏五族開始南移到新界地區。許地山，從臺灣到中國內地再到香港直至長眠香港土地下的另一位文化人，告訴我們：

> 香港及其附近底居民，除新移入底歐洲民族及印度波斯諸國民族以外，中國人中大別有四種：一、本地；二、客家；三、福佬；四、蛋家。……本地人來得最早的是由湘江入蒼梧順西江下流底。稍後一點底是越大庾嶺由南雄順北江下流底。[35]

「本地」，不免是外來；香港這個流動不絕的空間，誰是土地上的真正主人呢？再追問下去的話，秦漢時居住在這個海島和半島上的，是「香港人」嗎？大概只能說是南海郡人或者番禺縣人；再晚來的，就是寶安縣人、新安縣人吧。因為當時的政治地理，還沒有「香港」這個名稱、這個概念。然而，換上了不同政治地理名號的「人」，有甚麼不同的意義？「人」和「土地」的關係，就會有所改變嗎？

2　定義「香港文學」

「香港文學」過去大概有點像南中國的一個無名島，島民或漁或耕，帝力於我何有哉？自從上世紀八〇年代開始，「香港文學」才漸漸成為文化人和學界的議題。這當然和中英就香港前途問題進行談判，以至一九八四年簽訂中英聯合聲明，讓香港進入一個漫長的過渡期有關。「香港有沒有文學」、「甚麼是香港文學」等問題陸續浮現。前一個問題，大概出於與「香港文學」、或者所有「文學」都無甚關涉的人。香港以外地區有這種觀感的，可以理解；值得玩味的是在港內同樣想法的人並不是少數；責任何在？實在需要深思。至於後一個問題，則是一個定義的問題。

要定義「香港文學」，大概不必想到唐宋秦漢，因為相關文學成品（artifact）的流轉，大都在「香港」這個政治地理名稱出現以後。[36]只便如此，還是困擾了不少人。一種定義方式，是以文本創製者為念：說文學是性靈的抒發，故「香港文學」應是「香港人所寫的文學」。這個定義帶來的問題首先是「誰是香港人」？另一種方式，從作品的內容着眼，因為文學反映生活，如果這生活的場景就是香港，當然就是「香港文學」。依着這個定義，則不涉及香港具體情貌的作品，是要排除在外了。再有一種，以文本創製工序的完成為論，所以「香港文學」是「在香港出版、面世的文學作品」。此外，與出版相關的是文學成品的受眾，所以這個定義可以改換成以「接受」的範圍和程度作準：「在香港出版，為香港人喜愛（最低限度是願意）閱讀的文學作品。」先不説定義中還是包含未有講明白的「香港人」一詞，而且「讀者在哪裏？」是不易説清楚的。事實上，由於歷史的原因，以香港為出版基地，但作者讀者都不在香港的情況不是沒有。[37] 因為香港就是這麼奇妙的一個文學空間。[38]

從過去的議論見到，創作者是否「香港人」是一個基本問題；換句話説，很多討論是圍繞着「香港作家」的定義來展開。有一種可能會獲得官方支持的講法是：「持有香港身份證或居港七年以上，曾出版最少一冊文學作品或經常在報刊發表文學作品」；[39] 這個定義的前半部分是以「政治」和「法律」論文學的一例，很難令人釋懷；[40] 兼且「法律」是有時效的，這時不合法並不排除那時的「非違法」。我們認為：「文學」的身份和「文學」的有效性不必倚仗一時的統治法令去維持。至於「出版」與「報刊發表」當然是由創作到閱讀的「文學過程」中一個接近終點的環節，可以是一個有效的指標；而出版與發表的流通範圍，究竟應否再加界定？是可以進一步討論的。

3 劃界與越界

我們在歸納「文學大系」的編纂傳統時，第一點提到這是「對一個範圍的文學（一個時段、一個國家／地域）作系統的整理」；第四點又指出「國家文學」或者「地域文學」的「劃界」與「越界」，恒常是「文學大系」的挑戰；兩點都是有關「劃定範圍」的問題。上文的討論是比較概括地把「香港文學」的劃界方式「問題化」（problematize），目的在於啟動思考，還未到解決或解脫的階段。

以下我們從《香港文學大系》編輯構想的角度，再進一步討論相關問題。首先是時段的界劃。目前所見的幾本國內學者撰寫的「香港文學史」，除了謝常青的《香港新文學簡史》外，[41] 其餘都是以一九四九或一九五〇年為正式敘事起始點。這時中國內地政情有重大變化，大陸和香港兩地的區隔愈加明顯；以此為文學史時段的上限無疑是方便的，也有一定的理據。然而，我們認為香港文學應該可以往上追溯。因為新文學運動以及相關聯的「五四運動」，是香港現代文化變遷的一個重要源頭。北京上海的波動傳到香港，無疑有一定的時間差距，但「五四」以還，直到一九四九年，香港文學的實績還是班班可考的。因此我們選擇「從頭講起」，擬定「一九一九年」和「一九四九年」兩個時間指標，作為《大系》第一輯工作上下限；希望把源頭梳理好，以後第二輯、第三輯……，可以順流而下，進行其他時段的考察。我們明白這兩個時間標誌源於「非文學」的事件，卻認為這些事件與文學的發展有密切的關聯。我們又同意這個時段範圍的界劃不是確切不能動搖的，尤其上限不必硬性定在一九一九年，可以隨實際掌握的材料往上下挪動。比方說「舊體文學卷」和「通俗文學」的發展應可以追溯到更早的年份；而「戲劇」文本的選輯年份可能要往下移。

第二個可能疑義更多的是「香港文學」範圍的界劃。我們在回顧《中國新文學大系》各輯的規模時，見識過邊界如何「彈性」地被挪移，以收納「臺港澳」的作家作品。這究竟是「越界」還是隨「非文學」的需要而「重劃邊界」？這些新吸納的部分，與原來的主體部分如何，或者是否可以，構成一個互為關聯的系統？我們又看過余光中領銜編纂的《大系》，把張愛玲、夏志清等編入其中。前者大概沒有在臺灣居停過多少天，所寫所思好像與臺灣的風景人情無甚關涉；後者出身上海北京，去國後主要在美國生活、研究和著述。[42] 他們之「越界」入選，又意味着甚麼樣的文學史觀？

《香港文學大系》編輯委員會參考了過去有關「香港文學」、「香港作家」的定義，認真討論以下幾個原則：

一、「香港文學」應與「在香港出現的文學」有所區別（比方説瘂弦的詩集《苦苓林的一夜》在香港出版，但此集不應算作香港文學）；

二、（在一段相當時期內）居住在香港的作者，在香港的出版平台（如報章、雜誌、單行本、合集等）發表的作品（例如侶倫、劉火子在香港發表的作品）；

三、（在一段相當時期內）居住在香港的作者，在香港以外地方發表的作品（例如謝晨光在上海等地發表的作品）；

四、受眾、讀者主要是在香港，而又對香港文學的發展造成影響的作品（如小平的女飛賊黃鶯系列小説；這一點還考慮到早期香港文學的一些現象：有些生平不可考，是否同屬一人執筆亦未可知，但在香港報刊上常見署以同一名字的作品）。

編委會各成員曾將各種可能備受質疑的地方都提出來討論。最直接意見的是認為「相當時期」

一語太含糊，但又考慮到很難有一個學術上可以確立的具體時間（七年以上？十年以上？）。各項原則應該從寬還是從嚴？內容寫香港與否該不該成為考慮因素？文學史意義以香港為限還是包括對整體中國文學的作用？這都是熱烈爭辯過的議題。大家都明白《大系》中有不同文類，個別文類的選輯要考慮該文類的習套、傳統和特性，例如「通俗文學」的流通空間主要是「省港澳」（廣州、香港、澳門），「新詩」的部分讀者可能在上海，「戲劇」會關心劇作與劇場的關係。各種考慮，林林總總，很難有非常一致的結論。最後，我們同意請各卷主編在採編時斟酌上列幾個原則，然後依自己負責的文類性質和所集材料作決定；如果有需要作出例外的選擇，則在該卷〈導言〉清楚交代。大家的默契是以「香港文學」為據，而不是歧義更多的「香港作家」概念，尤其後者更兼有作家「自認」與他人「承認」與否等更複雜的取義傾向。歷史告訴我們，「香港」的屬性，從來就是流動不居的。在《大系》中，「香港」應該是一個文學和文化空間的概念：「香港文學」應該是與此一文化空間形成共構關係的文學。香港作為文化空間，足以容納某些可能在別一文化環境不能容許的文學內容（例如政治理念）或形式（例如前衛的試驗），或者促進文學觀念與文本的流轉和傳播（影響內地、臺灣、南洋、其他華語語系文學，甚至不同語種的文學，同時又接受這些不同領域文學的影響）。我們希望《香港文學大系》可以揭示「香港」這個「文學／文化空間」的作用和成績。

4 「文學大系」而非「新文學大系」

《香港文學大系》的另一個重要構想是，不用「大系」傳統的「新文學」概念，而稱「文學大系」。這個選擇關係到我們對「香港文學」以至香港文化環境的理解。在中國內地，「新文學」以「文學革命」的姿態登場，其抗衡的對象是被理解為代表封建思想的「舊」文化與「舊」文學；為了突出「新文學」，於是「舊」的範圍和其負面程度不斷被放大。革命行動和歷史書寫從運動一開始就互相配合，「新文學」沒有耐心等待將來史冊評定它的功過，文學革命家如胡適從《留學日記》、〈文學改良芻議〉、〈建設的文學革命論〉到《五十年來中國之文學》，都是一邊宣傳革命、實行革命，一邊修撰革命史。這個策略在當時中國的環境可能是最有效的，事實上與「國語運動」同時並舉的「新文學運動」非常成功，其影響由語言、文學，到文化、社會、政治，可謂無遠弗屆。[43] 十多年後趙家璧主編《中國新文學大系》，其目標不在經驗沈澱後重新評估過去的新舊對衡之意義，而在於「運動」之奮鬥記憶的重喚，再次肯定其間的反抗精神。

香港的文化環境與中國內地最大分別是香港華人要面對一個英語的殖民政府。為了帝國利益，港英政府由始至終都奉行重英輕中的政策。這個政策當然會造成社會上普遍以英語為尚的現象，但另一方面中國語言文化又反過來成為一種抗衡的力量，或者成為抵禦外族文化壓迫的最後堡壘。由於傳統學問的歷史比較悠久，積聚比較深厚，比較輕易贏得大眾的信任甚至尊崇。於是通曉儒經國學、能賦詩為文（古文、駢文），隱然另有一種非官方正式認可的社會地位。另一方面，來自內地——中華文化之來源地——的新文學和新文化運動，又是「先進」的象徵，當這些帶有開新和批判精神的新文學從內地傳到香港，對於年輕一代特別有吸引力。受「五四」文學新潮影響的學子，既有可能以其批判眼光審視殖民統治的不公，又有可能倒過來更加積極學習英語文學及文化，以吸收新知，來加強批判能力。至於「新文學」與「舊文學」之間，既有可能互相對抗，也有協成互補的機會。換句話說，英語代表的西方文化，與中國舊文學及新文學構成一個複雜多角的關係。如果簡單借用在中國內地也不無疑問的獨尊「新文學」觀點，就很難把「香港文學」的狀況表述清楚。

事實上，香港能寫舊體詩文的文化人，不在少數。報章副刊以至雜誌期刊，都常見佳作。這部分的文學書寫，自有承傳體系，亦是香港文學文化的一種重要表現。例如前清探花，翰林院編修，官至南書房行走、江寧提學使的陳伯陶，流落九龍半島二十年，編纂《勝朝粵東遺民錄》、《明東莞五忠傳》等，又研究宋史遺事，考證官富場（現在的官塘）宋王臺、侯王廟等歷史遺跡；他的所為，和葉靈鳳捧着清朝嘉慶二十四年刊《新安縣志》珍本，辛勤考證香港的前世往跡有甚麼不同？一個傳統的讀書人，離散於僻遠，如何從地誌之「文」，去建立「人」與「地」與「時」的關係？我們是否可以從陳伯陶與友儕在一九一六年共同製作的《宋臺秋唱》詩集中，見到那上下求索的靈魂在嘆息？他腳下的土地，眼前的巨石，能否安頓他的心靈？詩篇雖為舊體，但其中的文心，不是常新嗎？[44] 可以說，「香港文學」如果缺去了這種能顯示文化傳統在當代承傳遞嬗的文學記錄，其結構就不能完整。[45]

再如擅寫舊體詩詞的黃天石，又與另一位舊體詩名家黃冷觀合編「通俗文學」的《雙聲》雜誌，發表鴛鴦蝴蝶派小說；後來又是「純文學」的推動者，創立國際筆會香港中國筆會，任會長十年；又曾辦《文學世界》，支持中國文學研究；影響更大的是以筆名「傑克」寫的流行小說。這樣多面向的文學人，我們希望在《香港文學大系》給予充分的尊重。這也是《香港文學大系》必須有《通俗文學卷》的原因之一。我們認為「通俗文學」在香港深入黎庶，讀者量可能比其他文學類型高得多。再說，香港的「通俗文學」貼近民情，而且語言運用更多大膽試驗，如「粵語入文」，或者「三及第化」，是香港文化以文字方式流播的重要樣本。當然，「通俗文學」主要是商業運作，產量多而水準不齊，資料搜羅固然不易，編選的尺度拿捏更難；如何澄沙汰礫，如何從文學史的角度與其他文類協商共容，都極具挑戰性。無論如何，過去《中國新文學大系》因為以「新文學」為主，把影響民眾生活極大的通俗文學棄置一旁，是非常可惜的。

《香港文學大系》又設有《兒童文學卷》。我們知道「兒童文學」的作品創製與其他文學類型最大的不同是，其擬想的讀者既隱喻作者的「過去」，也寄託他所構想的「未來」；當然作品中更免不了與作者「現在」的思慮相關聯。已成年的作者在進行創作時，不斷與自己童稚時期的經驗對話，時光的穿梭是一個必然的現象；在《大系》設定一九四九年以前的時段中，「兒童文學」在香港還有一種「空間」穿越的情況，因為不少兒童文學的作者都身不在香港；「空間」的幻設，有時要透過在香港的編輯協助完成。另一方面，這時段的兒童文學創製有不少與政治宣傳和思想培育有關。部分香港報章雜誌上的兒童文學副刊，是左翼文藝工作者進行思想鬥爭的重要陣地。依照成年人的政治理念去模塑未來，培養革命的下一代，又是這時期香港兒童文學的另一個現象。可以說，「兒童文學」以另一種形式宣明香港文學空間的流動性。

5「文學大系」中的「基本」文體

「新詩」、「小說」、「散文」、「戲劇」、「文學評論」，這些「基本」的現代文學類型，也是《香港文學大系》的重要部分。這些文類原型的創發與「新文學運動」息息相關，是由中國而香港的「現代性」降臨的一個重要指標。[46]其中新詩的發展尤其值得注意。詩歌從來都是語言文字的實驗室；尤其在移走可以依傍的傳統詩詞的格律框之後，主體的心靈思緒與載體語言之間的纏鬥更加激烈而無邊際。朱自清在《中國新文學大系．詩集》的〈選詩雜記〉中提到他的編選觀點：「我們要看看我們啟蒙期詩人努力的痕跡。他們怎樣從舊鐐銬解放出來，怎樣學習新言語，怎樣尋找新世界。」香港的新詩起步比較遲，但若就其中傑出的作家作品來看，卻能達到非常高的水平。[47]這可能是因為香港的語言環境比較複雜，日常生活中的語言已不斷作語碼轉換，感情思想與語言載體互相作用的頻率特別高，實驗多自然成功機會也增加。相對來說，小說受到寫實主義思潮的引導，而香港的寫實卻又是中國內地小說的再模仿，其依違之間，使得「純文學」的小說家難以無障礙地完成構築虛擬的世界。例如理應展現香港城市風貌的小說場景，究竟是否上海十里洋場的複製，就需要推敲。與包袱比較輕的通俗小說作者相比，學習「新文學」的小說家的道路就比較艱難了，所留下繽紛多元的實績，很值得我們珍視。

散文體最常見的風格要求是明快、直捷，而這時期香港散文的材料主要寄存於報章副刊，編者重回「閱讀現場」的感覺會比較容易達成。《大系》的散文樣本，可以更清晰地指向這時段香港的世態人情，生活的憂戚與喜樂。由於香港的出版自由相對比中國內地高，報章檢查沒有國內嚴苛，只要不觸碰殖民政府「當局」，成為全中國的「輿論中心」是有可能的。報章上的公共言論，有時也會超脫香港本地的視野；香港報章轉成內地輿情的進出口。所以說，「香港」作為一個文化地理的空間，其功能和作用往往不限於本土。《大系》兩卷散文，少不免對此有所揭示。類似的情況又可見於我們的《戲劇卷》。中國現代劇運以動員羣眾為目標，啟蒙與革命是主要的戲碼；這時期香港的劇運，不計由英國僑民帶領的英語劇場，可謂全國的附庸，也是政治運動的特遺。讀《香港文學大系》的戲劇選輯，很容易見到政治與文藝結合的前台演出。然而，當中或許有某些不求外揚的藝術探索，或者存在某種本土呼吸的氣息，有待我們細心尋繹。至於香港出現的「文學評論」，其來源也是多元的。越界而來的文藝指導在中國多難的時刻特別多；尤其抗日戰爭和國共內戰期間，政治宣傳和鬥爭往往以文藝論爭的方式出現；其論述的面向是全國而不是香港；這就是「全國輿論中心」的貢獻。[48] 然而正因為資訊往來方便，中外的文化訊息在短時間內得以在本地流轉；由此也孕育出不少視野開闊的批評家，其關注面也廣及香港、全中國，以至國際文壇。這也是「香港」的一個重要意義。

6 小結

綜之，我們認為「香港」是一個文學和文化的空間，「香港」可以有一種「文學的存在」；「香港文學」是一個文化結構的概念。我們看到「香港文學」是多元的而又多面向的。我們以一九一九到一九四九為大略的年限，整理我們能搜羅到的各體文學資料，按照所知見的數量比例作安排，「散文」、「小說」、「評論」各分「一九一九—一九四一」及「一九四二—一九四九」兩卷；「新詩」、「戲劇」、「舊體文學」、「通俗文學」、「兒童文學」各一卷，加上「文學史料」一卷，全書共十二卷。每卷主編各撰寫本卷〈導言〉，說明選輯理念和原則，以及與整體凡例有差異的地方和差異的理據。編委會成員就全書方向和體例有充分的討論，與每卷主編亦多番往返溝通。我們不強求一致的觀點，但有共同的信念。我們不會假設各篇〈導言〉組成周密無漏的文學史敘述，所有選材拼合成一張無缺的文學版圖。我們相信虛心聆聽之後的堅持，更有力量；各種論見的交錯、覆疊，以至留白，更能抉發文學與文學史之間的「呈現」與「拒呈現」的幽微意義。我們期望這十二卷《香港文學大系一九一九—一九四九》能夠展示「香港文學」的繁富多姿。我們更盼望時間會證明，十二卷《大系》中的「香港文學」，並沒有遠離香港，而且繼續與這塊土地上生活的人對話。

三、餘話

最後，請讓我簡單交代《香港文學大系一九一九—一九四九》編輯的經過。二〇〇九年我和同事陳智德開始聯絡同道，組織編輯委員會，成員包括：黃子平、黃仲鳴、樊善標、危令敦、陳智德以及本人。又邀請到陳平原、王德威、黃子平、李歐梵、許子東擔任計劃的顧問。在籌備階段，我們得到李律仁先生的襄助，私人捐助我們一筆啟動基金。李先生對香港文學的熱誠，對我們的信任，在此致上衷心的感謝。經過編委員討論編選範圍和方針以後，我們組織了《大系》各卷的主編團隊：陳智德（新詩卷、文學史料卷）、樊善標（散文卷一）、危令敦（散文卷二）、謝曉虹（小說卷一）、黃念欣（小說卷二）、盧偉力（戲劇卷）、程中山（舊體文學卷）、黃仲鳴（通俗文學卷）、霍玉英（兒童文學卷）、陳國球（評論卷一）、林曼叔（評論卷二）。編輯委員會通過整體計劃後，我們向香港藝術發展局申請資助，順利通過得到撥款。因為全書規模大，出版並不容易，我們有幸得到聯合出版集團總裁陳萬雄先生的幫忙；陳先生非常熱心香港文化事業，一直關注香港文學史的編撰；經過他的鼎力推介，《香港文學大系一九一九—一九四九》由香港商務印書館出版。期間總經理葉佩珠女士與副總編輯毛永波先生全力支持，《大系》編務主持人洪子平先生專業支援，讓《大系》順利分批出版，編委會成員都非常感激。此外，我們還要向為《香港文學大系》題籤的鍾育淳先生敬致謝忱。《大系》編選工作艱巨，各卷主編自是勞苦功高；搜集整理資料的細務，有賴香港教育學院中國文學文化研究中心的成員：楊詠賢、賴宇曼、李卓賢、雷浩文、姚佳琪、許建業等承擔，其中賴宇曼更是後勤工作的總負責人，出力最多。我們相信，《香港文學大系》是一項有意義的文化工作，大家出過的每一分力，都值得記念。

二〇一四年六月三十日定稿

註釋

1 例如一九八四年五月十日在《星島晚報》副刊《大會堂》就有一篇絢靜寫的〈香港文學大系〉，文中說：「在鄰近的大陸，臺灣，甚至星洲，早則半世紀前，遲至近二年，先後都有它們的『文學大系』由民間編成問世。香港，如今無論從哪一個角度看，都不比他們當年落後，何以獨不見自己的『文學大系』出現？」十多年後，二〇〇一年九月廿九日，也斯在《信報》副刊發表〈且不忙寫香港文學史〉說：「在編寫香港文學史之前，在目前階段，不妨先重印絕版作品、編選集、編輯研究資料，編新文學大系，為將來認真編寫文學史作準備。」

2 日本最早用「大系」名稱的成套書大概是一八九六年十一月出版的《國史大系》。日本有稱為「三大文學全集」的《新釋漢文大系》（明治書院）、《日本古典文學大系》（岩波書店）、《現代日本文學大系》（筑摩書房），都以「大系」為名，可見他們的傳統。

3 據趙家璧的講法，這個構思得到施蟄存和鄭伯奇的支持，也得良友圖書公司的經理支持，於是以此定名《中國新文學大系》。見趙家璧〈話說《中國新文學大系》〉，原刊《新文學史料》，一九八四年第一期；收入趙家璧《編輯憶舊》（一九八四；北京：三聯書店，二〇〇八再版），頁一〇〇。

4 在此「文體類型」的概念是現代文論中"genre"一詞的廣義應用，指依循一定的結撰習套而形成書寫傳統的文本類型。作為一個文體類型的個別樣本，對外而言應該與同類型的其他樣本具有相同的特徵；對內而言則自成一個可以辨認的結構。中國文學傳統中也有「體」的觀念，其指向相當繁複，但也可以從這個寬廣的定義去理解。

5 〈話說《中國新文學大系》〉，以及〈魯迅怎樣編選《小說二集》〉等文，均收錄於趙家璧《編輯憶舊》。此外，趙家璧另有《編輯生涯憶魯迅》（北京：人民文學，一九八一）、《書比人長壽》（香港：三聯書店，一九八八）、《文壇故舊錄：編輯憶舊續集》（北京：三聯書店，一九九一）等著，亦有值得參看的記述。當然我們必須明白，這是多年後的補記；某些過程交代，難免摻有後見之明的解說。

6 Lydia H. Liu, "The Making of the 'Compendium of Modern Chinese Literature,'" in Liu, *Translingual Practice: Literature, National Culture, and Translated Modernity-China, 1900-1937* (Stanford University Press, 1995), pp. 214-238; 徐鵬緒、李廣《〈中國新文學大系〉研究》（北京：社會科學文獻出版社，二〇〇七）。

7 據國民政府一九二八年頒佈的《著作版權法》，已出版的單行本受到保護，而編採單篇文章以合成一集則沒有限制；又一九三四年六月國民黨中央宣傳部成立圖書雜誌審查會，所制定的《修正圖書雜誌審查辦法》第二條規定：社團或著作人所出版之圖書雜誌，應於付印前將稿本送審。第九條規定：凡已經取得審查證或免審證之圖書雜誌稿件，在出版時應將審查證或免審證號數刊印於封底，以資識別。均見劉哲民編《近現代出版社新聞法規彙編》（北京：學林出版社，一九九二）頁一六〇、二三二。

8 據趙家璧追述，阿英認為「這樣的一套書，在當前的政治鬥爭中具有現實意義，也還有久遠的歷史價值和學術價值」。〈話說《中國新文學大系》〉，頁九八。

9 *Translingual Practice*, 235.

10 自歌德以來，以三分法——抒情詩（lyric）、史詩（epic）、戲劇（drama）——作為所有文學的分類才是「共識」。西方固然有 “familiar essay” 作為文類形式的討論，但並沒有把它安置於一種四分的格局之中。事實上西方的「散文」（prose）是與「詩體」（poetry）相對的書寫載體，在層次上與現代中國文學的四分觀念並不吻合。現代中國文學習用的四分法，在理論上很難周備無漏，需要隨時修補。參考陳國球〈「抒情」的傳統：一個文學觀念的流轉〉，《淡江中文學報》，第二十五期（二〇一一年十二月），頁一七三—一九八。

11 這些例子均見於《民國總書目》（北京：書目文獻出版社，一九九二）。

12 〈話說《中國新文學大系》〉，頁九七。

13 朱自清〈評郭紹虞《中國文學批評史》上卷〉，載《朱自清古典文學論集》（上海：上海古籍出版社，一九八一，頁五四一）。

14 觀夫郁達夫和周作人兩集散文的〈導言〉，可以見到當中所包含自覺與反省的意識，不能簡單地稱之為「自我殖民」。

15 蔡元培〈總序〉，《中國新文學大系》，頁一一。又趙家璧為《大系》撰寫的〈前言〉亦徵用「文藝復興」的比喻，說中國新文學運動「所結的果實，也許不及歐洲文藝復興時代般的豐盛美滿，可是這一羣先驅者們開闢荒蕪的精神，至今還可以當做我們年青人的模範，而他們所產生的一點珍貴的作品，更是新文化史上的瑰寶。」《中國新文學大系》，頁一。

16 參考羅志田〈中國文藝復興之夢：從清季的「古學復興」到民國的「新潮」〉，載羅志田《裂變中的傳承——二十世紀前期的中國文化與學術》（北京：中華書局，二〇〇三），頁五三—九〇；李長林〈歐洲文藝復興在中國的傳播〉，載鄭大華、鄒小站編《西方思想在近代中國》（北京：社會科學文獻出版社，二〇〇五），頁一—四八。

17 蔡元培有關「文藝復興」的論述，起碼有三篇文章值得注意：一、〈中國的文藝中興〉（一九二四）；二、〈吾國文化運動之過去與將來〉（一九三四）；三、《中國新文學大系・總序》（一九三五）。幾篇文章對「文藝復興」或者「文藝中興」的論述和判斷頗有些差異，第一篇演講所論的「文藝中興」始於晚清；但二、三兩篇則專以「新文學/新文化運動」為「復興」時代；又頗借助胡適的「國語的文學，文學的國語」的論述。然而胡適個人的「文藝復興」論亦不止一種：有時也指清代學術（如一九一九年出版的《中國哲學史大綱（卷上）》［北京：商務印書館，一九八七影印］），頁九—一〇）；有時具體指新文學/新文化運動（如一九二六年的演講："The Renaissance in China,"《胡適英文文存》，頁二〇—三七）。他曾認為Renaissance中譯應改作「再生時代」；後來又把這用語的涵義擴大，上推到唐以來中國歷史上幾次大規模的文化變革。有關胡適的「文藝復興」觀與他領導的「新文學運動」的關係，參考陳國球《文學史書寫形態與文化政治》（北京：北京大學出版社，二〇〇四），頁六七—一〇六。

18 姚琪〈最近的兩大工程〉，《文學》，五卷六期（一九三五年七月），頁二二八—二三二；畢樹棠〈書評：《中國新文學大系》〉，《宇宙風》，第八期（一九三六），頁四〇六—四〇九。都非常正面；又趙家璧〈話說《中國新文學大系》〉指出《大系》銷量非常好，見頁一二八—一二九。

19 茅盾回憶錄中提到他把《大系》稱作第一輯，「是寄希望於第二輯、第三輯的繼續出版」；轉引自趙家璧《書比人長壽——編輯憶舊集外集》（北京：中華書局，二〇〇八），頁一八九。

20 〈話說《中國新文學大系》〉，頁一三〇—一三六。

21 李輝英〈重印緣起〉，《中國新文學大系・續編》（香港：香港文學研究社，一九七二再版），頁二；〈再版小言〉，無頁碼。

22 常君實是內地資深編輯，一九五八年被中國新聞社招攬，擔任專為海外華僑子弟編寫文化教材和課外讀物的工作，主要在香港的上海書局和香港進修出版社出版。譚秀牧，曾任《明報》副刊編輯，《南洋文藝》主編，香港文學研究社編輯等。

23 參考譚秀牧〈我與《中國新文學大系・續編》〉，《譚秀牧散文小說選集》（香港：天地圖書公司，一九九〇），頁二六二—二七五。譚秀牧在二〇一一年十二月到二〇一二年五月的個人網誌中，再交代《續編》的出版過程，以及回應常君實對《續編》編務的責難。見 http://tamsaumokgblog.blogspot.hk/2012/02/blog_post.html（檢索日期：二〇一四年五月三十日）。

24 羅孚〈香港文學初見里程碑〉一文談到《中國新文學大系續編》說：「《續編》十集，五六百萬字，實在是一個浩大的工程，在那個時時要對知識分子批判，觸及肉體直到靈魂的日子，主編這樣一部完全可以能被認為是替封、資、修『樹碑立傳』的書，該有多大的難度，需要多大的膽識！真叫人不敢想像。誰也沒有想到，這樣一個偉大的工程竟然在默默中完成了，而香港擔負了重要的角色，這實在是香港在中國新文學運動史上一個重要的貢獻，應該受到表揚。不管這《續編》有多大缺點或不足，都應該得到肯定和表揚。」載絲韋（羅孚）《絲韋隨筆》（香港：天地圖書公司，一九九七），頁一〇一。又參考羅寧〈《中國文學大系續編》簡介〉，《開卷月刊》，二卷八期（一九八〇年三月），頁二九。此外，大約在香港文學研究社籌劃《大系續編》的時候，在香港中文大學任教的李輝英和李棪，也正在進行另一個《中國新文學大系》的續編計劃，由中大撥款支持；看來構思已相當成熟，可惜最後沒有完成。見李棪、李輝英〈《中國新文學大系・續編》的編選計劃〉，《純文學》，第十三期（一九六八年四月），頁一〇四—一一六。

25 《中國現代文學大系・小說第一輯》序，頁一九。

26 曉風的序「散文」從開篇就講選本的意義，視自己的工作為編輯選本，明顯與朱西甯的說法不同調，見《中國現代文學大系・散文第一輯》，頁一—四。

27 《中國現代文學大系》，頁一一。

28 《中華現代文學大系（貳）——臺灣一九八九—二〇〇三》，頁一三。

29 《中國新文學大系一九七六—二〇〇〇》，頁五。

30 《中華現代文學大系（貳）——臺灣一九八九—二〇〇三》，頁一四。

31 〈香港村和香港的由來〉，載葉靈鳳《香島滄桑錄》（香港：中華書局，二〇一一），頁四。現在我們知道「香港」之名初見於明朝萬曆年間郭棐所著的《粵大記》，但不是指現稱香港島的島嶼，而是今日的黃竹坑一帶。見郭棐撰，黃國聲、鄧貴忠點校《粵大記》（廣州：中山大學出版社，一九九八），〈廣東沿海圖〉，頁九一七。

32 又參考馬金科主編《早期香港研究資料選輯》（香港：三聯書店，一九九八），頁四三—四六。葉靈鳳又提醒我們，根據英國倫敦一八四四年出版的《納米昔斯號航程及作戰史》（*Narrative of the Voyages and Services of the Nemesis*），早在一八一六年「英國人的筆下便已經出現『香港』這個名稱了」。見葉靈鳳《香港的失落》（香港：中華書局，二〇一一），頁一七五。

33 香港特區政府網站：http://www.gov.hk/tc/about/abouthk/facts.htm（檢索日期：二〇一四年六月一日）。

34 參考屈志仁（J. C. Y. Watt）《李鄭屋漢墓》（香港：市政局，一九七〇）；香港歷史博物館編《李鄭屋漢墓》（香港：香港歷史博物館，二〇〇五）。

35 許地山《國粹與國學》（長沙：嶽麓書社，二〇一一）頁六九—七〇。

36 《新安縣志》中的《藝文志》載有明代新安文士歌詠杯渡山（屯門青山）、官富（官塘）之作。我們今天應如何理解這些作品，是值得用心思量的。請參考程中山《舊體文學卷》的〈導言〉。

37 例如不少內地劇作家的劇本要避過國民政府的審查，而選擇在香港出版，但演出還是在內地。

38 上世紀八〇年代以來，為「香港文學」下定義的文章不少，以下略舉數例：黃維樑〈香港文學研究〉（一九八三），收入黃維樑《香港文學初探》（香港：華漢文化事業公司，一九八八二版），頁一六—十八；鄭樹森《聯合文學・香港文學專號・前言》（一九九二），刪節後改題〈香港文學的界定〉，收入黃繼持、盧瑋鑾、鄭樹森《追跡香港文學》（香港：牛津大學出版社，一九九八），頁五三—五五；黃康顯〈香港文學的分期〉（一九九五），收入黃康顯《香港文學的發展與評價》（香港：秋海棠文化企業出版社，一九九六），頁八；劉以鬯主編《香港文學作家傳略》（香港：市政局公共圖書館，一九九六），〈前言〉，頁iii；許子東《香港短篇小說選一九九六——一九九七・序》，載許子東《香港短篇小說初探》（香港：天地圖書公司，二〇〇五），頁二〇—二二。

39 《香港文學作家傳略》，〈前言〉，頁iii。

40 在香港回歸以前，任何人士在香港合法居住七年後，可申請歸化成為英國屬土公民並成為香港永久居民；香港主權移交後，改由持有效旅行證件進入香港、連續七年或以上通常居於香港並以香港為永久居住地的條件，可成為永久性居民。參考香港特區政府網站：http://www.gov.hk/tc/residents/immigration/idcard/roa/verifyeligible.htm（檢索日期，二〇一四年六月一日）。

41 謝常青《香港新文學簡史》（廣州：暨南大學出版社，一九九〇）。

42 夏志清長期在臺灣發表中文著作，但他個人未嘗在臺灣長期居留。又《中華現代文學大系（貳）——臺灣一九八九—二〇〇三》由馬森主編的小說卷，也收入香港的西西、黃碧雲、董啟章等香港小說家。

43 參考陳國球《文學史書寫形態與文化政治》，頁六七—一〇六。

44 參考高嘉謙〈刻在石上的遺民史：《宋臺秋唱》與香港遺民地景〉，《臺大中文學報》，四十一期（二〇一三年六月），頁二七七—三一六。

45 羅孚曾評論鄭樹森等編《香港文學大事年表》（一九九六）不記載傳統文學的事件，鄭樹森的回應是：「雖然有人認為《年表》可以選收舊體詩詞，但是，恐怕這並不是整理一般廿世紀中國文學發展的慣例。」《年表》後來再版，題目的「文學」二字改換成「新文學」。分見《絲韋隨筆》，頁一〇〇；鄭樹森、黃繼持、盧瑋鑾編《香港新文學年表（一九五〇——一九六九）》（香港：天地圖書公司，二〇〇〇），頁五。

46 英國統治帶來的政制與社會建設，也是香港進入「現代性」境況的另一關鍵因素。

47 鄭樹森等在討論香港早期的新文學發展時，認為「詩歌的成就最高」，柳木下和鷗外鷗是「這時期的兩大詩人」。見鄭樹森、黃繼持、盧瑋鑾編《早期香港新文學作品選》（香港：天地圖書公司，一九九八），頁三—四二。

48 參考侯桂新《文壇生態的演變與現代文學的轉折——論中國作家的香港書寫》（北京：人民出版社，二〇一一）

凡例

一、《香港文學大系一九一九—一九四九》共十二卷，收錄一九一九年至一九四九年之香港文學作品，編纂方式沿用《中國新文學大系》以體裁分類，同時考慮香港文學不同類型文學之特色，分別為新詩卷、散文卷一、散文卷二、小説卷一、小説卷二、戲劇卷、評論卷一、評論卷二、舊體文學卷、通俗文學卷、兒童文學卷、文學史料卷。

二、作品排列是以作者或主題為單位，以作者為單位者，以入選作品發表日期先後為序，同一作者入選多於一篇者，以發表日期最早者為據。

三、入選作者均附作者簡介，每篇作品於篇末註明出處。如作品發表時所署筆名與作者通用之名不同，亦於篇末註出。

四、本書所收作品根據原始文獻資料，保留原文用字，避免不必要改動，部分文章礙於當時報刊審查制度，違禁字詞以X或□代替，亦予保留。

五、個別明顯誤校、字粒倒錯，或因書寫習慣而出現之簡體字，均由編者逕改；個別異體字如無法顯示則以通用字替代，不另作註。

六、原件字跡模糊，須由編者推測者，在文字或標點外加上方括號作表示，如「不以為〔然〕」；原件字跡太模糊，實無法辨認者，以圓括號代之，如「前赴（　）國」，每一組圓括號代表一個字。

七、本書經反覆校對，力求準確，部分文句用字異於今時者，是當時習慣寫法，或原件如此。

八、因篇幅所限或避免各卷內容重複，個別篇章以〔存目〕方式處理，只列題目而不收內文，各存目篇章之出處，將清楚列明。

九、《香港文學大系一九一九—一九四九》之編選原則詳見〈總序〉，各卷之編訂均經由編輯委員會審議，惟各卷主編對文獻之取捨仍具一定自主，詳見各卷〈導言〉。

導言

林曼叔

一、前言

香港自十九世紀中葉至二十世紀末成為英國的殖民地，但香港社會文化的演變與中國近代以至現代歷史的發展卻是息息相關的。中國現代文學的發展一樣在這彈丸之地留下深深的足跡，在不同歷史時期扮演着不同的角色，可說是中國現代文學一個重要舞台。

《香港文學大系‧評論卷二》所收集一九四二至一九四九年間的香港文學歷史文獻，雖然只有八個年頭，香港卻經歷了兩個歷史時期：淪陷時期（又稱日佔時期、日治時期，一九四二—一九四五）和戰後時期（也即國共內戰時期，一九四五—一九四九）。在日治時期，香港文壇隨着香港的淪陷而沉沒，戰後時期卻成為中國左翼文藝的陣地。

一九四一年十二月二十五日，香港淪陷了，從此度過三年零八個月的黑暗歲月。在日本軍國主義鐵蹄的蹂躪下，香港文壇頓成廢墟。戰前來港的作家紛紛逃回內地，留下來的文化人寥寥無幾，即使留下來的也大都被迫成為日本軍國主義的御用文人。諸如葉靈鳳、戴望舒是留港最具名望的作家，在日軍指揮刀下，要從事真正的文學創作是不可能的。葉靈鳳曾被日本總督部委為顧問（囑托）之職，主管日本大東亞共榮圈的宣傳刊物《新東亞月刊》、《大同畫報》，後又得到特別照顧創辦《大眾週報》，而《星島日報》被勒令改名為《香島日報》，也只是成為日本侵略者的宣傳喉舌。在這些刊物，葉氏就發表了不少媚日的文字，為日本帝國主義的侵略野心辯護。香港本身的文學在日治時期是完全被埋葬了的。即使談論文學的，也純屬淺薄的漢奸言論，提倡甚麼「和平文藝」為日寇粉飾太平，泯滅中國人民的抗日意識，有一位名叫李志文的就在《南華日報》發表長文《和平文藝論》指出：「為了打擊反革命勢力的成長，和平文藝決不會放過『抗戰文藝』，而是要給『抗戰文藝』以迎頭痛擊的！」[1]所謂「和平文藝」就是如此殺氣騰騰！這些日寇御用文人更發起甚麼文壇清潔運動，《南華日報》副刊的編者署名天任在《編輯副刊的基本理念》就説：「鼓勵民眾認識新時代，完成東亞共榮圈的建設，成為今日我們報人不可或缺的基本條件。因此，現階段的新聞報紙，已經不是簡單的商品，而是急切的被要求着應以大東亞解放的啟導民眾的責任肩於身上。」[2]直至一九四五年七月葉靈鳳主編的《香島月報》創刊，還開闢了由魯夫執筆的「新文學吶喊」專欄，繼續鼓吹甚麼「文學新香港香港新文學」，妄圖在日寇的鐵蹄下建造甚麼「香港新文學」，真是癡人説夢。這都是披着文學外衣的漢奸理論，不應屬於香港文學的一部分。這些論調本書也就不擬編入了。

一九四五年八月日本無條件投降。抗戰勝利，香港光復。不幸的是國共內戰繼而爆發，為逃避戰火和政治迫害，國內左翼文化人或從桂林，或從廣州，或從上海先後抵達香港。那時候到港的中國重量級的文化人，諸如郭沫若、茅盾、夏衍、邵荃麟、周鋼鳴、司馬文森等等左翼作家一批又一批南來香港，領導着並推動着中國的左翼文學運動。他們在港重整荒廢已久的香港文壇，他們辦學校，辦報紙，辦雜誌，搞出版，香港文壇出現前所未有的活躍景象。夏衍主持《華商報》，茅盾等主編的《小説》和《野草》，司馬文森、陳殘雲主編的《文藝生活》、《大眾文藝叢刊》，達德書院編的《海燕》等，還有陳實、華嘉等創辦《人間書屋》，為香港文學史寫下重要的一頁，同時也是中國文學史重要的一頁。也可以説，在當時，香港是除了延安以外另一個重要的左翼文藝運動的中心。

抗日戰爭時期，中國文藝界團結一致。隨着抗戰結束，國共內戰爆發，政治形勢的急劇變化，中國文壇也從此開始分化，而展開勢不兩立的鬥爭。為重整左翼文藝陣線，中共著名文藝理論家邵荃麟指出：抗戰時期「在統一戰線的原則下，多少鬆懈了領導思想前進的責任，表現了軟弱與無能，接受了西歐資產階級那種『容忍即民主』的思想，形成了互相退讓，互相敷衍，甚至互相冷淡的局面。我們甚至有意地避開批評和鬥爭，以圖取得表面上的和諧。……我們在反對『左』的鬥爭中，忽略了向右傾的鬥爭。這樣使思想運動的主導力量日漸軟弱，而被小資產階級那種單純而充滿幻想的愛國熱情所代替了。作家逐漸忽略了新文藝運動一貫以來的大眾立場，也忽略了自身意識改造的任務。」他更強調：「一九四二年以後，正當延安開始文藝思想一個新的發展的時候，大後方的文藝運動卻停留在一種非常黯淡和無力的狀態之中。許多右的傾向都是從那個時候發展起的。」「從今天整個文藝思想運動來説，要澄清一切混亂的狀態，不能不首先從思想問題出發。」[3]這些言論成為香港左翼文藝運動的方向和指針。香港文壇也就成為左翼文藝鬥爭的陣地。

二、左翼文藝運動的開展及文藝統一戰線建立

針對當時的政治形勢和革命的需要，《大眾文藝》第一輯《文藝的新方向》發表了《對於當前文藝運動的意見——檢討‧批判‧和今後的方向》，這篇文章以本刊同人名義發表，由中共文藝理論家邵荃麟執筆。首先發動左翼文藝運動，以期配合中國共產黨的革命鬥爭。

邵荃麟指出：香港文藝創作處於極為衰弱的狀態，跌落到前所未有的慘況，其原因在於「市民階級與殖民地性的墮落文化氣氛，侵蝕到新文藝領域裏來。投機，取巧，媚合，低級趣味，幾乎成為流行的風氣：而更惡劣的，則是那種色情的傾向，這甚至墮落到比鴛鴦蝴蝶派還不如。這種墮落的傾向，使文藝不僅脱離人民大眾，而且作為服務紳士階級和加強殖民意識的工具了。」[4]針對這種不良的創作傾向，他強調：文藝運動應「作為社會鬥爭中思想運動一翼而存在，作家的創作活動是結合在這羣眾的思想運動與實際鬥爭中而共同前進」。他嚴厲批判文藝創作的個人主義傾向，追求主觀戰鬥精神。這是文藝墮落的主要原因。他提出：「以無產階級思想和馬列主義藝術觀作為領導的，主要為工農兵服務的，以徹底反帝反封建為內容的文藝」[5]。要求文藝工作者克服一切個人主義文藝觀點，和非階級的文藝思想：

第一，堅決進行自身意識的改造，加強羣眾觀點，發揚自我批評的精神，放棄知識份子的優越感，克服宗派主義的傾向。第二，努力學習馬列主義與毛澤東的文藝思想，但不是教條式的學習，而是結合在切實認識中國社會現實和對文藝具體問題的研究上。第三，無論為了意識的改

造或學習，我們必須把積極參加實際社會鬥爭作為基本的前提。革命要求文藝工作者首先面向農村，積極聯繫到日常的政治社會鬥爭中去，堅決貫徹文藝服從政治的原則，肯定文藝的階級性和黨派性，反對藝術獨立於政治的觀念。

關於「對當前文藝運動的意見」的討論，《大眾文藝》還繼續發表了以羣的《關於當前文藝運動的一點意見》，陳閑的《論右傾及其他》，呂熒的《堅持「腳踏實地」的戰鬥》等。蕭愷在《文藝統一戰線的幾個問題》更強調：當前文藝運動的方針，必須服從當前全國人民反帝反封建反官僚資本的巨大政治鬥爭的任務。因此在文藝上也就有結成強大的統一戰線的必要。在無產階級文藝思想的領導下，從事文藝為人民服務的光榮事業。要求中國作家以毛澤東《在延安文藝座會上的講話》作為指導思想，全面落實文藝的政治任務。為中共即將取得政權做好應有的準備。[6]郭沫若明確指出：「文藝上的統一戰線，在建立的原則上，應該和政治上的統一戰線沒有兩樣。」[7]文藝界必須以中共的政治需要為依歸，文藝為政治服務成為左翼作家必須遵循的創作原則。

三、對「反動文藝」的鬥爭

香港左翼作家在政治的指導下，展開對「反動文藝」的鬥爭。郭沫若發表了《斥反動文藝》一文，開宗明義説：「今天是人民革命勢力與反人民的反革命勢力作短兵相接的時候，衡定是非善惡的標準非常鮮明。凡是有利於人民解放的革命戰爭的，便是善，便是是，便是正動；反之，便是惡，便是非，便是對革命的反動。我們今天來衡量文藝也就是立在這個標準上的，所謂反動文藝，就是不利於人民解放戰爭那種作品，傾向，和提倡。大別地說，是有兩種類型，一種是封建性的，另一種是買辦性的。」「反人民的勢力既動員了一切的御用文藝來全面『戡亂』，人民的勢力當然有權利來斥責一切的御用文藝為反動。」[8]號召對反動作家發動總攻擊。

邵荃麟指出：對反動文藝思想「必須揭露它的毒害性，而予以徹底打擊。在這裏，首先是美帝國主義對中國的直接文化侵略，這中間，有麻醉廣大市民的美國黃色電影，有魯斯系雜誌所介紹過來的黃色藝術，特別是最近美國所宣佈的文化援華計劃，是深謀遠慮的陰謀。這一切必須為我們所揭露和打擊。其次，也是更主要的，是地主大資產階級的幫兇和幫閑文藝。這中間有朱光潛、梁實秋、沈從文之流的『為藝術而藝術論』，有徐仲年的『唯生主義文藝論』和『文藝再革命論』，有顧一樵的『文藝的復興論』，以及易君左、蕭乾、張道藩之流一切莫名其妙的怪論。這些人，或則公然擺出四大家族奴才總管的面目，或者扭扭捏捏化裝為『自由主義者』的姿態，但同樣掩遮不了他們鼻子上的白粉。不久前，連沈從文之流，也來配合四大家族的和平陰謀，鼓吹新第三方面的活動了（《一種新希望》，見《益世報》）。以一個攻擊藝術家幹政治的人，也鬼鬼祟祟幹這些混水摸魚的勾當，它的荒謬是不堪一擊的。但我們決不能因其脆弱而放鬆對他們的抨擊。因為他們是直接作為反動統治的代言人的。」[9]邵荃麟明確地指出批判的主要傾向和對象。

除了潘公展、張道藩等這些國民黨文化界頭領，首先被清算的老作家是沈從文。郭沫若在批判當時文學創作的色情傾向對讀者的危害，軟化鬥爭的意志，指出：「特別是沈從文，他一直是有意識地作為反動派而活動着。在抗戰初期全民族對日寇爭生死存亡的時候，他高唱着『與抗戰無關』論；在抗戰後期作家正加強團結，爭取民主的時候，他又喊出『反對作家從政』；今天人民正『用革命戰爭反對反革命戰爭』，也正是鳳凰燬滅自己，從火裏再生的時候，他又裝起一個悲天憫人的面孔，謚之為『民族自殺悲劇』，把全中國的愛國青年學生斥為『比醉人酒徒還難招架的衝撞大羣中小猴兒心性的十萬道童』，而企圖在『報紙副刊』上進行其和革命『游離』的新第三方面，所謂『第四組織』（這些話見所作《一種新希望》，登在去年十月二十一日《益世報》）」，指他「存心要做一個摩登文素臣」。[10]

美學家朱光潛也是重要的批判對象。荃麟在《朱光潛的怯懦與兇殘》一開始就指摘道：「這一年來，我看過了許多御用文人的無恥文章，但我們還找不出一篇像朱光潛在《周論》第五期上所發表的《談羣眾培養怯懦與兇殘》那樣卑劣、無恥、陰險、狠毒的文字，這位國民黨中央常務監察老爺，現在是儼然以戈培爾的姿態在出現了。」而「實際上，朱光潛所謂『怯懦』與『兇殘』，正是他們這些奴才的典型性格，尤其是統治者瀕於沒落時代的奴才性格」。[11]

還有著名記者蕭乾也被點名批判，被指為反動統治的幫閑和幫兇。聶紺弩以《有奶就是娘與乾媽媽主義》為題，對蕭乾作了這樣的描述：對於反動統治者來說，「連他們代言人馮友蘭、錢穆、沈從文的言論在內，他們都封建性有餘，而買辦性不足；其餘如胡適、林語堂等，則又止足以代表其買辦性的一面。雙方兼備，完美無缺的高明理論家，就只好到別的一些人中去找，雖然那些人和他們貌似疏遠的。蕭乾先生發表過兩篇文章：一，《人道與人權》（副題：「課題，中國人好嗎？」）；二，《吾家有個夜哭郎》（副題：「五千歲這個又黃又瘦的苦命娃娃」）。讀過之後，不禁拍案叫絕。『踏破鐵鞋無覓處，得來全不費功夫』，代表封建性與買辦性雙方兼備完美無缺的高明理論家，原來就是蕭乾先生。」「總之，蕭乾先生的見解是反民主的，同時也是反民族的。他的理想政治，是美國帝國主義到中國來建立開明專制政府。就他的論據，用一句話概括，就是有奶就是娘與乾媽媽主義。不用說，和百年來中國人民反帝反封建的要求剛剛相反；而和南京政權的封建性和買辦性的雙重反動意識剛剛相合。他是南京政權的最合適的代言人。無論他和南京政權有沒有甚麼關係，無論他怎樣自稱為自由主義者！」[12]

胡適思想在中國文化界影響深遠，必然成為抨擊的主要對象。《野草》雜誌先後發表了好幾篇批判胡適的文章：迪吉的《胡適之關心周作人到底！》，胡明樹的《胡適之與「好政府」》，侯外廬的《胡適，胡其所適？》，適夷的《胡適的妙計》，白堅離的《周作人胡適合論》等。這些文章只就胡適在抗戰時期的言行加以清算，與周作人投敵相提並論，戰後投靠蔣介石，投靠美帝國主義，這當然成為左翼文人所要徹底批判的。白堅離指他：「抗戰『勝利』以來，他索性自稱『過河卒子』，過河卒子者，一往直前，替其主子作幫兇之謂也。」又說：「胡適之，論人品，是阮大鋮一流，論他的無恥程度和作惡程度，又遠非阮大鋮所能企及的了。」[13]這是充滿黨性偏見的指摘和謾罵。

在左翼文藝界內部鬥爭，對右傾思想的批判也是一個重要方面，陳閑在《論右傾及其他》指出：「抗戰爆發之後，我們進步作家的原有階級思想模糊了，更不能廣泛深入灌注於每一個新生作家的靈魂深處，化成創作實踐的血液，而相反地，個人主義思想在這種情形下便容易抬頭了，我們文藝思想上的右傾，我以為是從這裏來的。」「其原因仍應歸到作家本身的思想和文藝思想領域上的問題。」[14]這是必須加以克服的現象。提出對作家進行思想的改造，作自我的檢討，自我批判，徹底克服小資產階級的思想感情，堅定站在無產階級的立場上，樹立為工農兵而創作的使命。

其次是對宗派主義的鬥爭。蕭愷在《文藝統一戰線的幾個問題》說：「文藝戰線上的宗派主義的傾向至今是個嚴重問題。宗派主義破壞了統戰的發展，也妨害了文藝運動的進步。為了鞏固擴大統一戰線，使文藝戰線健康發展，反對宗派主義是十分必要的。堅持正確的思想原則以反對錯誤傾向，那不是宗派主義，宗派主義表現於無原則的爭論，紛歧，對立和不團結中。有人以為文藝界中的宗派主義的原因是『文人相輕』，這其實只是片面的理由，其基本根源是由於不能堅定把握文藝為人民服務的原則。」[15]郭沫若也說：「打破小圈子主義，打破宗派主義，在建立健全的批評上，同樣有絕對的必要。」[16]

左翼文藝界的文藝思想論爭，首先針對胡風所提出的「主觀戰鬥精神」論而發的。胡風在《逆流集》中認為：文藝創作的對象是「活的人，活人的心理狀態，活人的精神鬥爭」，它的任務是「要反映一代的心理動態」，「文藝底戰鬥性就不僅僅表現在為人民請命，而且表現在對於先進底覺醒的精神鬥爭過程的反映裏面了」。胡風的理論一出，引起極大的反響和論爭。著名中共理論家胡喬木發表了長文《文藝創作與主觀》予以批判，他指出：「事實上一旦把文藝的對象規定為『活的人，活人底心理動態，活人底精神鬥爭』，它底任務規定為『反映一代底心理動態』，就不可避免地會在實際上產生各種不健康的創作傾向和批評傾向。」他強調：「作家努力去掉小資產階級的主觀而逐漸取得無產階級的主觀，因為祇有通過這種的主觀，才能有真實客觀地表現出現實的真實的可能。」[17]

荃麟對胡風的理論作了這樣批判：「對抗着那些自然主義的傾向，便出現了所謂追求主觀精神的傾向。他們認為創作衰落的原因，是作家熱情的衰退，生命力的枯萎，缺乏向客觀突入的主觀精神，因此要求這種精神的加強，強調了文藝的生命力與作家個人的人格力量，強調了作品上內在精神世界的描繪。這是針對着當時一般作品內容的蒼白而提出來的。但是實際上，卻仍然是個人主義意識的一種強烈表現。……把個人主觀精神力量看成一種先驗的，獨立的存在，一種和歷史，和社會並立的，超越階級的東西，因此，就把它看成一種創造和征服一切的力量。這首先就和歷史唯物論的原則相背離了。從這樣的基礎出發，便自然而然地流向於強調自我，拒絕集體，否定思維的意義，宣佈思想體系的滅亡，抹煞文藝的黨派性和階級性，反對藝術的直接政治效果；在創作上，就自然地走向個人主觀感受境界或個人內在精神世界底追求了。雖然抽象理論上強調了戰鬥的要求和主觀力量，但實際上都是宣揚着超脫現實而向個人主義藝術方向發展，要求文藝背離了歷史鬥爭的原則，以無原則的，自發性的精神昂揚來代替嚴肅的認真的思考。所以這不但不能加強主觀力量，而只足以削弱主觀力量。實際上，也就是向唯心主義發展的一種傾向了。」[18]總之，胡風的理論背離馬克思的文藝思想，也背離了毛澤東「文藝問題的談話」。

對蕭軍思想的批判也蔓延到香港左翼文藝界。早在延安時期蕭軍曾發表了雜文《論同志的「愛」與「耐」》而挨批判，後赴東北辦《文化報》，揭發蘇俄對中國的野心，而遭到左翼文學界的圍攻。《文滙報》還刊出「清算蕭軍與整頓文風」專欄，發表了劉芝明的《關於蕭軍及其文化報所犯錯誤的批評》。在《野草》發表了周立波《蕭軍思想批判》等文章。

四、文藝大眾化與方言文學的討論

關於文學創作方法，邵荃麟提出革命現實主義和革命浪漫主義相結合。他強調：「在創作實踐上，我們是堅持着革命現實主義的創作方法，革命的現實主義是要求我們能夠把握歷史的動向，具有批判歷史的強大力量，和指出歷史的明確方向，因此，它首先不能不是把創作實踐和革命實踐統一起來，它不能不是具有明確的階級性和政治傾向，具有積極、肯定的因素，而正因此，它才是最自由的，血份最多的現實主義。」「革命現實主義的另一特點，必須為我們所提的，即是和革命的浪漫因素相結合。今天在我們面前，已經現實地存在着新的人民，新的生活。過去的理想，在今天已經成為現實，我們不僅要歌頌這些新的人民，寫出他們『不僅像今天的樣子，而且像他們明天應當如何的樣子』（高爾基）。這就是說，作者不僅要把握今天的革命形勢，而且能夠照亮明天革命的發展。」[19]

在文藝為政治服務的原則指導下，「文藝的大眾化」是一個重要方面。茅盾在《反帝，反封建，大眾化》強調：「我們也不能不承認：作為反帝反封建思想鬥爭之一翼的新文藝，雖然是天經地義的在內容和形式上必須是大眾化的，可是二十多年來，我們僅是向大眾化走而已，還沒有做到真正大眾化。而且在大眾化這問題上，我們過去的努力不夠，也犯過理論上的錯誤。我們的讀者圈子還很狹小，廣大的市民階層也還沒有爭取到，更不用說『下鄉』而深入羣眾。我們的工作遠落後於現實的要求之後。」[20]穆文在《略談文藝大眾化》認為：「實際上，我們的文藝所以不能普及，形式的不通俗固然是原因之一，但更重要的原因，還是在於內容上沒有能很好反映羣眾的生活、鬥爭和要求，沒有真正把握工農大眾的思想感情。……羣眾在我們的文藝作品中看不到他們自己的真實的姿態，感不到他們自己的呼吸和脈搏，沒有和他們共鳴的情緒，沒有為他們熟悉的語言，一句話，就是不能打動他們的心。從形式到內容，從語言到思想，從人物外貌到內心，在他們都覺得陌生的。這樣的文藝作品，怎能普及到大眾中去？」[21]荃麟在《對於當前文藝運動的意見》就指出：「『論文藝問題』（筆者按：指毛澤東《在延安文藝座談會上的講話》）中明確地指出了文藝普及的意義，並且指出『在普及基礎上的提高，和在提高的指導下的普及』的原則。這無疑是今天我們文藝大眾化的基本方針。」[22]長期以來，要如何普及，要如何提高，要如何大眾化，要在文藝創作實踐中體現出來還需要繼續探討的問題。

隨着文藝大眾化問題的提出，方言文學也成為一個熱門的課題。郭沫若在《當前文藝諸問題》就談到這個問題：「方言文學的要求應該不是從今天開始了，但據文森兄告訴我：關於這個問題，最近在華南有過熱烈的討論。有的人持反對見解。在這之中激烈一點的根本就反對方言文學，以為這樣是把中國文學割裂了，裂冠毀裳，使幾千年來已經統一了的文學又從而分裂；溫和一點的以為阻礙了國語的統一。有的人有條件的贊成，認為這一種過渡性的東西，作為動員民眾宣傳民眾，是必要的工具，但應該仍以國語的統一為本位，以文學的中央化為本位。有的人是無條件的支持，認為方言文學並非過渡性的文學，它可以有它的獨立的存在，和中央化的文學平行而使中央化的文學豐富化。例子是：蘇聯的文學除俄文文學之外，有喬爾基亞文學，烏茲別克文學的平行存在。因此，近年來有不少的朋友已經在努力於新方言文藝的建設了。」他認為：「方言文學的建立，的確可以和國語文學平行，而豐富國語文學。」[23]

茅盾也是一個「方言文學」熱心的提倡者。他寫過不少文章討論這個問題。在《再談「方言文學」》中說：「新文學之未能大眾化，是一個事實。我們要承認這個事實。而大眾化要求之迫切，未有如今日之甚者，這也是事實。我們也要承認這事實。關於大眾化的言論，十多年來屢見而不一見，從內容到形式的各個問題也都有過頗為詳盡的討論，而作為形式問題之一部分的『語言』問題歷來所論尤多，甚至有『大眾語』的提出。本來，離開了時間和空間的關係，討論任何問題都不會有好結果；而討論『語言』問題尤其如此。我們得坦白承認，理論上的『大眾語』正如理論上的『國語』一般，今天並不存在。今天有的是實際上的『大眾語』。此時此地的人民的口語就是『大眾語』。換言之，各地人民的方言就是今天現實的大眾語。」他更強調：「今天新文學『大眾化』的『語言』問題，應當從此時此地大眾的口語——即天天在變革的方言入手。」[24]

另一個熱心方言文學的是民俗學家鍾敬文（靜聞）。他在《方言文學創作》中說：「這一次在香港發生的方言文學討論。一開頭就帶着不同的性質。如果過去談到方言文學，大都是從理論上出發的，那麼，這一回卻是從創作實踐出發的。」「不但建立了方言文學的理論基礎，同時也壯大了這方面的創作潮流，幾個月來，產生了許多方言詩謠、方言速寫、方言故事、方言短劇和方言雜文等，中間也有些相當優秀的。」他認為：「今天提倡方言文學，決不是僅僅語言的、形式的問題，同時也是內容的問題。兩者實在有密切的關係。要不是，我們何必辛辛苦苦再來搞創作？香港廣州許多報紙和小刊物上的粵語小說和粵謳，不是『方言的』作品麼？或者把新文學運動以來一些優秀作品以至世界名著改譯成粵語不就得了麼？如果你覺得事情並不是這麼簡單，就多少證明今天方言文學創作問題，不僅僅是語言的、形式的了。」[25]

關於民間形式的運用也是引起討論的課題。茅盾在《再談「方言文學」》中也談到這個問題：「這一回，香港文藝界同人討論方言問題的時候也帶到『民間形式』問題。『民間形式』與『方言文學』的聯繫性是大家都看得見的，各地民間的小調、唱本等等，無例外地是久已存在的方言文學的大本營。」但他認為：「『民間形式』之合理地處理，應是批判地運用，而不是無條件地因襲。」在論述趙樹理的小說和李季的詩歌時就指出：他們「大膽採用舊形式而同時把新的血液注入舊形式和民間形式，他們教人民進步，同時又向人民學習，不超過羣眾，同時也不做羣眾的尾巴——這都是值得我們取法的。」[26]鍾敬文也認為：「採用舊形式，創造新形式，這是很必要的。但是必須小心地關顧到眼前民眾的生活，思想和藝術的固有習慣。這就是所謂『中國作風』。」又說：「總之，新形式的嘗試也好，舊形式的運用也好，都必須密切注意眼前讀者和聽者的文化程度和藝術胃口，不要覺得自己完滿了，就以為可以暢行無阻。民眾的眼耳、頭腦和心臟，才是判定你的作品價值的法官。」[27]山西作家趙樹理的小説《李家莊的變遷》、《李有才板話》和李季的敘事詩《王貴和李香香》成為「文藝工農兵」的典範，還發表了對其作品的評論，加以推薦。

五、關於新詩創作的討論

自五四新文學運動提倡白話文學，並用白話寫作新詩，最為人所詬病的在於打破了舊體詩形式，而又無力建築新詩形式，對新詩的前途是悲觀的。郭沫若在《開拓新詩歌的路》就説：「中國的新詩歌，自文學革命以來已經有三十年的歷史了。一般人的見解，認為詩歌最無成績。從前有好些寫新詩的人現在不大寫了，也很受人指責。特別是不寫新詩，而偏偏愛詩而寫寫舊詩，似乎回到革命以前去了。」[28]郭沫若認為：新詩歌之所以最無成績不在於沒有形式，而在於追求形式，「這樣做的要求不是在盡力追求解放，而是盡力追求枷鎖。」[29]然而，郭氏卻未能為我們指出新詩的創作路向，認為要拓展中國的詩歌創作，一是「啟發人民的文藝活動，讓人民自己寫，由今天的工農兵自己寫出來的詩，那才是詩歌礦坑裏真正的金礦銀礦。人民自己不能寫也不要緊，只要能寫字的讀書人代寫」就是好詩，一是詩人虛心「向人民學習」。這也就説，詩人本身再難有所作為了。

詩人林林在《關於詩腔》中對中國新詩創作的看法還是比較實在的：「五四文藝運動的貢獻，就是提倡白話文，詩文學也從這時期起，打破了中國舊詩的桎梏，走上詩的白話化的路，自由詩、散文詩，吸收了西洋詩的某些優點，這是對中國詩式的否定。但是，我們的新詩，自把纏足布解放之後，又變成過於歐化，而消化不良，發生洋酸氣了，詩是散文化了，缺乏中國詩音樂美，因為以白話寫音節韻律太不注意了，對於大眾化，對於中國氣派也是有障礙的。詩失去了詩腔，好看不好朗讀，這傾向相當濃厚，因而不能不提出來商討，今天也許是應該來個五四文藝運動的否定之否定。這不是復古，而是進步。」又說：「我這麼想法，詩，是要將『詩意』通過『詩腔』來表現的，詩才有詩的特性，詩才能有內容與形式的諧和，當然推敲詩腔，沒有好詩意，那是陳腔濫調，但有詩意，沒有詩腔，……只求形象化，不能成誦，那根本不是好詩。」[30]關於新詩的「詩腔」問題曾引起關注和討論。而這正是一直困擾中國新詩創作的問題，一直未能得到解決的問題，還有待我們繼續討論的問題。

對此黃藥眠在《論詩歌工作上的幾個問題》有這樣的看法：「我們要提倡甚麼一種新的風尚呢？當然歌謠的風尚應該是主要的風尚。但這並不是意味着，我們要排斥其他不同風格的詩歌。既然小資產階級在目前還是起進步作用，既然自由詩在五四新文化運動中有他自己的傳統，而自由詩本身還存在着有許多優點。因此如果有這樣一個詩人，有這樣一種題材需要用自由的形式來表現，那麼我們是沒有理由來反對他的。而從文藝發展長遠的道路看來，各種不同風格的同時並存不僅在當時是一個好處，而且經過一個時期的互相影響以後，他可能形成更多的新的更高級的混合的風格。」可惜這種新的風格至今並沒有形成。

在文藝為政治服務的前提下，甚麼「詩是貴族的」時代已經過去，「做我自己的詩」的時代已經過去。詩歌為大眾是那時代的要求。在這期間，有的詩人還是努力耕耘的，寫下不少富有時代意義的詩篇。臧克家和袁水拍（馬凡陀）的詩歌較為突出較有特色的。臧克家的《泥土的歌》，引起各方的關注和熱烈的討論。作者在《關於〈泥土的歌〉的自白》中說：「《泥土的歌》，從題名上就可以看出來它是怎樣性質的一本東西。裏面的詩，都是短短的，而總共也只那麼薄薄的一小本。但是，由它引起的反響卻超過了抗戰以來我別的集子。有些文藝團體討論過它，有些詩家（包括國內外）格外重視它，有些讀者特別偏愛它，有些批評家嚴厲的批判它。就是我個人，在《十年詩選》的序言裏，也曾把它和《烙印》列為『一雙寵愛』。遠在零星發表之初，已經有人在說着一個風格的轉變了。這本小詩所以惹起注意，是與它所表現的內容有着密切的關係的。我是一個鄉下人，性格上黏着濃厚的農民性，而這本詩，又全是寫鄉村的。它的吸人處在這裏，而問題也在這裏。」[31]而林默涵在《評臧克家的〈泥土的歌〉》卻批評說：「幾乎看不到一點農村階級鬥爭的影子」，「嗅不到一絲絲今天已經燒紅了全中國的農民鬥爭的火焰氣息」。[32]還是給他摑政治上的一巴。

關於馬凡陀（袁水拍）的詩歌曾引起熱烈的討論。他的詩歌大都是運用民謠的形式寫成的，諸如孟姜女、五更調、十四行等等，五花八門，無奇不有。刑天舞在《關於馬凡陀》一文中說：「他運用了可能的新舊形式，但實際上他也就否定了所有的形式。我以為在形式問題上，馬凡陀值得學習的地方不是他成功地運用了甚麼體，而是他的放手運用一切的體。特別是更多的運用民謠體。」「馬凡陀之所值得鼓勵是因為他的詩反映了廣泛的現實，有許多過去被人認為不屑寫的東西，都被他寫了。有些人可能認為這破壞了詩的莊嚴的藝術性，但我認為真的新詩的出發點就是在於寫那些被一般詩人所不屑寫，而一般羣眾都非常關心的東西。」[33]如何運用民間形式寫作新詩是一個很值得探討的問題。

六、文學批評原則與主要作品評論

左翼文學批評從馬克思主義學説尋求理論依據，作為指導原則。邵荃麟是較早從事馬克思主義文學理論研究的著名文學理論家之一，在香港發表《馬克思的文學批評》長文，較為全面地探討馬克思主義的文藝思想。邵荃麟説：「資產階級的文學批評，一般總是從作家主觀的思想感情去作出發。馬思的批評則從客觀關係的反映上去作出發。馬思的這種批評方法，是根據於他們那科學的唯物史觀的學説。文藝是作為階級的意識形態而存在，在文藝作品中所描述的事物現象，本質上都是社會和階級關係的反映，這種反映有正確的、歪曲的，有深刻的，有表面的，所以要正確去了解它和評價它，不能不是從它所反映的本質關係上去究明。作品所反映的現實愈正確愈深刻，也就愈顯示出歷史的真實法則。適應於歷史發展的法則（階級鬥爭的法則）而去推動現實前進，這是革命者所要求的。所以現實性愈強的作品，也一定具有更大的革命功利性。批評家的任務，不僅在於鑑賞和解釋作者的主題，更主要的是在發掘作家所表現的事物中的本質關係，從這裏去評價它的現實意義。」[34]這就是左翼文藝批評家所遵循的信條。

在文藝為政治服務的前提下，對於文學作品的評論必然奉行「思想性第一，藝術性第二」的原則。正如郭沫若所說：「文藝應該服務於政治，批評應該領導文藝服務於政治。這應該是今天的文藝批評的原則。」[35]李亞紅更說：「文藝必須服從政治，為政治服務，更確當更具體地說：文藝必須服從政策，為政策服務。」[36]一部作品的好壞全取決於是否符合政治的要求，符合政策的落實。再好的藝術表現都是次要的了。也可以說，文學評論淪為對作品對作家的政治審查。秦牧倒是看到問題的偏頗：「近年來，由於一個政治力量蓬勃的成長，文學應該為人民，為革命，應該工農化、大眾化的論調，風靡一時，這論調，毫無疑問，絕對正確。祇是在黜陟人物，批評高低的時候，不期然有許多人拿住一把尺，量長量短，曹禺的《家》，曾經被人痛切批評，認為不夠鬥爭。巴金的小說，有人痛恨，認為不夠進步。甚至有的青年在報紙上大呼『吊死巴金』，而另一個致力革命的文學者東平，因為他一下筆就是鬥爭，不管他的文字是如何黠屈聱牙，脈路淩亂，文字上的毛病是如何的嚴重，竟不見有人批評，這現象，我深覺驚奇。」[37]這種淺薄的庸俗的文學批評的惡劣傾向確是嚴重存在。這種從政治出發的文學批評，必然扼殺了中國文學的正常健康的發展。

在這個時期，作家還是挺勤奮的，也有可喜的收穫。較為著名的有黃谷柳、侶倫、陳殘雲、司馬文森、秦牧等，在一定程度上反映了時代的風雲和社會狀態。這些作品都是在香港發表出版的，成為香港文學遺產的一個部分。

黃谷柳的《蝦球傳》在《華商報・熱風》連載後，就受到廣大讀者所歡迎。著名評論家周鋼鳴對黃谷柳《蝦球傳》作了充分肯定。他在《評〈蝦球傳〉第一、二部》中說：「這是規模相當龐大的一個長篇。內容是寫一個流浪兒童在香港和廣東的黑社會生活中的曲折經歷，以及他將如何從這種生活中掙扎出來走向光明。這種題材在新文藝上，可以說是很少或甚至沒有被人描寫過，由於作者對於這方面生活的熟悉，以及他社會知識豐富，這個作品確實具有一種引人入勝的魔力，使讀者跟着書中人物如親歷其境一般，看到這種社會生活中萬花鏡似的多姿多彩的面貌。這的確是開拓了新文藝的視野，暴露出殖民地和半殖民地社會最陰暗的角落裏的生活狀貌。作者這種努力，以及生活知識的豐盛，是值得讚美的，這兩部小說贏得了極大讀者的歡迎，並不是沒有理由的。」[38]《蝦球傳》第三部《山長水遠》出版後，也有熱烈的反應，霖明等在《評〈山長水遠〉》中說：「第三部〈山長水遠〉則是反映華南人民解放鬥爭而說情說理，小說裏所說的是人民解放鬥爭之情，說的是革命翻身的大道理。」[39]這部作品被論者認為是香港文學的一部經典。

侶倫是當時一個重要香港作家。《青年知識》曾為他的小說《無盡的愛》和《永久之歌》刊出評論專輯。文章對其創作的歷程作了概括的敘述：「侶倫先生是有他的優良的基礎，文藝的表現技術的掌握，是用過苦心的。而對於現實題材的選擇，在早一時期，已有上述二作品作證明，今後再堅強些走上現實的路，作品是可以更光輝的。侶倫先生自己還珍惜他的筆，他接着寫出都市下層人民的生活，《窮巷》和《私奔》，這就說明他的人生觀、藝術觀在變化了，向這條現實文學的路努力了，向新的現實的創作之路走，起初也許還有困難，還有一些舊觀點舊手法的殘餘的阻障，但相信侶倫先生是有自信克服的，我們祝他有更大的成就。」[40]侶倫無疑是香港文學史上的一位重要作家。

陳殘雲著有《風砂的城》，作者在《〈風砂的城〉的自我檢討》中說：這並不是一部成功的小說，「寫作的動機和態度是不夠純良的」，所描寫的「都是個人精神的直覺的偏愛，是思想的浮面和軟弱。文藝是服從於政治，服役於政治的，在這一意義上，《風砂的城》卻是滑跌了方向的。」[41]這部小說雖得到好評，但在政治上的未夠積極正面而作了這樣的自我政治批判。

香港文藝刊物也經常轉載和評論解放區的文學作品，諸如趙樹理、康濯等的小說，李季的詩歌。賀敬之的新歌劇《白毛女》曾在香港上演。馮乃超在《從〈白毛女〉的演出看中國新歌劇的方向》，認為「這個劇本，深刻地反映出中國革命的歷史的主題」，「是一部創造中國新歌劇的里程碑的作品」。這些解放區作品幾乎成為左翼文學創作的典範。

七、關於馬華文學的討論

香港在地理上在治政上有它獨有的地位，既吸納西方文學思潮以促進中國文學的發展，同時促進中國文學的對外擴展，特別是與東南亞華文文學的關係更形密切。自從抗日戰爭以後，香港的文學雜誌暢銷東南亞，有不少中國作家旅居東南亞各地並從事文化工作，更重要的是僑居當地華人大都用華文從事文學創作，形成一種獨特的華文創作的羣體。關於東南亞華文文學的性質及其定位，四十年代在香港文藝界就討論過這個問題。郭沫若、夏衍、司馬文森等都發表過他們對中國文學「馬華化」的意見。對這個問題，郭沫若說：「『馬華化』這個名詞，我是這次到香港來知道的。據文森兄告訴我，是馬來亞的華僑文藝的問題。在馬來亞的華僑文藝中，一向從事寫作的人都關心着祖國，祖國的文藝問題便是華僑的文藝問題，就如華僑是僑居在馬來亞的中國人一樣。華僑文藝也就是僑居在馬來亞的中國文藝。這種文藝是所謂『僑民文藝』，沒有扎根在馬來亞的土裏，而是神遊向祖國的空中，今天和這種『僑民文藝』相對，有『土生文藝』的提出，要注重此時此地，要使文藝在馬來亞生根。今天的所謂馬來亞民族，事實上是由三種主要的民族所構成的：馬來人、中國人和印度人。中國人有二百多萬，佔全人口五分之二。從中國的立場來說雖然僑居異域，而從馬來亞的立場來說實在是五分之二的主人。中國人既已經在馬來亞生根，他們所寫的文藝應該根植在馬來亞的文藝。這就是所謂『馬華化』。這個問題在南洋方面仍然在熱烈的討論中，因為《文藝生活》的讀者主要在南洋，文森兄便要我對這個問題表示意見。」[42] 郭氏又說：「我是贊成馬華化的，也就是說贊成馬來亞青年創造『土生文藝』。」「從理論方面來說，文藝是生活反映與批判，馬來亞的中國人作家當然以表現馬來亞生活為原則。從事實方面來說：馬來亞的中國人實際上是成了另一個國族的主人，這猶如英國人航海到新大陸去構成了美國一樣，今天我們沒有理由要求美國人專門關心她的祖國英吉利，同時沒有理由要求馬來亞的中國人專門關心她的祖國中國。馬華化是絕對正確的路線。這樣倒並不是和中國文藝絕緣，而是使中國文藝更加豐富了。這也如美國文學脱離了英國文學的影響，而英語文學更豐富是一樣的。」

夏衍論述馬華文學的獨特性説：「現在，馬華文藝是今日在馬來亞中國人的文藝，它既然以這樣的政治社會條件為其下層建築，從這土壤中產生出來的文藝成果，必然的也自有其不同的獨特性了。……為了獨特性，我們要從此時此地馬來亞人民生活特別是馬來亞華人社會中去發現典型的生活特徵，典型的人物性格，但同時為了一般性，我們也放膽地歡迎外來各弱小民族的文藝作品，當然特別是從表現中國人民反封建反帝鬥爭的文藝理論和作品中，我們可以得到更多血肉相關的經驗和教訓。」[43]至於説「馬華文藝乃至文化工作是馬華人民解放鬥爭裏面的一個環節，那麼馬華文藝工作者肩上有『為中國的』和『為馬來亞的』這雙重任務，而每個人對於這任務輕重先後，也不能機械的偏廢選擇，而應該由每一個工作者的社會關係、生活條件和個人志趣來決定了。」[44]這可説是最早對世界華文文學創作的性質和定位所提出的看法，頗值得我們參考和研究。

中國作家，特別是廣東作家，不少到過南洋各地，融入當地的社會，參加當地反侵略反殖民的鬥爭。並以他的經歷寫下各種各樣的作品。諸如巴人的長篇報告文學《在外國監牢裏》，司馬文森的長篇小説《南洋淘金記》，杜埃的短篇小説集《在呂宋平原》，林林的詩集《同志，攻進城來了》，陳殘雲的《南洋伯還鄉》等等，在《文藝生活》就經常發表不少這種以他們在南洋各地的生活經歷和鬥爭為內容的文學作品，並在香港出版。這是香港文學史上不可忽的一個方面。

八、後話

四十年代的香港左翼文藝的理論建設，為中共政權落實文藝為政治服務的文藝政策打下基礎。文藝從此成為政治宣傳的機器，嚴重扼殺文藝創作空間，只准歌功頌德，不准離經叛道。作家只能按照政治所劃出的白線寫作從而製造大量概念化公式化的作品，文學創作失去了真正的意義。對中國文學創作的發展造成嚴重的損壞。同時，也為中共文藝界歷次的批鬥作好準備，揭開了序幕。從五十年代開始，大陸文藝界的批鬥接二連三，對胡適思想的批判，對胡風反革命集團的鬥爭，以至反右運動，多少作家為維護文學的獨立和作家的尊嚴而遭整肅。中國文學創作環境是極為困難的。

面對中國作家從此成為政治的應聲蟲，中國文學創作日趨萎靡不振，為掙脫政治教條的束縛，大陸文藝界先後出現了維護現實主義創作的理論，秦兆陽的「現實主義廣闊道路論」，巴人的「人性論」等，就是邵荃麟這位馬克思文藝理論家也不得針對創作的不良現象提出了「現實主義深化論」和「中間人物論」，以期扭轉文學創作的惡劣傾向，開闢一條健康的創作路向，但均為政治所不容而遭批判。

這本評論集記錄了香港文學也是中國文學一個頗為重要的歷史時期的文學現象和理論建構，雖已成為歷史，但歷史的教訓還是值得我們記取的。

二〇一四年二月二十八日完稿

註釋

1 李志文《和平文藝論》，《南華日報》，一九四二年二月七日。

2 李志文《和平文藝論》，《南華日報》，一九四二年三月二十日。

3 荃麟執筆《對於當前文藝運動的意見——檢討・批判・和今後的方向》，《大眾文藝叢刊》第一輯《文藝的新方向》，一九四八年三月一日。

4 同註1。

5 同註1。

6 蕭愷《文藝統一戰線的幾個問題》，《大眾文藝叢刊》第三輯《論文藝統一戰線》，一九四八年七月一日。

7 郭沫若《當前的文藝諸問題》，《文藝生活》第三十七期，一九四八年二月。

8 郭沫若《斥反動文藝》，《大眾文藝叢刊》第一輯《文藝的新方向》，一九四八年三月一日。

9 荃麟執筆《對於當前文藝運動的意見——檢討・批判・和今後的方向》，《大眾文藝叢刊》第一輯《文藝的新方向》，一九四八年三月一日。

10 郭沫若《斥反動文藝》，《大眾文藝叢刊》第一輯《文藝的新方向》，一九四八年三月一日。

11 荃麟《朱光潛的怯儒與兇殘》，《大眾文藝叢刊》第二輯《人民與文藝》，一九四八年五月一日。

12 紺弩《有奶就是娘與乾媽媽主義》，《大眾文藝叢刊》第三輯《論文藝統一戰線》，一九四八年七月一日。

13 白堅離《周作人胡適合論》，《野草》叢刊第九期，一九四八年四月。

14 陳閑《論右傾及其他》，《大眾文藝叢刊》第三輯《論文藝統一戰線》，一九四八年七月。

15 蕭愷《文藝統一戰線的幾個問題》，《大眾文藝叢刊》第三輯《論文藝統一戰線》，一九四八年七月。

16 郭沫若《當前的文藝諸問題》，《文藝生活》第三十七期，一九四八年二月。

17 喬木《文藝創作與主觀》，《大眾文藝》第二輯《人民與文藝》，一九四八年五月。

18 荃麟執筆《對於當前文藝運動的意見——檢討・批判・和今後的方向》，《大眾文藝叢刊》第一輯《文藝的新方向》，一九四八年三月一日。

19 荃麟執筆《對於當前文藝運動的意見——檢討・批判・和今後的方向》，《大眾文藝叢刊》第一輯《文藝的新方向》，一九四八年三月一日。

20 茅盾《反帝，反封建，大眾化—為「五四」文藝節作》，《文藝生活》第三十九期，一九四八年五月。

21 穆文《略論文藝大眾化》，《大眾文藝叢刊》第二輯《人民與文藝》，一九四八年五月。

22 荃麟執筆《對於當前文藝運動的意見——檢討，批判，和今後的方向》，《大眾文藝叢刊》第一輯《文藝的新方向》，一九四八年三月一日。

23 郭沫若《當前的文藝諸問題》，《文藝生活》第三十七期，一九四八年二月。

24 茅盾《再談「方言文學」》，《大眾文藝叢刊》第一輯《文藝的新方向》，一九四八年三月一日。

25 靜聞《方言文學的創作》，《大眾文藝叢刊》第三輯《論文藝統一戰線》，一九四八年七月一日。

26 茅盾《再談「方言文學」》，《大眾文藝叢刊》第一輯《文藝的新方向》，一九四八年三月一日。

27 靜聞《方言文學的創作》，《大眾文藝叢刊》第三輯《論文藝統一戰線》，一九四八年七月一日。

28 郭沫若《開拓新詩歌的路》，《中國詩壇》第一期，一九四八。

29 同註26。

30 林林《關於詩腔》，《中國詩壇》第一期，一九四八。

31 臧克家《關於〈泥土的歌〉的自白》，《創作經驗》（文藝生活選集之四），智源書局，一九四九。

32 林默涵《評臧克家的〈泥土的歌〉》，《大眾文藝叢刊》第三輯《論文藝統一戰線》，一九四八年七月一日。

33 刑天舞《關於馬凡陀》，《野草》叢刊第六期，一九四七年七月。

34 荃麟《論馬思的文藝批評》，《大眾文藝叢刊》第四輯《論批評》，一九四八年九月一日。

35 郭沫若《當前的文藝諸問題》，《文藝生活》第三十七期，一九四八年二月。

36 李亞紅《今後文藝工作的一些問題》，《文藝生活》總第二十五期，一九四八年二月。

37 秦牧《讀紺弩默涵的文章》，《野草》。

38 周鋼鳴《評蝦球傳第一二部》，《大眾文藝叢刊》第四輯《論批評》，一九四八年九月一日。

39 霖明等《評〈山長水遠〉——黃谷柳著〈蝦球傳〉第三部》，《文藝生活》第四十六期，一九四八年九月。

40 霜明，孟仲，文燊，周志，章誠五人書評《寂寞的夢——評侶倫的〈遙遠的愛〉和〈永久之歌〉》，《青年知識》第四十一期，一九四九年一月。

41 陳殘雲《〈風砂的城〉的自我檢討》，《創作經驗》（文藝生活選集之四），智源書局，一九四九。

42 郭沫若《當前文藝諸問題》，《文藝生活》第三十七期，一九四八年二月。

43 夏衍《「馬華文學」試論》，《文藝生活》第三十八期，一九四八年三月。

44 同注41。

• 留港文藝界參加達德學院文學系學生主持的遊園會後郭沫若及其四位公子，與茅盾夫婦合影（後排自左至右：茅盾、郭沫若、茅盾夫人）

• 詩人柳亞子與鍾敬文（靜聞）在香港合影

● 葉聖陶（右）與鄭振鐸（左）攝於香港

● 從左至右：楊晦，黃藥眠，樓棲，林林，陳敬容，蔣天佐，周鋼鳴

• 端木蕻良（左）與克家攝於香港

• 夏衍在會上發言

• 文藝理論家黃藥眠攝於香港

• 魯迅夫人景宋在香港

● 葉聖陶在達德學院文學系歡迎會上講話

● 自左至右：張瑞芳，陽翰笙，曹禺攝於一九四九年香港戲劇節

● 自左至右：曹禺，馬思聰，張瑞芳

● 站立者為蔡楚生，後坐者自左至右：顧仲彝，邵荃麟，周而復，張駿祥

《文藝生活》海外版第一期封面及目錄

督印人　張楚鳴
編輯人　司馬文森　陳殘雲
印行者　文藝生活社 (The Literary Life Society)
社址：香港九龍亞士厘道廿一號二樓
21, Ashley Road Kow Loon, Hong Kong.
通信處：香港九龍郵箱一七七七號
P. O. Box 1777
Kow Loon, Hong Kong.
承印者　香港嘉華印刷有限公司
・本期連同副刊定價一元六角・一九四八年二月出版・

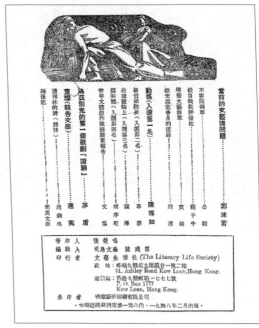

《海燕文藝叢刊》第一、二輯封面

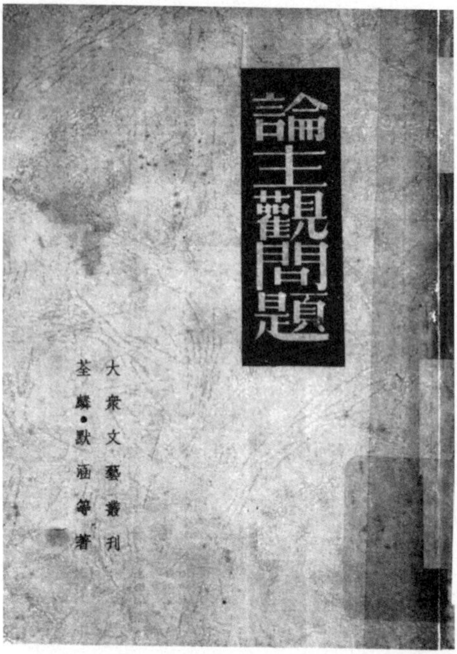

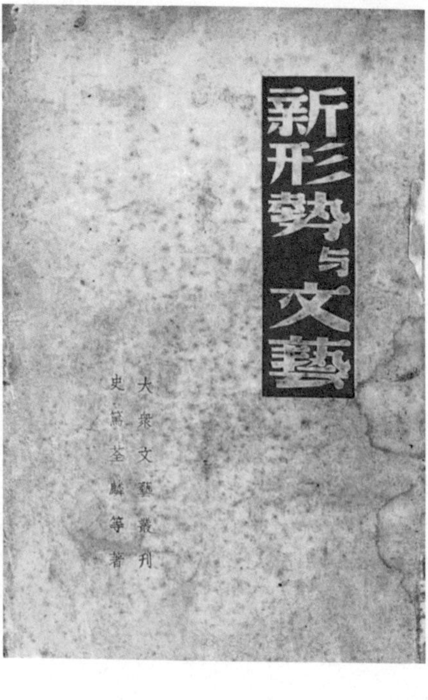

• 《大眾文藝叢刊》第五輯《論主觀問題》及第六輯《新形勢與文藝》書影

目錄

第三輯　文藝大眾化與方言文學的討論

第四輯　關於詩歌創作的討論

第五輯　主要作品評論

第一輯

左翼文藝運動的開展及文藝統一戰線的建立

對於當前文藝運動的意見
——檢討・批判・和今後的方向／荃麟

一

對於文藝現實情勢的指摘和不滿，很久以來，就普遍地反映在讀者和作者中間了。最近據一位出版家説，這一年來，一般文藝創作出版物的銷路，跌落到前所未有的慘況。這説明，問題還不僅止於指摘和不滿，那還不過是一般關心文藝的人底意見，至於廣大羣眾，則甚至已從我們新文藝背過臉去，採取冷淡的態度了。

這情形是值得嚴重注意的。

自然這不是説，羣眾不需要文藝了，倒毋寧説，羣眾對於文藝的渴求，是處在一種飢餓狀態中。但是他們所需要的，却不是我們所創作的東西。文藝和羣眾的需要脱了節，呈現出一片混亂和空虛。

對於這現象，我們今天再不應迴避或緘默，我們應該坦白承認，並且應該勇敢的檢討和批判自己的錯誤和弱點，向社會羣眾毅然承認我們的責任。

但這絕不是像沈從文之流所能指摘的。他們躲在統治者的袍角底下，企圖抓住一二弱點，對新文藝作無恥的誣蔑，甚至幻想藉這種誣蔑，把文藝拉回到為藝術而藝術的境域中去。這是不可能的。二十年來革命大眾文藝傳統，事實上不僅是在堅強地發展着，而且已經大大地跨進一步，和眞正工農大眾密切結合起來。這個主流却是在那人民已經翻身起來的廣大區域裏洶湧着，那個區域裏文藝書籍的暢銷和受到羣眾熱烈歡迎的情況，是打破中國出版界與文藝界的紀錄的。只有在這個人民失去自由的區域裏，文藝纔呈現出上述的病態，而這種病態的根源，則正是因為我們的創作生活多少是從那傳統革命文藝路綫上脱逸出來了。

對於文藝衰落的現象，我們不能單引反動政治迫害的理由來作我們的辯護，雖然它確是新文藝運動發展的一個基本的阻礙。因為我們的文藝原是從反抗黑暗的鬥爭中強大起來的，就應該從更尖鋭的鬥爭中取得更強大的力量，我們也不能說，這是由於市民階級墮落的文化氣氛底濃重，以致侵蝕了新文藝的生命，因為這只是說明了我們自身抵抗力的薄弱。至於如一般所指摘的，作家創作力的衰弱與生活的空虛，則不可否認是今天許多作家的共同弱點；但何以這種弱點在今天是那樣普遍地存在於我們作家中間，而以往若干次偉大時代鬥爭中，却沒有產生這種顯著的現象呢？可見這絕不是個人的問題，也不是從個人主觀的條件上所能解決。我們認為這個問題應從歷史與社會的原因上去找求解釋，從歷史上去究明我們的責任，並且從思想上找出文藝衰落的根源。

我們應該指出，這十年來我們的文藝運動是處在一種右傾狀態中。形成這右傾狀態的，是由於長期抗日文藝統一戰綫運動中，我們忽略了對於兩條路綫鬥爭的堅持，在克服「關門主義」的傾向時，却也不自覺地削弱了我們自己的階級立場，甚至這種觀念在許多人的頭腦中久已糢糊了。因此，我們的文藝運動中就缺乏一個以工農階級意識為領導的強旺思想主流，缺乏這種思想的組織力量，使我們不能形成一支像曾經走在魯迅先生大旗下那樣強壯的隊伍。十年來，我們的文藝運動是形式超過了內容，組織龐雜而思想空虛。事實上我們是在一種形式的戰綫下，各自作着散兵戰，自然這中間也有些堅貞的作家在作着強韌的戰鬥，並且獻出了他們光輝的戰績，但是因為失却集體思想的引導使他們創作力量多少遭受了影響，或甚至使他們的積極性的戰果沒有得到應有的鼓勵。文藝運動原來是作為社會鬥爭中思想運動一翼而存在，作家的創作活動是結合在這羣眾的思想運動與實際鬥爭中而共同前進。五四以來，我們一向所驕傲的革命文學底光榮傳統，無非是因為我們的文藝運動在每一次革命運動中，總是走在羣眾前面負起時代號角的責任，而新文藝本身也是從這些實際鬥爭中強大起來的。然而現在我們的文藝運動却因為本身缺乏一個和羣眾鬥爭相結合的強旺思想主流，就被那迅速發展的現實形勢遠遠地摔落在後面了。

自然，將有人會説，這幾年來，我們何嘗不是在民主的大旗下共同奮鬥？何嘗不是有了人民文藝的口號呢？是的，我們是有了這些方向和口號，但祇有方向和口號是不夠的。「人民」和「民主」究竟不是一頂美麗的帽子，可以隨意戴在頭上。人民文藝是要能表現出人民大眾今天的要求和意志，要能被人民大眾所接受承認和喜愛。而現在我們作品中是否一般具有這種眞實的內容呢？是否已經建立起為羣眾所能接受的形式呢？是否建立了以羣眾利益為標準的文藝批評呢？是否被羣眾所承認呢？對於這些問題，我們是很難得到滿意的答覆的。在我們中間，有種流行的見解，以為現在某些作品在思想上是沒有問題了，缺乏的是眞實的感受性，所以藝術的基本問題，不在思想而在作家個人的眞實感受，缺乏這個條件才形成文藝的蒼白狀態。這其實是對於思想意義的一種誤解。思想和感情是不能截然分離的。理性生活與感性生活在基本上是一致的。作家的眞實感受，只有出發於眞實的思想，只有和廣大羣眾的感覺取得一致時，藝術纔具有其客觀的眞實性。在今天，作為一個進步智識分子來説，只有在向廣大羣眾結合中，進行其自身意識改造，在這個基礎上建立起他健康的感性生活，否則便可能走回到個人主義文藝的舊路上去。我們以為今天文藝思想上的混亂狀態，主要即是由於個人主義意識和思想代替了羣眾的意識和集體主義的思想。

個人主義的思想在文藝上表現為多種的傾向，而互相拒斥着，實際上却是同樣出發於小資產階級思想的根源。而在今天羣眾革命意識澎湃高漲的對照之下，這種意識形態就顯露出它本質的空虛與蒼白了。儘管許多人都承認文藝應為羣眾服務，但從今天一般創作情勢看來，多半是沒有脱離個人主義的窠臼的。正因此，羣眾對於文藝的要求就不能明確地提到我們的日程上，大眾化工作也被人們所輕視着，甚而被嘲笑和拒絕了。個人主義的文藝思想，一方面表現在對所謂內在生命力與人格力量的追求。在這種要求下，文藝的政治傾向與直接效果，被人們視為「庸俗説教」而予以拒絕了；人們在追求着藝術的「永恆價值」，在歌頌「原始的生命力」與個人英雄主義，在高揚着超階級的人性論與人格論，把克立斯多夫式的追求，肯定為現代人生戰鬥的途徑；總之，階級鬥爭的精神在這裏被個人反抗的精神所代替了。另一方面表現於那種淺薄的人道主義和旁觀者底微溫的憐憫與感嘆態度。人民血肉鬥爭和強大力量，在這種憐憫與感嘆中間，變成了庸俗而無力；或則摘借一些公式與教條，作為空虛的點綴。這就是所謂貌似眞實而實則虛偽的情形。關於這些傾向，我們將在下一節中去分析，但在這裏可以指出它們一個共通特徵，即是過高的估計了黑暗的力量，過低的估計了人民的力量。不能把握革命發展形勢，因而也忽略了革命形勢賦予文藝的具體任務。於是「人民」在人們頭腦成為一個抽象的名詞，而在大翻身中間起來的人民眞正力量，却反而看不見了。

這數年來，中國社會鬥爭內容的豐富是超越任何時期的，然而反映在作品中間，却是何等的貧薄，這豈不是說明了文藝離開了集體主義的眞實思想運動方向，也就失却了創造力量的泉源。藝術的把握，概括，批判的力量，是出發對於現實深刻的認識與感受。如果離開了羣眾生活，離開了羣眾的正確思想立場，離開了辯證唯物主義的方法論，則儘管強調個人的感受力也好，冷靜的觀察也好，都無法眞正深入現實中去。個人主義思想終究是應付不了激烈變動着的現實的，所以在不論是屬於這一種或那一種文藝傾向的作品中，都常不免於表現出知識分子在「殘酷」與尖銳的歷史鬥爭下的苦悶，彷徨，傷感，憂鬱，以及有意無意的避開現實，自我陶醉等等傾向。這些都是表現個人主義意識在強大歷史壓力下所顯示的脆弱與無力。這是一個翻天覆地的階級鬥爭的時代，能夠抵抗那歷史的壓力和創新時代的，只有那最強大的階級力量，羣眾力量，不是把文藝思想運動結合在這個力量中間去，我們是無法克服目前這衰弱狀態的。

由於這種衰弱狀態的長期繼續，於是就致使市民階級與殖民地性的墮落文化氣氛，侵蝕到新文藝領域裏來了。投機、取巧、媚合、低級趣味，幾乎成為流行的風氣；而更惡劣的，則是那種色情的傾向，這甚至墮落到比鴛鴦蝴蝶派還不如。這種墮落的傾向，使文藝不僅脱離人民大眾，而且作為服務紳士階級和加強殖民地意識的工具了。和這類傾向實質上相同而表現不同的，則是那種打着「自由思想」的旗幟，強調個人與生命本位，主張寬容而反對鬥爭，實際上是企圖把文藝拉回到為藝術而藝術的境域中去的反動傾向，又重新在出現了。從這些情形裏都約略地可以窺出今天新文藝運動的危機——文藝上人民大眾的集體主義意識的渙散，個人主義意識的高揚，因而招致墮落的和反動的文藝思想的抬頭。如果説，文藝應該是人民的聲音，則今天這聲音是何等的薄弱，如果文藝是歷史的鏡子，則今天這鏡子裏的影子又是何等糢糊。歷史已經進入到一個新的階段，而我們的文藝還遠遠停留在後面。文藝離開了羣眾，羣眾自然也就向文藝背過臉去，採取冷淡的態度了。

而現在一個空前偉大的人民革命在我們眼前起來了。這是二千年來中國歷史上一次翻天覆地大革命。千百年來被壓迫的工農大眾將翻過身來。封建買辦制度將被連根拔起。人民用自己的力量來掌握歷史的方向，來創造我們自己的世界。在這樣一個時代中間，人民不僅要求而且已經在建立他們自己的文化生活了。如果我們再不痛切反省，澈底檢討，克服十年來這種右退的傾向，從這個智識分子的狹小圈子裏打開去，勇猛地投向那羣眾的巨潮中，那末，我們的新文藝運動的前途勢必將遭遇致命的危機。

二

首先，是對自己的批判

一九三七年，民族抗戰的爆發，使新文藝運動在廣大人民羣眾中得到空前的發展。抗日文藝統一戰綫達到極廣闊的程度。這無疑是中國新文藝運動一個重大的進展。這中間，我們確實也獲得了一些光輝的成就，例如發動許多文藝工作者和戲劇團體，走到農村和軍隊去，這是應該肯定的。但是從現在看來，我們當時對於文藝統一戰綫的意義，實在理解得不夠明確。我們沒有認識文藝統一戰綫的開展，主要是為了把進步思想的影響擴大到各階層和廣大羣眾中去，因此它的基礎不能不是安置在羣眾的中間；我們主要的力量却放在團結各個派別的作家這一點上，而這種團結又不是出發於思想上的加強領導與互相批評。在思想上，我們沒有積極地去強調抗日文藝的大眾立場和羣眾路綫，或甚至以為這種文藝界的團結。在統一戰綫的原則下，多少鬆懈了領導思想前進的責任，表現了輭弱與無能，接受了西歐資產階級那種「容忍即民主」的思想，形成了互相退讓，互相敷衍，甚至互相冷淡的局面。我們甚至有意地避開批評和鬥爭，以圖取得表面上的和諧。這就呈現為抗戰初期那種「轟轟烈烈，空空洞洞」的現象。這和抗戰初期在大後方局部地出現過的政治上的右傾的機會主義是有直接關係的。即是說，我們過份重視了對友軍的照顧，削弱了對基本羣眾力量的信任，我們在反對「左」的鬥爭中，忽略了右傾的鬥爭。這樣使思想運動的主導力量日漸輭弱，而被小資產階級那種單純而充滿幻想的愛國熱情所代替了。作家逐漸忽略了新文藝運動一貫以來的大眾立場，也忽略了自身意識改造的任務。如果像一般所指摘的，當時文藝思想的主要傾向是公式主義，則這種公式主義，實質上也是一種右傾的公式主義。

因此，當抗戰初期的高潮過去以後，現實的政治形勢，粉碎了智識分子美麗的幻夢，於是許多文藝工作者立刻跌入到一種徬徨、迷惑的境域中間，思想的空虛與感情的脆弱一齊暴露出來了。一九四二年以後，正當延安開始文藝思想一個新的發展的時候，大後方的文藝運動却停留在一種非常黯淡和無力的狀態之中。許多右的傾向都是從那個時候發展起來的。特別是詩歌散文上一種流行的憂鬱氣氛，以及戲劇上的市儈傾向，這都是被人們批評過的。在當時，我們也曾經以政治黑暗的理由作為辯護，然而事實上，却是說明我們是被政治天空上的烏雲所震倒了。對於歷史的近視和對於羣眾信心的喪失，產生了長夜漫漫何時旦的迷惑思想。埋伏到羣眾中去長期工作的方針被了解成了退回書齋中埋頭創作。在這個時期中間，文藝運動的推動者和我們的理論與批評家，非但沒有去注意和批判這種危險的傾向，反而自己也會被那種變天思想所擒住了，甚至還受到資產階級唯心主義思想的影響。我們也在強調感性與人性，要求從倫理觀點以至從人道主義觀點上批判社會。這些傾向雖則及時地被糾正了，但是我們仍然沒有把延安文藝座談會所指出的文藝羣眾路綫與羣眾觀點，明確而具體地強調出來。這個座談會的成果，在後方沒有得到應有的普遍和熱烈的討論，倒毋寧說是一般地被冷淡了。我們除了做些爭取言論與出版自由的民主鬥爭以外，沒有積極地去喚起作家們注意其自身意識改造的問題。吞吞吐吐，半溫半涼的批評，作為統一戰綫策略的運用。一直到一九四五年春，我們纔提出了「面向農村」的口號，指出了人民文藝的方向，但是也僅是作為一種理論的宣傳，沒有把它和實踐結合起來。理論與實踐離開，便可能流為一種新的公式主義。這一切都是說明了我們的輭弱無能——對於文藝階級立場的不夠堅定，對於馬列主義的藝術觀與毛澤東所指出的文藝觀點的不夠堅持，對於羣眾思想的沒有搞通，因此當一九四五年新的革命形勢開始高漲的時候，文藝運動就明顯地落到後面去了。一九四五年底，在重慶曾經舉行了一次集體的檢討，雖然指出這種右傾的危機，但沒有得到明確的結論。因此，當文藝運動中心遷回到上海的時候，帶回來的思想主流，却是那樣的輭弱與空虛。上海這樣一個半殖民地性的國際都市，在淪陷了八年之後，那種墮落文化氣氛的濃重是不消說的。在這種情形之下，雖然也帶來了一度暫時的繁榮，但是當黑暗勢力再度高漲之際，新文藝運動的戰鬥力量便顯出可憐地貧乏了。

但是，我們仍然被那種輭弱無能的右傾統一戰綫觀念所束縛着，對於一切不正確的傾向，以至墮落的市儈文化，不敢作正面的批判，噤若寒蟬；為了息事寧人，甚至作了無原則的寬容，形成一種表面上一團和氣而實際上意見分歧的狀況。這正是列寧所說的「跛了脚的政策」，這種跛脚政策，到現在已經明白地顯出此路不通了。

有人指出，這是一種惰性。毫無問題，我們應該承認這種批評，但是這種惰性的根源，正和其他各種傾向一樣，是一個思想問題。從今天整個文藝思想運動來說，要澄清一切混亂的狀態，不能不首先從思想問題出發。

對於幾種傾向的檢討

由於革命文藝主導思想的衰弱，所引起的個人主義文藝思想的高揚，正如前面所說過的，是表現為多種狀態而互相拒斥着。一方面由於小資產階級智識分子對於政治與歷史現實形勢的不能把握，一方面則由於厭棄教條主義，連同科學方法論也被拒絕了，大家只是按照個人的意識與感覺去追求一條文藝的道路，從各種不同的觀點出發，就逐漸形成了各種不同的傾向。

這裏值得特別指出的，是一九四一年以後，十九世紀歐洲的資產階級的古典文藝在中國所起的鉅大影響。大量的古典作品在這時被翻譯過來了。托爾斯太，弗羅貝爾，被人們瘋狂地，無批判地崇拜着。研究古典作品的風氣盛極一時。安娜·卡倫尼娜型的性格，成為許多青年夢寐追求的對象。在接受文藝遺產的名義下，有些人漸漸走向對舊世紀意識的降伏。於是舊現實主義，自然主義以及其他過去的文藝思想，一齊湧入人們的頭腦裏，而把許多人征服了。這個情形，和戰前國際革命文藝思想對我們的影響相比較，實在是一種可驚的對照。而從這一點上。也反證出革命文藝思想是怎樣衰弱了。

自然，我們不能把文藝思想的右傾，歸咎於外來的因素，也不是說文藝遺產不應接受，然而這種情形却是反映了當時智識分子本身意識上的弱點和迷亂。他們感覺自己的空虛，又不滿於一般作品的淺薄，從反對公式教條，便轉而向古典作品去追求「充實」與「高深」，去追求「形象」和「技巧」，古典作品成為苦悶的智識分子底心靈安慰物，成為適合於他們脾胃的精神糧食，甚至有人以為當時的中國正是十九世紀俄國或法國的情形。一方面既已在現實的鬥爭中採取了右退的觀點，一方面又浸淫於舊文藝思想中成為俘虜，唯心主義觀念便容易地在人們意識中間滋長起來了。所謂超階級的人性，以至所謂「聖潔的愛」與「永恆的美」的追求，即是這種傾向的表現。另一方面我們又看到了從技巧形象的追求出發，而逐漸接近于十九世紀自然主義的傾向。這種傾向表現為對於歷史與現實批判底軟弱無力，人道主義的微溫的感嘆與憐憫：以「含淚的微笑」來代替當前中國艱苦的戰鬥，以倫理的觀點來認識社會與人生，甚至讚美了一種無怨無艾，不忮不求的忍受精神，稱之為中國知識分子傳統的美德。在創作方法上，則走向於繁瑣的和過分強調技巧的傾向。這種傾向，我們以為是政治逆流中智識分子軟弱心境的一種反映。一九四一年前後，實際上是革命發展中間一個局部的暫時的低落狀態，並不是革命的低潮，因為革命的基本力量，並沒有動搖，但是若干智識分子則被那時的情形所迷惑了。政治的腐敗和經濟的紊亂，使他們精神感到異常沉重，他們以為人民的勝利還將經過極長的黑暗時期，因此他們不僅從實際戰鬥崗位上退却下來，而且在精神和意識上表現退却了。他們覺得，在這長夜漫漫中間，一個作家的任務，應該是埋頭在他自己創作上，在文藝中去安身立命，用較冷靜的頭腦，去觀察，分析這社會，去描寫這複雜而痛苦的社會生活，去告訴讀者，黑暗勢力是如何殘暴驕橫，而人民的生活是如何悲慘痛苦。於是，他就不知不覺成為一個人民生活與社會鬥爭的旁觀者。憑着智識分子的正義感，來譏評一切不合理的事物，來悲憫這些被壓迫的「弱者」。他看到他們的悲慘，却沒有看到他們的潛在力量，他為他們悲憤，而悲憤却化為憐恤。自然他們是誠摯的，認真的，說他們是虛偽是不對的，他們是同情人民的，但是由於離開羣眾而顯露出的思想上底軟弱，即使是有高度的技巧，又何從去表現出這時代的強大氣魄和意志？而這種誠摯和認眞，也不能使他們的作品產生對於羣眾的強大感動力量，使我們不能從這些作品中間去感覺到那已經起來或正在發展的另一階級力量，也不能預見到歷史的遠景。這和十九世紀的西歐自然主義思想，在根源上頗有近似之處，因此這種思想也就多少影響到我們革命文藝領域裏來了。

對抗着那些自然主義的傾向，便出現了所謂追求主觀精神的傾向。他們認為創作衰落的原因，是作家熱情的衰退，生命力的枯萎，缺乏向客觀突入的主觀精神，因此要求這種精神的加強，強調了文藝的生命力與作家個人的人格力量，強調了作品上內在精神世界的描繪。這是針對着當時一般作品內容的蒼白而提出來的。但是實際上，却仍然是個人主義意識的一種強烈的表現。因為它不是把問題從階級的基礎上，從社會經濟原因上，而却是從個人的基礎上作出發；不是首先從文藝與社會關係上，而只是從文藝與作家個人關係上去認識問題；不了解一個革命者的主觀戰鬥力量是從實際革命鬥爭鍛鍊出來的，他的革命人格是從他和階級力量的結合中間建立起來的，他們忘記了高爾基所說的，「人民是精力的不竭泉源，是唯一能夠把一切可能變為必然的。」相反地，他們把問題顛倒過來，把個人主觀精神力量看成一種先驗的，獨立的存在，一種和歷史，和社會並立的，超越階級的東西，因此，就把它看成一種創造和征服一切的力量。這首先就和歷史唯物論的原則相背離了。從這樣的基礎出發，便自然而然地流向於強調自我，拒絕集體，否定思維的意義，宣佈思想體系的滅亡，抹煞文藝的黨派與階級，反對藝術的直接政治效果；在創作上，就自然地走向個人主觀感受境界或個人內在精神世界底追求了。雖然抽象理論上強調了戰鬥的要求和主觀力量，但實際上都是宣揚着超脫現實而向個人主義藝術方向發展，要求文藝背離了歷史鬥爭的原則，以無原則的，自發性的精神昂揚來代替了嚴肅的認眞的思考。所以這不但不能加強主觀力量，而只足以削弱主觀力量。實質上，也就是向唯心主義發展的一種傾向了。

在苦悶與萎疲的氣氛下，這種強調個人生命力的呼聲，是會給讀者一些刺激的，但實際上却可以看出，是在黑暗勢力的壓迫下一種個人的脆弱底抵抗，也包含着一種牢騷式的對現實的抨擊。這種傾向和上述另一種悲觀主義的傾向，在根據上可以說是相同的，這兩種傾向也同樣出現於歐洲，有如法國左翼批評家 Cornu 在「馬克斯主義與文學的墮落」一文所述及的：

「對敵對的現實發生一種感情上的反撥，在現實的重壓之下，又拒絕屈服，因而走下坡路的資產階級，在它所鼓吹的文學裏，有時就表現以『意志』去對抗現實，把意志想像為絕對的力，能夠轉變世界，使世界滿足它（階級）的願望……但有時又屈服於沮喪，失望，厭世，疲怠的感情，在眼前現實之外去覓尋一個虛幻的觀點，一種死和虛無的象徵。」他們的特點，即是喪失了「人民力量統治着一切」這一個信心，因之反而求諸己，便向內在的精神世界去追求了。

以上所舉出諸種傾向，都是小資產階級的文藝思想，而這種思想又由於幾種具體條件，反映到革命文藝陣營中來。但我們還必須指出，就革命陣營方面說，雖然文藝上存在這些思想的偏向，但是整個左翼陣綫中的作家，在政治方向上一般地是一致在正確的革命方針領導之下，和反動勢力奮鬥的。在主觀上，大家都是有服務於革命，服務於人民的忠誠，但是由於革命的主觀願望與原來階級意識之間或多或少存着一些矛盾，這就反映在文藝思想上成為政治與藝術的矛盾。其實矛盾不在政治與藝術，而在於我們的自身。由於革命形勢急劇的發展，文藝思想上這些問題，就不容再含糊下去，應該明確地提出來，互相開朗地討論和解決了。

在左翼文藝運動中雖然存在着這一些弱點，但它的優點和成就也不能抹殺的，特別在近兩年來，在羣眾運動中，出現了一些羣眾自己所創造的新詩、歌曲等，這些都是很健康而富于鬥爭性的。可是後來得到應有的重視和發展。至于在這以外，那些惡劣的傾向，例如，為封建階級幫閑的，市儈主義的，色情的，和種種墮落的。黃色的傾向，則是屬於革命文藝的敵對方面，而應該為我們所無情地打擊，和防止它們侵蝕到新文藝領域裏來。

今天，這些問題，已經不是枝枝節節所能解決，更不容許引向於宗派的鬥爭。為了使我們從混亂與麻痺中走出來，除了要求大家具有高度的社會責任感，發揚自我批判的精神以外，最主要的，則是要求一切進步文藝工作者，在新的革命形勢之下，團結起來，和羣眾結合在一起，共同地，積極地建立起明確而具體的，適應於羣眾要求的革命文藝運動底方針與內容，以及在羣眾基礎之上的，更鞏固更擴大新文藝統一戰綫。

三

一條光芒萬丈的歷史道路，展開在我們的面前。一個明確而輝煌的箭標，在指引着這條道路。

這就是去年十二月二十五日那個歷史性的文件，它是當前中國一切運動的總指標，多年以來，人民前仆後繼的奮鬥所換來的勝利，以人民用自己力量建立起來的國家，今天已經不是歷史的遠景，而是即在眼前的現實了。我們對於這個勝利，已經奠立了鋼鐵般的信心，今天中國人民的責任，即是以加倍努力去爭取這個徹底勝利，把半殖民地半封建的統治徹底摧毀，建立起人民的新中國來。

文藝運動的發展，只有依據於這總的方向。今天文藝運動的基本任務，即是：一、在這個總指標之下，如何去担負起思想意識一翼的戰鬥？二、如何去滿足廣大羣眾實際戰鬥需要與文化生活的要求？

新的文藝運動底內容，不能再是僅僅根據於少數作家和智識分子的主觀認識來決定，而必須是具體地從革命形勢與羣眾要求作出發。

革命形勢和人民羣眾要求於文藝的是什麼呢？我們要提出下列諸方面的問題：

1. 是關於文藝運動的性質和內容

毫無疑問，我們今天文藝運動的性質，既不是舊民主主義的文藝，也還不是社會主義的文藝，而是新民主主義的文藝。這就要求比過去那種籠統的民主文藝或人民文藝的說法作更確切的闡明，特別和舊民主主義的文藝應該明白地區別開來。所謂新民主主義的文藝，一般說，是以無產階級思想和馬列主義藝術觀作為領導的，主要為工農兵服務的，以徹底反帝反封建為內容的文藝。然而在今天，當農民的土地改革運動已經成為革命的中心問題，成為澈底摧毀百年來半封建半殖民地社會基礎的直接任務的時候，新民主主義文藝也不能不是更明確地以農民土地改革的利益，作為它反帝反封建的具體中心內容：反映這個鬥爭對於整個社會的關係和其變動，改變人們傳統的社會關係觀念，澈底揭發美帝國主義與封建勢力的罪惡，消除一切和平合法的幻想，堅強人民對於這個鬥爭的信念，描繪新社會的生活——這一切都將成為文藝的重要主題；在這中間，農民便自然將成為文藝更重要的對象，而另一方面，反映城市的羣眾鬥爭也仍是重要的主題方向。而要發展這個文藝內容，便必須特別加強無產階級思想的領導。這兩點，在今天是應該尤其被強調的。

在這裏，我們需要回答兩個實際問題：第一、新民主主義文藝是否不要為小資產階級的文藝呢？是否將拒絕小資產階級作家的文藝呢？不是的，這樣做是不對的。小資產階級是可靠的革命同盟軍。我們也應該有為小資產階級的文藝，革命小資產階級作家在反帝反封建的戰鬥目標下所產生的作品，也仍為人民所歡迎。但是它將不是像過去那樣，處在文藝的第一位上；在革命形勢的發展中間，文藝對象將起很大的變化，這個變化將直接決定今後文藝運動的形勢。在這新形勢中革命的小資產階級作家是可能和人民羣眾更緊密的團結前進。第二、有人說，新民主主義文藝目前既然是以土地改革作為它的主要內容，但我們今天還在蔣管區，將怎樣去創造這樣內容的文藝呢？我們決不要求今天每一個作家去憑空描寫解放區的土地改革。但是土地問題是存在於中國任何農村的。地主買辦官僚對於農民的殘酷剝削，失去土地的農民的痛苦，高利貸的殺人，人民對地主大資產階級的反抗，民變，反三征，反飢餓的鬥爭，這一切都同樣是以土地改革為內容的文藝題材。問題是在作家怎樣去處理這些題材，把握它的實質，研究這一切問題。而且作家還可以通過最大眾化的文藝形式——戲劇，音樂，民謠，繪畫等等，為農民直接寫出這些作品，這是可能而且必要的。所以我們應該反對那種等待主義，應該立刻，堅決，去迎接這人民大翻身的巨潮。

以無產階級思想為領導的，以土地改革作為它主要內容的，服務於工農兵，而目前以農民為重要對象，但是也照顧到城市小資產階級，並且包括革命小資產階級文藝在內的。這就是今天新民主主義文藝的性質及其內容。

2. 是關於作家的思想改造，批判與創作方法

為了堅持新文藝運動的健康的主流的發展，我們必須在左翼文藝中間嚴格地批判和認真地克服那種輭弱無能的思想，堅決的負起思想上領導的責任，堅持文藝的羣眾路綫，建立強旺的文藝思想主流，批評和克服前節所述一切個人主義的文藝觀點，和非階級的文藝思想，糾正華而不實的作風。這一切並不是容易的工作，首先要求一切革命文藝工作者能從下列幾方面有所努力。

第一、堅決進行自身意識的改造，加強羣眾的觀點，發揚自我批評的精神，放棄智識份子的優越感，克服宗派主義的傾向。

第二、努力學習馬列主義與毛澤東的文藝思想，但不是教條式的學習，而是結合在切實認識中國社會現實和對文藝具體問題的研究上。在這裏，我們並且應提醒從事翻譯介紹工作者，同時加強國際革命文藝思想的介紹工作。

第三、無論為了意識的改造或學習，我們必須把積極參加實際社會鬥爭作為基本的前提。革命要求大批文藝工作者到工作中去，首先是面向農村，但即是在城市中間，我們也應該積極聯繫到日常的政治社會鬥爭中去，我們應該堅決承認文藝服從政治的原則，承認文藝的階級性與黨派性，反對藝術獨立於政治的觀念。只有政治思想上更明確的認識，才能克服藝術思想上的種種偏向。

文藝批評的建立，首先應把基礎放在羣眾的利益之上，我們每一句話都要向羣眾負責，要有教育羣眾的意義。批評一個作家主要是為了糾正一種思想在羣眾中的影響，而不是對於一個作家的攻擊。因此無論作家與批評家都應該具有高度的社會責任感。只有這樣，纔能糾正目前批評上一些混亂的現象和宗派傾向。一團和氣，一團火氣，驕躁自大，敷衍寬容都是對羣眾不負責任的態度。其次，尤應強調的，是發揚自我批判的精神。只會批評別人，不能自己反省，這好比丈二燈台，照人不照己，並不算得勇敢。自我批判是對羣眾負責的態度，惰性的克服也只有從這裏做起。再次，批評要照顧到具體的客觀情形與對象，不要離開實際情況去空唱高調，這是不易收到效果的。此外，我們還要區別清楚打擊與批評的不同，爭取與鬥爭的關係，所謂分敵友，權輕重，一切都以羣眾利益為依歸。

在創作實踐上，我們是堅持着革命現實主義的創作方法，革命的現實主義是要求我們能夠把握歷史的動向，具有批判歷史的強大力量，和指出歷史的明確方向，因此，它首先不能不是把創作實踐和革命實踐統一起來，它不能不是具有明確的階級性和政治傾向，具有積極，肯定的因素，而正因此，它才是最自由的，血份最多的現實主義。它反對一切認為意識性，政治傾向是貶低藝術的謬論，反對「爬行的經驗論和生活的神秘化」，反對脱離了階級和社會現實基礎去追求個人的內在精神世界，反對旁觀的和微溫的自然主義態度，正如日丹諾夫在他報告中所指出的「作者不能尾隨各種事件，他應當走在人民的隊伍中，向人民指示出他們發展的道路。作家應當以社會主義現實主義方法為指導原則，正直而仔細地研究我們的現實，更加深瞭解我們發展的進程的本質，去教育人民和在思想上武裝人民。」正因為如此，作家自己的思想武裝問題，便不能不具有首先的意義。

文藝的教育意義，特別在今天的普及為基礎的意義上，就應被我們所強調。因此一切來自生活中的樸素，自然，明確健康的形式應該為我們所重視，而這種形式的取得，是和那些形式主義者截然有別的。

革命現實主義的另一特點，必須為我們所提到的，卽是和革命的浪漫主義因素相結合。今天在我們面前，已經現實地存在着新的人民，新的生活。過去的理想，在今天已經成為現實，我們不僅要歌頌這些新的人民，寫出他們「不僅像今天的樣子，而且像他們明天應當如何的樣子」（高爾基）。這就是說，作者不僅要把握今天的革命形勢，而且能夠照亮明天革命的發展。「在他們面前展開明天的日子，同時向我們的人民指示出，他們不應該怎樣，而應該怎樣去鞭斥昨天的殘餘，因為這許多殘餘是阻碍人民前進的。」這是日丹諾夫所説的，另一方面他又指出：如果沒有對落後的，邪惡的一切批判因素，那麼這一革命浪漫主義的因素就不能理解。一個為某種理想而鬥爭的人，自然要最積極地和鋭利地批判那妨害達到理想的一切。

積極的，肯定的，同時又是批判的，鞭撻的，和革命的浪漫主義的因素相結合的，形式上自然而樸素的，具有明確的政治傾向的，這就是今天我們所要求的革命的現實主義的創作方法。

3. 是關於文藝統一戰綫的鞏固與擴大

我們要堅持文藝主流思想的發展，同時我們還是要鞏固與擴大文藝統一戰綫。

為了鞏固和擴大文藝統一戰綫，我們必須糾正過去那種右傾的統一戰綫觀念。文藝統一戰綫必須安放在廣大羣眾基礎之上；這裏有包括工人農民的廣大讀者，文藝青年，民間藝人，是在這個意義上，我們今天文藝統一戰綫不但不是縮小而且廣泛地擴大了。這些來自工農兵中間的文藝新軍，不僅在解放區不斷產生，在蔣管區也被發現了。他們將是文藝戰綫上一種健康而強旺的力量，在他們中間將出現江布爾一樣的天才。我們首先是應該發展這些進步的力量，組織廣大工農，青年於種種文藝團體，戲劇音樂團體，讀書會，藝術小組之中，教育千千萬萬的青年文藝幹部，通過這樣的基礎，去擴大和鞏固我們文藝陣綫與其影響。

但是我們必須避免重複左聯時代所犯的關門主義的錯誤。輕視或放棄對於一切可以合作前進的人的團結與爭取，這種傾向可能發生，應該及時糾正。這不僅在政治要求上，而且在文藝戰鬥上也是必要的。反帝反封建的思想鬥爭是更長期更艱苦的工作，必須團結更多的力量。在文化落後的中國，小資產階級智識分子在一個很長時期內，將仍是文化戰綫上一個重要的力量，他們將担負文化啟蒙的責任。除開直接違反人民的利益者外，智識份子的思想創作與出版自由權利，將被新社會所尊重，所保護。對於這些廣泛的中間階層作家，必須誠懇而坦白的互相批評，互相團結。戒驕戒躁，反對抹煞一切的過左傾向。我們一面要強調文藝的階級意識，但是如果把它作為教條公式，去機械運用，不考慮時間與空間以及對象等條件，把小資產階級意識作為一頂帽子亂戴，甚至拒絕和人家合作，這將使新文藝運動的發展，遭受巨大的損失。

無論是革命大眾的文藝，或是進步自由主義的文藝，一個基本的方向，是使我們可以團結在一起而共同前進的，這卽是五四以來新文藝反帝反封建的方向。一個真誠的作家，是不能不繼續朝着這個方向走的。他們不能不是反對四大家族和美帝國主義的，在這個基礎上，他們是將可能和人民羣眾一起進步。自然，這裏必須有批評有鬥爭。這是為了團結和進步的思想鬥爭。這幾年來，我們應該指出一個可喜的傾向，就是若干進步自由主義作家，一天一天走向人民；這中間有朱自清，馮至、李廣田等等，這就是所謂「聞一多的道路」。他們是被人民所歡迎的。但我們也不必否認，在某些自由主義作家中間，甚至連一部分左翼作家中間，都還不能從西歐資產階級的個人主義或傷感主義文藝思想中解說出來，或者對於革命感到徬徨和迷惑，對於文藝大眾化表示輕視，對於政治與藝術關係表示懷疑等等。這些思想是有害於文藝的發展的，我們必須有適當的批評和說服，努力爭取共同進步。放棄這一種爭取工作，將是不小的錯誤。

4. 是關於思想鬥爭的

文藝在這偉大時代鬥爭所担任的戰鬥任務，既是在思想意識的一翼，所以我們必須明確的區分出，我們所要剷除，打擊和揭露的是那一些文藝思想，我們需要批評和爭取的是那一些文藝思想，我們需要克服和發展的又是那一些文藝思想？我們將怎樣來進行這些思想鬥爭，和建立健全的批評？這一切都要求有一個明確的概念。

在左翼文藝界內部，為了堅持健康思想的主流發展，就必須有嚴肅的負責的思想批評；在反帝反封建的總方向下，擴大與鞏固文藝統一戰綫，也必須有適當的批評，——這些在前面已經說到了。思想鬥爭是文藝運動中最重要的一環，這個工作做得不好，其他工作也不會做得好的。

這裏要特別指出的是，在思想鬥爭中要無情地加以打擊和揭露的是那各種反動的文藝思想傾向。

反動的文藝思想影響，在中國可謂極微弱的，早已為羣眾所唾棄，但是在反動統治直接支持之下，它們仍然不斷的出現，或化裝而露面。對於這些，我們必須揭露它的毒害性，而予以澈底打擊。在這裏，首先是美帝國主義對中國的直接文化侵略。這中間，有麻醉廣大市民的美國黃色的電影，有魯斯系雜誌所介紹過來的黃色藝術，特別是最近美國所宣佈的文化援華計劃，是種深謀遠慮的陰謀。這一切必須為我們所揭露和打擊。其次，也是更主要的，是地主大資產階級的幫兇和幫閑文藝。這中間有朱光潛、梁實秋、沈從文之流的「為藝術而藝術論」，有徐仲年的「唯生主義文藝論」和「文藝再革命論」，有顧一樵的「文藝的復興論」，以及易君左、蕭乾、張道藩之流一切莫明其妙的怪論。這些人，或則公然擺出四大家族奴才總管的面目，或者扭扭捏捏化裝為「自由主義者」的姿態，但同樣掩遮不了他們鼻子上的白粉。不久前，連沈從文之流，也來配合四大家族的和平陰謀，鼓吹新第三方面的活動了（一種新希望，見益世報）。以一個攻擊藝術家幹政治的人，也鬼鬼祟祟幹這些泥水摸魚的勾當，它的荒謬是不堪一擊的。但我們决不能因其脆弱而放鬆對他們的抨擊。因為他們是直接作為反動統治的代言人的。

再次，是那種黃色的買辦文藝。這中間，有色情的，惡劣趣味的，鴛鴦蝴蝶的，宣傳西歐資產階級沒落思想的。它是帝國主義官僚買辦的幫閑文藝，然而却具有麻痺城市小市民意識的惡毒作用。它們一方面作為半殖民地的意識形態而存在，一方面又是反動統治的惡劣宣傳者。在色情與無聊文字中間夾雜一些反共反蘇的宣傳，國民黨的機關報刊中就充滿這一類的黃色文藝。

這些反動文藝思想，它們共同的目的，即是企圖掩遮今天統治階級崩潰的命運，麻醉人民的反抗意識，宣傳反共反蘇。反人身（民）翻身毫無疑義，是應該列為我們直接打擊的敵人。

5. 是關於文藝大眾化的

「論文藝問題」中明確地指出了文藝普及的意義，並且指出「在普及基礎上的提高，和在提高的指導下的普及」的原則。這無疑是今天我們文藝大眾化的基本方針。尤其是當革命向全國發展，土地改革深入窮鄉僻壤的時候，這個工作不消説是更十倍重要了。

這是一件長期的艱苦工作，不容許以輕視或輕率的態度去進行。對於這工作今天我們中間顯然存在着兩種不正確的傾向：第一種、在理論上承認了大眾化，而實踐上却在強調藝術性的理由下，根本輕視了普及工作，並且嘲笑了對於這類工作的嘗試；第二種、是以輕浮的態度去從事這個工作，從概念和形式出發，或甚至趨向於對小市民趣味的迎合和向黃色文化投降。這兩種傾向首先應該糾正過來。文藝普及工作，我們以為必須是根據此時此地的羣眾具體需要和其意識覺醒與其文化程度，必須是從作家的羣眾生活實踐作出發，必須把握羣眾的思想與感情，以及文藝的教育意義。從概念出發，可能成為貌左實右的公式文藝，從形式出發，可能走向形式主義。形式是根據於內容的需要，只要適應於內容，任何形式是不足妨碍的；何況大眾化道路還在摸索的階段，只要是從羣眾的生活內容出發，應該鼓勵作多方面的嘗試，很不必擺出「只此一家」的招牌。在羣眾的接受或拒絕的實際效果中，在許多實際經驗的相互交換中，大眾化工作才會摸出一條正確的道路來。

我們應該信任羣眾創造的力量，鼓勵和提倡工農大眾自己來寫作，發掘舊的民間文藝中優美的作品，發展方言文藝，和羣眾一起來工作，向羣眾學習，和羣眾合作，把大眾化工作和羣眾文藝組織工作配合起來，這纔能收得更大的效果。僅僅靠智識份子單方面的努力，還是不夠的。

最後，我們應該糾正輕視這種工作的傾向，但也要防止一種因此根本否定比較高級的文藝（學）藝術底過左傾向。尤其在大都市中，這種比較高級的文藝底需要，是存在的，我們必需顧到客觀的實際需要，但這絕不能是把提高與普及分離開來，而應該是把提高建立在普及基礎之上。

總之，無論普及或提高，無論是思想鬥爭與統一戰綫，羣眾觀點是最重要的。正如毛澤東所說：「一切革命文藝家美術家，只有聯繫羣眾，表現羣眾，把自己當作羣眾的忠實代言人，他們的工作才有意義，只有代表羣眾才能教育羣眾，只有做羣眾的學生才能做羣眾的先生。如果把自己看作羣眾的主人，看作高踞於『下等人』頭上的貴族，那末不管他有多大才能，也是羣眾所不需要的。他們的工作是沒有前途的。」

x x x

文藝只有在人民的時代裏纔能有它最大的發展，現實主義也只有和澈底的民主主義相結合，才能取得它最深廣的內容。革命形勢的發展將使我們具有了這樣的客觀條件，我們相信中國的新文藝運動將在這人民革命的怒潮中獲得最輝煌的發展。但是要爭取我們的勝利，還有待一切文藝工作者深切的反省和加倍的努力。

選自一九四八年三月香港《文藝的新方向》大眾文藝叢刊第一輯

當前的文藝諸問題／郭沫若

文森兄要我為「文藝生活」寫一篇關於文藝方面的理論文字，我也構思了三兩天，實在寫不出什麼東西來。勉強地寫吧，不外是自己已經寫過或大家都已經知道的東西，犯不着再來荒廢讀者和自己的時間。時限迫促了，文章不能交卷，我只好再去找文森兄。我向他提出了這樣一個辦法：請他向我提出一些問題，讓我來回答。這樣有得一個範圍，免得我的腦細胞去跑野馬。我的回答不一定就眞的把各項問題都解決了，我只是提供出我一個人的意見，作為對於這些問題的一種看法，一定會有不少的謬誤和不充分的地方，請大家盡量地加以糾正和補充吧。

一、關於「馬華化」的問題

「馬華化」這個名詞，我是這次到香港來知道的。據文森兄告訴我，是馬來亞的華僑文藝的問題。在馬來亞的華僑文藝界中，一向從事寫作的人都關心着祖國，祖國文藝問題便是華僑的文藝問題。就如華僑是僑居在馬來亞的中國人一樣，華僑文藝也就是僑居在馬來亞的中國文藝。這種文藝是所謂「僑民文藝」，沒有紮根在馬來亞的土裏，而是神遊向祖國的空中，今天和這種「僑民文藝」相對，有「土生文藝」的提出，要注重此時此地，要使文藝在馬來亞生根。今天的所謂馬來亞民族，事實上是三種主要的民族所構成的：馬來亞人，中國人和印度人。中國人二百多萬，佔全人口五分之二。從中國的立場來説雖然是僑居異域，而從馬來亞的立場來説實在是五分之二的主人。中國人既經在馬來亞生根，他們所寫的文藝應該是植根在馬來亞的文藝。這就是所謂「馬華化」。對於這個問題在南洋方面仍然在熱烈討論中，因為「文藝生活」的讀者主要在南洋，文森兄便要我對於這個問題表示意見。

把問題弄清楚了，我自然可以表示我的意見了。我是贊成馬華化的，也就是説贊成馬來亞的華僑青年創造「土生文藝」。這樣，有些狹義的愛國者，或許會説：這是忘本，這是和祖國絕緣了。這可以從理論與事實方面來答復（覆）。從理論方面來説：文藝是生活的反映與批判，馬來亞的中國人作家當然以表現馬來亞生活為原則。從事實方面來説：馬來亞的中國人實際上是成為了另一個國族的主人，這猶如英國人航海到新大陸去構成了美國的一樣，今天我們沒有理由要求美國人專門關心她的祖國英吉利，同樣也沒有理由要求馬來亞的中國人專門關心她的祖國中國。馬華化是絕對正確的路線，這樣倒並不是和中國文藝絕緣，而是使中國文藝更加豐富了。這也如美國文學脱離了英國文學的影響，而使英語文學豐富了是一樣的。不過在建立上是要費很大的努力的，同樣拿美國來做例子。美國脱掉英國的羈絆已經有一百七十年，但她的文學之得到獨立實在是最近幾十年的事。根據這，我相信馬來亞的華語文學早遲是要獨立的，而且會發出馥郁的奇花，為華語文學別開一個生面。

二、關於方言文學的問題

方言文學的要求應該不是從今天開始，但據文森兄告訴我：關於這個問題，最近在華南有過熱烈的討論。有的人持反對見解。在這之中激烈一點的根本就反對方言文學，以為這樣是把中國文學割裂了，是裂冠毀裳，使幾千年來已經統一了的文學又從而分裂；溫和一點的以為阻碍了國語的統一。有的人有條件的贊成，認為這是一種過渡性的東西，作為動員民眾，宣傳民眾，是必要的工具，但應該仍以國語的統一為本位，以文學的中央化為本位。有的人是無條件的支持，認為方言文學並非過渡性的文學，它可以有它的獨立的存在，和中央化的文學平行而使中央化的文學豐富化。例子是：蘇聯的文學除俄文文學之外，有爾基亞文學，烏茲別克文學等的平行存在。因此，近年來有不少的朋友已經在努力於新方言文藝的建設了。

這個問題和馬華化的問題有一脈相通之處，在我個人也是舉起雙手來贊成無條件的支持的。在今天依然在鬧文白之爭，那實在是太費氣力的事，還可以作別論。主張要維持國語文學的尊嚴而反對方言文學的，認真說，也不外是文白之爭的變相。今天的一大部分國語文學早就有人謚之為「新文言」了。站在新文言的立場而反對方言文，這和站在舊文言的立場而反對白話文的，並無二致。再說，認方言文只具有過渡性的，這雖然讓了點步，有條件的承認方言文，其實是同樣反對方言文，是反對它具有文學的價值的。雖然有程度之差，實際上也還是文白之爭的變相。說得文藝性一點，是為藝術的文藝對為人生的文藝之爭。說得政治性一點，是人民路線與反人民路綫的對立。

假使是站在人民路線的立場，毫無問題，會無條件地支持方言文學的獨立性。我們既承認了文學應以人民大眾為對象，那就必需製作為人民大眾所了解的東西。中國的地方大，方言的種類多，例以廣東而言，把客話潮州話除外，使用廣州話的有二千多萬人。假使我們用廣州話來寫，能贏得二千多萬的讀者，這文學的影響還不夠廣大嗎？用廣州話寫出的作品只要你是傑作，我們盡可以把它翻譯成別種方言或國語，你是無須乎憂愁不懂廣州話人讀不到你的傑作的。所以方言文學的建立，的確可以和國語文學平行，而豐富國語文學。

要說是「過渡」，自然也可以：因為在自然界和人事界中的現象，沒有一樣東西不是過渡。一切都在變，一切都在進展，一切東西自然也就都是過渡了。在若干年之後，中國的國語可能是要統一的，但必然是多樣的統一，而決不是單元的劃一。因為多種方言是在相互影響，相互吸收之下，而形成辯證的綜合。這樣，方言文學的建立在另一方面正是促進國語的統一化，而非分割化。語的統一才是真的統一，人民的統一。文的統一是假的統一，統治工具的統一，舊式文人所誇耀的文言文的統一性，其實只統一了不足全人口百分之十的地主階層。新式文人所誇耀的新文言文的統一，也不過多增加了些城市市民和智識分子而已。

三、關於批評建立的問題

關於批評的建立有普遍的要求，但要怎樣才能把健全的批評建立得起來，在文藝方面的，一般尚很少討論。

在這兒我提出了一個既存的批評界的偏向，有一批批評家似乎形成着一種小俱樂部的組織，他們有共同的態度。一是全面武裝，火氣十足。用極生硬的術語或極煽情的文字，像穿山甲一樣裝飾成一個目空一切，極前進的外貌。他們有時稱之為「雄獅搏兔」。二是專打尖端，對敵消極。凡是在不自由的天地裡比較能替人民洩洩憤怒，因而頗受歡迎的作家和作品必在被打之列。馬凡陀挨罵：「陞官圖」「麗人行」受攻擊，而解放區文藝卻又受冷視。一句話歸宗，便是「你左，我比你更左。」三是文章自己好，別人惹不得。集體捧自己人，假如一受批評，便羣起反攻。為了一個特創的形容詞之爭可以鬧它幾年。

這一批批評家事實上是主觀主義作祟：人數並不多，但在我認為，卻發生了不小的影響。首先是對於青年。年青的朋友有好些人認為這是批評的正宗，於是便從而效法。嬉笑怒罵，感情用事，在文字上隨便便要處人以「絞刑」。其次是對於中間作家或同路人。我在上海時便有一位朋友告訴我：「有很多人在這樣說，你們還沒有執掌政權呢；假如一旦執掌了政權，不是要殺人嗎？」更其次是對於敵人。無形有形中不消說是幫了敵人的忙，因而敵人也就樂得從而利用，給你以地盤發表文章，給你以劇團演出話劇，甚或給你以工作解決生活，更從而挑撥離間，造謠分化。

這樣的批評態度及其影響，我認為是不好的。我們如要建立批評，首先便要批評這種批評。惹不得，硬要惹他一下，把批評扶到正路上來。

我認為批評的態度應該嚴肅，堅決地站在人民立場，替目前有關人民生活的最大事件——解放戰爭，土地改革，反美帝，挖蔣根——忠實服務，文藝應該服務於政治，批評應該領導文藝服務於政治。這應該是今天的文藝批評的原則。在這原則之下執行批評任務，其次所必要的是應該分別對象。對自己，對自己人，對同路人，對中間人，對敵人，依對象的不同應該有不同的態度。

對自己，便是所謂自我批評，應該以最嚴烈的態度執行。認眞說，要能夠執行自我批評的人才有批評別人的資格，也才能有接受批評的雅量。故爾自我批評，無論從批評或接受批評方面來說，都是建立批評的基本條件。老子天下第一，只准我放火，不准你點燈的那種人，沒有當批評家的資格，正是破壞批評的人。要批評就要尊重批評，平心靜氣地聽聽別人的話。不鬧原則以外的意氣之爭。

對自己人，這是廣義的自我批評，嚴烈的程度應該和個人對自己一樣。打破小圈子主義，打破宗派主義，在建立健全的批評上，同樣有絕對的必要。

對同路人應該愛護，對中間人應該爭取。以友好的態度，說服的方式，盡情盡理地開導，吸引，同化。

對敵，要看敵性。有顯明的敵人，有隱蔽的敵人，有出於無知的敵人，敵人而出於無知者，依然在可以爭取之列，我們可以開導他，說服他，而使他轉向。敵人而顯明者，自當予以無情的打擊。敵人而隱蔽者最值得我們注意。他可以偽裝為中間姿態，偽裝為同路人，甚至偽裝為自己人。這種敵人比諸顯明的更要可怕。他可以淆亂我們的陣營，爭奪我們的羣眾，以至打破我們的任務。我們應該特別警惕這種偽裝下的敵人，絲毫也不能放鬆他。剝奪這種敵人的偽裝也正需要有犀利的批評的力量。眞偽之分有時頗不容易，除對其文藝實踐之外還須對其生活實踐加以細密的考驗。待我們一旦發覺了這樣的敵人，我們應該毫不容情的把他當成眞性的敵人看待。

四、關於文藝統一戰綫的問題

文藝上的統一戰綫，在建立的原則上，應該和政治上的統一戰綫沒有兩樣。便是在人民文藝理論的堅強領導之下，「發展進步勢力，爭取中間勢力，孤立頑固勢力」。

「進步勢力」是自己人和同路人。

「中間勢力」是眞性的中間派和出於無知的敵對者。

「頑固勢力」是顯明的與隱蔽的一切敵人。在今天，我們不僅是「孤立」它，而且要消滅它。

五、關於題材的問題

是以工農生活為唯一的題材呢？還是可以寫城市生活和智識分子？

這問題我想這樣答復：工農生活自然是首屈一指的題材，但要寫工農生活卻不能憑空去寫，要深入工廠，深入農村，要你有切實的調查和體驗然後才可以寫，而且可望寫好。

城市生活和智識分子依然是可以寫的。假使我們是住在城市，面對於城市的中小工商業者和智識分子有切實的調查和體驗，我們當然可以寫，而且可望寫好的。

問題不專在寫什麼，而是在怎麼寫。假使堅決地站在人民的立場，卽使大資產階級，大地主，國權專賣的大獨裁者等的生活都可以寫的。歷史題材，也應在容許之列。

假使我們是住在國外，外國人的生活我們也可以寫。如是敵性的國，我們對於他的陰謀和弱點尤當暴露。破除人們對於敵性國的幻想或恐怖，不正需要文學工作者的努力吧？

我要再說一遍：問題不專在寫什麼，而是在怎麼寫。題材的選擇可以有相當的自由，而主題的定立決不容許脫離人民本位。堅決地走着現實主義的路，一定要有充分的研究，深湛的體驗，然後才可以執筆。空頭農民文學或空頭的工人文學，和庸俗的市儈主義、並沒有多麼大的區別。

（一九四八年一月二十六日）

選自一九四八年二月香港《文藝生活》總第三十七期

文藝統一戰線的幾個問題／蕭愷

一　確立無產階級對文藝統一戰線的思想領導

當前文藝運動的方針，必然服從當前全國人民反帝反封建反官僚資本的巨大政治鬥爭的任務。這個驚天動地的人民大翻身的鬥爭，是以無產階級為領導，團結農民，城市小資產階級及民族資產階級，展開鞏固而擴大的統一戰線，為實現新民主的聯合政府而奮鬥。因此在文藝上也就有結成強大的統一戰線的必要，從一切獻身於勞動人民解放鬥爭的革命作家到敢於暴露帝國主義侵略陰謀，憎恨封建獨裁專政的殘暴的一切愛國的民主作家，一直到表現小資產階級對舊社會不滿苦悶而有所反抗的各種不同階層的作家，都應該團結起來，結成強大的戰線，在無產階級文藝思想的領導下，從事文藝為人民服務的光輝事業。

不可否認的，在抗日階段，我們的文藝運動，有了相當的成就，但和全國廣大人民艱苦抗戰的直接鬥爭的事業來比較，我們的成績是非常不夠的。特別在解放區以外，文藝為人民服務的明確認識，不夠深入普遍。有的從概念出發，並無實際具體內容；有的竟是「口是心非」，保持其小資產階級的文藝觀。因此檢查在解放區以外的文藝成績，竟舉不出幾本以廣大農民武裝抗日為題材的作品，這不能不歸咎於我們在「重慶時期」的文藝運動領導上存在着嚴重的缺點，特別表現在批評理論方面，缺乏嚴正的無產階級思想領導的正確方針，也可以說我們沒有認眞的負擔起文藝統一戰線中應有的領導責任。

在解放區，毛澤東先生在文藝座談會上提出「文藝為人民服務」的文藝理論，不僅給了解放區作家一個思想上正確的道路，而且在文藝創作的若干實踐問題上，也作了明確的解決：如大眾化問題的具體解釋——「在普及的基礎上的提高，和在提高的指導下的普及」，如創作形式的取捨方針——提煉老百姓喜聞樂見的形式，擷取民間形式的精華，賦以新的內容。在不久的過程中，解放區的新舊作家，從各個地區就交出了相當數目為廣大人民所歡迎愛好的作品，其中如「白毛女」那樣的劇作，連非解放區的大城市的市民羣眾也是一樣愛好。自然我們不否認，解放區的人民大眾——工農兵，已經具備了要求他們「自己的文藝」的文化水準，並且保有閱讀自由的充份條件，而在非解放區中連作者的自由創作的權利都被剝奪了，更不用說為人民服務的優良作品是嚴密地被禁止出版。我們當然不應該苛求非解放區有同樣的成績。但在非解放區內卽使在以知識份子，小資產階級讀者為對象的作品中，能夠深刻反映廣大人民抗日戰爭，特別以農民武裝抗日具體鬥爭的作品究竟有多少呢？革命的階級，革命的人民，為着中華民族生死存亡，進行了長期性的可歌可泣的偉大鬥爭，難道不值得作者們來刻劃謳歌？因此不能不歸結到我們領導運動方面的弱點。

在過去文藝界也曾出現不少暴露黑暗，刻劃醜惡，描寫被奴役，壓迫的各色各樣的作品。儘管在這類作品中往往缺乏嚴正的階級觀念，內容與形式都不免存在若干缺點，但亦有不少為人民所愛好的。這樣的作品雖然有其現實意義的一面，我們的批評工作者，却又經常忽視這些作品，不敢理直氣壯的指出這些作品能擁有相當多數讀者的意義何在，并指出其藝術價值之高低，同時善意的批判這些作品所表現的小資產階級意識的社會根源，幫助作者及讀者在思想認識上消除那些不自覺的有害的毒素。

在由于共同抗日而聯合起來的作家與作家的關係上，始終保持容忍，客氣的態度；不敢在團結的基礎上，對有一些不關心人民大眾鬥爭事業的作者，進行合情合理的批評指導，發揮文藝思想的鬥爭，達到提高與更鞏固團結的任務。這種文藝運動上的只有團結沒有批評（鬥爭）的右傾尾巴主義，至今還存着殘餘。

另一方面，由於小資產階級觀點的宗派主義的存在，批評與介紹經常憑小集團利害出發，忽左忽右，純粹以個人的好惡，決定捧場或攻擊。這樣妨礙了統戰的擴大，並破壞了既團結又鬥爭，——鬥爭為了鞏固團結的原則方針。

把過去這些缺點，認眞自我檢討起來，就不能不承認我們在非解放區的文藝運動上，還沒有能夠正確掌握毛澤東先生的文藝理論的指導方針；特別應該承認在抗日時期的最初階段上，是忽視了無產階級的文藝思想在文藝統一戰線上的領導作用。

今後的文藝運動，要配合當前人民反帝反封建反官僚資本的鬥爭而走向澈底勝利；我們第一等的任務，首先要確立無產階級的文藝思想在文藝統一戰線中的領導，掌握正確的文藝統戰政策，在文藝為人民服務的總方針下力求文藝統一戰線的擴大與鞏固，組織文藝作品變為有利於人民的武器！

二　文藝統一戰線的一般性與特殊性

文藝家是人民的一份子，自然也要參與和一般人民有關的政治鬥爭，如過去的抗日，現在的反美，反官僚的專制壓迫，反封建地主的剝削，反官僚資本的獨裁，爭民主，爭自由……。在這樣的鬥爭中，我們文藝家和其他民眾一樣，必須聯合一致，共同鬥爭，共同自衛。過去在抗日戰爭中許多文藝家要共同進行前線慰勞，民間宣傳等工作，當前的「反美扶日」運動中，文藝家們也曾聯名發表宣言，這是文藝家為着人民一般的政治鬥爭而聯合的一面，但文藝家在一般人民中又有他們的特殊性，他們以文藝為其專門事業，恰如其他自由職業者——教員，醫生，科學家一樣。於是文藝家又必須在文藝範疇以內的專門活動上，團結起來，通過經常的文藝鬥爭生活，為人民大眾而服務，這是文藝統一戰線的另一面。前者是一般性的，後者是特殊性的，特殊性必須服從于一般性，但也不能以一般性去代替特殊性。「論文藝問題」中說：「文藝服從於政治的第一個根本問題的抗日，因此黨的文藝工作者首先應該在抗日這一點上與黨外的一切文學家藝術家團結起來。其次，應該在民主一點上團結起來，在這一點上，有一部份文藝家就不贊成，因此，團結的範圍就不免要小一些。再其次，應該在文藝界的特殊問題——藝術作風一點上團結起來。我們是主張無產階級現實主義的，又有一部份人不贊成，這個團結的範圍大概會更小些。在一個問題上團結起來，在另一個問題上就有鬥爭，有批評……」

為一個共同政治主張而聯合，（如主張抗戰，反美……等），其團結與鬥爭關係是屬於一般性的，它並不能代替文藝的特殊性的問題（如文藝思想，作風，形式），因此不能單以前者的團結與鬥爭的規律，去代替了後者。這就是說，我們不能因為在具體的政治主張上，在具體的政治鬥爭中的一致性而取消文藝上的鬥爭（批評），只要在文藝思想上依然存在着不一致或甚至對立。這也就是說，我們不能因為在政治鬥爭的一面，有了一時的團結，就放鬆了我們在文藝思想上鬥爭的一面，反過來說，亦不該因為文藝思想方面有了鬥爭（批評），我們就放棄了政治方面的團結。

說清楚這個問題有什麼意義呢？這容易幫助我們瞭解在抗日戰爭時期，以重慶為中心的文藝統一戰線的領導，是否發生過右傾的錯誤；同時也容易說明為什麼過去忽視無產階級思想的領導，以及非解放區中何以發生了文藝領域上歉收的後果。

我們曾經在抗日的目標下，在爭民主的目標下，通過具體的政治行動而把極多的文藝作家團結在一起，不管他們的文藝思想的千差萬別。這樣做，並不是錯誤的，而是非常必要的。為了這種政治上的團結，適當的思想鬥爭也并沒有被忽略。但問題是在，當我們只照顧到在一般的政治行動上文藝家之間的團結與鬥爭時，我們恰恰忘記了在文藝工作的特殊性上文藝家之間的鬥爭與團結問題；我們只注意到表現於具體政治行動上的文藝家的思想問題，而忽略了表現在創作活動中的文藝家的思想問題，在後一方面（在文藝思想方面）的鬥爭也就沒有得到應有的重視。

文藝家不僅是以參與某一政治行動來服務於人民，而且應該以他的文藝活動來服務於人民。

錯誤的文藝思想就會妨害了他的文藝活動。文藝思想的鬥爭的任務正是為着提高發揚文藝運動的成果，使能適合人民鬥爭的利益。因此，幫助在反動陣營以外的一切作家，都能在文藝為人民服務的總方針下向前進步，幫助一切有正義感而無明確認識的小資產階級，甚至資產階級的作家放棄其對人民有害的文藝思想，承認文藝必須為人民服務的眞理，幫助一切革命的小資產階級克服其在文藝思想上的缺點，進一步認眞進入為工農大眾服務的戰線上來，——這正是領導文藝運動的責任。但實際上，過去却有這樣的事實；我們可以與一羣思想意識與我們距離還相當遠的作家，「團結」有五六年之久，而我們從來沒有認眞展開對他們的作品適當的與必要的批評工作，對於他們的作品採取不問不聞的態度，——尤其是擁有相當數量讀者的作家，在我們的團結過程中，除了在政治問題上以外，在文藝本身上不能得到幫助而提高，進步，發展。實際上我們是祇有團結沒有鬥爭，不能不說是文藝戰線上的尾巴主義。沒有思想鬥爭的團結，表面上一團和氣，骨子裏貌合神離。這樣統一戰線上的貧血症，經不起上陣作戰，遇敵必紛紛潰退。

我們當然要培養無數為人民服務的新作家，同樣也要努力爭取老作家的轉變，進步。現在的作家們都出身於各個不同的階層，承繼了舊文藝傳統的教養，特別在文壇上已有了相當的聲譽的作家，要求他們思想轉變，確不是一件容易事，而且生活上彼此也不太容易接近。但當此民族歷史轉換的關鍵年代，文藝家大多數對於人民鬥爭事業是能夠深切關心與同情的，也就比較容易在某一個政治事件的具體鬥爭中團結起來，這就給了互相接近，互相瞭解，互相深刻認識的好機會，我們必須善於利用這種機會，從其他政治鬥爭的團結中，展開文藝思想，作風形式，和文藝上的各方面問題的互相討論研究，以至達到理論上的批評，提供基本必要的理論方面的知識。對於他們的改變，不求速達，但求促起其自覺的瞭解與認識，而逐漸進步。

我們在統戰中的思想鬥爭，必須抱着與人為善的爭取態度，不論是當面的或文字的批評解釋，既不放棄我們的基本立場，同時也要注意到對方接受的可能程度，處處以説理説情態度相處，把我們的正確的領導方針，溶化在團結與鬥爭的具體工作中，而不是擺起有名無實的領導者姿態。

「對於可以一同進行的一切文學層，表示最大的節度，愼重和忍耐。共產主義的批評，平常必須力避文學上的命令調子。只有從批評達到意識上的卓越性的時候，才可以獲得深遠的教育意義。」（一九二五年蘇聯關於文藝領域上的政策）

統一戰線範圍內的鬥爭，基本上不同於對付反動文藝家——反革命階級的御用作家。分清敵友界線是必要的。我們往往看見有些批評家，對於可以爭取教育的作家，經常施以申斥，辱罵的批評，不僅不利於團結，而且違背了批評的原則，這種輕率虛驕的態度，與人民文藝的思想立場，沒有任何相同之處。文藝統戰的團結與批評，應該是：

「對於朋友，對於各種不同的同盟者，我們態度應該是有聯合、有批評，有各種不同的聯合，有各種不同的批評」（毛澤東的文藝報告）。

三　建立嚴謹的批評工作

文藝批評是統一戰線的具體表現，——既團結又鬥爭，同時也是展開文藝理論方面的教育與説服的最好的武器。

我們的批評工作，不僅是對某個作家或某個作品作客觀的分析，不是以概念的發掘作品中所表現的階級背景，思想根源為滿足，也不要籠統把結論歸納到非新現實主義或非新浪漫主義……等等呆板公式就完事。「我們的批評，也應該容許各種各色藝術品的自由競爭；但是按照藝術科學的標準給以正確的批判，使較低級的藝術逐漸提高成為較高級的藝術（即使是很高級的藝術），改變到適合廣大羣眾鬥爭要求的藝術，也是完全必要的。」（毛澤東的文藝報告）

在有一些作品中所表現的政治觀點，還有某些缺點，指出這些缺點，並不妨害我們來同時承認這樣的作品在另一方面所表現的政治上的積極作用，也不妨害我們來承認這樣的作品在藝術表現上的某種成就——只要這作品的確還有值得肯定的積極作用和藝術成就。批評者既不因其政治觀點的某些缺點而抹殺其藝術上某些值得我們來肯定的成功之處，同時對政治觀點正確而沒有良好的藝術形式的作品，也不因為肯定其政治觀點而忽略對其藝術形式的批判。正如毛澤東先生所説：

「我們的要求是政治與藝術的統一，內容與形式的統一，革命的政治內容與盡可能高度的藝術形式的統一。缺乏藝術性的藝術品，無論政治上怎樣進步，也是沒有力量的。因此我們既反對內容有害的藝術品，也反對只講內容不講形式的所謂『標語口號式』的傾向，我們應該進行文藝問題上的兩條戰線鬥爭。」（仝上）

批評家的作風，應該是以馬克斯，恩格斯批評方法為範例，以明確的藝術科學的立場，具體批判每種作品所表現的內容的客觀社會價值，及其藝術形式的特點，這種科學的批評方法，目的是為了闡明我們的基本立場，幫助作家們克服其弱點而進步。我們的批評家，應該從馬克斯「給拉薩爾的信」，馬克斯恩格斯對巴爾札克的批評，特別是恩格斯「給哈克納的信」，這些寶貴的遺教中，接受豐富的，正確的批評方法與態度。（請參攷「海上述林」上卷第一篇）

正確的批評，方能鞏固與發展文藝的統一戰線，因此我們有理由要求從事批評工作者，隨時隨地以嚴謹的態度，從事工作。近年來我們看到不少嘻笑怒罵，任性由之的批評文字，甚至發出某某作家該上吊的叫囂，或是輕率的給人戴上這樣，那樣的帽子，都不是戰鬥的，科學的批評。我們要堅決反對這種傾向的滋長，因為這種傾向妨礙了我們當前統戰的正確方針——既團結又批評。為了建立正確的批評工作，我們今後要展開對批評家的批評，所謂展開批評運動上的戰鬥——對於舊文藝遺產的接受，及資產階級成功的作品的批判，我們的方針應該是「無產階級對於資產階級的文學藝術作品也必須排斥其反動的政治性，而只批判地吸收其藝術性。」（毛澤東的文藝報告）對於當前提倡民間形式的問題，我們要批判一般的盲目性無條件利用的偏向，力求毛澤東同志的「對於封建階級與資產階級的舊形式，我們是並不拒絕利用的，但這些舊形式到了我們的手裡，給了改造，加進了新內容，也就變成革命的為人民服務的東西了」，要反對曲解與誤用，要正確的提倡普及與提高互相結合的大眾化的方向。

批評工作的基本立場，毫無問題的應當從「文藝為人民服務」的觀點出發，但僅僅憑這個概念，公式化，教條化地去執行實際的批評工作，不僅不能發掘問題也不能解決問題，也無法克服文藝上各色各樣不正確的傾向。其結果必然是走上「左傾冒險」的主觀主義。整個運動的發展不會按照主觀主義者的願望而前進。相反的，這種主觀的願望只足以破壞文藝統戰的鞏固與擴大。因此我們的方針是堅持原則的立場，在實際鬥爭過程中，要根據客觀條件而具體靈活地運用我們的批評武器。換句話說：批評的立場要堅定不移，批評的戰術要生動靈活，理論與實際相結合，從實際中提高到理論的高度。一切違反了這個規律的批評，都不是正確的批評。

強有力的正確批評，必須熟練無產階級的思想方法與文藝理論，好好的學習馬列主義的毛澤東思想方法與文藝理論，是我們每個從事文藝運動工作者的必要課題。

四　克服宗派主義的傾向

文藝戰線上的宗派主義的傾向至今是個嚴重問題。宗派主義破壞了統戰的發展，也妨害了文藝運動的進步。為了鞏固擴大統一戰線，使文藝戰線健康發展，反對宗派主義是十分必要的。

堅持正確的思想原則以反對錯誤傾向，那不是宗派主義，宗派主義表現於無原則的爭論，紛歧，對立和不團結中。有人以為文藝界中的宗派主義的原因是「文人相輕」，這其實只是片面的理由，其基本根源是由於不能堅定把握文藝為人民服務的原則。

在蘇聯文壇上曾經發現了「星」及「列寧格勒」兩個雜誌編輯部所犯的錯誤，給予了嚴正的批評。「這兩個雜誌的領導工作人員不是把正確的報導蘇聯人民和政治上指導文學工作者的活動的利益作為對待文學工作者的關係之依據，而是以私人的，朋友的——就是說，庸俗的利益為其對待文學工作者的關係之依據。由於他們不願意破裂朋友的關係，所以他們對沒有價值的，反藝術的，脫離政治的作品不加批評。由於他們害怕得罪朋友，便登載了非常不適當的作品。」

像蘇聯的這兩個雜誌所犯的錯誤正是最容易產生宗派主義的根源。像這樣的情形，在中國的文藝界難道不是相當普遍的麼？以利害關係，以感情關係，以歷史關係為基礎，或以對原則方針的某種曲解的觀點為基礎而互相照顧，互相捧場，講面子，講資格，講友誼，而恰恰忘記了文藝工作是要向廣大的讀者，向人民負責任的。在這種可恥的情形中，滋長着宗派主義的毒菌。

毛澤東的文藝問題上說得好：「為什麼人的問題是一個根本的問題，原則的問題，過去有些同志的爭論，紛歧，對立，不團結，並不是在這個根本的原則問題上，而是在一些的較次要的甚至無原則的問題上，而對於這個基本問題，爭論的雙方倒是沒有什麼分歧，倒是幾乎一致的，都有某種程度的輕視工農兵，脫離羣眾的傾向。……」在我們的文藝界，是存在着這樣的現象。這一幫作家和那一幫作家互相指摘，攻訐，好像眞是在作什麼文藝思想的論戰的，但仔細檢查起來，他們的基本文藝思想與文藝創作上的態度其實倒是互相影響，同樣都是背離了嚴肅的思想原則。

於是我們的文藝界也就有這樣的現象，對於「自己人」的錯誤，大家心照不宣，無論如何不能形之筆墨，但一看見「別人」有了這樣的錯誤就竭力加以誇大宣揚，當做「敵人」一樣地打擊，因此對於批評，就常常不是嚴肅地把它當做思想上的相互探討，工作上的治病救人。批評者把批評當做為「自己人」捧場，為「別人」出醜的工作，被批評者一看見對自己的指摘，馬上想到的，不是批評的對不對的問題，而是：有人在「陰謀暗算」我麼？批評者和我有什麼「舊怨新仇」麼？

上述這種情形，并不一定是表現在有了定型的文藝宗派之間，就是在表面上並無宗派的進步作家中，實際上也往往感染着這種無原則的宗派主義思想。這是值得我們每一個人認眞作自我檢討的。同樣也不乏這樣的現象：以自己的小資產階級觀點去曲解了無產階級文藝思想的基本原則方針，自行提出一套思想，一套理論，以此來團結與我相同或有利於我的人，自成一個小集團，排斥其他。他們自命為有原則的結合，但他們的「原則」不是向人民負責，而只是向自己這個小集團負責的。因此，根據他們的「原則」，對於「自己人」身上的小資產階級的瘡疤，可以形容之為戰鬥者的美德，而對於「別人」的瘡疤，則咒罵誹謗，越「尖銳」越好。

最後我們也應該指出，如果抱着無產階級的文藝思想的原則，但只知道在原則立場上進行鬥爭，不懂得同時還要站在原則立場上進行團結，那也是會造成宗派主義的。毛澤東說：「在一個統一戰線裏面，只有團結而無鬥爭，或者只有鬥爭而無團結，而實行如過去某些同志所實行的右傾的投降主義，尾巴主義，或者『左』傾的排外主義，宗派主義，都是列寧所謂跛了脚的政策。政治上如此，藝術上也是如此。」正確地站在原則立場上，一定是能夠既求同，又立異，既團結，又鬥爭的。我們要看出在無產階級的文藝思想與一切小資產階級的文藝思想之間的區別而進行鬥爭（批評），又要看出多數的小資產階級是比較地傾向於革命的，是可能更進一步的，所以就要以無產階級的思想原則來團結他們，提高他們，幫助他們前進。無產階級在文藝統一戰線中的領導作用正是建立在鬥爭與團結相互結合之中。「左」傾的宗派主義與右傾的尾巴主義同樣是自行放棄了在統一戰線中的領導作用。

由以上所述種種現象，可以知道，不應該用「調和」「一團和氣」來解決宗派主義，無原則的調和只有增強宗派主義的傾向。要克服宗派主義，就必須提高文藝運動和文藝思想上原則性，有了共同的目的擺在所有進步作家的面前，為大家一致承認，大家一致來為之而工作，為之而獻身，在這同樣的目的下，從事創作，批評，辦雜誌，——那麼宗派主義就沒有寄身的餘地。所以毛澤東先在文藝問題講話中提出文藝為人民服務，為工農兵服務的問題當做是一個最基本的原則問題。雖然毛澤東先生也指出，在非解放區內，「這個問題（文藝為什麼人的問題）很難澈底解決，因為那些地方有人壓迫革命文藝家，不讓他們有到工農兵羣眾中去的自由」；但這只是說，很難澈底解決，而不是說不可能逐步解決。在這全國人民的反帝反封建反官僚資本的巨大政治鬥爭向我們的文藝運動提出緊急任務的時候，我們相信，解決這個問題的時候是應該來到了。

我們的作家們批評家們難道不應該採取更嚴肅的態度對待文藝工作麼？但如果不把向自己負責，向自己周圍一小羣朋友負責的態度眞正改變為向人民負責的態度，文藝工作上的嚴肅性與原則性都是空話。只有在廣大人民的迎拒成為文藝運動中的最高原則的時候，宗派主義的傾向才不能再猖獗。而為要達到這目的，就必須在無產階級思想領導下正確地運用鬥爭與團結的方針擴大和鞏固文藝統一戰線。

選自一九四八年七月香港《論文藝統一戰線》大眾文藝叢刊第三輯

關於當前文藝運動的一點意見／以羣

（一）對於過去十年來文藝運動的估價

過去十年來（抗戰八年和戰後二年）的文藝運動一直是在民族抗戰統一戰線的方針下進行的。這個基本方針在強韌的政治思想的領導下，經過波瀾汹湧的十年間，是始終沒有動搖或歪曲的。自然在實際的運動中，經過這樣長的歷史條件的演化，要完全沒有錯誤或缺陷，那是不可能的，但是，由於先進的集體的政治力量的無間斷的領導，這些錯誤和缺陷，部分及時地被糾正了過來，部分也提起了作家們的警覺和防止。因此，在這艱難的十年間，才使文藝運動和政治運動的結合空前地緊密而寬廣起來，使文藝運動在基本方針上，始終沒有從政治路線上逸脱。

由於這正確的基本方針的堅持，所以，在十年來的文藝運動中，使我們看見了一些具體的收穫。

第一、文藝運動和政治鬥爭始終保持着密切的配合，特別是從一九三八年武漢撤守，遷都重慶以後，一直到一九四六年六月國民黨挑起全面內戰止，在反對國民黨的思想統制，爭取言論出版自由的運動中，差不多是前撲（仆）後繼，從無間斷的，戰時在重慶，在昆明，在桂林。戰後在上海，在北平，都聯合了相當廣泛的中間作家共同鬥爭。反動的國民黨政府始終不容易找到單獨打擊進步作家的機會，也完全是由於這較廣泛的動員的成功。

第二，前進的新文藝運動的影響範圍是擴大了，這不僅在解放區為然，在國民黨統治區也是如此，甚至在淪陷區（例如太平洋戰爭之前的上海）也沒有例外。較通俗的新演劇，新文藝深入了偏僻的城鎮、鄉村以及部隊之中，完全是抗戰以來的事。抗戰後期，國民黨的統治局促一隅，交通線被敵人切得支離破碎，而在大後方出版的進步文藝雜誌尚能銷到五——七千份，這不能不溯源於新文藝讀者圈的較前擴大。在每一個較有新鮮氣味的文藝雜誌上，總能發見三分之一至五分之一是新作家的作品；而在戰時出現，到現在還能站定腳跟的青年作家，也不難舉出十個以上的名字，這些，都不能不說是十年來新文藝運動的收穫。至於在得到政治力量扶助的解放區，新文藝運動在人民大眾之中更有極廣大而堅實的展開，是不待說的。

第三，一般向上的作家在戰爭中，生活範圍都相當地擴大了（自動地或被迫地）。因此，創作上，在題材的多面化，多樣化及克服教條主義，公式主義一點，有了相當的進步，關在亭子間裡寫工農革命的傾向已殘留極少了。在作品中，我們已能發見一些比較生動的士兵、農民、小地主、小商人、投機分子，發國難財者……的形象，而不再限於知識分子，這不能不說是一個進步。

這些收穫，是不能不歸功於先進的政治思想及集體力量的領導，和統一戰線的基本方針的堅持的。

（二）十年來文藝運動的主要缺陷

儘管承認十年來的文藝運動有了上列收穫，但這却並不能掩飾我們在這運動中所表現的缺陷。主要的缺陷，我覺得可以從兩方面來看：

第一、在運動方面，我們雖然堅持了統一戰線的方針，和中間作家作了各種程度，各種方式的聯合，和青年文藝工作者或愛好者，通過作品，集會或組織發生了聯繫，但是，我們却忽視了思想的領導和教育。我們對於中間作家往往以交際代替了影響，以拉攏代替了爭取，以隨和代替了批評。而對於青年文藝工作者則以事務聯絡代替思想教育，甚至發展小集團傾向，將新進作家視作自己的資本，掩護他們的缺點，以致造成助長他們的不健全傾向的惡果。對於戰友，我們又往往逃避批評，企圖以調和來鞏固團結。結果，反不能開誠相見，互相戒忌，造成批評不夠，團結也不夠，甚至沒有批評，也沒有團結的悲慘結局。這就是我們思想力貧弱或薄弱在文藝運動中的露骨的暴露。

第二、在創作方面，題材的範圍雖然比前擴大而多樣，但是我們却缺乏對於這些複雜的素材的分析和解剖的力量，我們不能從現實的素材中發掘出含義，預見着遠景。因此，我們的作品縱然表現了一些現實的素材，表現了一點主觀的願望，但是却不能發揮解剖社會現實、分析階級關係、指示發展前途的作用。從表面上看，這弱點似乎只表現在傾向「客觀主義」者的方面，其實，注重「主觀精神」者的作品也同樣是表現着這缺點的。只是，前者以素材的羅列來掩蓋他對於現實認識的不足，而後者則以空泛的熱情來遮蔽他對於現實分析的含糊。兩者的根源是一樣的，都是由於思想力的薄弱。

假如要用「左」和「右」來表示這種缺陷的性質，那末，上述兩方面所表現缺陷都是由於思想右傾，所以說「思想右傾」是十年來文藝運動中的主要缺陷或偏向，是並無不妥的。

（三）構成缺陷的因素

造成上述缺陷的主要原因是什麼呢？

首先，我以為是由於我們文藝工作者雖然也經常參加着實際的政治運動，但是我們往往或多或少地游離了現實的鬥爭，縱使不是站在鬥爭之外，也是站在鬥爭之旁或鬥爭之邊，我們的思想受現實鬥爭的磨鍊是比較輕微而近乎間接的，因此，就往往不夠敏鋭，也不夠尖鋭。在現實鬥爭的複雜變化中，我們往往追趕不上，而容易落後一步。

其次，我們在過去的運動中，太不能發揮批評的作用。我們不懂得「沒有批評就沒有進步」的眞理，我們有時甚至為了維持「一團和氣」的局面而逃避批評，抑制批評，因此，使批評者往往沒有批評的勇氣，也沒有批評的好風度。而被批評者，更沒有接受批評的勇氣，也沒有接受批評的好習慣。這就大大地阻滯了我們思想的進步。

上述兩點，都是屬於我們自己方面的原因。此外，國民黨反動統治十年來對於進步的文藝（文化）運動和創作的殘酷統制和迫害，我們是決不能輕予估計的！固然，我們不願以敵人的迫害來辯護自己的缺點，但我們也不能不承認敵人的壓迫確實給了我們鉅大的損害。戰時擺佈起來的「圖書雜誌檢查制度」不知壓殺了多少作品，并使多少作品不能不流產，對於作家的無休止的神經戰，乃至殘酷的逮捕，暗殺（例如聞，李慘案），只有異常堅強的人才能使自己的工作（特別是創作）不受牠傷害！照理，壓迫只能使應有的沒有（消滅作品或取消作品的精神處），而不能使應沒有的有（增加作品的缺陷）。但事實上，對於鬥爭性不夠堅強或鬥爭經驗不夠充足的作家，却往往會使他為了逃避迫害，不單應有的（精彩場面）沒有，甚至不應有的（贅疣或歪曲）也有了！這固然作家自己應負責任，但一半也不能不算在敵人迫害的賬上。

（四）當前文藝運動應該怎樣做？

毛澤東先生在解釋中國的新民主主義的革命時說：「無產階級領導的，人民大眾的，反對帝國主義，封建主義和官僚資本主義的革命，就是中國的新民主主義的革命。」我覺得這也是對於當前文藝運動的最明確的解釋。無產階級領導的，人民大眾的，反對帝國主義，封建主義和官僚資本主義的文藝，就是今天我們所需要的文藝運動的方針和性質。我們可以說：反映農村的土地改革的文藝應是今日文藝的主流，但却不能說這就是新民主主義文藝的全部，因為新民主主義的文藝還必須包括反映城市的人民大眾的反帝，反封建，反官僚資本的鬥爭的文藝。如果只抓住目前文藝的具體任務而忘記了中國新民主主義的文藝的總任務和總路線，那「就會迷失方向，就會發生左右搖擺，就會貽誤我們的工作。」

新民主主義的革命從全國講，是不平衡的，城市和鄉村不同，蔣管區和解放區不同，即使同是解放區也還有老區，半老區，接敵區和新區的不同。所以，我們的文藝工作必須分地區，分階段，分步驟，分對象地來完成新文藝的總路線和總任務。我們必須分析具體情況，根據不同的區域和不同的的歷史情況而分別地課給作家以具體任務。如果以對於解放區作家的要求課於蔣管區的作家身上，那就必定會犯錯誤，會失敗！這種地區的不平衡狀態不僅今天存在，即在人民的聯合政府成立後若干年內，也還是會存在的。所以，這種分地區，分階段，分步驟，分對象的文藝工作方法並非暫時的，而是適用於相當長時期的。

我們所說的「人民大眾」是「包括了工人，農民，獨立勞動者，自由職業者，知識分子，自由資產階級以及從地主分裂出來的開明紳士」。這些都可以成為我們的文藝的描寫對象。新民主主義的文藝只應該寫工，農，兵的狹隘說法是錯誤的。不特如此，甚至人民大眾的敵人——地主，買辦階級，官僚資本家，頑固豪霸，反動軍人⋯⋯也都可以成為我們描寫的對象。我們所必須堅持的是無產階級領導的，革命的思想立場，而並非題材本身。

廣大的新民主主義的革命運動正給當前的文藝工作者開闢了廣大的天地，帶來了無限豐饒的素材，前進的文藝工作者正可以各就自己的地區，自己的接觸面，自己的生活範圍，而發掘新主題，創造新作品！

選自一九四八年七月香港《論文藝統一戰線》大眾文藝叢刊第三輯

文藝運動的現狀和趨勢／史篤

人民解放戰爭的勝利推進，使全國的澈底解放近在目前：帝國主義卵翼下的封建官僚統治卽將終於被打倒，近百年來我國人民再接再厲浴血鬥爭的反帝反封建革命卽將終於勝利，無產階級領導下的新民主主義的全國政權卽將建立。這是空前燦爛的史頁，這是全民族的眞正新生。

所以在這偉大勝利鬥爭中，文學藝術工作者們都歡欣鼓舞，發奮努力，要為社會的變革盡自己一份力量。我們有些人替自己擬定了未來的工作計劃，有些人強調積極進行自我改造，有些討論新政權之下的可能的文化政策，例如關於檢查制度、新聞自由等問題，有些說出了個人的希望，有人描摹未來的景象……無論說得好或不好，無論理想將被未來的事實所肯定或否定，總之這一切討論、主張、和希望是有意義的，並且應該提出的。全國的勝利就在目前，一種嶄新的生活就在目前，一片眞正的自由解放的天地就在目前，我們應該自覺的準備把全心身投進去。

這裏且就我個人的理解，把革命文藝運動的現狀和趨勢加以若干闡明，以供展望未來的參考。明天是今天的發展，今天是昨天的承續，要想像未來莫過於確認昨天和今天。我們要想像未來的文藝運動，必須立脚於當前的文藝運動之上，也就要明確瞭解文藝運動的現勢，看清楚它的趨向。不錯，馬克思說過，文藝沒有歷史，有的祇是決定文藝的社會的歷史。這話我們是不能忘記的，因為它把替文藝編造一篇脫離社會的神秘的歷史的一切企圖都揭穿了。但是研究在社會基礎決定下文藝發展的規律是必要的，因為這不是追求甚麼獨特的文藝自己的規律，而正是探究社會發展怎樣具體的規定文藝的發展。這是我們討論文藝運動問題的基本觀點。

一　革命發展的不平衡和文藝發展的不平衡

多年來中國分裂成兩個世界，一個是求民族的獨立自由和人民的解放幸福的進步的革命的新世界，一個是賣身於帝國主義而奴役剝削人民的倒退的反動的舊世界。黑暗的舊中國，本來是強大的，但是現在快消滅了，光明的新中國本來是弱小的，後來強大了，現在要消滅那舊中國了。因為長期存在着兩個中國，我們的革命文藝運動也就發展出兩支隊伍，活躍於兩個戰場，基本的性質和目標當然是相同或一致的，但是具體情況和運動的方式方法却有區別之處。現在隨着革命的推進，分頭作戰了多年的兩支文藝隊伍會師的時機已經成熟。但是兩個戰場兩個隊伍的事實仍然存在的。

假使因為有兩支隊伍，就忘記了它們的基本性質和目標的相同或一致，那當然是很大的錯誤。因為中國只有一個革命——新民主主義革命，不管在甚麼地區和甚麼條件之下，都是一致的。革命的同盟軍儘管很複雜，各個份子的本質儘管很有差別，立場儘管互有參差，可是對當前革命的目標應該是相同的或一致的，就革命同盟軍的某一構成部份而言，也是一樣，例如革命的無產階級，不管在甚麼地區和甚麼條件之下，鬥爭的方式方法儘管不同，力量的強弱儘管不同，而目標和步驟都是相同的或一致的。文藝方面也是如此。革命的文藝運動，無論在解放區或蔣管區，本質上是一而二，二而一，這是不能忽略的。

但是因為兩支隊伍的基本性質和目標相同或一致，就否認兩者之間的差異，那又大錯而特錯了。

這裏最主要的關鍵是先要瞭解革命發展的不平衡所規定的文藝發展的不平衡。

在中國革命上，不平衡的規律的作用很大。它規定了革命進展的步驟和層次。它提供革命在某些地區首先勝利的可能。而最主要的，就是毛澤東所早已指出的，由於革命發展的不平衡，中國革命就產生了重心由城市到鄉村再由鄉村到城市這樣轉移的特點。這裏第二次回到城市跟最初的從城市轉移到鄉村是很不同了；現在是本來跟鄉村敵對被鄉村包圍的城市得到解放和改造而成為領導鄉村的中心。新民主主義社會的社會主義因素就要在城市裏大大發展起來。農村經濟經過土改而活躍和繁榮，打下都市工業發展的基礎，都市工業的合理發展又領導着農村經濟準備進一步現代化。城市和鄉村的關係根本改變了。革命重心這樣轉移的規律，也就是規定革命文藝運動發展的基本規律。

五四以來的革命新文藝運動，在早期的幾階段，由於革命形勢的規定，停留在少數大城市以致若干小城市裏。甚至在蘇維埃運動時代，革命的主要力量雖然逐漸轉移到鄉村，而作為當時思想鬥爭的主要表現的文藝還是以大城市為據點，所以例如沙汀，艾蕪等從鄉村生長的作家也向上海集中。直到抗戰以後，鄉村裏的革命文藝運動這才迅速發展起來而逐步形成人所共知的偉大的解放區文藝運動。在這同時，非解放區的大城市的革命文藝運動仍舊在堅持着戰鬥着。祇是由於政治和經濟的惡劣條件的限制而不能獲得重大的發展。這就是由於革命發展的不平衡，全國文藝運動的中心也已經從城市轉移到鄉村——轉移到了解放區；而蔣區的革命文藝運動就成為解放區文藝運動的配合運動，固然是不可必缺，却不再是主力和中心了。但是有些人怎樣理解這一文藝運動發展形勢的呢？在抗戰期間，當北方木刻流傳到重慶等處的時候，有人祇把它們作為新奇別緻的東西而接受，有人祇是作為利用舊形式的成功而接受。甚至抗戰勝利之後，當北方文藝流傳到上海等處的時候，有人祇把它們作為通俗宣傳品而接受，有人祇是作為自成一格的作品而接受。還有人雖然承認了解放區文藝運動，却認為它是輔助的、配合的，中心和主力還在蔣區；彷佛承認文藝運動中心的不在此，就貶低了蔣區文藝工作的價值。根據這種對文運發展的看法，勢必至於要極力誇大蔣區收穫的某些巨大製作的價值，不適當的譽為新文藝運動的里程碑之類了。（我不是說蔣區絕對不可能有個別的重大成就，而是事實上不曾有，並且不是偶然的。）而另外一方面，假使因為看到蔣區文藝運動的消沉就過份失望起來（當然不是沒有值得失望的），甚至緬懷往昔文藝運動的盛況，興一代不如一代之感，那也是同樣忘記了文藝運動的中心陣地已經轉移了的原故。此外還有一看法，以為五四以來的革命新文藝傳統已經終結，解放區興起的文藝運動是一種新的「農民文藝運動」；嘲笑堅持大城市文藝工作的人是死抱住五四傳統不放。這顯然類似於「非方言不文學」「非農村無工作」的觀念，也是不對的。毛澤東早已在「新民主主義論」裏指出：五四以來的革命新文藝就屬於新民主主義的範疇。祇是由於革命的變化和推進，新文藝的內容也在變化和推進，而整個說來那革命文藝傳統是沒有斷絕的，反之，倒是在無產階級思想領導之下發揚光大和更加充實更加進步。解放區文藝運動正是這傳統的一個光輝發展，並且是內容豐富的新民主主義文藝運動的主流或主力，絕不可以硬削減作單純的「農民文藝運動」的。我們只應該說，不論在解放區或蔣管區，五四以來新文藝的優良傳統都是被承繼和發展着，兩個文藝隊伍同屬於新民主主義文藝大旗之下，衹是由於客觀條件的不同，後起的解放區文藝運動成為主流走向前面了。

具體點說，第一，革命文藝運動實質上是革命運動的一環，或者照列寧話說，是整個革命機械的一隻螺絲釘，它有一定的由具體革命形勢所規定的任務。換個說法就是它要反映的現實而幫助推進革命的現實。每當革命進展到一個新的階段，就必然向文藝提出新的任務，文藝就在能否完成這些任務中間受考驗。這不是誰在強迫它，是它自己的本質、自己的生命在強迫它。中外古今一切文學藝術史都是證明。所以，當新民主主義革命深入了廣大鄉村，依靠無產階級領導下的廣大農民同盟軍為革命主力，大刀闊斧進行反帝反封建反官僚資本的武裝鬥爭的政權鬥爭的時候，文藝的中心的首要的任務當然是表現廣大農民的生活和鬥爭、革命武裝的戰鬥和行動、等等。那末勝利完成這些任務、跟革命的中心環節密切結合着的解放區文藝運動，當然應該是這一階段全國文藝運動的主流。

第二，文藝運動實質上是一種羣眾運動。脫離羣眾、只是幾個作家在跳來跳去的所謂文藝運動是沒有前途的。革命的、有前途的文藝運動，不是別的，正是逐漸擴大文藝與羣眾的結合的運動。當然，一面擴大一面也就加深。文藝的與羣眾結合，也就是大眾化的問題，這裏且不多說，祇先提出一點，就是，這不僅指文藝的被羣眾接受，並且指文藝的成為羣眾自己的事業。在新民主主義文藝運動裏，被羣眾接受，是成為羣眾自己的事業的前提。

毛澤東的文藝講話裏說：

「對象問題，就是文藝做給誰看的問題。在邊區，在華北華中各抗日根據地，這個問題與在大後方不同，與在抗戰以前的上海不同。在上海時期，革命文藝作品的接受者是以一部份學生、職員、店員為主，抗戰以後的大後方，範圍曾經有過一些擴大，但基本上也還是以這些人為主，因為那裏的政府把工農兵與革命文藝互相隔絕了。在我們的根據地就完全不同。文藝作品在根據地的接受對象，是工農兵及其黨政軍幹部。根據地也有學生，但這些學生和舊式學生也不相同，他們不是過去的幹部，就是未來的幹部。各種幹部、部隊的戰士、工廠的工人、農村的農民，他們識了字，就要看書、看報，不識字的，也要看戲、看畫、唱歌、聽音樂，他們就是我們文藝作品的接受對象。」

這裏指出歷來革命文藝運動的羣眾基礎的擴大，也就是指出了文藝運動進展的方向。我們的文藝運動是以和工農羣眾及其各種幹部的結合為目標。固然今天還沒有充分達到這目標，但是解放區文藝走在非解放區文藝的前面却是無疑的事實。

而在被羣眾接受的同時，文藝就應該開始轉化為羣眾的事業。在毛澤東所指出的上海時期，革命文藝跟左傾的學生、前進的店員、和少數文化較高的工人曾經有過或多或少的結合，他們不但閱讀和欣賞，並且組織了自己的文藝團體，展開了寫作演唱等等文藝活動。但是這一切非但沒有獲得決定性的進展，使文藝變成廣大羣眾的事業，反而在殘酷的反動鎮壓之下被摧殘和抑制了。抗戰以來也是如此。但是在解放區，情形却完全相反。從毛澤東的講話之前尤其之後，革命文藝在工農兵廣大羣眾裏生長得像春草一樣蓬勃，遍地皆是。可以說沒有一個機關、一個部隊、一個村莊、一個單位沒有諸種文學藝術活動，例如牆報、快報、活報、通訊小組、歌詠班、演劇隊、等等。文藝的確變成了廣大羣眾的事業。當然這事業還衹是開頭，可以說還很稚弱；但却已經不是「把工農兵與革命文藝互相隔絕」的蔣區在羣眾中間少數極度困難的文藝活動所可能比擬的了。

總之，無論作為整個革命事業的一環，作為一種羣眾運動，後起的解放區文藝運動走到了前面，這是文藝發展的不平衡。而文藝發展的不平衡基本上是革命發展不平衡所規定的。

但是不要以為解放區文藝運動的成為主流衹是今天的事。不；這是幾年前的事了。毛澤東的文藝講話裏已經指出這個必然趨勢。例如上引關於接受對象的一段，已經指出「抗日根據地」文藝對象的擴大。在批評「為大後方的讀者寫作」念頭的時候，他更嚴厲指出：

> 「這個想法，是完全不正確的。大後方也是變的……中國是向前的，不是向後的，領導中國前進的是革命的根據地，不是任何落後倒退的地方，同志們在整風中間，首先要認識這一個根本問題。」

革命文藝運動的中心和主要陣地已經應該不是「大後方」而是「根據地」了。

而自從毛澤東的講話之後，文藝工作者們在他指示的原則之下作了及時的正確的努力，解放區文藝運動的主流的地位也就建立起來了。

當時解放區那種「為大後方讀者」而寫作的想法，雖然也能抽象的「知道」中國革命的領導責任早已落在無產階級肩上，「知道」革命的主力軍是無產階級及其廣大農民同盟軍，却不能具備的現實的理解抗日根據地已經是全國的領導地區。這個錯誤，後來是逐漸克服了。

經過抗戰勝利後最初的一些表面上的轉折，和隨後兩年多劇烈的人民解放戰爭，革命的發展更深入和更擴展了。到了近半年來，解放軍克服了大大小小無數城市，包括許多大都市如長春、瀋陽、天津、北平、濟南、開封、徐州等等。也就是說，革命已經從鄉村重新回到大城市來。全國的解放已經不遠，蔣管區土崩瓦解，行將不能存在，這就要根本消除所謂解放區和所謂蔣管區的對立了。因此，今天文藝運動的形勢，主要的已經不是先前那樣兩支隊伍，一則主導一則配合而共同作戰的形勢，却是兩支隊伍在新中國的天地匯合起來的形勢了。中國革命文藝運動這就開始了重新以都市為中心的新的階級。雖然舊的一個階段還沒有完全成為過去，但這局面是不長久的，我們的主要努力是準備迎接那新的形勢。

二　無產階級思想領導的發展規律

這新的形勢應該是怎樣的呢？

歷來作為新民主主義革命文藝聯盟形式的文藝統一戰線，隨着新的形勢當然是要更擴大。但有沒有甚麼變化呢？當然有的。那末是怎樣的變化？我們知道，文藝統一戰線的中心問題是無產階級思想領導的問題。所以應有的變化也主要是無產階級思想在文藝運動上領導作用的加強和鞏固。

新民主主義文藝自始至終是革命統一戰線的文藝運動。這不僅在戰前、在抗戰時期的大後方和戰後的蔣管區，就在抗戰時期和人民解放戰爭時期的解放區也是如此。而在這文藝統一戰線中間，無產階級思想的領導地位的逐漸建立和鞏固的重要，正如在整個新民主主義革命中間無產階級的領導權的建立和鞏固的重要一樣。沒有無產階級領導，中國革命不能成功；沒有無產階級思想的領導，新中國的偉大文藝不能產生。但是，無產階級對革命的領導不是一朝一夕建立起來的，無產階級思想對文藝運動的領導也不是說要就有的。這裏面有許多步驟。

一般說，無產階級思想在文藝上的領導是落後於無產階級革命的領導。初期的普羅文藝運動祇能說是無產階級思想在文藝上初步的具現。雖然在客觀上，自從普羅文藝運動發生以後，中國新文藝就有了指路的明燈；但是即使在左聯時代，無產階級思想領導下的文藝統一戰線所包容和團結的範圍也是狹小的。就當時整個具有進步性的廣大新文藝陣營而言，無產階級思想的領導作用還是薄弱的。祇是到了抗戰前夜，在抗日統一戰線醞釀和展開的客觀形勢之下，無產階級思想在文藝上的領導作用獲得決定性的擴大，這才建立了廣泛的文藝統一戰線。隨着抗戰的爆發及其後的推進，這文藝統一戰線更加擴大和深入，而其中無產階級思想的領導地位也就逐漸加強而確立不移了。但是這在解放區和蔣管區，情形是很不同的。就是說，不僅兩個戰場的文藝統一戰線的構成有不同之處，客觀的條件也不同，而且無產階級思想領導的強度不同，領導的深度不同。

文藝統一戰線是整個革命統一戰線的一部份，所以無產階級思想對文藝運動的領導首先是政治思想的領導，其次才是文藝思想的領導。這中間就有了步驟和層次。不僅如此，在政治思想的領導上也就有着層次，又反映到文藝思想的領導上來。因此這問題是相當複雜的。毛澤東的文藝講話裏說：

「文藝服從於政治，今天中國政治的第一個基本問題是抗日，因此黨的文藝工作者首先應該在抗日這一點上與黨外的一切文學家藝術家（從黨的同情份子，小資產階級的文藝家、到資產階級地主階級的文藝家）團結起來。其次，應該在民主一點上團結起來，在這一點上，有一部份文藝家就不贊成，因此團結的範圍就不免要小一些。再其次，應該在文藝界的特殊問題——藝術作風一點上團結起來。我們是主張無產階級現實主義的，又有一部份人不贊成，這個團結的範圍大概會更小些。在這一問題上有團結，在另一個問題上有鬥爭、有批評。各個問題是彼此分開而又聯繫的，因而就在產生團結的問題上，譬如抗日的問題上也就同時有鬥爭、有批評……」

這裏指出了當時文藝統一戰線的形勢，有了怎樣的團結，但是又有怎樣的分歧。指出了無產階級思想在文藝統一戰線上領導的步驟和層次。同時也就是在當時，就是在中國革命的抗戰時期，無產階級的具體的統一戰線的基本綱領就是抗日和民主。兩者當然是不可分割的。但是抗日問題和民主問題兩者有區別，同時又相關聯，就是毛澤東所謂「彼此分開而又互相聯繫的」。沒有那「分開」，統一戰線不可能那樣廣泛：沒有那「聯繫」，統一戰線就不能鞏固發展。抗日是根本的問題，不抗日就根本無所謂團結，民主則是保障抗日戰爭的勝利和團結的鞏固與發展的主要條件。兩者之間有距離的，無產階級領導的重要性就在於保證那兩者的「聯繫」加強起來，進展下去，保證以前進去克服兩者間的距離，從根本的抗日要求提高到民主要求的水平。所以，假使當時的文藝統一戰線在抗日這一點上團結的人較多，在民主這一點上團結的人較少，這是很自然的事情。可是問題就在這裏，假使後一個圈子比前一個圈子小得太多，換句話說，就是思想領導不夠，則統一戰線的力量自然削弱了。

我們且看文藝運動上的實際情形，就不難明白了。

在解放區，文藝統一戰線的形勢一開始的時候就跟蔣區大不相同。第一，那是一個革命的光明的環境。物質條件的限制是很大的，但是政治條件和羣眾條件的有利却是不可同日而語。第二，一般說那是新文藝活動的空隙地帶，而舊文藝和當地的民間文藝的活動又是不發達的，至少是還不足以形成一種龐大的勢力，所以跟蔣區各色各樣文藝活動紛然雜沓的形勢是不同的。第三，文藝的對象主要是工農兵及其各種幹部。「這裏也有學生，但他們不是過去的幹部就是未來的幹部」（毛澤東）。這裏也有城市小資產階級，但是數量極少，而且正在積極改造中，由於這些特殊的形勢，所以解放區文藝統一戰線的性質比較簡單，而範圍却非常廣大。不但有黨員作家與非黨員作家的統戰關係，有新文藝工作者與舊式民間藝人的統戰關係，有革命知識份子文藝工作者和工農出身的文藝工作者的統戰關係，而且有各種文藝工作者和廣大文藝後備軍的統戰關係。這最後一點是蔣管區決不能企及的，但是，在這龐大的文藝統一戰線上，正如在解放區的一切革命運動上，無產階級政治思想是一開始就居於領導地位的。

那末，政治思想領導的強度和深度怎樣呢？上面所說抗日的根本要求和民主的要求其間的距離怎樣呢？我們說，假使在初期其間也還有距離，若干文藝工作者對眞正的為人民服務還沒有眞切的認識，那末，自從毛澤東在延安文藝座談會上講話之後，這距離是基本上被克服了，而且把為人民大眾利益的基本立場確定了。解放區文藝運動立即在行動上把毛澤東思想加以反映，堅持了文藝和工農兵結合的基本路線，展開了更大規模的羣眾文藝活動，因而有了一九四三年以後的許多勝利和許多寶貴的收穫，成了全國革命文藝的主流。這時候，毫無疑問的，這一階段無產階級政治思想對於文藝的領導達於鞏固和完整了。而反映到「文藝的特殊問題上」，就是這一階段無產階級文藝思想的領導，也是強化和深入了——文藝和工農兵羣眾的結合推進了一大步。

至於蔣管區的情形，却不是如此的。

這裏文藝統一戰線的範圍，比解放區狹小得多，一般說只局限於團結了自由資產階級和小資產階級知識份子。但是在內容上，却比較複雜。糾轕多、鬥爭劇烈、任務繁複。無產階級文藝思想在文藝統一戰線上的領導，一般說是不健全的、沒有達到完整的。例如抗戰時期，抗日的團結是廣大的，而民主的團結就比解放區狹小得多。因此統一戰線的素質不強，容易流於轟轟烈烈空空洞洞，或者是貌合神離，萎靡渙散。因為文藝界抗日要求，雖然不斷的在提高，但就文藝統一戰線的整個範圍而言一般是沒有提高到眞正為人民大眾服務的高度上。無產階級思想的影響有了空前的重大的擴展，但是還沒有相應的深度和貫徹。這比起解放區來，是落後了一步的。

那末為甚麼會這樣的呢？這主要當然是蔣區不利的客觀條件的限制，但是正如有人早已指出，主觀的努力上也是有缺陷的。毛澤東的講話所指示的，沒有被立刻反映到文藝運動的實踐上。當時雖然有過廣泛的討論，後來也繼續加以研究，而比較深入比較進一步的認識衹是近二三年才得到的。不過眞理的認識是從實踐而來，蔣區文藝運動實踐上的局限性必然要影響到文藝工作者的認識上的。

蔣區革命文藝工作的客觀條件主要是兩個：第一是不利於文藝發展和不允許工農結合的反動的環境，第二是龐大的包括形形色色的份子的文藝勢力的存在，例如毛澤東所指出的封建文藝、資產階級文藝、奴隸文藝、特務文藝等等。由於第一點，所以文藝統一戰線的羣眾基礎大受削弱，左翼文藝也是一般的祇停留在小資產階級讀者層，無產階級思想的貫徹增加了困難。由於第二點，所以文藝統一戰線的任務繁重、頑固勢力強大、鬥爭複雜。五四以來的資產階級和小資產階級的新文藝在社會急變之下分化，雖然大部份走向光明，成為左翼文藝的有力同盟軍，可是另外一部份却跟封建文藝和帝國主義哺育下的奴隸文藝結合起來。這些反動文藝的社會基礎固然是在分崩離析，一天天走向沒落，因此基本上它們不過是在作垂危的掙扎，可是它們利用國內外反動勢力所給予的便利和被鎮壓欺蒙的落後人民的弱點而得以滋生繁衍，構成一股不可輕視的惡毒逆流。而且文藝是有其存在的惰性的，這一點非常重要。這裏關聯到未來文藝工作上的一個實際問題，就是卽使在地主、買辦、官僚這些社會階層被打倒之後，它們的文藝也還不是立刻隨着消滅，而是必須經過一個時期的鬥爭才能澈底解決的。所以，由於蔣區文藝上反動勢力的強大，中間勢力的輭弱，革命勢力的遭受迫害，文藝的鬥爭上這就形成一種前進和倒退劇烈搏鬥的局面，跟解放區文藝的前進勢力佔壓倒優勢大不相同。在這局面之下，因為有無產階級政治的領導，有體現無產階級思想的左翼存在，是它阻止了落後份子投降，團結了進步份子作戰。是它經過戰前戰時戰後幾個時期的艱苦奮鬥，每個時期都反映出無產階級的革命思想所領導廣大的文藝友軍，這才使中國新文藝獲得今天的成就。它的方向符合了歷史發展的必然方向，因此，進步的文藝友軍在歷史的鞭策之下必然要團結在它的周圍，卽使有許多場合是不自覺的。

可是我們也應該知道，假使沒有解放區文藝運動，蔣區文藝的進步陣線也還不可能有今天的成就，正如假使沒有解放區的革命運動，蔣區的人民鬥爭就不會有今天這樣發展。今天蔣區文藝之所以能夠非但堅持，而且部份的突破反動勢力的迫害，爭取到個別的勝利，正因為有作為全國革命文藝主流的解放區文藝存在。是它體現了無產階級思想的更高要求，而直接間接有形無形的支持着和領導着蔣區進步文藝陣營。這裏就可以看出兩支文藝隊伍的相依為命。並且也就可以看出兩者的區別和關聯的具體情形了。

假使就整個說，解放區文藝隊伍和蔣區文藝隊伍都是中國現階段革命文藝的表現，一而二，二而一。兩者同時體現了現階段無產階級思想，同時担負着現階段革命的任務。但是假使分開來說，一般是，一個走在前面，基本上體現着現階段的文藝上更高要求，一個走在後面，還未能體現着解放區那樣高度的要求。而且從歷史發展的必然方向看，决不能是解放區所達到的退回來，而必須是蔣區所達到的追上去。既然整個而言，基本上兩者同是作為無產階級當前具體政治要求的體現，在這意義上，我們應該説假使沒有解放區文藝運動，無產階級文藝思想的領導固然是不完整的，可是假使沒有蔣區革命文藝運動，那領導也是不完整的。唯其有這兩支隊伍，那領導是完整了。但是分別而言，最低要求有待於向更高要求的提高，所以比較是更不完整的，更高要求是通過最低要求而來，所以比較是更完整的。兩者當然同屬於一個革命階段，所以本質上沒有區分，但是兩者大體上代表了一個階段裏的兩個互相關聯的步驟，重點不同，所達到的層次不同。這是革命發展不平衡的結果，而兩者却同樣是服務於總的革命目標。

所以，不僅是從沒有領導地位爭取到領導地位的建立，而且是從部分的領導發展到完整的領導，有步驟有層次的演進到更高的階段，這正是無產階級思想對文藝運動領導的規律。要掌握這個規律，就不僅要看到某一階段的無產階級具體要求，而且要看到這一階段的最低要求和更高要求的不同步驟。不僅要看到不同的步驟，而且要看到每個步驟裏不同的層次。不僅要看到這一切，而且要看到這一切的有機聯繫，這一切的演進的必然方向。沒有最低的要求不能結成統一戰線，沒有更高的要求不能發展統一戰線。最低要求是要提高的，更高要求也是要再提高的。

掌握着這樣的規律，而依照各個對象的具體情況加以靈活的運用，每一個場合都有團結又有鬥爭，或者着重團結，或者着重鬥爭，避免一切過與不及，這是極其重要的。在革命文藝兩個隊伍會師的新形勢下也是如此。不同的是一個天地的分割沒有了，因而兩個方式方法不同的運動變成一個了。還有就是無產階級的具體政治要求不同了，推進了。但是步驟仍然要有的，層次也仍然要有的，其間連環的進展，也仍然要有的。所以劃一的辦法、命令主義的辦法、不問對象的辦法是行不通的。在文藝的特殊問題上，例如我們說文藝不是無所為的或「為藝術而藝術」的，我們主張文藝是服務於人民的，這是最低的要求。沒有這一共同信念是談不到團結合作的。但是我們還有更高的要求，那就是毛澤東所指出的「無產階級的革命的功利主義」，「以最廣最遠為目標的革命的功利主義」。我們說文藝是現實的反映，不是任何「神的啟示」、「天才的獨創」、「作者個人的自我表現」等等，因而我們反對一切種種脫離現實逃避現實玩弄技巧的形式主義唯美主義頹廢主義。這是最低的要求，沒有這，談不到團結合作。但是我們還有更高的要求，這就是毛澤東所指出的「無產階級的現實主義」。我們說文藝家必須關心人民大眾的利益，站定為人民服務的立場，這是最低的要求，沒有這，談不到團結合作。但是我們還有更高的要求，這就是毛澤東所指出的學習馬列主義，和工農兵結合，進行自我改造。這一切最低的和更高的要求的區分、的關聯、的貫徹，就是無產階級具備的政治思想所反映的文藝思想的領導的步驟和方向。

那末，我們就可以知道，新形勢之下無產階級文藝領導的基本方向，不能不是和工農兵結合。這是領導的推進和加強。但這不應該是文藝統一戰線的縮小，而應該是擴大。例如作為主要同盟軍的小資產階級文藝，在領導其向人民大眾前進中，離心的分化應該減少，向心的團結應該增加。這是必然的。毛澤東說：

「在文藝界統一戰線的各種力量裏面，小資產階級文藝家在中國是一個重要的力量。他們的思想與作品都有很多缺點，但是他們比較地傾向於革命，比較地接近於工農兵。因此，幫助他們克服缺點，爭取他們到為工農兵大眾服務的戰線上來，是一個特別重要的任務。」

正確執行毛澤東所指示的這個任務，是現在也是未來文藝統一戰線成功的保證之一。

三　工農化的基本方向和照顧小資產階級

那末，無產階級思想的正確領導對於文藝運動發展的決定性是很明顯的了。但是還有一個決定文藝發展的更基本的因素，這就是文藝的羣眾基礎。羣眾基礎的問題，就是為誰寫作的問題。這問題不解決，「大眾化」就不能成功。所以毛澤東在文藝講話裏把它放在重要的地位。他說：「那末，甚麼是人民大眾呢？最廣大的人民，佔全人口百分之九十以上的人民，是工人、農民、兵士、與小資產階級。所以我們的文藝，第一是為工人的，這是領導革命的階級。第二是為農民，他們是革命中最廣大最堅決的同盟軍。第三是為武裝起來了的工農、即八路軍、新四軍、及其他人民武裝隊伍的，這是戰爭的主力。第四是為小資產階級的，他們也是革命的同盟者，他們是能夠長期地和我們合作的。……」又說：

「我們的文藝，應該為着上面說的四種人。在這四種人裏面，工農兵又是主要的，小資產階級人數較少，革命堅決性較小，也比工農兵較有文化教養。所以我們的文藝，第一是為着工農兵，第二才是為着小資產階級。在這裏，不應該把小資產階級提到第一位，把工農兵降到第二位。……」

第一為工農兵，其次才是為小資產階級，這是我們的基本原則，無論在解放區或蔣管區都不容修改的。

但是在蔣管區，固然過去主觀上對這基本原則的認識不夠，思想沒有澈底搞通，二十年來雖然大體上一貫是向着這一方向努力，却不免有若干的鬆懈甚至乖離；但是我們應該承認客觀條件的限制、特別是反動勢力的壓迫，使得文藝與工農羣眾結合的問題，不能得到澈底的解決。無論戰前、戰時、戰後，左翼革命文藝的對象一般是局限於小資產階級，包括學生、職員、店員、和其他份子。大眾化工作不能順利展開，不但文藝工作者沒有到工農兵羣眾裏去的自由，羣眾沒有接受文藝的自由，甚至提倡和討論「為工農的文藝」的自由都沒有，正如毛澤東所指出，「在那些地方，這個問題很難澈底解決」的。

解放區的情形就完全兩樣。這裏是工農作主人的世界，為工農的文藝當然大模大樣發展起來了，例如描寫工人生活的文藝作品，從前因為解放區所包括的主要的是革命的廣大鄉村和偏僻城市，新式工廠或企業的工人不多，所以從文藝作品的數量上説反映工人生活的較少；但是在東北像哈爾濱等地文藝工作積極展開之後，描寫工人生活的文藝已經提到重要的地位。再如描寫農民生活的文藝，事實上早已是解放區文藝的主要部份。不僅表現農民生活和鬥爭的文藝最多，欣賞文藝的也是農民最多。至於表現人民解放軍的戰鬥和生活的文藝也是很多，而且他們對文藝的愛好非常之大，部隊裏的文藝活動是比農村為更加活躍的。總之，同是為工農的文藝，而在解放區和在蔣區有了這樣的懸殊，幾乎不可同日而語了。

但是我們都知道，解放區和蔣管區兩支革命文藝隊伍同屬一個旗幟之下，本質是相同的，革命目標是相同的，立場是相同的，現在兩者的對象却有如此之大的差異，這不是大有問題了嗎？

首先，文藝的對象問題就是給什麼人看、什麼人聽、什麼人讀的問題。這個問題是從「為什麼人的問題」一面來的。「為什麼人」是根本的問題，原則的問題。

封建文藝是為了貴族地主的利益，奴隸文藝是為帝國主義的利益，我們的革命文藝當然是站在工農利益的立場，為人民大眾服務的。這是我們最基本的也是至上至高的目標。無論過去現在將來，無論在解放區在蔣管區在新形勢之下，方式方法步驟層次儘有不同，這基本目標是沒有改變的。因此，解放區和蔣管區兩支文藝隊伍自始至終總是一家人，這是沒有問題的。

我們確定了為工農利益的立場，確定了為什麼人服務，其次才是給誰看的問題。假使是為了反革命的利益而給工農看，我們就堅決反對它。假使為了工農的利益而給小資產階級看，我們也應該誠意歡迎的。從革命文藝運動的要求上説，為人民大眾的文藝，最主要的讀者對象當然是工農兵，其次才是小資產階級，但是在客觀政治環境的限制下，例如在蔣管區，由於反動統治者既不容許作家到工農中去，又不容許工農有文化生活的條件下，直接寫給工農看的問題，不能得到適當的解決，那末，只要不迷失為工農利益的基本立場，把小資產階級暫時作為主要對象，用作品「爭取他們到為工農兵大眾服務的戰線上來」，這種努力是應該承認它是正當的，必要的，有重大意義的，所以蔣區革命文藝的讀者對象，雖然一般的不是工農大眾，而它對整個革命利益所起的作用，是絕不能抹煞的。

這一點是相當重要的。否則就會抹煞了過去以及現在站在革命立場上寫給小資產階級看的作品的作用與意義。就會抹煞新文藝運動以來的成就與革命的關係，即使這中間有許多是站在革命小資產階級立場而寫的，我們仍不能因此就否認它的作用與意義，雖然三十年來「大眾化」的問題在反動統治地區終沒有得到澈底解決，但並不能因此而否認它向着大眾化道路前進這種艱苦歷程。而在今後，也並不是說站在工農立場而寫給小資產階級讀的作品，就並不需要了，這是很顯然的。

當然，我們是決不能滿足於為工農利益而給小資產階級看的文藝，但是我們要承認它，承認它是革命大眾文藝的一個組成部份，並且從前曾經是一個主要的組成部分，雖然現在已經是次要組成部分了。它必然是一個組成部份，這是中國社會性質所規定的。而它從前是主要部份，現在却變成次要部份，這又是革命發展的不平衡所規定的。小資產階級是革命的一個重要同盟軍，為他們的文藝是必要。這裏必需注意的是為他們的文藝可不就是他們自己的文藝。他們自己的文藝是動搖的輭弱的，雖然有一定的革命性，因而是文藝統一戰線的一份子。「為他們的」文藝是我們的文藝，也就是為工農利益而給小資產階級看的文藝。

但是，我們一方面要承認為工農利益而給小資產階級看的文藝是革命大眾文藝的一個組成部份，一方面却也要承認這一組成部份現在是次要的第二位的了。這就是我們不贊成過分誇大蔣區革命文藝的成就，亦卽過份誇大給小資產階級看的文藝的重要性的原故。只知道為誰的利益是基本的而給誰看是次要的，却不知道給誰看的問題不解決，為誰的利益的問題也就不能解決的。只知道內容決定形式，却不知道形式的反作用。只知道過去是如此，却不知道現在已經不如此，將來更加不如此。我們必須指出，為誰的利益和給誰看這兩者的不一致或分離雖然是可能的，但是有限度的，而且兩者的一致是更重要的。譬如為工農的利益，而給小資產階級看，這當然可以的。但這是因為小資產階級的利益和工農的利益比較接近，有較多的一致。假使利益不一致的時候，不是小資產階級的形式被突破，就是工農的內容被削弱。在蔣區，大眾文藝為誰的利益和給誰看的分離，是不得已的，但也有作用的，否則，根本不能比較大規模在文藝上反映工農的利益。既然如此，所以不能否認它。但是自從大眾文藝運動以後，由於這種不得已的分離始終不能突破，而使得工農利益在表現上受到很多限制，這種苦惱現在更是極其嚴重了。假使誰還要漠視「給誰看」而使這分離神聖化，那實際上是取消「為工農利益」的基本立場的。

但是雖然是次要的，却並不等於不需要的。將來的新形勢之下仍然如此。因為小資產階級是革命的一個重要同盟軍，它的利益接近工農的利益，「能夠和我們長期合作的」，所以團結、爭取、和教育他們是一個長期的工作。為工農利益而給小資產階級看的大眾文藝，它的歷史任務並沒有完結，而且還有很遠一段路，但是為工農利益而給工農看的大眾文藝，必須也必然要在首要的地位上發揚光大的。

對象問題的重要性就在於它是文藝的羣眾基礎的問題。沒有羣眾基礎的擴大，文藝上任何比較重大的成就都是不可能的。新文藝最初擴大到革命知識青年羣眾裏，這才產生了以前期魯迅等為代表的一般性的反帝反封建革命文藝。擴大革命小資產階級羣眾裏，這才產生了以後期魯迅等為代表的為工農利益而給小資產階級看的革命文藝。擴大到革命工農羣眾裏，這才產生了以趙樹理等為代表的為工農利益而給工農看的革命文藝。反之，蔣管區文藝羣眾基礎一般的不能擴大，這就造成這幾年文運的消沉。所以毛澤東關於對象問題的指示，是教導我們一面堅持文藝和工農結合的基本路線，同時要照應到小資產階級同盟軍，雖然不放棄其他羣眾，但是要確認文藝的主要羣眾基礎是工農，以及從羣眾基礎的擴大裏求文藝水準的提高，從和羣眾結合的實踐裏求文藝的改造和作家的改造。這一切也就是大眾文藝運動的基本方針。

四　結語

根據上面的分析，總括起來說，就是這樣：

革命文藝運動是整個革命運動的一部份，它的發展和趨向主要是決定於革命的客觀形勢、無產階級思想的領導、和羣眾基礎的變化。

由於革命的客觀形勢，革命文藝運動發展出兩個戰場的兩支隊伍，而解放區的是主力。文藝運動的中心陣地從大城市轉移到革命鄉村，現在又復歸於革命的大城市。由於無產階級思想的領導，進步的革命的文藝統一戰線的勝利，基本上保證了全國的優勢。由於過去在蔣區，文藝羣眾基礎的不易擴大，造成蔣區文藝運動的停滯，和工農結合的方向可望而不可即，大眾文藝不能克服內容和形式的分離，無產階級的思想不能得到完整的體現；而由於解放區文藝羣眾基礎的擴大，就克服了歷來的內容和形式的分離，充分而完整的體現無產階級思想，因而保證了文藝和工農結合的基本目標的實現。

這些，就是前面所粗粗接觸到的許多東西。我的企圖不是想精細的解決個別問題，只是大畧勾畫出文藝運動發展的輪廓，希望藉此整理一下文藝工作的策略思想而已。

選自一九四九年三月香港《新形勢與文藝》大眾文藝叢刊第六輯

論右傾及其它／陳閑

由于今天人民大翻身的新形勢迫切要求，以及由于這形勢而來的文藝本身發展的要求，對過去十年文藝思想，重新來一番檢討，無論既成作家，新生作家，廣大讀者，我想都必認為是一件非常切要的事。

大眾文藝叢刊第一期「對當前文藝運動的意見」一文首先指出。十年來文藝思想運動是處在右傾的狀態中，這種看法，我認為是正確的。

所謂右傾，我想應該是這樣解釋，即是在執行我們的抗日民族統一戰線的文藝政策中間，我們沒有能夠很堅定把握到它的正確的立場和思想內容，以致引起文藝落後于現實。一九四二年毛澤東先生的「論文藝問題」就是這個文藝政策，也是整個新民主主義文藝運動的最豐富而清晰的內容。固然對于這個原則性的指示是應該根據于具體客觀環境與時期去靈活運用，但原則的本身是絕不容許打折扣的。我們拿這個文藝政策的內容來檢視一下十年來我們的作品與工作，我們不難看出，無論在為工農兵服務的文藝觀點上，在團結又批評的文藝統一戰線的內容上，在大眾化的要求上，顯著地呈現右的傾向。

自然，這並不是否定了十年來文藝運動的進步，成績和收穫，我們是有進步和收穫的。而尤其從他的歷史意義上來說，這種進步與成績，基本上應該首先肯定的。例如我們抗戰中間，爭取了更多的讀者羣眾，團結了更多作家于進步政治領導之下，向反動者不妥協地去爭取出版言論的自由，但這並不容許我們滿足于已有的收穫，而忽略了一個思想的問題。就作品來説，我們也有過一些健康的作品，如暴露法西斯特務罪惡的「腐蝕」，如猛烈地反抗黑暗勢力的「屈原」，如寫出人民堅強戰鬥性的「東平小説集」，在藝術上，有反映士兵的摯愛的製作「野火」等等，這些都在羣眾上起了積極的影響，但是從全面來説，我們的作品，無論小説，詩歌，戲劇和其他藝術上，站穩在工農兵大眾的階級立場上，而又能栩栩如生表現工農兵的生活和其階級意識的作品，却是何等的稀少，這和偉大的十年中國歷史，毫無疑問是不相稱。抗戰初期，我們作品中一般還有種蓬勃的單純的愛國熱情，而到了政治轉趨黑暗以後，一般作品，不但顯出其思想上的薄弱，而且感情也愈來愈冷，縱然有人感到不滿，想去追求，所謂戰鬥的熱情，或想招回抗戰初期的魂，但是離開了人民大眾的立場與意識，不去從實際鬥爭中，改造自己的意識，這種努力的結果是空虛的。

而在這裡，我們還可以看到，在適應客觀環境的理由之下，甚至產生了，完全失去政治立場的少數作品，如在皖南事變以後，與湘桂撤退以前，我們還在寫出和演出謳歌國民黨的劇本——勝利進行曲，是一個顯明的例子。

然而，這種右傾的根源在什麼地方呢?

如所周知，中國新文藝的光輝傳統是中國革命反封反帝的光榮傳統的一翼。而這個反封建反帝的思想鬥爭，和在政治上一樣，必須由無產階級的思想來領導，因此作家只有深入工農兵大眾的革命實踐越深沉，則其所產生的作品的感人力量也越深刻。魯迅先生早就向我們指出「惟有無產者才有將來」的明確指標，這一貫下來的文藝運動，都是由於在這個無產階級思想的領導下而取得其真實內容的。抗戰以前，我們曾經有着「民族抗日戰爭底文學」和「國防文學」的提出和論爭，實際上卽是這樣一個原則性的論爭。雖然在當時理論上還不夠明確，還不夠和實際結合，然而抗戰爆發以後的這個口號，無論前者後者，孰輕孰重，兩者的有機關聯又怎樣？我們就一直懶怠不作更深入的研討，求取更明確的解決。因此在思想鬥爭與團結的問題上，顯出了原則性的放鬆。為了照顧統一戰線成為放棄思想鬥爭的一種辯解。而在創作上，也就缺乏明確的指標，從而繼續引導創作前進，換了話說，在抗戰爆發之後，我們進步作家的原有階級思想模糊了，更不能廣泛深入灌注於每一新生作家的靈魂深處，化成創作實踐的血液，而相反的，個人主義思想在這情形下便容易抬頭了，我們的文藝思想上的右傾，我以為是從這裏來的。

有人說，江南事變以後的長期政治逆流是文藝思想右傾的主因，這是很難解釋的。政治的壓迫，是阻礙了運動廣泛展開的最主要原因，這是無疑問的，但對於革命作者的思想來說，這種壓迫應該更鍛鍊他的意識與鬥志，更加強他對於現實鬥爭意義的認識。反動派可以阻礙我們的工作，禁止我們的作品，但不能軟化一個革命文藝家的思想與意志。因此，革命文藝家思想上的弱點，決不能以政治壓迫的理由來辯解，更不可把它作為文藝思想右傾的主因。基本的原因仍應歸作家本身的思想和文藝思想領導上的問題。

x　x　x　x

關於文藝批評，我也聽到一些意見，例如大眾文叢第一期對臧克家先生「泥土的歌」的批評，反映的意見最普遍的約有兩點：

一、臧詩寫的時間是在抗戰勝利前，因此以今天農民大翻身的觀點看臧詩，似不公平。

二、臧詩寫在大後方，「王貴與李香香」寫在解放區，空間不同，兩者相提并論，也欠公平。

我不想來談臧先生的詩，我只想借此約略談到一些關於批評的問題。我個人覺得問題不在時間與空間，問題仍在批評的基本立場與基本觀點，分析是否正確。如果批評立場與基本觀點是正確的，分析是對的？那決不會有適合于今天，適合于此地不適合于那地的問題。例如革命作家對待農民問題的基本態度，在戰前戰爭中與戰後，都應該是一致的；在解放區或非解放區，也應該是一致的，偉大的批評家的作品能永傳不朽，能夠在任何時期都有它的意義，即是由于他掌握了正確的批評觀點，和作了科學的分析。

但是態度的問題，是有區別的。首先是敵友之分，其次在友人中間，也還有層次之分，因為接受的程度有不同，產生缺點的條件有不同，批評者應該去具體把握這些問題。

文藝批評原來不是一件輕鬆的事，「最高的批評，應是高於創作底創作」從而可知文藝批評，的確不是單純的指摘，它應該在指摘之後，能夠指出創作未有的新發見，使創作更完美，或者更有生發的前途，然而這不是說，批評不應尖銳，思想上的尖銳，不等于兇暴的責罵。「在批評家的工作上，激怒——是不好的忠告者，而且少有是正當的見地的表現。但是，有些時候，也容許從批評家的心臟奔迸而出的辛辣的嘲弄和憤怒的言辭，別的批評家或讀者，以及首先第一是作家的多少有些敏感的耳朵，是懂得什麼地方有憤怒的自然的動彈，什麼地方飛出單單的惡意的。」

（盧那卡爾斯基）

選自一九四八年七月香港《論文藝統一戰線》大眾文藝叢刊第三輯

第二輯

對「反動文藝」的鬥爭及幾個文藝問題的論爭

斥反動文藝／郭沫若

今天是人民的革命勢力與反人民的反革命勢力作短兵相接的時候，衡定是非善惡的標準非常鮮明。凡是有利於人民解放的革命戰爭的，便是善，便是是，便是正動；反之，便是惡，便是非，便是對革命的反動。我們今天來衡論文藝也就是立在這個標準上的，所謂反動文藝，就是不利於人民解放戰爭的那種作品，傾向，和提倡。大別地說，是有兩種類型，一種是封建性的，另一種是買辦性的。今天的反動勢力——國家壟斷資本主義，是集封建與買辦之大成，他們是全面武裝，武裝到了牙齒了。文藝是宣傳的利器，在這一方面不用說也早已全面動員「戡亂」了。因此，在反動文藝這一個大網籠裏面，倒眞眞是五花八門，紅黃藍白黑，色色俱全的。

什麼是紅？我在這兒只想說桃紅色的紅。作文字上的裸體畫，甚至寫文字上的春宮，如沈從文的「摘星錄」，「看雲錄」，及某些「作家」自鳴得意的新式「金瓶梅」，儘管他們有着怎樣的藉口，說屈原的離騷詠美人香草，索羅門的雅歌也作女體的頌揚，但他們存心不良，意在蠱惑讀者，軟化人們的鬥爭情緒，是毫無疑問的。特別是沈從文，他一直是有意識地作為反動派而活動着。在抗戰初期全民族對日寇爭生死存亡的時候，他高唱着「與抗戰無關」論；在抗戰後期作家們正加強團結，爭取民主的時候，他又喊出「反對作家從政」。今天人民正「用革命戰爭反對反革命戰爭」，也正是鳳凰毀滅自己，從火裏再生的時候，他又裝起一個悲天憫人的面孔，謚之為「民族自殺悲劇」，把全中國的愛國青年學生斥為「比醉人酒徒還難招架的沖撞大羣中小猴兒心性的十萬道童」，而企圖在「報紙副刊」上進行其和革命「遊離」的新第三方面，所謂「第四組織」。（這些話見所作「一種新希望」，登在去年十月二十一日的益世報。）這位看雲摘星的風流小生，你看他的抱負多大，他不是存心要做一個摩登文素臣嗎？

什麼是黃？就是一般所說的黃色文藝。這是標準的封建類，色情，神怪，武俠偵探，無所不備，迎合低級趣味，希圖橫財順手。在殖民地，特別在敵偽時代，被縱容而利用着，作為麻醉人民意識的工具。在黃色作家羣中，多是道義觀念貧弱的窮文人，性格破產者，只要靠一枝毛錐可以餬口，倒不必一定有禍國殃民的明確意識，但作品傾向是包含毒素的東西，一被縱容便像黃河決口，泛濫於全中國，為害之烈，等於鴉片。正因為這是一種有效的麻醉劑，足以消磨鬥志，甚至毀滅人性，在今天集反動之大成的當局當然也就更從而加緊利用。利用的方法很多，或用金錢津貼，縱容放任，暗中加以保護，這是無形的利用。還有有形的利用，便是使他們的意識澈底反動，以反人民為主題，明目張胆地幫助「戡亂」，或於黃色的方塊報中時時插入一些反人民的言論，以利宣傳。這樣被利用的結果，這黃色之禍，也就更加猛烈起來，黃河決口，不是由於自然崩潰，而是出於有心的抉發了。然而黃河本身其罪固不小，我們斷難容恕的是這抉發黃河的滔天大罪。

什麼是藍？人們在這一色下邊應該想到著名的藍衣社之藍，國民黨的黨旗也是藍色的。勝利前潘公展在重慶曾經組織過「著作人協會」，勝利後張道藩又組織了「中華全國文藝作家協會」，都是存心和由戰時的「中華全國文藝界抗敵協會」後改名為「中華全國文藝協會」相對立的。但他們事實上都只有協會而無作家。記得在重慶時蔣宋美齡曾與謝冰心作過一番談話。蔣宋美齡問「中國國民黨為什麼沒有一位女作家？」謝冰心回問「中國國民黨有那一位男作家？」這是在文藝圈子裏面傳播得很廣的一段插話。但我想：冰心在回問時恐怕疏忽了一點，國民黨是可以有一位男作家的，那便是國民黨中央監察委員的朱光潛教授了。朱監委雖然不是普通意義的「作家」，而是表表堂堂的一名文藝學學者，現今正主編着商務印書館出版的「文學雜誌」。我現在就把他來代表藍色。

抱歉得很，關於這位教授的著作，在十天以前，我實在一個字也沒有讀過。為了要寫這篇文章，朋友們才替我找了兩本「文學雜誌」來，我因此得以拜讀了他的一篇「看戲與演戲——兩種人生理想」（二卷二期）。這儼然是一位教授寫的文章，東方說到孔丘，老莊，還有釋迦牟尼，西方則從柏拉圖，亞理士多德，說到尼采和克羅齊，又是哲學，又是文藝，又是「神曲」，又是佛典，一下是嵇康、王羲之、陶潛、杜甫，一下又是但丁、歌德、莎士比亞、斯蒂文生，學通中外，道貫古今，的確是夠教授的斤兩，也夠監察委員的斤兩的。然而他說了一些什麼呢？他只說了一篇連自己也並未能圓其說的宿命論而已。他說：「人生有兩種類型，一種是生來愛看戲底，另一種是生來愛演戲底」，「這是一件前生註定絲毫不能改動底事」。眞是嗚呼妙哉了！中國到了今天，還有這樣高明，坐享盛名的大學教授！這些都不必管，且看這位大教授自認為屬於他所說的那一類型。教授自己說「我們這批袖手旁觀底人們」，他當然是屬於「看戲底」的類型了。但要留意，這倒並不是謙虛，而是自命為和孔子、老子、莊子、釋迦、耶蘇、柏拉圖、亞理士多德、尼采、克羅齊等等大思想家並駕齊驅的。但是，不幸得很，我這個不知道應該屬於那一類型的，就親自「袖手旁觀」過我們這位當今大文藝思想家，在重慶浮屠關受軍訓的時候，對於康澤特別「必恭必敬」地行其軍禮，那到底是在「看戲」，還是在「演戲」呢？我在這裏還可以更進一步問問：當今國民黨當權，為所欲為的宰制着老百姓，是不是黨老爺們都是「生來演戲」的，而老百姓們是「生來看戲」的呢？照朱教授的邏輯說來，只能夠得出一個答案，便是「是也」！認眞說，這就是朱大教授整套「思想」的核心了，他的文藝思想當然也就是從這兒出發的。由他這樣的一位思想家所羽翼着的文藝，你看，到底是應該屬於正動，還是反動？

什麼是白？這是一批無色而其實雜色的貨色，有屬於封建型的，也有屬於買辦型的。無色的白，在光學上講來是諸色的混成，文藝上的無色派事實上是各種顏色都雜在裏面的。當然有的是天眞的白，但也有的是偽裝的白。故在這兒可以有桃紅色的沈從文，藍色的朱光潛，黃色的方塊報，最後還有我將要說出的黑色的蕭乾。別種貨色的反動作家，偽裝成白色，固然是反動之尤，即無心的天眞者流，自以為雖不革命，也不反革命，無黨無派，不左不右，而正位乎其中，然而狡猾的反動派在全面動員「戡亂」之下對他們却樂得利用，自己偽裝為白色固然是利用，讓天眞者作為花瓶，甚至拉一兩位「前進者」來偽裝「前進」，是尤其惡劣的利用。在這兒，我倒有一個或許會被認為十分偏激的見解，「前進者」固不用說，天眞者的作家們，在今天最好不要敷衍或顧忌反動勢力而寫，寫了也決不要在反動或偽自由主義報刊上發表。敵人正想利用你的天眞，你又何苦讓自己去給人家當偽自由主義的幌子呢？我們在這裏還可以區別出有些無色者之流入於御用是出於因襲舊套，和另一批因循苟合者稍有不同。前者因客觀傳統的束縛而無力自拔，後者却因主觀策勵的薄弱而和光同塵。那一批和光同塵者流，說不定還會自詡聰明，所謂「明哲保身」，然而要當心，老兄們已經在「曲綫戡亂」了。

什麼是黑？人們在這一色下最好請想到鴉片，而我所想舉以為代表的，便是大公報的蕭乾。這是標準的買辦型。自命所代表的是「貴族的芝蘭」，其實何嘗是芝蘭又何嘗是貴族！舶來商品中的阿芙蓉，帝國主義者的康伯度而已！摩登得很，貞貞正正月亮都只有外國的圓。高貴得很，四萬萬五千萬子民都被看成「夜哭的娃娃」。這位「貴族」鑽在集御用之大成的大公報這個大反動堡壘裏盡量發散其幽渺，微妙的毒素，而與各色的御用文士如桃紅小生，藍衣監察，黃幫弟兄，白面嘍囉互通聲息，從槍眼中發出各色各樣的烏煙瘴氣。一部分人是受他麻醉了。就和大公報一樣，大公報的蕭乾也起了這種麻醉讀者的作用，對於這種黑色反動文藝，我今天不僅想大聲急呼，而且想代之以怒吼：

御用，御用，第三個還是御用，
今天你的元勳是政學系的大公！
鴉片，鴉片，第三個還是鴉片，
今天你的貢煙就是大公報的蕭乾！

今天是人民革命勢力與反人民的革命勢力作短兵相接的時候，反人民的勢力既動員了一切的御用文藝來全面「戡亂」，人民的勢力當然有權利來斥責一切的御用文藝為反動。但我們也並不想不分輕重，不論主從，而給以全面的打擊。我們今天主要的對象是藍色的，黑色的，桃紅色的這一批「作家」，他們的文藝政策（偽裝白色，利用黃色等包含在內），文藝理論，文藝作品，我們是要毫不容情地舉行大反攻的。我們今天要號召讀者，和這些人的文字絕緣，不讀他們的文字，並勸朋友不讀，我們今天要號召天真的無色的作者，和這些人們絕緣，不和他們合作，並勸朋友不合作。人們要袖手旁觀，就請站遠一點，或站在隱蔽的地方，假使站進敵對陣營裏去而自以為在袖手旁觀，那就請原諒，你就不受正面射擊，也要被流彈誤傷。有人或許自認為「我是入虎穴而取虎子」，但請當心，你不要已經為虎作倀了。我們也並不拒絕人們向善，假使有昨天的敵人，一日翻然改悟，要為人民服務而參加革命的陣營，我們今天立地可以成為朋友。但假使有今天的朋友而走上相反的道路，明天也可以成為敵人。我們也知道一味消極的打擊並不能夠消滅所打擊的對象。我們要消滅產生這種對象的基礎。人民真正作主的一天，一切反人民的現象也就自行消滅了。我們同時也要積極的創造來代替我們所消滅的東西。人民文藝取得優勢的一天，反人民文藝也就自行消滅了。凡是決心為人民服務，有正義感的朋友們，都請拿着你們的筆桿來參加這一陣綫上的大反攻吧！

一九四八年二月十日脱稿。

選自一九四八年三月香港《文藝的新方向》大眾文藝叢刊第一輯

胡適，胡其所適？／侯外廬

（一）歸國三部曲

胡適，這位不大頗小的人物，連說一句「東北成為蘇聯遠東的鐵幕」，也要括符之外加上（馬歇爾語），唯恐「自由主義」的「獨立」，不是舶來品，以表示他的「德高望重」（一個所謂自由主義者吳景超的標榜），儼然如章太炎送康有為的頭銜，「胡（滿族）之國師」，聲音像貌，醜態畢現。他有治經的道貌，然又如全謝山之罵李光地以經學媚康熙，所謂「其文是經，其人則純乎緯者也。」

他歸國後，第一句話是：我是小學生，要學習，才敢說話。這樣虛懷若谷，不恥下問的口吻，何等像人話！然而，這第一部曲「實驗主義」的伏筆，其心險而叵測，其言偽而似「善」。果然，學習學習復學習，來了第二部曲，據說：「理未易明，善未易察」，對青年也說，最好天天「夢想」。實驗得糊塗了麼？不是的，其心可誅，其言譁眾，他是要從第二部的「前進」卒子，規避其不是胡說，而謀算「將」人一軍的，於是乎沒有「夢想」了，覺醒了，原來發現「蘇聯是新侵略主義者」，這第三部曲的斷案又何等並非出於苟且！然而，一切揭穿，卒子在仕象範圍之內成了「死子」。過河第一步，名之曰「偷渡」，第二步，名之曰「偽裝」，第三步，名之曰「俘虜」。——

這就知道，「實驗主義」的眞精神，在思想過程裏，是先有第三部結論，然後找出第二部推門，最後立下了第一部「公理」，而在事實的表演路程上，反過來，先公理，而推門，而結論，內外完全兩樣，凡賣膏藥的拳師，都知道這種祕密的。

（二）實驗的盾牌

他到處掌着美國的「多元多利主義（Progmatism，我這樣譯），說實驗，倡證據，不過如上面第一部曲的「公理」，掛羊頭賣狗肉而已。他實驗到溥儀的禁宮，證實跪拜禮，實驗到「善後會議」，證實代議制（他說，善後會議的議員，也應該「試一試」（！）看呀！）實驗到駐美大使，證實「和日難」，實驗到南京圈子，更說「百分之九十九沒有貪污」，實驗到御製「國大」，又說最值盛讚的進步憲法，實驗到大選，直認做副總統的競選，才表現民主作風。「實驗」是酬酢，而「實證」是鑽營！

一串的實驗主義的動物的保護色，而一串熱中傲倖的官僚奔進，「以不變應萬變」。他和梁啟超相比，實在不如遠甚，梁氏猶天眞點，敢說「啟超熱中」，「頗帶感情」，而胡適則僞稱「拿證據來」，表示客觀；梁氏敢說「啟超保守與進取，交戰胸中」，而胡適則其適者何？從他辨適存中學看來，好像是一個進化論者，「適者生存」，假裝進步；梁氏儘管有他的國權主義中心思想，但他敢在人前承認，「不惜以今日之我向昨日之我挑戰」，而胡適則詭辯今日之我不夢想，是事實迫得他否認昨日之我，實則他的昨日之我何嘗夢想信仰過什麼而和今日之我相異呢？

「一點一滴研究問題」的虛心幌子，在行為上則是求「適」合於現狀，屈服於舊事，以倖「存」於被歷史淘汰的殘朽之中吧了。現實有兩種，而「適者」都可生存，依皈舊現實而寄生者是壞的一種，但掘發新現實而奮鬥者是好的一種，胡適是前者，好像爬行實驗於生物的本系列，而無躍變，猴子總有尾巴，烏龜總有甲骨。「適者生存」云乎哉？他不失一種寄生的典型而已。

（三）不實驗的時候

說謊話，做妄行的人，總不能不言行相背，盾牌有時不得不窮，而至於「窮斯濫矣」。他關於國共的和談問題，美蘇的相處問題，就毫不容「實驗」，直接了當，指出了他的結論。他雖然回國說客氣話，然而他要做小學生，在美國不是早已發表他的主張「中共要放下武器」向四大家族低頭麼？他雖然假惺惺覺悟似的，不是說他深信「蘇聯要不惜任何代價」，向美國獨佔資本投降麼？那裏「多研究問題」來？這倒也不是例外，此人胡說成性，連梁漱溟也罵過他輕薄。你說他在南京三個月「實驗」出南京政府廉潔萬能麼？其實不然，他早五年在美國就說中國自周秦以來已經「民主」了，你說他崇拜美國是環遊歐美實驗出來的麼？其實他早已看見美國汽車飛來飛去，說如此太平盛世了。他和康有為相似，康氏看見飛機出現，便云「世界大同已臨今日」，胡氏「鎔取事物」，實在有他的前輩老師。

更令人發笑不置的，是他捧他同鄉先哲戴東原，為了祭神如神在，不惜倒是顛非，説東原是清代哲學的「大本營」，比康有為尊孔的封建頭腦畧畧技巧一點而已，康有為成為「國師」是對人家説他承緒於孔子，胡適的「國師」地位，大概也在於「戴以是傳於胡」吧？「實驗」須神靈，其妄可知。惟此風一開，害人不淺，馮友蘭的「新理學」就不得不捧出了他的同鄉郭象玄學二程洛學來賣死人頭了。

他的保皇思想，看來並非偶然的吧？在孫中山反對段執政的善後會議，他會批評「孫文學説」，倡「知難行亦不易」之説，而做了善後議員，和當時的國民黨水火不容，然而到了全世界都罵國民黨腐敗無能的時候，就顯得他「知易行亦不難」了，在「國大」會上受了「今上」一鞠躬，而三代有榮。他總是向反動處倖進的呀！此其所謂「適」者歟？

馬夷初先生近贈其佳作一首，所指不知何在，惟我願寫在下面：

逢人見妒豈無因，
淡抹輕勻自可人。
一從結得深恩後，
六宮粉黛盡如塵。

選自一九四八年四月十日香港《野草》第九期

周作人胡適之合論／白堅離

從前在小學讀書的時候，正當廢八股，改策論，教師出的國文題往往有什麼「合論」，例如「漢武帝唐太宗合論」「秦檜嚴嵩合論」「項羽拿破侖合論」之類，大抵取兩個性情或行為相近的人，不論古今中外，把他們合在一起而加以評論。這辦法很好。我們不必尚論古人，就是近代或當代人物，也頗有不少可以「合論」的，例如「黎元洪杜魯門合論」，「佛朗哥蔣介石合論」之類，都大有文章可做。我現在自己出的題目是：周作人胡適之合論。

周作人和胡適之都是五四新文化運動的戰士。要寫中國近代文化史，是不能不提到他們兩位的大名的。然而，時代進步得太快，首先是周作人，因為他的骨頭太軟，經不起時代的巨輪一輾，就從「苦雨」跑到老虎橋監獄，背了「文化漢奸」的罪名，度着鐵窗生活，不僅焦頭爛額，簡直是粉身碎骨！

當周作人在北平做文化漢奸的時候，胡適之在金元王國美利堅做中國大使，儼然薰蕕異器，忠奸異名。胡適之不忘舊友，做了一首半新不舊的詩，寄給周作人，還匯了五百元旅費，勸周作人到大後方來，但周作人沒有領他的情。抗戰結束，周作人被逮捕，胡適之則榮任北大校長。胡適之到北平時，周作人已被押解赴上海，他對新聞記者發表談話，說他現在跟周作人還是好朋友，至於周作人犯了什麼罪，那是法律問題，他未便表示意見云云。

周作人做了漢奸。為什麼做了漢奸呢，因為他參加了偽組織。偽組織是怎麼產生的呢？因為中國國民黨副總裁汪精衛投降了日本，甘做日本帝國主義的傀儡，在南京也組織了一個「國民政府」，豫備把中國的土地、主權、人民統統賣給日本帝國主義。

現在日本是打敗了，起而代之的是美帝國主義，汪精衛死了，回到南京來做什麼「主席」的是蔣ｘｘ。蔣ｘｘ投降了美帝國主義，甘心做美帝國主義的「兒皇帝」，正在把中國的土地、主權、人民雙手奉送給他的主子。蔣ｘｘ的賣國，要比汪精衛澈底爽朗得多；美帝國主義的肆無忌憚，也不下於過去的日本帝國主義。胡適之在蔣朝廷當大學校長，「國大」代表，還隨時發表一些謬論：反人民、反蘇、擁蔣，媚美。蔣ｘｘ賣國之罪浮於汪精衛，而周作人在偽組織裏不過是一個幫閒而已，胡適之在蔣朝廷裏則是一名十足地道的「幫兇」。胡適說他現在跟周作人還是好朋友，其實豈但好朋友，簡直沆瀣一氣，只差不是「座主門生」而已。

新近看到一篇文章，題目叫「論士大夫」，是吳晗先生的講演詞。他列舉了些沒有骨頭甘作漢奸的士大夫，中間有明末清初的阮大鋮和吳偉業卽吳梅村。我以為周作人頗像吳梅村（當然，他比吳梅村更要醜惡一些），而胡適之則儼然阮大鋮。吳梅村在明末沒有做過什麼過份醜惡的事情，清兵入關後，他最初還是「退居林泉」，想做一個乾淨人的，後來經不起清廷的誘迫，便藉口家貧親老，應徵赴京，做了什麼國子祭酒。然而他臨死時寫的絕命詞，說了「竟一錢不值何須說」的話，可見他天良尚未喪盡，還有一點兒「人」氣。周作人在偽組織裏担任的職務，跟吳梅村差不多，雖然不知道他是否也在自歎「一錢不值」，然而他跟吳梅村都不過是「幫閒」，還夠不上「幫兇」的資格，是一樣的。從前人以吳梅村比庾子山，而全謝山論庾子山，開頭便說「甚矣庾信之無恥也」。我現在以周作人比吳梅村，自然吳梅村也是廉恥喪盡的人物，不過他只是毀滅自己，弄到「一錢不值」而已，所謂其人不足惜，其遇至可哀也。阮大鋮則不然。他最初「向侯門賣廉恥」，依附魏忠賢。魏忠賢失敗後，他在南京招納遊俠，一面埋頭寫劇本，儼然中間派的自由主義者，等到復社名士揭穿了他的假面具，便索性跟馬士英結納，在南京的小朝廷裏做到兵部尚書，清兵來了，他就馬上投降，領着清兵出仙霞嶺「剿匪」。他一直是在做「幫兇」，跟做幫閒的吳梅村，不可同日而語。胡適之還不是這樣？他在軍閥時代，一直跟那些大軍閥勾勾搭搭。他曾要求「舊國會」努力制憲；曾以「講學」為名，收受過大軍閥的五千元「贐儀」；曾公開說「一個政府都有它的消除反側的權利」，以支持反動政權的屠殺政策。抗戰「勝利」以來，他索性自稱「過河卒子」，過河卒子者，一往直前，替其主子作幫兇之謂也。他無恥地替強姦我女同胞的美軍作辯護；無恥地替偽國大偽憲法捧場；更肆無忌憚地說什麼「和比戰難」，以鼓勵獨裁者繼續屠殺人民；肆無忌憚地詆毀幫助我們抗戰最努力維持世界和平最努力的蘇聯友邦，以冀引起第三次世界大戰，使得他的主子從垂死中救活過來。一旦美軍參加中國內戰，我想胡適之定會像阮大鋮一樣，領着外國軍隊上前線的。胡適之，論人品，是阮大鋮一流，論他的無恥程度和作惡程度，又遠非阮大鋮所能企及的了。

究竟幾十年不做策論了，這篇文章寫得有點「離譜」，首先應該把題目改是「阮大鋮胡適之合論」才對。

選自一九四八年四月十日香港《野草》第九期

朱光潛的怯懦與兇殘／荃麟

這一年來，我們看過了許多御用文人的無恥文章，但我們還找不出一篇像朱光潛在「周論」第五期上所發表的「談羣眾培養怯懦與兇殘」那樣卑劣，無恥，陰險，狠毒的文字。這位國民黨中央常務監察老爺，現在是儼然以戈培爾的姿態在出現了。

今年一月底，上海接連發生了幾次爭取自由與生存的偉大羣眾運動（同濟交大學潮，舞潮和申新九廠的工潮），統治者在這幾次運動中，瘋狂地執行了「格殺勿論」的命令；尤其申新九廠那場狂暴的血案，國民黨竟調集了八千武裝軍警來進行對七千多徒手工人的屠殺，用現代最新式的殺人武器——飛行堡壘、裝甲車、湯姆生槍去向赤手空拳的工人衝鋒，用國際公法所禁止的達姆彈去射擊無辜的平民，而在殺死五六十人，擊傷和逮捕五六百人之後，還用銷鏹水化掉了工人的屍體，拿麻袋裝起，沉在黃浦江裏。這種完全絕滅理性的瘋狂屠殺，這種歷來帝王、軍閥、官僚所不敢演的慘劇，比昆明血案，較場口慘案更百倍兇殘的獸行，每一個稍有良心的人都莫不為之血沸，為之髮指。這正是反動派在沒落的恐懼中所表現出最大的怯懦與兇殘，而朱光潛却竟有那樣的厚顏，不僅企圖以墨跡來掩飾這些血的罪行，而且反過來想把「怯懦」與「兇殘」這類字樣，加在羣眾的頭上。他甚至要把這些被屠殺者看作是「世間最怯懦最可憐的」，是「人類野蠻根性的狠毒兇殘」，對於廣大被壓迫的人民羣眾作這樣狂妄而無恥誣蔑，除了希特勒，戈培爾之流以外，是無人可與比擬的。

朱光濳是用這樣的話，對上述的幾次羣眾運動，作了盡情的誣蔑：

「這些羣眾行動大半依照一個公同底方式。開始都有一個有關某一羣人的利害的事端，可以做激動那一羣人底導火綫，繼而有少數人乘機暗中操縱煽動，激發那一羣人的怨恨，把他們煽動得如醉如狂，於是挾排山倒海之勢，要挾對方承認他們的有理或無理底要求。到了這個階段，即無理可講，羣眾的聲勢便是羣眾的理由，也便是他們的法律。大題目被假借來做細故私圖的藉口。這是他們的『自由』，他們的『人權』，他們站在『民主』的立場要作神聖的奮鬥，如有人敢和他們抵抗，便是摧殘自由，剝奪人權，違犯民主，罪該萬死！在這種場面，是非是沒有底，事實總是被歪曲底，無論有理無理，反正這是大家的要求，你就得答應。你不答應，武器就拿出來，罵得你狗血淋頭，打得你半死不活，把天地鬧翻了再說！這是他們的義憤，他們的『好漢氣』。」

讀了這段文章，你會覺得朱光濳和他的主子們，不知是受了多大的委曲，多大的迫害。你看他說，「打得半死不活的」是他們，「拿出武器來的」是羣眾，彷彿竟是羣眾在壓迫他們。他為什麼要說得那樣可憐呢？這正是懂得「文藝心理學」的朱光濳底妙用。自古以來，凡是最善於挑唆主子的宦官弄臣，都最懂得裝出一種哭哭啼啼的被迫害相，是激起他主子的殘忍獸性底最有效方法。所以愈是那些卑怯可憐的言辭中間，却往往包藏着最陰毒的殺機，我們要問一下朱光濳：當你們還騎在人民頭上的時候，當你們主子還在用達姆達姆彈和裝甲車向徒手的人民衝鋒的時候，你這種撒嬌撒賴的做法，這種對人民羣眾無恥的誣蔑，是甚麼作用呢？你以為你主子的瘋狂屠殺還不夠澈底嗎？你以為你的挑唆還不夠盡力嗎？你說：「羣眾的聲勢便是羣眾的理由，也便是他們的法律」，難道你忘記「格殺勿論」就是你們的理由；裝甲車，達姆彈，集中營就是你們的法律嗎？你說：「如果有人敢於抵抗，便是摧殘自由，剝削人權，違犯民主」，難道八千武裝軍警對於七千工人的屠殺，就是你們所謂「抵抗」；而這種瘋狂暴行就是你們所謂「保障自由」「尊重人權」和「建立民主」嗎？你企圖用「少數人乘機操縱」，「大題目被假借為細故私圖的藉口」這些名目，替反飢餓反壓迫的人民羣眾安上一個殺頭罪名，你不知道你們的特務弟兄，早就日日夜夜用這樣的罪名在羅織無辜的人民，而你和你的同僚們也像家常便飯一樣，用同樣的理由在不斷開除和逮捕你們自己的學生嗎？（就在今天報上，我看到你們的警備司令部怎樣命令你們的學校——北京大學——在七天之內交出十二個學生去。）你這種調子並不新鮮了。這是一切反動統治者在向人民做下滔天罪行以後千篇一律的拙劣飾詞，而你這些話也不過這種拙劣飾詞的翻版一次而已。但你却比他們更陰毒，因為你是裝着一副正人君子的臉孔，擺着大學院長的身份，在你毛筆管下颼颼的閃出殘忍的殺機，這正是你們御用文人們殺人不見血的最惡毒地方。魯迅先生說：「幫閒，在忙的時候就是幫忙，遇着主子忙於行兇作惡，那自然也就是幫兇。但他的幫法，是在血案中而沒有血跡，也沒有血腥氣的。」你，朱光潛，就是這樣一種脚色！

自然，你這種做法，是為了忠心耿耿替你主子的「格殺勿論」的命令做註脚，而你却自以為是一個學者，一個文藝家，你覺得應該從你的「文藝心理學」中間，去為你的主子找出屠殺羣眾的理論根據。於是你居然在你的學說中間找到了羣眾的兩大罪狀：第一，「羣眾是掩護怯懦而滋養怯懦」，第二，「在羣眾庇護之下，個別分子極容易暴露人類野蠻根性中的狠毒兇殘」。

可是，你却沒有那樣的勇氣，敢於公然否定羣眾團結的意義，於是你的文章不得不轉了一筆，先把這些要生存要自由的人民羣眾（連你自己的學生在內），肯定為「強盜幫夥」，你說：「如果不良的份子團結起來，成為一種惡勢力，去做違理的事，對於社會發生壞影響——趁便地說，這是強盜幫夥的好定義」。好一個「趁便地說」，這樣你的文章可以做下去了，而且也替你主子的「戡亂剿匪」找到一個「理論的根據」了。

在論述「羣眾培養怯懦」一段文章裏，朱光潛更進一步顯露出他陰狠的殺機。他所謂「掩護怯懦」和「滋養怯懦」是指什麼呢？原來是說「團體行動中，個別分子往往把自己行為的責任推諉到團體那個空洞抽象的名義下，自己就站在一個不負責任的地位。」，例如他說：「話明明是他說的，事明明是他做的，是他不敢站出來自招，公佈出來底負責人不是他而是某某社某某會，你當然抓不住他，更抓不住那個會或社，於是他就逍遙於法律，輿論，良心的種種制裁以外了。」

看一看吧，這裏所謂「抓」呀，「自招」呀，「逍遙於法律之外」呀，是種什麼樣人的口吻呵！這意思還不明白嗎？他們的主子製定了什麼「緊急治罪法」「自首法」「戒嚴法」等等殺人的圈套，他們的特務像獵狗一樣滿街在嗅，而朱光潛却要人們去向統治者「站出來自招」，讓他們去被「抓」，去受他們「法律」的制裁，這是怎樣陰狠的居心！你以為這才算勇敢嗎？你以為用這種激將法，人們就會去上你的圈套嗎？在你們特務的刑訊室中，你們的劊子手會發出那樣兇暴的吼叫：「有種的，說出來！」這和你的口吻是何等的酷肖！然而羣眾早已從你們的屠殺下，懂得他們的戰鬥經驗了。在「三一八」大屠殺以後，魯迅先生就曾經警告我們，不要赤膊上陣，要我們懂得塹壕戰。一個戰士是應該懂得必要的掩蔽自己，這不是為了寶貴個人的生命，而是為了寶貴戰鬥的力量。

羣眾的鬥爭和鬥爭中的每一個成員，對人民和社會是完全負責的。申新九廠的工人是對上海工人負責的，同濟交大的學生是對上海學生負責的。所有工人學生和市民都會批准他們的行動，但他們就毋須向你們這批劊子手負責！一個被殘害者要向殘害者負責，這才是天大的笑話！

在槍林彈雨之前，在裝甲車和機關槍之前，徒手的工人和學生，為着自由與生存，堅毅不屈的鬥爭着，甚至獻出了他們的生命和鮮血，這種至剛至勇的精神，難道不足以感天地而泣鬼神！叛逆的猛士出現於人間，使天地為之變色，使怯弱者為之藏伏，一百年來，中國前仆後繼的羣眾奮鬥，培養出多少這種英雄的戰士——只有從羣眾運動中，才鍛鍊出這種最可寶貴的英雄性格。他們才是歷史的創造者，而你，躲在統治者袍角下的朱光潛，你憑什麼敢於用「怯懦」的字樣來污蔑這些英勇的羣眾！你真的不知道人間尚有羞恥事嗎？

而在這裏，也看出朱光潛自己是何等卑劣。從北大同學一篇文章中（「與朱光潛先生論羣眾運動」——北大半月刊創刊號），我才知道；他發揮這一段文章，除了誣蔑一切人民羣眾運動以外，還包含着他私人的憤恚。原來他封閉了北大樓，被他們學生在壁報（他所謂「匿名揭帖」）上批評了，於是他老羞成怒，公然咀咒他的學生「像賊一般把自己隱藏在黑暗裏，使勁的栽他一個暗拳。」可是他不知道憲兵就駐在北大的校門外，而他自己所領導的三青團，倒當眞「像賊一般的隱藏在黑暗裏」呀！他用「下流」「宵小」一類字樣來咒罵他的學生，企圖激勵他們去上他的圈套。這是一種可怕的誘殺！現代的青年不是傻子，決不會來上你的當。他們知道，對於你們這些人是沒有信義可講的。而你，為了發洩個人的憤恚，竟不惜污蔑到一切人民羣眾和各地的羣眾運動，這在另一面，不正是你自己所說的「大題目被假借做細故私圖的藉口」嗎？

而為了要證明「羣眾的兇殘」，朱光潛居然引用蘇格拉底的受審和耶蘇上十字架的故事，這有甚麼意義呢？難道你想引蘇格拉底和耶蘇來比擬你自己和你的主人們麼？古代宗教熱狂的教徒和現代爭取自由與生存的羣眾運動有甚麼相干呢？我們知道，在心理學上，有所謂「暴眾的心理」（Mob Psycology），你也許把它作為你的根據。但是所謂 Mob，和現在所說羣眾（Masses），含義是顯然不同的。現在的羣眾運動，是有組織的人民鬥爭，正如你所說的，這是一種「團體行動」。有組織的羣眾運動是有它一定的鬥爭目標，鬥爭方式，它是基於羣眾的要求與意志而團結起來，它對社會負着責任，而作為社會運動的先鋒的。但我們也可以告訴朱光潛，即使這種有組織的羣眾運動，確實也並不是斯斯文文的。革命不是斯文的揖讓，而是以牙還牙，以眼還眼的鬥爭。巴士底監獄的解放，五四的火燒趙家樓，這些轟轟烈烈的著名羣眾運動，確是足使統治者為之戰慄的。但是任何一個歷史家，不會也不敢像你那樣無恥地把這些羣眾運動稱之為「培養怯懦與兇殘」，因為很分明，從這兩次偉大羣眾運動所培養出來的，却正是法蘭西的近代文明，和中國民族的新文化呵！

朱光潛口口聲聲喊着什麼「清醒，和愛與沉毅」，他却忘記他們這一夥却正是法西斯「瘋狂，殘虐和暴亂」的典型。今天只有人民大眾才是最清醒的，他們的眼睛是雪亮的，他們知道誰是誰非誰善誰惡；他們知道將怎樣沉毅堅韌地去戰勝他們的敵人。他們的團結是基立於他們自己階級和社會的愛，但同時也基立於對統治階級的仇恨。幾千年來封建的剝削與壓迫，培養了人民對於統治者的血海深仇，而在這種仇恨的燃燒中間，他們將燒燬一切舊的，醜惡的，殘忍的制度，創造出人類偉大的光明與溫暖！

實際上，朱光潛所謂「怯懦」與「兇殘」，正是他們這些奴才的典型性格，尤其是統治者瀕於沒落時代的奴才性格。他們愈是恐懼於自己沒落的命運，便愈加怯懦，也愈加兇殘。今天中國法西斯統治者一切最卑鄙殘惡的行為，正是這種沒落者怯懦心理的反映，而在奴才則比他們主子更甚，因為奴才是連他們主子那點「自信心」都沒有了。朱光潛這篇充滿殺機的文字，恰是個很好的例證。

但是當奴才們愈感覺到自己的沒落的恐懼，他們便愈想找尋一些面幕來掩遮自己的殘怯，和更進一步的欺騙人民。正如無惡不作的鴇婆，往往是善於唸經拜佛，這是一種很現實的心理。只要看今天統治者無論這一系或那一派的奴才，都互相應和地在唱着一種類似的流行調子。大公報在唱它的「祥和之氣」，蕭乾在唱他的「人權與人道」，現在朱光潛又在喊他的什麼「清醒，和愛與沉毅」，這並不是偶然的事情，正是說明他們已經到了沒落的邊緣，企圖在唸經拜佛中間，來醞釀更殘忍的殺機！

今天我們的工作，就是要撕毀這一切紙糊的面幕，讓他們一切兇殘，怯懦，陰險，狠毒的臉孔顯露出來！

選自一九四八年五月香港《人民與文藝》大眾文藝叢刊第二輯

有奶就是娘與乾媽媽主義／紺弩

有幾本書，例如「中國四大家族」，「官僚資本論」等等，都雄辯地證明南京政權的政治與經濟的封建性和買辦性。我想，南京政權對人民的殘酷的壓迫與剝削的本質以及壓迫與剝削的方法，具有封建性與買辦的雙重意義，是無可置疑的；但人類行為不能與思維分開，當這般傢伙正對人民施行其殘酷的壓迫和剝削的時候，他們腦子裏在想着什麼呢？什麼是他們的行為相配合的理論根據呢？不管怎樣荒謬，這一定要有東西，才使他們在實施那些壓迫和剝削的時候，心安理得，理直氣壯；但這東西究竟是什麼呢？那些魔王，那些財閥，他們自己是文化的眞空管，是文化國土的生番，無論口裏說着三民五權也好，四維八德也好，大學、中庸、唯生論唯死論也好，都不過嚷嚷而已，他們自己也不了解嚷的什麼，不了解那嚷出來的語言所包含的意義。「鸚鵡能言，不離飛鳥；猩猩能言，不離禽獸」，那是不當作人話看的。作算他們說的，也就是他們所想的吧，甚至連他們代言人馮友蘭，錢穆，沈從文的言論在內，也都封建有餘，而買辦性不足；其餘如胡適，林語堂等，則又止足以代表其買辦一面。雙方兼備，完美無缺的高明理論家。就只好到別的一些人中去找，雖然那些人和他們貌似疏遠的。

蕭乾先生發表過兩篇文章：一、「人道與人權」（副題「課題：中國人好嗎？」）；二、「吾家有個夜哭郎」（副題「五千歲這個又黃又瘦的苦命娃娃」）。讀過之後，不禁拍案叫絕。「踏破鐵靴無覓處，得來全不費功夫」，代表封建性與買辦性雙方兼備完美無缺的高明理論家，原來就是蕭乾先生。我知道我很蕑陋，恐怕還有更高明的理論家未被發見，也知道這兩篇文章只是蕭乾先生的等身著作中的一小部份，或者還只是這種高明理論的一個開端；但在發見更多更好的理論和理論家之前，暫時只好以蕭乾先生和這點點已知的業績為滿足。

「吾家有兩個夜哭郎」描寫了一回孩子的哭和「親而明白的娘」與「乾而糊塗的娘」對於哭的理解與對應的方法等等之後說：

有人說，把哺嬰和治民並談是不合民主激流的。在民主政治中，政府與人民的關係不是母與子，而是公司經理與股東的關係。然而激流要合，現實也要顧及。與其在股東經理名義下實行着乾娘後子的關係，還不如由母與子做起，進行到股東經理的關係。多少人厭倦「親訓政」，其實厭倦的不是「訓政」。而是訓的方式。

許多熱中民主的，恨不得中國卽日有議院，有內閣，有總統，有所有民主國家的全副行頭。這正如要那又黃又瘦的娃娃學人家少爺，也帶衣帽，也穿馬褂，也登閃亮的皮鞋。殊不知A、那些奢侈，對於這娃娃毫無眞實好處；B、娃娃旣比起人家少爺差了十幾歲，人家需要原子鋼筆網球拍子，娃娃需要的是不折不扣的奶汁，……他是不會說話，也還不懂話的娃娃。他的肚皮比他任何五官都更敏銳……

中國有了總統制，中國就民主了嗎？至多至多是少數人當了股東，那鄉下，依然是娃娃。……

教育是奶水，農業改進是奶水，水利是奶水，公路鐵路都是奶水……如果一朝天上飛下來一個大獨裁者，一到中國就張貼布告説：孩子不上學殺頭，往街上倒垃圾殺頭，投機殺頭，任用親故殺頭；同時又保證，每人一年兩套衣裳，三石米，兩間光線充足的房子，多了奪少了補。那麼，人民將歡迎滿口民主滿袋憲法的政治家呢，還是這個獨裁者呢？從餓了五千年的娃娃看，他是寧要這個嚴厲而認眞的獨裁媽媽的。

中國歷來的政治學説中有一個最大的欺騙，也就是以民為子，以君為父，把君民關係比附為父子關係，也就把政治關係比附為血緣關係，把壓榨關係比附為愛的關係。君既如父，人不能無父，以此推論，也就不能無君，「無父無君」，是禽獸也。「父一而已」，「焉有無父之國哉」，無論怎樣，父總是父：以此推論，也就「普天之下，莫非王土；率土之濱，莫非王臣」，無所逃於天壤之間，推至其極，「君要臣死，臣不敢不死」，幫同治民的臣尚且如此，對於完全被治的民生殺予奪，自然更無一而非雷霆雨露之恩了。還不僅如此，還要反轉來影響父子關係，使成為「父要子亡子不能不亡」。雖説君要臣死是常事，父要子亡是變例，根本不能相提並論：但封建主義的政治學説只要達到君權至上的目的便成，別的也管不得許多了。蕭乾先生却更進一步，不但把人民比作子，還作嗷嗷待哺的「又黃又瘦的苦命娃娃」；不但把統治者比作父，還比作娘，雖説有「親而明白」和「乾而糊塗」之分。（假如親而糊塗乾而明白又怎樣呢？）「丈夫亦愛少子乎」，何況本來具有崇高偉大的母性的娘呢？於是「愛民如子」，「如保赤子」，「天下飢猶己飢，天下溺猶己溺」，這些統治者的詞藻，都是至理名言。至於人民，不過除了「肚皮比任何五官都更敏鋭」的以外，就一無所知，一無所能的娃娃，如果沒有娘的奶汁，也就是當今聖上的深仁厚澤，會不會活着，反是天大的問題了。既然人民只是娃娃，娃娃需要的只是「奶汁」，那就給他奶汁好了，只需給他奶汁就行了。「教育」，「農業改進」，「水利」，「公路，鐵路」，如斯而已。至於「議院」，「內閣」，「總統」等「全副行頭」（這就是蕭乾先生所理解的民主呀！），都不過是「衣帽」，「馬褂」，「皮鞋」，「原子鋼筆」，「網球拍子」，「那些奢侈對於這娃娃毫無眞實好處」。那麼本來獨裁的還是獨裁下去吧；本來訓政的還是訓政下去吧；（可惜據說訓政已宣告結束了）本來兒皇帝的還是兒皇帝下去吧！用不着絲毫改變。什麼民主運動啊，什麼土地改革啊，都是非現實的奢侈。蕭乾先生就這樣替現中國的統治者畫好了策，同時也把民主運動宣布了死刑。

但這還只是反民主主義的，也就是封建的一面。蕭乾先生還有輝煌的另一面，即反民族的，也就是買辦性的一面。那另一方面，雖然在前面的引文中也可看出多少端倪，最警闢的雄辯，却在「人道與人權」那篇大文中。他說他「坐着一輛吉普車在路上拋了錨」，「只須輛車由後面推一下，羅旋架便可以轉了起來」。於是，他和司機，「立在馬路中間，揚着雙臂，以阿拉伯人在沙漠上祈禱的姿勢，向過往的汽車哀求起來。」

> 一輛軍用車風馳電掣的過來，我們連忙閃開，一輛半新不舊的派克車過來，而且是空着的，司機僅狠狠瞪了我們一眼，車屁股冒了一股紫氣衝過去了。又一輛……又一輛……好容易來了一輛坐着客人的別克……裏面那位穿淺棕色西服的主人面無表情地吸着雪茄。我撲到窗口說「先生……」。他裂開嘴（露出了兩顆金牙），對他的車夫喝了一聲「開」……

咒詛着那輛別克的背影，我狠狠對長天一望，吐了口痰說：「這個國家居然沒亡，眞是奇事！」然而就在此時一輛吉普駛來，而且不等我們招呼就停下來了。一個自己司機的美國中年人用很不高明的中文問「什麼事？」他那是人，他是神仙啊！我奔上前去向他解釋。他這回用英文說：「就是一推嗎？那太容易了！」他倒回了車，對我司機嚷一聲「準備！」兩車一碰，兩輛吉普全活了。我跳下車來向他道謝，問他姓名，他毫無所疑地說：「這是當然的，應該的！」冷冷淡淡似乎盡了點本分似的，一冒烟，開走了。事後我才記起他吉普面前漆着美國領事館的字樣。

以下是幾個中國人與外國人的對比：A、中國人營私，美國人「法令是法令」，決不通融；B、中國人虐待丫頭；美國人（一位太太，是最保守的共和黨極右派）看不慣，親自去找警察；中國人吃猴子，英國（這回是英國）則有愛猫愛狗協會。當然的結論是：「中國人好麼？」，「不好！」「這個國家沒亡，眞是奇事！」那麼美國人好麼？頂好！頂好！「他那是人，他是神仙啊！」假使更進一步問：中國讓美國人來統治如何？蕭乾先生在這篇大文章裏未提到這個問題，因之也沒有答案。假如提，答案也現成，那另一大文「夜哭郎」裏不是說「如果一朝天上飛下一個眞正的大獨裁者，一到中國……」只要他保證發給人民衣裳，米，房子，「從餓了五千年的娃娃看來，他是甯要這個嚴厲而獨裁的媽媽的」麼?這個「大獨裁者」既保證娃娃的奶汁，又強迫娃娃上學，禁止倒垃圾，投機，任用私人，處處都在替娃娃設想，他那是「大獨裁者」，他是青天大老爺！他是英明的聖上，他是嚴父慈母，他是神仙啊！眞禁不住要喊：「眞吾主也！」我不諱言自己翦陋，我從來不曾看見過如此喪失了民族自信力，如此心甘情願讓外國人來統治中國，如此明目張胆地主張有奶就是娘，公開承認以外國為乾爸爸或乾媽媽的理論！眞不知道日汪偽政權的理論家講的是一些什麼，更不知道他們為什麼沒有羅致蕭乾先生，蕭乾先生又為什麼沒有去投効。除了一個是日本，一個是美國這點分別以外，這種極端的反民族思想，正是買辦漢奸的意識的具體表現，和前面說過的那種反民主的封建思想一起，正是南京政權的封建性與買辦性最完備的意識形態。

有一種紙牌的玩法叫做「說謊」。比如說，「A」本只有四個，說起謊來，可以變成五十二個。卽有一點點根據，亂說一通。唯心論哲學也是說謊，「我思固我在」，把存在與思維顛倒起來，用這顛倒的方法說謊。過去統治者的哲學，都是唯心的，也就都是顛倒的。舊世界整個系統都是顛倒的，唯心論正是那系統的忠實反映。我不是說蕭乾先生是什麼哲學家，但他所說的人民與政府的關係之類，都是在說謊，而且把客觀眞實顛倒過來的說謊法。首先，說人民是娃娃，政府是娘，無異說人民是仰賴政府養着的。早在唐虞之際，就有人擊壤而歌：「日出而作，日入而息，鑿井而飲，耕田而食，帝力何有於我哉！」這是說人民是以自己的勞力養活自己，并不仰給政府。孟軻說：「勞心者治人，勞力者治於人；治於人者食人，治人者食於人」，韓愈說：「民者，出粟米麻絲以事其上者也」。民不但自己養活自己，而且養活那些壓榨他們的統治者。和蕭乾先生所說的剛剛相反。但蕭乾先生的話非無根據，那根據就在人民眞的沒有飯吃。這也不待蕭乾先生今天才看出，我們的古聖先賢也早有「足食」，「民以食為天，八口之家，可以無飢矣」，

「衣食足而禮義興」等等無數的理論和計劃。蕭乾先生不過有意無意地拾起他們一點點唾餘罷了。從孔孟到現在已經二千多年了，有了那麼多那麼好的理論和計劃，為什麼人民還是沒有飯吃呢？說到這裏，就必須指出，有一件最重要的事實，是從孔孟到蕭乾先生都沒有看見或裝做沒有看見的。設想一想，人民「日出而作，日入而息」、「是粟米麻絲」的種植者，怎會沒有飯吃？君臨他們之上的統治者，「四體不勤，五谷不分」，怎會反而有飯吃而且吃得好？無非人民的飯，給統治者用統治的方法搶跑：以前是封建地主和代表地主的封建政權，近百年加上國際帝國主義，把他們的飯搶跑了。「苛政猛於虎」。那些「苛政」不但搶他們的飯，還比虎更猛地吃了他們的人咧！那些搶人民的飯，吃人民本身的統治者，如果不搶不吃，他本身就不存在了：怎會讓人民有飯吃，給人民飯吃？假如讓，給，他早就不搶不吃了。那麼，無論怎樣讓人民有飯吃的理論與計劃，除了給統治者裝裝幌子以外，還會有絲毫實際效果麼？其次，蕭乾先生以為人民只要飯吃就夠了，用原來的話說，只要奶汁就夠了，沒有政治要求，無須滿足他們的政治要求，政治要求，讓他們吃飽了飯再講，因此民主的政治，至少，在今天，是非現實的，奢侈的。這也是顛倒的說法。人民的飯是被統治者用政治方法搶去了的，必須也用政治方法才能奪回。人民要飯吃，這事情本身就是政治問題，也是一切政治問題的中心問題，基本問題，要在一定的政治形勢之下，人民才會有飯吃；另外的形勢就不會有。一定要改革今天以前的舊政治形勢，人民才有飯吃；不改革就不會有。人民要有飯吃，要使人民有飯吃，除了改革政治（包括改革社會制度）以外，決不會有另外的方法；另外的方法決不會有效果。因此，吃飯問題（包括教育、農業、水利、公路、鐵路等等等）決不能單獨解決，或在政治改革之前解決。

魯迅先生在一篇文章裏分析西崽，說西崽因為自己的主人是外國人，自以為自己在一切中國人之上；又因為自己是中國人，懂得中國國情，在這一點上，又比洋鬼高明（大意），有着這種優越感的西崽或非職業的西崽，一面不是外國人，一面已非一般的中國人，他的拿手好戲，是站在中國人和外國人兩者之外，以第三者（用流行語說「第三方面的資格」），「自由」地分析，比較中國人和外國人。結論是很容易知道的：中國人，在他看來，和印第安人有什麼不同呢（「這個國家居然沒亡，眞是奇事！」），外國人呢，「話說得太透了會令人傷心的」（「人道與人權」中語）因為是給他吃的主人，他能看出他具有無數的美德（「他那是人，他是神仙啊！」）。西崽，是地位較低的買辦；而買辦，對不起得很，是兩個還未正式宣佈敵對時的漢奸，也就是已握政權或未握政權，曾經經手或未曾經手的賣國賊。蕭乾先生的意見不幸而類是。首先蕭乾先生是什麼樣的中國人呢？一個坐吉普車的。在中國而能坐吉普車，地位可算是相當高了；他是高等華人或準高等華人。他所碰見的那個中國人又是什麼樣的中國人呢？一個坐別克車，穿西服，吸雪茄，鑲金牙的人，是高等華人或準高等華人。高等華人，失禮得很，有時就是買辦之別名。這位仁兄，蕭乾先生事後知道他是「x x 烟公司副理」，正是買辦之流的人物。眞是大水沖倒龍王廟，自家不認識自家人，兩個高等華人碰在一塊兒了，一個竟不肯替另一個撞一撞車，但不肯撞車，頂多也不過缺乏同情，不肯互助，不講「摩托道德（「人道與人權」中語）罷了，何至於咒詛到「這個國家居然沒亡，眞是奇事」呢？恐怕一面固然是一時憤恨，一面也有根本看不起中國人的成見在先吧？假如是這樣，那就難怪：這個高等華人既看不起中國人，那個高等華人也可以看不起中國人，他在你的眼中是一個中國人，你可以咒詛他；你在他的眼中也是一個中國人，他就可以不幫助你。有趣之極，兩個西崽或買辦式的優越感的高等華人一相碰就現出了如是的奇景！但無論怎樣，在這場合，蕭先生的「課題：中國人好嗎？」應該「高等華人好嗎？」「這個國家居然沒亡⋯⋯」的咒詛也只對高等華人而發，與別的中國人是不相干的。至於那位坐「漆有美國領事館字樣」的吉普車的美國人，他的身份更明確，是美國帝國主義派來的人物，這樣的人物，都是爛熟生意經的精明鬼，是很喜歡幫助華人的，因為一點小幫助常常可以換到一批意想不到的大收穫。比如撞一撞車，那算什麼呢？豈不眞的只是「盡了本分麼」？高等華人却由衷地向他舞蹈高呼：「他那是人，他是神仙啊」了——恐怕一面是一時感激，一面也有崇拜美國人的成見在先吧！這樣的美國人碰見別的中國人（低等華人）怎麼樣呢？如所周知，是女學生就強姦，是黃包車夫就打死，是在河邊散步的閒人就摔到水裏去淹死！他那是人，他是魔鬼呀！而且這樣的美國人對高等華人的幫助，豈止撞撞汽車而已，他們還要用金元、軍火、剩餘物資、軍事家、技術人員，在中國發表告中國國民書的大使或特使，助高等華人戡亂咧！對低等華人，又豈止強奸，打死，什麼的而已，還要指揮在他們卵翼之下的中國政府的軍隊，向他們瞄準！開槍！開砲！丟炸彈！殺！衝！一樣的美國人。對怎樣的中國人就做出怎樣行為，怎樣的中國人就對他們發生怎樣的印象和感想，低等華人決不會感激他們給高等華人撞車以及金元，軍火之類的幫助，高等華人對於他們強姦，打死低等華人或喊向低等華人瞄準，認為是理所當然，天公地道。一邊歡呼：「他是神仙！」一邊咒詛，他是魔鬼！然而「理論家」曰：中國是沒有階級的！

要說蕭乾先生完全沒有民主思想，也不公道，「人道與人權」中，就有這樣的話。

……作為民主政治基礎的人權在中國為什麼不發旺。人權是人類的均等化，合理化，規律化，但人權的出發要必須是人道，那是說，主觀方面要「老吾老以及人之老」，客觀方面，要承認每個同類最低的天賦權利。……

問題是這點點民主思想的光芒，在那巨大的反民主的黑暗中，未免過分微弱，反而顯出他的論點種種矛盾：（一）人民不是娃娃麼？娃娃知道什麼人道與人權呢？（二）民主不是非現實的奢侈麼？怎怪「作為民主政治基礎的人權在中國為什麼不發旺」呢？豈不是正因為人權思想的不發旺，才更需要民主政治的訓練麼？（三）美國人不是神仙麼？為什麼強姦沈崇，打死臧大咬子，淹死河邊的閒人？豈不是也不懂人道與人權麼？（四）美國不是有總統制麼？為什麼美國人還不懂人道與人權？豈不是真正民主與否，並不在乎有無「全副行頭」麼？為什麼總以那些「議院、內閣」之類為民主呢？（五）開口中國人，閉口中國人，而人民只是娃娃，所舉的中國人則是乘吉普或別克的紳士和別理，營私舞弊的公務員，虐待丫頭的蓄婢者，吃猴子的有錢的老婆，豈不是中國人只是指高等華人麼？把低等華人不包括於中國人之內，是不是也不包括於人之內呢？如果是，對於那些不在人之內的或物，豈不用不着講什麼人道與人權？把低等華人不當作人的這想法本身，又豈不最不人道麼？等等。而最奇妙的是，這點點民主思想，反而給他做了反民族思想的根據，他從中國人不人道，不尊重人權這一點，看出美國人比中國人好，恨不生為美國人，恨中國人尚未被美國人完全統治。他不知他所說的不人道不尊重人權的中國人，其實都是高等華人，尤其是統治者。只有高等華人才有資格，有機會對低等華人不人道不尊重人權；低等華人在他們翻身之前，縱然要對高等華人不人道，不尊重人權；也無法可想。只有主人才能虐待奴婢，奴婢無法虐待主人；只有官吏才能欺壓平民，平民無法欺壓官吏；也只有憑藉權力或地位去迫害別人，才能把不人道反人權的意義發揮到極致。而人道與人權的要求，又只有對不人道反人權的權力者說，才有若干意義。比如他所舉的虐待婢女的蓄婢者說：你應該講人道，應該「尊重婢女的人權」（！），無論於實際上有無補益，無論「婢女的人權」這名詞滑稽與否，總還像話；若對被虐待的婢女說：「你應講人道，尊重你的主人或別人的主權」，那就完全是開玩笑了。她有什麼不人道的地方呢？她能侵犯誰人權呢？中國是個古老的封建國家，近百年來才變為半封建半殖民地的國家，這種國家，從受過資本主義文化的洗禮的洋學生之流看來，縱然是低等華人方面吧，要完全沒有落後現象，那才是奇蹟！但無論怎樣落後的現象，都是幾千年來封建統治和百年來封建與帝國主義共同統治的結果；它本身並不是原因，只足以證明中國應該效法西洋資產階級新興期的改革精神，批判地接受西洋資產階級新興期的文化思想；中國政治應該改革，中國人民的生活與思想上的束縛應該解放；而這解放又正以中國的獨立自主為前提。決不能證明中國人根本不可救藥，根本沒有政治要求和政治能力，應該完全由帝國主義，在現階段上，美國帝國主義來統治。事實上，中國近百年來的民族解放運動即民主運動，已經，正在，將要給那些洋奴、買辦、漢奸、賣國賊的理論與行動以怎樣的回擊。

總之，蕭乾先生的見解是反民主的，同時也是反民族的。他的理想政治，是美國帝國主義到中國來建立開明專制政府。就他的論據，用一句話概括，就是有奶就是娘與乾媽媽主義。不用說，和百年來中國人民反帝反封建的要求剛剛相反；而和南京政權的封建性與買辦性的雙重反動意識剛剛相合。他是南京政權的最合適的代言人。無論他和南京政權有沒有什麼關係，無論他怎樣自稱為自由主義者！

一九四八．四．一五．

選自一九四八年七月香港《論文藝統一戰線》大眾文藝叢刊第三輯

文藝創作與主觀／喬木

一　文藝究竟是表現什麼的？

一般地說，文藝是客觀現實的反映，它所表現的是現實的眞實，所有革命乃至進步作家都是在、或自認為是在這一基本方向下，從事創作的。

但在我們革命文藝的發展史上，儘管一開始就肯定了這基本方向，各式各樣的偏向依然是存在的。其中，最顯著的是公式教條主義的偏向。很明白的，這種公式教條主義發展到極端，勢將根本否定文藝反映現實的這一基本方向。文藝不是社會問題的演義，抽象概念的圖解——教條主義必須反對，這是沒有人不贊成的。但是拿什麼去反對公式教條主義呢？求之於形象，求之於典型，民族形式，大眾化，從某一個側面上說都帶着反教條主義的意味；但不管這些理論或運動本身的成就如何，無可否認，新文藝作品，直至現在依然存在着很多缺點和偏向；例如作品中的形象，往往只是沒有生命的表面的象形，整個作品不能動人，更無從發揮文藝作品應有的教育和提高的作用。

為了批評這些偏向，指出：文藝創作如果為表現出當前歷史和現實的眞實，它就不僅要表現出客觀對象的「外延」，而且要表現出它的「內函」，不僅要表現社會的變革過程，而且要表現人物的性格等等——這，一般地說是必要的。

但從此就下一個全面的結論，認要文藝底對象是「活的人，活人的心理狀態，活人底精神鬥爭」（胡風：逆流集，三九頁），它的任務「是要反映一代的心理動態」（同上，一二頁），「文藝底戰鬥性就不僅僅表現在為人民請命，而且表現在對於先進民人底覺醒的精神鬥爭過程的反映裏面了」（同上，一七頁）；這是值得討論的。

這個問題值得討論；這倒不是因為「心理狀態」，「精神鬥爭」這一類的字眼有什麼可怕，好像一提到個人就想起了個人主義，一提到心理狀態就想到心理分析，一提到精神鬥爭就想到唯心主義似的，誰也不應該這樣的武斷。這一些——「活的人」，「活人的心理狀態」，「被壓迫者或被犧牲者的精神狀態」，「覺醒者或戰鬥者的心理過程」，都是客觀現實的一個側面，為表現當前歷史的眞實所必需。誠如「逆流集」的作者所說：「不能理解具體的被壓迫者或被犧牲者底精神狀態，又怎樣能夠揭發封建主義底殘酷的本性和五花八門的戰法？不能理解具體的覺醒者或戰鬥者的心理過程，又怎樣能夠表現人民底豐沛的潛在力量和堅強的英雄主義？」（同上，二十二頁）

但，僅僅「理解具體的被壓迫者或被犧牲者的精神狀態」，就能「揭發封建主義底殘酷的本性和五花八門的戰法」了嗎？僅僅「理解具體的覺醒者或戰鬥者底心理過程」就能「表現出先進人民底豐沛的潛在力量和堅強的英雄主義了嗎」？而且，如何纔能「理解具體的被壓迫者或被犧牲者底精神狀態」呢？如何纔能「理解具體的覺醒者或戰鬥者的心理過程」呢？更重要的是：「理解具體的覺醒者或戰鬥者的心理過程」也好，「理解具體的被壓迫者或被犧牲者的精神狀態」也好，表現「活的人，活人底心理狀態，活人底精神鬥爭」也好，但文藝究竟為什麼要表現這些，表現這些的目的是為什麼呢？為了表現它而表現它麼？如果說，文藝的基本任務就是「反映一代的心理動態」，但「一代的心理動態」究竟是什麼？為什麼要反映它？為反映它而反映它麼？

理解活的個人及其心理狀態重要，為什麼理解活的羣眾及其實際鬥爭就不重要呢？而且活的個人及其心理狀態也祇有當生活在活的羣眾（社會關係）及其實際鬥爭（階級鬥爭）中才能被正確的了解，因此，卽使是承認了表現活的人及其心理狀態是文藝的首要任務，為了達到這目的，作家乃必須更深入地表現社會生活和階級鬥爭。「決定的問題還不在此，決定的問題是個人和社會，個人的心理狀態和他的生活鬥爭——這兩者之間的關係：究竟是個人的存在決定社會的存在呢？還是社會的存在決定個人的存在？是個人生活鬥爭決定個人的心理狀態呢？還是個人的心理狀態決定個人的生活鬥爭？人們可以說，從一粒沙中看到一個世界，從一個人的靈魂看整個時代的動向；但應該想一想：眞的只從一粒沙中可以看到一個世界嗎？眞的，一個世界只有從一粒沙中可以清楚地看到嗎？眞是每一粒沙中都有一個完整的世界嗎？而且更應該想一想，表現這「沙中世界」（「一代的心理動態」）究竟是為了什麼呢？

這都是些不得不加以嚴重攷慮的問題。事實上一旦把文藝的對象規定為「活的人，活人底心理狀態，活人底精神鬥爭」，它底任務規定為「反映一代底心理動態」，就不可避免地會在實際上產生各種不健康的創作傾向和批評傾向。例如：一切為了表現活人的心理狀態或精神鬥爭，而這一個活人所從事的具體生活與社會鬥爭，就變成了為表現這個人的心理狀態和精神鬥爭的手段，這樣，他的心理狀態就好像是一幅相片，他的具體生活和社會鬥爭却變成一架無關重要的鑲着這相片的鏡框了。生活和精神的關係，本來就不是相架和相片的關係，一定要把它變成這樣的關係，勢必破壞了這兩者——生活鬥爭和心理狀態的眞實性。又例如，既然人的心理狀態是文藝表現的主要對象，那麼，心理狀態最複雜或精神鬥爭最激烈的人大概就是文藝創作最好的題材，寫這種對象才是眞正的現實主義，而那一些不寫複雜心理狀態而主要寫政治鬥爭的作品，都可被派定是公式主義了。最後，「一代的心理動態」，多麼具體而微，但却又多麼空洞無邊，假如有人把這句話拿來索與否定新文藝的革命的功利性，從而事實上走上了精神重於一切的道路是不是有可能呢？

這一類可能發生或已經發生着的創作傾向和批評傾向顯然是一種不健康的風氣；最低限度是不應鼓勵的。

二 文藝創造從那裏開始？

既然文藝是現實的反映，那麼文藝創造的活動就必得從作家從「血肉的現實人生的搏鬥」（逆流集二十二頁）開始；但「血肉的現實人生」的實際內容究竟是什麼呢？

「在現實鬥爭裏面，法西斯主義和封建主義在進攻，在肆虐，民主的力量或人民力量在受難，在崛起。這是一個繼往開來的總結性的歷史鬥爭，它底意義流貫一切的社會領域，卽使在平凡的生活事件或最停滯的生活裏面，被這個鬥爭要求所照明，也能夠看出眞鎗實劍的帶着血痕或淚痕的人生」（同上）。

最平凡的生活事件和最停滯的生活場面，在今天的中國是不是和現實的政治鬥爭、羣眾鬥爭、階級鬥爭一脈相通呢？在最廣泛的意義上，是相通的；例如，任何一個人的平凡生活都和當前政治有關，任何一個具體的被壓迫者都和被壓迫羣眾有關，一個人對一個人的態度反映着一定的階級關係；但假使有人因此就認為衹有具體的平凡生活才是最眞實的政治，從而把政治還原為平凡的生活事件，羣眾還原為個別的被壓迫者和戰鬥者，階級鬥爭還原為個人對個人的態度，那將是大錯而特錯。

危險表現在兩方面。對於作家，這種說法會被理解成什麼樣的生活是不重要的，重要的是生活態度；問題的重心不是具體地生活在這一個階級或是那一個階級的客觀事實，而只是作家對待平凡生活的主觀態度。從而就從根本上否定了「血肉的現實人生搏鬥」的意義；有如游泳，將沙作水，一無所成。

例如抗戰初期，就出現過這樣的論調：

「到處都有生活，不管是前綫和後方，當前問題的重心不在於生活在前綫和後方，而是在於生活態度」（于潮：方生未死之間）。

這種思想好像是為了智識份子如何和人民結合的課題而提出的，但實際上它取消了和人民結合的這一基本命題。假如小資產階級的作家，過什麼樣生活的客觀事實不重要，重要的是他如何生活的主觀態度，這不是取消了作家和人民結合的基本命題是什麼？這是一種危險。

這種思想反映到創作理論上，就必然形成一種傾向，認為「寫什麼」不是重要的問題，重要的問題是「如何寫」。假如政治是無所不在，在個別的受難者和戰鬥者身上，就能看到被壓迫羣眾的苦難和戰鬥羣眾的雄姿，假使個人對個人的態度當中就包含了階級對階級鬥爭的縮影，基本上要表現羣眾政治及其方向的作家，為什麼一定要努力去寫實際的政治事件，羣眾鬥爭和階級鬥爭呢？

「……批評家所採尋的不僅是『寫了什麼』，而且是『怎樣地寫了』，尤其是『在怎樣的精神要求裏面寫了』的問題：因為，一切事物都和眞理相通，問題只在於是不是說出了那相通的路徑，只在於是不是為了說出那相通的路徑。」（逆流集，三三頁）

事實上，不是這麼方便的。不管一個小資產階級作家在他的個人生活範圍內的主觀態度自以為如何正確，對現實人生搏鬥的意志自以為如何堅強，假如他不眞正的走到工農羣眾及其鬥爭中去，他是不能和人民結合的；在這種情況下，他就不可能眞正表現出人民鬥爭的眞實，而他那自以為正確的人民立場（主觀）必然是抽象的，不能解決問題的。說一切事物都和眞理相通，問題只是在於說出了那相通的路徑，和是不是為了說出那相通路徑而寫——其用意無非是說，一個作家只要有了人民的立場，不管寫什麼都能表現出人民鬥爭的眞實；其實，小資產階級作家自以為正確的立場並不那樣正確，而其所謂「精神要求」有時根本就和人民無關；而且誰能夠相信，任何平凡事件都能表現人民鬥爭的眞實？

任何自以為正確的主觀態度和堅強的批評意志，都不能代替一個作家從一種生活到那一種生活，從這一個階級到那一個階級「血肉」轉變的客觀事實。

三　作家怎樣才能和人民結合？

不管是為了好好地替人民做事也好，或者是為了客觀地表現出革命人民的面貌也好，一切革命的作家必須與廣大的工農勞苦羣眾相結合——在原則上，這是一個「地無分南北」的課題。但由於中國革命發展的不均衡，在某一些地區（蔣管區）過去和現在都有人在壓迫革命文藝家，不讓他們有到工農羣眾中去的自由。因此，無論是在評價這些地區過去的文藝成就上，或是規定這些地區目前的具體文藝方針上，不承認或不重視這一限制，運用過高的尺度，或提出過苛的要求，都是不能解決問題的。

但這裏所談的不是這一類的具體歷史或現實問題，而是一個原則問題，作為一個一般性的原則問題，作家如何才能和人民結合呢？

首先，很清楚地，沒有一個強烈的和廣大勞動人民相結合的主觀決心，沒有一個作家是能夠和人民結合的。但是第一，這決心不可能是憑空來的，而是搞通思想的初步結果。第二，不管這種和人民結合的主觀意志是多麼強，它不可能代替作家和勞動人民相結合的客觀事實。因此，即使是具有一定思想內容的主觀精神也不就是作家和人民結合的主要關鍵；假如去掉這一具體內容，一般地強調什麼作家底戰鬥意志的燃燒呀，戰鬥情緒的飽滿呀……不管這種調子唱得多麼高，其結果不是什麼作家和人民大眾相結合，而是小資產階級作家的主觀和廣大的勞動人民的現實之間的距離，愈來愈遠。

其次，假定作家實際上和廣大的勞動人民生活在一起了，向這樣的作家去宣揚，用他們的「全副心腸去貼近他們……和他們結下生死不解之緣，爬到他們心裏，用心去疼他們」（于潮：「論生活態度與現實主義」）怎麼樣呢？這種主觀願望不能說是壞的，但這種自上而下的恩賜觀點是永遠得不到和人民結合的結果的，因為小資產階級的心永遠不能眞正同無產階級的情。而且，更重要的是，當時的作家，一般地並沒有在實際生活上和勞動人民相結合，這種強調主觀生活態度的論調，在實際上不過是取消了作家和人民結合的基本命題，使作家們各自在他們小資產者的天地裏，自以為已經深入了人民而已。

那麼，作家怎樣才能與人民結合呢？

「首先當然要求一個戰鬥的實踐立場，和人民共命運的實踐立場，只有這個倫理學上（戰鬥道德上）的反客觀主義，才能夠杜絕藝術創造上的客觀主義底根源，但這還只是解決問題的基本條件，猶如游泳須在水裏，但在水裏並不就等於游泳一樣。

「作家應該去深入和結合的人民，並不是抽象的概念，而是活生生的感性的存在。那麼，他們底生活要求或鬥爭要求，雖然體現着歷史的要求，但都是取着千變萬化的形態和複雜曲折的路徑，他們底精神要求雖然伸向着解放，但隨時隨地都潛伏着或擴展着幾千年的精神奴役底創傷，作家深入他們，要不被這種感性存在的海洋所淹沒，就得有和他們底生活內容搏鬥的批判的力量。」（逆流集，二五——二六頁）

到水裏去不等於游泳，難道要在沙上學會了游泳，才能下水？下水不等於游泳，假使這是眞理的話；那麼，不下水就一定不會游泳（對於那些躺在沙上的人們），是更重要的眞理。游泳需要學習，但眞正的學習豈不正是在下水之後，才能開始？所有這些問題應該是值得考慮的；逆流集作者把問題那樣的提法，是不是一開始就在實際上產生叫人不必急於下水的後果？

而且，為什麼要這樣強調下水並不等於游泳這一點呢？因為擔心人們有被淹死之虞。為什麼會被淹死？原來，海水裏充滿了妖魔鬼怪，人民帶着滿身的「奴役底創傷」！為什麼不告訴作家到人民中去，人民的主體是健康的；而却要一再強調，當心啊，他們身上有瘡疤呀，會傳染的呀，不，會毒死你的呀？因此，要有「批判的力量」，只是具有了「批判」的力量，才能保證你身體的健康，你和人民的關係是「結合」，而不是向人民「投降」，不被人民「淹死」。逆流集作者把問題這樣的提法，是不是實際上一開始就產生了「拒絕和人民結合」的後果？

人民有沒有缺點呢？

不承認廣大的工農勞動羣眾身上有缺點，是不符合事實的；但在本質上，廣大的勞動人民是善良的，優美的，堅強的，健康的。健康的是他們的主體；他們的缺點，不論是精神上和生活上的，只是缺點，說來這好像是老生常談，但看不見，想不通或者不承認這一點，往往是一個作家拒絕和人民結合最深的根源。這是一。其次，即使說缺點吧，他們的缺點主要的也是剝削者和壓迫者長期統治他們的結果。把人民善良、美德、堅強、和康健的主體置之不顧，而却去強調那些他們自己不能負責的缺點——這可能在實際上產生什麼效果呢？事實上是拒絕乃至反對和人民結合。

人民有缺點，而且可以批判；但在一個小資產階級作家沒有取用這批評的資格之前，他得先受人民的批評，先做羣眾的學生，才能做羣眾的先生，這叫做到人民中去，向人民學習。向人民學習看來是一種很容易的事情，大家都懂得的；其實很多人並不懂得，而且在這裏更沒有多少人眞正做過。因為這要求一切革命的作家「長期地無條件地全身心地到工農羣眾中去，到火熱的鬥爭中去」，這不是一件很容易的事情。這是一。

其次，卽使是批評人民，也得是眞正站在人民的立場，用保護人民教育人民的滿腔熱情來從事這一批評。不然，所謂對人民及其朋友的批評就很容易混亂了自己的立場而站到敵人的立場，鬧到敵友不分的境地。

最後，說要批評人民，作家究竟拿什麼東西去批評人民呢？用已經為作家的主觀所「人格化」了的馬列主義嗎？用馬列主義化了的作家的實踐意志嗎？不，馬列主義是不能人格化的，把馬列主義人格化首先就破壞了馬列主義。作家用以去批評人民的不是作家帶去的什麼思想體系或人格力量，而是在眞正熟悉和了解了人民之後，用人民的全體利益，來指導羣眾的局部要求，用人民主體的健康精神，來批評人民「奴役底創傷」。作家的主觀，在這裏不過是把人民本來有的東西，加以集中和提鍊，再交還給人民而已。

要作家「長期地無條件地全身心地到工農羣眾」中去，作家的「主觀」不是有被勞動人民「感性存在的海洋」完全淹沒掉的危險嗎？不要緊，讓它淹沒下去，淹沒得愈澈底愈好；祇有把小資產階級的主觀澈底乾淨地淹沒掉，一個革命作家的「革命主觀」才能眞正地建立起來。

四　作家如何才能創造出比現實「更高」的藝術？

作家和人民的結合祇是作家反映現實和表現人民的前提；但作家和人民結合的過程並不就是作家創作的過程。文藝作品內容是客觀現實的反映，但客觀現實的複製並不就是文藝作品。文藝創作所表現出來的東西，總要比客觀的現實「多」一點，「高」一點；那麼，那「多」或「高」出來的東西究竟是什麼東西呢？文藝創作不是社會問題的圖解或作家生活的日記；那麼可不可以說，文藝的可貴，主要的並不在於它反映客觀現實的「正確」，而在於它能創造比現實「更高」的東西來呢？

這些問題的提出是好的；但在沒有回答這一問題之前，我們得首先看一看目前中國（蔣管區）新文藝的現狀。目前中國新文藝的現狀是不是已經「正確地」「客觀地」反映了中國人民革命的全部客觀現實，而其主要缺點只是差那「更高一點」的東西了呢？不少人以為是如此；但其實，完全不是這麼一回事。目前中國新文藝的主要缺點（最低限度在蔣管區是如此）不是反映中國人民革命的現實太客觀了，而是：根本沒有認眞地企圖去反映這一現實；縱卽有所企圖，不是在客觀現實反映得「太客觀」了，而是把客觀現實反映得太主觀了。人們用自以為是革命的小資產階級的主觀，在各式各樣甚至是在相對立的名義和作風之下，去塗抹，歪曲，竄改人民大眾覺醒和鬥爭的客觀事實，把客觀上本來是活的生動的人物寫成麻木不仁，把小資產階級追求和搏鬥的心情放到工人大眾的「心裏」，在本質上，不都是小資產階級的主觀主義的一種表現嗎？不承認或不重視這一基本事實，不從這一基本事實出發，一切對於這個問題的發言，不論其主觀動機如何誠懇和認眞，實際上都將一無是處。

要求作家客觀地反映現實，是不是會產生作家只反映客觀對象的外形及其具體活動，而不能表現它的內心及其全部生命呢？不會的，拿寫一個戰鬥者這樣的例子來說吧。戰鬥者具體的生活鬥爭，固然是客觀的存在，他們的心理動態和精神鬥爭對於作家更是一種客觀的存在。用文藝理論的術語來說，這裏，在基本上只有對象的「內在形象」和「外在形象」之別，這兩類形象對於作家來說，都是客觀的。寫一個戰鬥者的具體生活，固然要求作家有高度的客觀態度，寫他的精神鬥爭和內心生活更需要作家有高度的客觀（實事求是的態度），不然，作家衹有把他那自以為人民的但其實是小資產階級的主觀放到人民的心裏而已。事情明白得像一張白紙：創作對象的「外形」是一種不受作家主觀影響的客觀存在，創作對象的「內形」也是不受作家主觀影響的客觀存在：既然都是客觀存在，作家表現它就得實事求是地去觀察它，熟悉它，不要憑自己的主觀傾向去歪曲它。因此假如我們新文藝作品中有「冷淡的形象，麻木的感情和虛偽的聲音」的現象，那絕不是因為作家「太客觀」，而是因為基本上作家不客觀，太主觀，不熟悉他對象的全部生命，從而不能反映出對象的全部客觀現實（它的全部生命）；在客觀現實中，一切都是豐富的，生動的，眞實的。在這一個意義上，我們新文藝目前主要的缺點不是「太客觀地」反映了現實，而是太主觀地反映了現實，或根本未反映現實；我們作家的「主觀」太多，我們作品中的客觀眞實性太少了。

但是不是說，問題衹是反映現實的客觀或不客觀的問題，作家的主觀衹有太多或者太少的問題，或者說根本沒有問題了呢？不是的，我們說作家的「主觀太多」，其意義也不是「一般的主觀」太多，而是說作家的小資產階級主觀太多或者太強，正是因為這個原故，才產生了並不去反映人民鬥爭的現實或者歪曲地反映這一現實的傾向，對於這些人，應該大喝一聲，你們的「主觀」太多了（小資產階級的主觀太多了）！我們說，作家要努力去反映——表現客觀的現實，其意義也不是說，從此作家的主觀可以不要了，這是不行的；而是說，作家努力去掉小資產階級的主觀而逐漸取得無產階級的主觀，因為作家衹有通過這種的主觀，才能有眞正客觀地表現出現實的眞實的可能。

那麼，作家這種正確地認識客觀現實（藝術家的研究和體驗的過程）和表現客觀眞實（藝術家的創造過程）的主觀能力是從裏那來的呢？

首先一個作家的認識（體驗）過程和他的創作過程是統一的；在他的生活和創作過程中，一個作家要有正確的分析和概括他的活的對象的能力。這種主觀能力是從那裏來的呢？主要的是從他的實際生活來的，他要在實際生活中「觀察，體驗，研究，分析一切人，一切階級，一切羣眾，一切生動的生活形式和鬥爭形式……」。馬列主義的思想只能幫助我們觀察，分析和研究一切的具體對象，它不能代替這種觀察分析和研究的實際工作；而作家這種正確分析和概括的能力，卻是從這長期觀察、分析、研究和判斷的實際生活中鍛鍊出來的。

作家同時要有正確地而又是由衷地愛或者恨他所企圖表現的各式各樣具體對象的能力。這種主觀能力從那裏來的？主要的是從作家長期在實際生活中體驗得來的。在這裏，馬列主義的思想只能一般地教育我們愛和恨的主要方向，但它卻不能代替我們在實際生活中愛這個應該愛的具體人物、或者恨那個應該恨的具體人物的眞愛和眞恨的實際生活。而這種正確的愛和恨的能力，卻是從那「長期的無條件的全身心的」和人民結合的實際生活中教育（感情也是要受教育的）和鍛鍊出來的。

作家又要有正確地誇張某一些在客觀現實中已經開始實際存在的新生事物的能力。這種能力看來是最富於主觀性質的。但其實則不然，一部文學史，證明了祇有當一個作家了解全部客觀現實的深度和廣度，他才能具備這種正確地誇張某種新生事物的力量。馬列主義的思想在這裏只能給我們發現這新生事物的一個一般的方向，但它不能代替我們發現這種客觀的新生事物的實際工作。

一個作家具備了這一些及其他的主觀能力和相應的實際題材，還不一定就開始創作；那麼，作家的創作熱情該是完全屬於作家自己了的吧？在這一個被資產階級學者認為是最玄妙的烟士皮里純，即「在怎樣的精神要求之下寫」的微妙問題上，有一位強調客觀的唯心論者，說過幾句比我們強調主觀的唯物論者更加唯物的話：

「假如問藝術家的『創作要求』是什麼，那麼，可以說，它沒有什麼別的意思，除掉是：作家為一定的對象及其形象所吸引，作家完全沉沒到它的客觀對象裏邊直到他用藝術的形象把它表現出來為止。

「但假使這樣，藝術家就要把客觀的對象變成他自己的東西的話，那麼作家在他主觀的這一面，就必須把他的主觀的個別性及其偶然的特殊性，澈底拋棄，而完全沉浸客觀對象裏去；因此，作為主觀的作家，不過是一個陶鑄客觀內容的形式或工具而已。

「假使在一個作家的『創作要求』中，只知道作家的主觀是他的主觀，而忘記了作家的主觀是客觀對象所賴以反映及展開其生動活動的器管和工具，那麼，這種作家的『創作要求』必然是一種壞的創作要求。」（黑格爾：美學第一卷）。

這樣，可以看出：客觀的現實本身包含了一切文藝創作的必要因素；而「藝術的加工」不過是作家根據他在現實生活中所提鍊出來的規律，使其比如實的反映更有組織，更集中，更理想化而已。因此，所謂更高就不是從現實外面經過什麼單純主觀力量一般加上去的，而是從現實中提鍊出來的眞實。

好久以來不少作家鑒於文藝作品沒有動人的力量，提出文藝的特殊性；以為光是反映客觀現實是不能動人的，動人的因素必然是來自作家的主觀；殊不知歷史的眞理固然是客觀的，人民的至情（正確的感情）也是客觀的，問題不在於作家一般性的主觀的強弱，而是在作家的小資產階級的主觀及其生活，根本不能反映表現出人民世界的眞實——它的眞理（作品的思想性）和眞情

（作品的感染性）。

在這裏有些混亂必須澄清，例如有這樣的說法：

「我們必須指出，藝術家雖然是通過他的手段（言語，教育，線條，色彩）來接觸千萬人的，但假如它在千萬人中發生了強烈的作用，那麼感染鼓動說服了人們的，其實並不是這些語言，教育，線條，色彩，而是表現在這些藝術手段之中的藝術家自己的全部人格。假如一個作品使得千萬人甘心情願地去死的話，那一定是因為這個藝術家在創作過程中自己有甘心情願地去死的情緒和理念的緣故；假如一個作品使千萬人投身入鬥爭，那一定是因這個藝術家在創作過程中，正燃燒着熾烈的奔赴鬥爭的情思的緣故，藝術家永遠不能把自己所沒有的東西給人……」（項黎：論藝術態度和生活態度）。

作家自己的全部人格——決定一切的創造過程——表現作家自己所有的東西，假使這一個作家是一個小資產階級的作家（這就是他自己的全部人格），你走去告訴他：他要在創造過程中具有那（自以為）革命的「主觀要求」和「戰鬥情緒」，而且還要告訴他，把他自己所有的東西（他所有什麼呢，除掉他那小資產階級的天地）給人，這種理論在實際上可能產生什麼後果呢？號召小資產階級作家，從他們全部的人格出發，經過了他自以為能使千萬人投身戰鬥的悲壯的創作要求，實際上宣揚小資產階級所有的一切。

更有這樣一種說法：

「文藝的可貴，究竟在於它對現實反映之正確，還是在於它藉正確反映現實而創造它自己那所謂『高於現實』的東西？……而我都認為文藝與其說在『表現出現實的眞實』，不如說在於『創造出藝術的眞實』……文藝決不能僅僅是現實的複製，無論是單色版，三色版，七色版，也無論所複製的是現實還是現實的虛偽——文藝有自己獨特的天地，那是我們所必須確認的……現實是文藝的泉源，可是文藝根據現實的眞實而創造藝術的眞實，唯其如此，文藝才有改造現實的能動性」（史篇：從文藝到哲學）。

把反映現實的基本命題，看成是一種創造「藝術的眞實」的手段，把「創造藝術眞實」和表現「現實眞實」的課題對立起來，要求文藝有自己獨特的天地，好像藝術的世界裏並無正確或不正確的問題似的，最後囘過頭來還要用這種「藝術的眞實」來能動地改造我們這一個現實世界；這種理論，不管作者的主觀動機如何，實際上，在今天中國蔣管區新文藝的現狀下，能有什麼後果呢？取消文藝反映現實的課題，取消作家和人民結合的任務，不僅如此，而且要掉過頭來，用小資產階級的面貌，來改造中國人民革命的現實。

「藝術創造」這幾個字快要變成一個拜物教了，究竟所謂「創造」或者「創作」是個什麼東西呢？如果有人已經不喜歡聽恩格斯、列寧講的話，那麼聽聽強調藝術性的人所佩服的託爾斯泰自己的話吧？所謂藝術的「創造」是什麼呢？

「所謂『創造』的過程——這是大家所同有和共曉的一件事——是這樣進行的，一個人朦朧地感覺到一種對他是完全新的東西，他從來沒有聽旁人說過的。這個新的東西使他印象很深，他在談話中告訴旁人，很奇怪地他發現旁人並未看到……他懷疑他朦朧看到的東西，實際上不是存在，或者是旁人還未看見或感覺這種東西。他用的努力使他的這一發現那樣清楚，使旁人和自己都不再懷疑他所看到的新事物是實際存在的……這種發現實際上存在的新事物，並使其對人對己都變得非常明白的過程，一般地説就是藝術「創造」的過程……」（託爾斯泰：藝術論）。

這樣，所謂「創造」就並不是什麼從無生有而只是發現客觀世界中基本上已經存在的東西而已。承認這一點，並不損害藝術家的尊嚴；把藝術創造過程神秘化的傾向是到了可以收起來的時候了。

自然，作家的主觀在這裏是有它一定地位的；但對於一個革命作家所謂主觀的問題就不是什麼一般的「創造藝術眞實」的主觀能力問題，而是表現什麼樣的眞實需要什麼樣的主觀（和什麼樣的客觀生活養成什麼樣的作家的主觀）；硬是有很多人對於革命的現實和人民沒有反映（因為不熟悉現實）和表現（因為並不眞的理解和愛人民）的能力，這並不是因為他們一般的主觀不強，而是因為他們小資產階級的主觀太強，那種主觀不夠資格成為表現今天的歷史眞實和現實的工具。作家必須進行自我改造。

五　作家應如何進行改造？

作家要進行改造，必須向人民學習。

一般的說，學習和改造是不能分開的：更進一步，應該說，學習就是改造；因為學習是從人民那裏拿一點新東西進來，改造就是作家要把他自己的那點舊東西趕出去，讓從人民來的那點新東西能進來，舊的不肯去，新的要進來——這就變成了一種「自我鬥爭」，卽自我改造的過程。

有一種傾向，只強調在羣眾鬥爭（階級鬥爭）中向人民學習，但忽視了：要完成自我改造，單靠在羣眾鬥爭（階級鬥爭）中向人民學習是不夠的。為了糾正這一傾向，指出作家有進行自我鬥爭的必要，是完全適當的。在這一個意義上任何作家和羣眾一道，在戰場上進行的階級鬥爭，都不能代替作家自己在靈魂內進行的階級鬥爭（這就是自我鬥爭的具體內容）。但假如有人從此反過來認為，衹有作家的自我鬥爭，才是眞鎗實劍，帶着血痕和淚痕的鬥爭，羣眾（包含作家在內）在戰場上所進行的實際鬥爭並不重要，甚至是庸俗的，那就是又走到另外一個極端去了。因為，所謂靈魂內的階級鬥爭不過是實際階級鬥爭在作家靈魂內的一種反映，離開了前者就談不到後者。而且，一旦離開了實際的階級鬥爭，靈魂內的階級鬥爭根本就無從進行。這就是為什麼必須一再強調：向人民學習的主觀要求，必須在和人民結合的客觀事實中進行。作家的自我改造又必須在實際的羣眾鬥爭，向人民學習，接受羣眾批評的主要方向之下進行的緣故。

自然，所有這一切都不能代替作家的自我鬥爭——靈魂內的階級鬥爭。那麼，這種自我鬥爭應該怎樣進行呢？

會有人認為自我鬥爭既然是在靈魂內進行的，那一定是神秘而又偉大，不能或者不容旁人問津的，好像一提起這鬥爭應如何進行的問題，就把這鬥爭的偉大性庸俗化了。事實上並非如此，古往今來偉大作家們的自我鬥爭都能拿來分析和解剖；我們是能從他們那些苦痛經驗中，得到若干教訓的。自我鬥爭既然是作家在靈魂內進行的階級鬥爭，那麼，在基本上它就和歷史上的鬥爭一樣，有其一定方向和法則。

首先，自我鬥爭不能無原則的進行，在鬥爭中作家應該肯定那鬥爭中革命的一面，去反對那落後的乃至反動的一面。小資產階級是一個矛盾的階級，小資產階級作家的自我是一個矛盾的自我，它有革命的（企圖和人民結合的）一面，也有落後的（拒絕和人民結合的）一面，小資產階級的作家的自我改造其所以可能的物質基礎，就在於它有這革命的一面，鬥爭的目的就是要擴大這革命的一面，征服那落後的一面。根據這一點，我們就以應該反對那種無原則的沒有明確方向的自我鬥爭，應該肯定指出：不是一切的自我鬥爭都是好的偉大的；尤不應宣揚某一些偉大作家包含着落後內容的自我鬥爭過程。例如杜斯妥益夫斯基的自我鬥爭，甚至托爾斯泰的自我鬥爭，其實就沒有必要向今天進行作家或讀者一再宣揚。

自我鬥爭的過程往往是一個苦痛的過程，心靈的苦痛往往是和眞實的自我鬥爭分不開的，要進行眞實的自我鬥爭，就得要有決心承受這份心靈的苦痛，因為受不了這心靈的苦痛，而去避開眞正的自我鬥爭是錯誤的。但，假使有人從此就認為心靈的苦痛和熱情的激盪是自我鬥爭的目的，或者說只有最苦痛才是（自我鬥爭）最眞實，從而不知不覺地產生一種欣賞苦痛的心情，甚至為苦痛而苦痛的主觀傾向，那是完全不應有的。應該指出，不是一切自我鬥爭的苦痛都是偉大的，都是值得向讀者宣揚的。

自我鬥爭的過程往往是一個長期的過程，尤其是因為要進行得澈底，往往要更其長期。為了澈底，指出這不是短期可以解決的鬥爭，是完全必要的；但假使有人從此就認為，這是一個永無止境的過程，或者認為只有最長期的，才是最澈底的（自我鬥爭），那就大錯特錯了。事實上，和歷史上的階級鬥爭一樣，為了澈底，它得長期進行，但基本上，它仍應迅速解決。不少偉大的作家只有經過了十幾年乃至幾十年苦痛的自我鬥爭，才走到了完全和人民結合的目的；這種精神是大的，值得學習的，但其所以偉大並不在其自我鬥爭的苦痛和長期，而是在於他的自我鬥爭有一定的目的，而且進行得眞實和澈底。我們應該學習這些偉大作家，例如羅曼羅蘭的這一部份，但我們絕不應鼓勵作家去機械地模仿他的自我鬥爭的全部過程，好像每一個人不做一次約翰克利斯朵夫式的追求就不可能達到羅曼羅蘭的終點似的。

最後，自我鬥爭得最澈底的人往往是轉變（和人民結合）得最澈底的人，在這一個意義上，澈底的自我鬥爭是可貴的；但雖如此，嚴格意義上的自我鬥爭（階級轉化）只是一個手段而不是目的。達到什麼目的呢？為了完全和人民相結合，為了建立起一個心甘情願地為人民做事的人，為了建立起一個能夠正確地表現革命眞實的作家的主觀。

一個革命作家的革命主觀是重要的，但儘管重要，它在任何意義上，不獨是藝術創造的泉源，它只能是藝術創造的一個工具。

要革命作家的主觀努力成為正確地表現革命眞實的工具，不是有損於作家主觀的尊嚴嗎？不要緊，這是不足慮的；值得担心的倒是有一些作家的主觀連做「這個工具」的資格都沒有，或者根本不想有。

一九四八．四月二十日

選自一九四八年五月香港《人民與文藝》大眾文藝叢刊第二輯

第三輯

文藝大眾化與方言文學的討論

反帝，反封建，大眾化——為「五四」文藝節作／茅盾

「五四」現在是文藝節了。這是中國文藝協會所定的，這還是三年前的事：今天是第四次紀念這個文藝節，對於「文生」的讀者，一面要慶祝他們日新進步，同時也說一說我對於這節日的感想。

本來，「五四」的意義不限於文藝革命乃至革命文藝。把「五四」運動作為什麼新文化運動來看，也還是不甚正確；而且「新文化」的定義一向就纏夾不清，有些人還故意在「新」字上頭要槍花，企圖欺騙青年使之誤入他們的歧途。「五四」運動正確的解釋應當是：反帝反封建的政治的社會的思想的運動。而「五四」以來的新文藝（從文藝革命到革命文藝）就是反帝反封建的思想鬥爭的一翼。

因此，文協總會當年把「五四」定為文藝節並不是附和了流俗的看法只把「五四」的意義限於文藝的圈子，而是要提醒大家：我們現在的文藝應當作為反帝反封建的思想鬥爭的一翼，配合全國的民主運動，澈底完成民族獨立解放的偉大任務！

現在再看一看「五四」以來，我們的新文藝（以反帝反封建的思想鬥爭作為主要任務的新文藝），有了多少成果。首先，我們得承認，「五四」以後，文藝界的反帝反封建思想鬥爭任務之確定，也曾經過了迂迴曲折的道路。差不多有七年之久，方才擊潰了所有的不正確的，似是而非

的，乃至反動的文藝思想與流派，而使新現實主義的創作方法發揚而光大。其中最劇烈的一場鬥爭是和「新月派」的鬥爭。「新月派」當時是巧妙地化裝了的，天眞的青年們不易看出他們是帝國主義封建軍閥地主買辦集團的幫閒，「新月派」不但有不少「鍍金花瓶」搬弄着西洋「經典」騙人嚇人，不但有機關刊物，而且還在許多大學校內佈置了爪牙，霸佔了講座。特別是那時候「新月派」的大小頭目還只是「偷偷賣淫」，一般青年還把他們當作「良家婦女」，因而他們的如簧的巧言頗能引誘天眞的青年。「新月派」有組織，有雄厚的經濟背景，有巧妙的戰術，然而還是不免于失敗，唯一的原因是他們所走的路違反了中國民族歷史發展的規律，他們和人民立於反對的地位。

其次，我們也不能不承認：作為反帝反封建思想鬥爭之一翼的新文藝，雖然是天經地義的在內容和形式上必須是大眾化的，可是二十多年來，我們僅是向大眾化走而已，還沒有做到眞正大眾化。而且在大眾化這問題上，我們過去的努力不夠，也犯過理論上的錯誤。我們的讀者圈子還很狹小，廣大的市民階層也還沒有爭取到，更不用說「下鄉」而深入羣眾。我們的工作遠落於現實要求之後。

對於這一個情形，已經有了正確的解答，也提供了切實可行的實踐的步驟了。然而還有些朋友們感到焦灼而迷惑。他們說：我們能夠在知識青年羣中擊敗反動的「新月派」，然而還不能在市民羣眾中擊敗反動而且更無聊的黃色作品；如果那些黃色作品所用的形式和我們的完全不同，那當然這是一個形式問題了，然而事實並不如此，黃色作品形式也是「新」的，不是舊的，甚至某些作品其形式比我們的還要洋化些；由此可見這不是形式問題而是內容問題。黃色作品的內容是投小市民之所好的。小市民喜歡「鴉片煙」，我們卽使把魚肝油做成鴉片煙的形式，小市民還是棄之不顧的。我們既不能投小市民之所好而降低我們作品的思想內容，那麼，只有在把小市民的思想水準提高之後，我們的作品方有打進小市民層之希望。

這樣的議論，有它事實上的正確的地方，卽黃色作品在小市民羣中大為流行，並非全因形式之「通俗」而為內容之投人所好，然而這樣的議論又有它思想上的錯誤的地方，這就是它把提高小市民的思想水準作為接受我們的進步文藝作品的前提，而忘記了進步的文藝作品的本身任務正是提高人們的思想。如果要等到讀者思想水準提高了然後我們的作品有用武之地，那麼，作為思想鬥爭之一翼的新文藝的任務就變成了一句空話！

我也認為：問題確不在形式（當然也不否認形式有時也成問題，但不是一般的都成問題），而在內容，然而此一內容問題却不是投不投小市民之所好。我們當然不能投小市民之所好。問題在于我們的內容有思想而無血肉，我們的作品把知識份子穿上了小市民的服裝，所行所思，碰不到小市民生活上痛癢的地方，無怪乎小市民不感興趣了。正如我們把知識份子穿上了農民的服裝，儘管用「民間形式」來寫作，農民還是要唾棄的。認為小市民只喜歡「鴉片煙」，這也就是不小的錯誤。而這一錯誤觀念也根源於沒有深入小市民的生活，只憑表面來武斷而不作研究調查。

在文盲還是絕對多數的今日中國，我們的大眾化作品如果不能打入小市民層，那也算不得成功罷？當然，這裏不容誤解我們是要站在小市民立場追求大眾化。

最後，我們又不能不承認：作為反帝反封建的思想鬥爭之一翼的「五四」以來的新文藝還沒有產生多少農民和工人的典型。農民和工人當然已經寫得很多，但是寫得最好的也只是被侮辱與被踐踏而默默忍受的工人與農民，很少見自己掌握着自己命運的新時代的新人民。現在，半個中國已經普照光明，已經湧現了無數新時代的新人；即使在還是黑暗的還沒從魔手中解放出來的那半個中國，也已經出現了無數的新人正在從法西斯惡魔手裡爭回自己的命運。等到我們的作品中充滿了這樣的新人的時候，大眾化方告功德圓滿。因為大眾化不但要用大眾的語言，站在大眾的立場，而且要表現大眾——不是命運操在別人手裡的大眾而是自己掌握自己命運的大眾！

中國的新文藝是世界最前進的文藝之一枝。在知識份子青年的讀者羣，中國的進步的新文藝是擊潰了反動文藝而佔着絕對優勢的，這是除了蘇聯而外很少見的現象。我們中國作家沒有理由自餒。中國的青年作家們的面前更是一大片燦爛光明。挺起胸膛，面向人民，前進呀，明年「五四」我們將慶祝中國人民的全盤勝利，也讓我們拿出文藝上的新的勝利品，在明年今日獻給新中國的人民！

選自一九四八年五月香港《文藝生活》總第三十九期

畧論文藝大眾化／穆文

一　幾點基本認識

一　問題的出發點

文藝大眾化問題，自從一九四二年延安文藝座談會以後，基本上已經得到解決了，在表面上，今天誰也不會反對普及運動的重要。但是，關於這個問題，我們應該承認在解放區以外，無論在理論或實踐上，大家的認識，還有些不一致的地方。在這中間，有些意見有意無意的恰恰是取消了大眾化的工作，或者至少是減少了我們對於大眾化工作的重視。例如一種意見，說：大眾化固然是需要的，但無論如何不可能『大眾化』到連瞎子、聾子、啞子都能夠接受的程度吧？而且，中國老百姓絕大多數是文盲，要使他們能理解文藝，首先得教他們認識文字，這就是教育家的責任了。這顯然是一種逃避的說法。忽視了一般的文化教育工作，而專責文藝家的作品不通俗，這固然不對，但是忘記了文藝工作本身也是教育工作，而放棄了應當而且可能担負的教育責任，也是錯誤。讓別人把羣眾教育好了，再來接受我們的文藝，這是一種什麼理論呢？為什麼一提到大眾化，就會把對象設想為瞎子、聾子、啞子呢？這裏面不是多少包含了一點對於大眾化的拒絕的情緒嗎？

和這種意見相反而實相成，另一些人却又把工農大眾今天的文化程度作了過高的估計，他們抓住一些極少數的特殊的例子，當作一般的現象看。他們說，在農村裏，親眼看見農民讀魯迅全集，親耳聽到長工說一口知識分子的話，而上海的女工已和中學校的女學生沒有多少分別。因此，他們認為一切是發展着的，今天還距離大眾很遠的作品，也許明天就很近了。不錯，誰也不能否認，工農大眾的文化知識是一天一天的提高、發展，但就大多數而說，他們是還不可能接受現在被知識分子所欣賞的新文藝作品，却是一個明明白白的事實。照他們這種說法，大眾化的問題就根本不存在了，因為今天雖和他們的距離尚遠，而明天就也許很近了。這樣一來，就實際上取消了今天的迫切的大眾化的工作。沒有「今天」，「明天」從何而來呢？放鬆了今天的迫切的任務，却等待着大眾在自動進步之後的明天，來接受我們的自以為高級的藝術，這是一種宿命主義的思想。

在這裏我們應該區別出，今天中國所要求的文藝大眾化運動，和資產階級的所謂啟蒙運動，意義上是不同的。後者是出發於資產階級對於其國家文化普遍提高的要求（這是資本主義生產所要求的），今天我們所說的文藝大眾化，則是人民羣眾自己在革命實踐過程中的一種迫切要求。人民和革命需要文藝作為它的武器。主人翁已經不是知識階級，而是人民大眾。不僅今天在解放區，無論農村工廠軍隊，迫切地需要大量普及文藝作品，即在非解放區，像工人市民的羣眾鬥爭中，也已經自動地產生了大眾自己的文藝了。所以今天絕不能像過去那樣，憑知識分子自己腦子裏的藍圖來設想問題。我們只有實事求是地，根據革命實踐和羣眾的實際需要來認識問題。羣眾需要和羣眾的接受程度應該作為內容、形式與大眾化運動方式的一個基本前提。但自然這不是說做羣眾的尾巴，而是說文藝作家應該根據羣眾的需要和接受程度去創造能服務於革命鬥爭的，能夠從現實基礎上去教育羣眾的文藝形式，使文藝和羣眾真正的結合起來。一切脫離羣眾的主觀想法，都是有害於這一運動的。

二 大眾化還是「化大眾」？

過去對於大眾化還有一種錯誤的了解，以為它只是一個形式的問題，以為只要多多採用大眾的口語，把文字形式寫得通俗就算大眾化了。語言文字的通俗，自然是大眾化的一個重要條件，但假如我們的作品內容不合羣眾的需要，那末，即使再通俗，也不是真正的大眾化。各地的教會，就有用極通俗的方言土語翻譯「聖經」的，誰也知道，這絕對不是「大眾化」。

這種認識的來源，是因為我們自以為在思想上已經沒有問題了，我們已經獲得最進步的意識，而大眾却是落後的，這就得靠我們用通俗的形式把進步的思想意識灌輸給他們，好來改造他們。因此，這樣理解的「大眾化」，實際上是「化大眾」。但可惜，這只是一種錯覺罷了，我們的「靈魂深處，還是一個小資產階級的王國」（「論文藝問題」），其實是「要求按照小資產階級知識分子的面貌來改造世界」，改造大眾的。這樣的「大眾化」，當然只有落空了。

在「論文藝問題」中，明確地指出：「什麼叫做大眾化呢？就是我們的文藝工作者自己的思想情緒應與工農兵大眾的思想情緒打成一片」。而要打成一片，就必須向工農大眾學習，學習他們的語言，學習他們的勞動觀念，學習他們的鬥爭精神，就必須按照工農大眾的面貌來改造自己，拋棄我們原有的小資產階級知識分子的思想立場，獲得無產階級的思想立場。的確，這是歷史所賦予我們的一個特殊的使命，從來的文藝家是沒有這一個問題的，他們沒有改造自己的必要；但這不是我們的恥辱，而正是我們的光榮，因為只有經過這樣改造的作家，才是眞正和人民血肉相連，密切結合的，才眞正是人民中間的花朵。而不是和資產階級的作家一樣，實際上是為資本家的錢袋所左右的。

許多人記得「藝術家是靈魂的工程師」這句話，却忘記了，要做靈魂的工程師，必須自己先有健全的靈魂，要改造別人，必須先改造自己。「只有做羣眾的學生，才能做羣眾的先生。」「我們知識分子出身的文藝工作者，要使自己的作品為羣眾所歡迎，就得把自己的思想感情來一個變化，來一番改造。沒有這個變化，沒有這個改造，什麼事都是做不好的，都是格格不入的。」(「論文藝問題」)

三　從生活出發

和羣眾相結合，在工農大眾中逐漸改造自己的思想感情，這是文藝大眾化的一個中心關鍵。但在創作實踐，在文藝運動中如何去做，那就是一個方法的問題了，也就是普及與提高的問題。

對於這個問題，毛澤東已給予了正確的辯證法的解決，那就是：「在普及基礎上的提高，在提高指導下的普及」。而「第一步最嚴重最中心的任務是普及工作，而不是提高工作。」

不容否認，我們過去是輕視了普及工作，而不適當地醉心於提高，在強調藝術性的口號下，忽視了使新文藝打進羣眾，爭取廣大讀者的任務，却遠遠地離開了羣眾，而自大地要「創造讀者」。顯然的，這不祇是一個藝術方法上的錯誤，而是一個思想立場上的錯誤，就是忘記了我們的藝術應該是為什麼人服務的，忘記了「使藝術去接近人民」，忘記了「時時刻刻把工人農民放在我們的面前」。（列甯）

同時，有些人了解普及，以為祇是一個文字技術上的問題，只要文章寫得通俗了，就可以為大眾所接受。於是，有些人以為普及是一件很容易的事情，只要把我們的藝術水準「降低」一點就行了；另一些人却又以為普及既然是藝術水準的「降低」，那末，索性讓那些藝術水準本來較低的人們去做好了，至於我們自己是要從事提高工作的。這兩種態度——輕率的去做普及工作，或者不屑於去做普及工作，都是不對的。

實際上，我們的文藝所以不能普及，形式的不通俗固然是原因之一，但更重要的原因，還是在於內容上沒有能很好的反映羣眾的生活、鬥爭和要求，沒有眞正把握工農大眾的思想感情，因此，寫出來的工農，就只好穿着工農的服裝，藏着知識分子的靈魂。羣眾在我們的文藝作品中看不到他們自己的眞實的姿態，感不到他們自己的呼吸和脈膊，沒有和他們共鳴的情緒，沒有為他們熟悉的語言，一句話，就是不能打動他們的心。從形式到內容，從語言到思想，從人物的外貌到內心，在他們都覺得是陌生的。這樣的文藝作品，怎麼能普及到大眾中間去呢？

所以，眞正的普及，應該從人民的生活出發，就是說要眞正反映人民的生活、鬥爭和要求，要站在人民的思想立塲上來表現人民，為人民而鬥爭，要用人民的語言眞實地寫出人民的思想與感情，這樣才會使人民覺得喜見樂聞。從這意義上説，普及決不是「降低」，而是一種改造，是要使向來為少數知識份子所佔有的文藝，變為和羣眾相結合的文藝，從背向工農生活變為面向工農生活，從不會寫工農變成能夠寫工農，雖然在開始的時候，也許還是很粗糙的。輕視普及工作或者輕率地去從事普及工作，都是因為不了解普及工作的眞正含義的緣故。

從人民的生活出發，用毛澤東的話來説，就是從自然狀態的文藝出發。自然狀態的文藝是一切加工形態的文藝的唯一源泉，忽略這個源泉，就是説不深入人民生活的豐富的礦藏中去，加工的文藝就根本沒有勞動的對象，就無從加工起。

從人民生活出發的普及，它本身就是提高的基礎，因為過去是和人民的生活疏隔的，現在却和人民的生活相連繫了，過去在我們的作品中沒有人民的影子，或者有，也是「衣服是工農，面孔却是小資產階級」，現在却能夠描寫他們了，卽使還顯得粗，然而是眞實的。眞實——社會的眞實——就是藝術的基礎，從這個基礎上才有眞正的提高。解放區的老百姓對於秧歌劇的歡迎，就是一個極好的例證，他們從這裏，看見了自己的面貌，聽見了自己的聲音，感覺到了自己的思想與情緒，看到了他們自己的聲音，感覺到了自己的思想與情緒，看到了他們自己的生活前途與出路。可不是嗎？這裏面有的正就是他們自己，或者是他們的鄰居，這裏的生活，是他們的生活，這裏的問題也正是他們心中的問題。他們怎麼會不喜歡看呢？他們説：「過去的秧歌，是騷情（巴結的意思）地主的，而今的秧歌却是講咱們自己的事情了。」在反映了人民的生活，表現了人民的英雄，指出了人們鬥爭的前途，在使文藝成了人民所親近愛好的東西這意義上說，即使是一個普及的還比較粗糙的作品，也就包含了提高的意義。

同樣的，從人民生活出發以普及為基礎的提高，它本身就必然具有普及的效果，因為這樣的提高，是在於它經過較多的加工，能夠更眞實地表現人民的生活和鬥爭，因此，也就具有為人民所接受的可能。而且在提高過程中，人民的文藝水準也同時提高了。

二　實踐中的一些問題

一　兩種傾向

大眾化的幾點基本認識，已如上述。這些意見其實也説得很多了，在「論文藝問題」中尤有精闢透澈的指出。但是今天特別在非解放區，這個工作的實踐過程中，我們却遭遇到一些實際問題。例如有人說：你這些大道理都很對：要深入生活，要和羣眾結合。可是在我們這裏，一切都受着限制，我們將如何去親近工農兵，如何去深入生活？如何與羣眾相結合呢？毛澤東不是說過嗎，「在那些地方（按指重慶上海），這個問題很難澈底的解決，因為那些地方有人壓迫革命文藝家，不讓他們有到工農兵羣眾中去的自由」。這一來，豈不是你的那些大道理都不能實現了嗎？

這確是一個值得重視的實際問題，單靠原則，不和實際情形去結合，是不易解決的。但是我們首先必須區別清楚，所謂「很難澈底解決」，並不是説根本不能解決或不能實行。大眾化的澈底解決本來只有在政治壓迫澈底解除以後才能實現。所以離開政治條件去認識問題是不現實的。但是也正和政治一樣，要達到澈底解決的目的，必須經過無數艱辛困苦的鬥爭，沒有這些鬥爭，澈底解決是不可能的。大眾化本來就是一種艱苦的思想鬥爭，自我的思想改造也是一種艱苦鬥爭。在這鬥爭中，我們應該現實地去面對這些困難，克服這些困難。否認這些困難是不對的，但是被這些困難所嚇倒也是不對。澈底解決是很困難，但逐步解決是可能的，也只有從逐步解決，才能最後配合政治解放而能得澈底的解決。這是出發於這樣的事實：即作家和羣眾相結合的道路是客觀地存在着的，但是這道路上不僅有主觀上的障礙，還有嚴重的客觀上的障碍，我們的現在就須如何去繞過、突破這些客觀的障碍，克服主觀障碍。反動派固然不讓我們有到工農羣眾中去的自由，但人既然生活在社會中，他們就不可能完全斬斷我們和周圍社會的關係（除非是被抓進牢獄），因此，路是有的，而需要我們比解放區作家更迂迴曲折地去走。這裏我們必須防止和反對兩種傾向：第一，是不去面對實際困難，要求一步登天的左傾空談。要求非解放區的每一作家立刻到工廠中去，農村中去，要求他們去和工農生活在一起，要他們立刻寫出和解放區一樣的作品，否則便是落伍。這是唱高調，無補於實際。這樣要求，可能產生兩種結果：不是把一些作家嚇住了，就是把一些作家逼到公式教條的泥坑裏去，例如說非方言不文學，除農村無工作這種傾向，就是這種過左的表現，儘管説得漂亮，却是於實際無益。其次，是懾服於困難而裹足不前的右的傾向，過份強調了客觀困難來作為自己惰性的辯護，把一切都諉之於客觀條件，讓自己陶醉在自己的小天地裏，或者「清高地」堅持自己的所謂「藝術性」，或則墮落地搞些黃色作品媚合小市民，便自命為「大眾化」（曾經有些先生就這樣自命過的），說句老實話，就是缺乏為人民服務的真正決心。首先我們要從這兩種傾向中解脫出來，然後才能實事求是地去面對問題。我們不應該在這些地區裏過高地要求「澈底解決」，但是應該要求作可能的解決；我們應該承認它的種種困難，但是應該設法去克服這些困難；我們不應強求每個人都去硬寫山歌民謠，但是我們要求一切進步作家在思想上應該向服務大眾這一共同目標前進。把理論放在實際中間去溶化，而不是硬嵌，這才是現實主義的態度。

二　個人與羣眾的關係問題

和羣眾相結合，照毛澤東的說法，首先，「必須澈底解決個人與羣眾的關係問題」。這個問題，在非解放區怎樣去解決呢？

具體說，我們應該區別各個作家的實際情形。例如有些個別作家或青年文藝工作者，他們是和工廠，農村有着連繫的，或者有可能到革命區域去的，我們應該鼓勵和幫助他們到那些地方去。但是有些作家，由於家庭，生活等等原因，不能直接到工農羣眾中去的，我以為他應該估計他自己的環境確定他可以接近的具體羣眾對象和方面。例如在上海北平那樣大都市，要接近農民和士兵羣眾，幾乎是很少可能的，但是接近工人和城市貧民的羣眾是可能的，接近小市民羣眾是更有可能的。自然要和他們生活在一起是較困難的，但是要做到熟悉了解他們的生活是很可能的。熟悉和了解羣眾生活是極重要的條件，毛澤東說，「不熟，不懂，英雄無用武之地」，然而人們却常常忽視這個重要的條件。事實上，陳雲在「論文藝工作者的傾向」一文中是說中了我們的毛病的。他說：「住在上海八九年人，就連上海市民吃的米是那裏來的，拉的屎是那裏去的，都未必知道。」這些極平常的事，常常被人們視為無聊，庸俗而不屑注意，實際上却正是說明我們對現實與生活的不熟悉。所以人們感到不能接近羣眾，一半固由於客觀的限制，一半還是由於主觀上沒有決心去熟悉了解羣眾生活。過去有過一些作家，劇作者，為了找尋材料，確曾到工人漁民中去了解他們的生活（例如老舍之寫駱駝祥子，蔡楚生之寫漁光曲等等），這證明熟悉羣眾生活是完全可以做到的。但是我們却只抱着一個材料搜集者的心境去了解，缺乏一種為人民服務的熱望和決心，所以除了表面的認識，供給作品以材料外，不能更進一步去深入，使這工作發揮它積極的意義；而另一方面，由於反對材料主義，旁觀主義的創作態度，却又有人根本否定這種調查研究的意義，這又是一種偏向。調查研究是必要的，問題是我們應該抱着為人民服務的決心去做。否則連羣眾具體的生活情形實際的痛苦狀況都不了解、熟悉，徒然空談和羣眾共呼吸，共命運，與羣眾相擁抱，豈不是自欺欺人，一個作家對客觀的眞實感受，總是通過對於羣眾生活的具體認識和實踐而取得，而這種認識和實踐的最先一步，一般地說，總是對於他們生活的熟悉和了解。

自然，僅僅是熟悉和了解還不夠。因為作家的任務，不僅是觀照現實，而且要從現實上去創造出賦予思想與感情的藝術形象。從理論上說，作家必須直接投入到羣眾鬥爭中去，才可能做到和羣眾感受的一致，能夠這樣當然是最好。但是在今天非解放區環境中，要求一般作家直接去參加羣眾的罷工示威等等，顯然是有困難的。我們必須估計到這種困難，像一九三〇年時代，主觀地要求作家經常到馬路上去示威，貼標語，無疑是一種錯誤。那末我們將怎樣來解決作家和羣眾鬥爭之間的關係呢？我以為直接的參加羣眾鬥爭是困難的，但間接的幫助羣眾的鬥爭卻是可能的。舉例來說，去年上海工人學生的反飢餓鬥爭中，有些畫家、作曲家就跑到他們中間去，為他們作出漫畫和歌曲，把他們的筆作為鬥爭的直接武器。這樣事情別人也是同樣可能做到的，只要是平時我們具體熟悉了解他們的生活，和他們已經建立了思想和感情的關係，當他們鬥爭起來的時候，我們一定將被激動，自然而然地被一種義務感所推動為他們去寫作去歌唱，這種寫作和歌唱就直接構成為羣眾鬥爭的一部分。和羣眾的結合，在這裏便更走前一步了。

最後，我們還要談到作家參加政治運動的問題，政治運動本身就是一種羣眾運動。凡是熱烈關心羣眾的人，決不會對政治冷淡。普式庚，涅克拉索夫等人，在沙皇壓迫下參加了秘密的政治結社，就是出發於他們對於人民羣眾的關心，這種政治活動也就是他們和羣眾結合的一種方式和過程。政治運動不僅使我們和羣眾運動聯結起來，而且也在這種聯結中間起了思想改造的作用。今天作家參加政治運動是可能而且應該的，但是我們不能否認，在我們作家中間，仍然有一種對實際政治活動冷淡甚至厭惡的態度，彷彿接觸了實際政治運動就會損害他的藝術的尊嚴性。這不僅是受了傳統的個人主義藝術思想的影響，而且是說明，他基本上對於人民和現實缺乏真正的關心。

接近你所儘可能接近的具體羣眾對象，熟悉和了解他們的具體生活，間接地幫助他們鬥爭，參加到實際政治運動中去——這一切，對於一個有面向羣眾的眞切志願的作家，卽使在今天那樣黑暗的環境下，我以為是可能而且應該做到的。自然，各個人有不同的環境和條件，應該採取各種不同的方式。但是基本的方向是相同的，無論從普及或提高的意義上來說，如果我們不是從最初一步做起，決心去面向大眾，那末所謂大眾化一語將永遠是空話，永遠停留在原則的討論和空洞的爭辯上面。

三　基本的創作態度

當然不是說，這樣做了，大眾化問題就解決了。這是一個天眞的想法。大眾化是個艱巨而長期的過程。藝術從內容到形式的變革，不是一件很容易的事情。卽以今天解放區的作品來說，也還不過是在嘗試和萌芽的時期。以上所說的只是大眾化實踐中一個最初的問題，卽是在可能的條件下去解決個人與羣眾關係的問題。但是在個人與羣眾的關係的問題上，還有一個重要的問題，那就是作家的創作態度和立場。我的意思絕不是說要求作家首先具有最正確的思想，或把思想改造好了，然後到生活中去。那是一個顛倒的說法，而且這樣的要求對於一般作家也是一種空談。我所謂基本創作態度，是指一種站在人民立場上關心現實關心人民的態度。這自然也是一種思想問題，但是這却是對於每一個認眞的作家最低限度的要求。毛澤東在結束其「論文藝問題」時，特別提出了魯迅先生的兩句話：「橫眉冷對千夫指，俯首甘為孺子牛」，要求作為作家的座右銘，我想是有重大意義的。這兩句話，用一句術語說來，就是羣眾觀點，這是作為一個人民作家與非人民作家的分水綫，也是作為一個人民作家創作的起點。從這個起點，我們「可能而且一定會發生許多痛苦，許多磨擦」，而正是通過這些痛苦和磨擦（矛盾），才能有思想的改造，才能和羣眾相結合，才能使自己思想和感情大眾化，也使自己的作品大眾化。

總之，在大眾化問題之前，我以為首先要克服小資產階級一向安於現狀的惰性，同時也要防止性急病。我們今天問題的重點恐怕還不在如何寫，而是在對這一問題的基本態度和個人與羣眾關係的具體解決問題。在思想和實踐的統一過程中，大眾化工作才可能向前跨進一步。

選自一九四八年五月香港《人民與文藝》大眾文藝叢刊第二輯

論文藝的人民性和大眾化／默涵

一

中國人民正在進行着大規模的愛國自衛鬥爭，目的是澈底粉碎帝國主義和封建勢力在政治、經濟和文化生活上對於中國人民的束縛與奴役。這是一個空前未有的翻身和翻心的鬥爭。我們的文藝應該為這個偉大的鬥爭服務，而首先就得解決文藝大眾化的問題。

在大眾化的問題上，我們常常看到兩種相反的意見：一種是對「五四」以來的革命新文藝採取了根本否定的態度，認為它不合中國人民的需要，它的歐化的形式是今天中國的勞動人民所不能接受的；另一種則執着于「五四」以來革命文藝的戰鬥傳統，認為新文藝在內容上反映了人民的歷史要求，為大眾的要求而鬥爭，因此，它就是大眾化的。這兩種意見，都同樣犯了片面性的毛病，主要是對於文藝的人民性和大眾化的關係與區別，沒有正確的了解。

一切偉大的作品一定具有人民性，但一切具有人民性的作品却不一定就是大眾化的，尤其不一定是我們今天所要求的大眾化的，對於文藝的人民性和大眾化這兩個概念的混淆不分，阻碍了我們正確地理解文藝大眾化的問題。

什麼是文藝的人民性？顧爾希坦的「論文學中的人民性」一文，已作了明確而精闢的闡釋，他引用了列寧的話：「在每一個民族文化裡面都有着兩種民族文化，有着蒲里希克維奇，古希科夫和魯威之流的大俄羅斯文化，——同樣地，也有着以車爾尼雪夫斯基及普列漢諾夫的名字為特徵的大俄羅斯文化。在烏克蘭，以及在德國、法國、英國及猶太人之間等等，同樣的也有着這兩種文化。」列寧又說：「在每一個民族文化裡面，都有着即使是沒有發展出來的民主主義與社會主義的文化的成份：因為在每一個民族裡面，都有着勞動和被剝削的羣眾，這是羣眾的生活條件，不可避免地會滋生出民主主義和社會主義的意識形態來。」顧爾希坦還加以說明：「從『下層』來的，從人民中間來的創造影響，它是有着各種最多樣的進入文學的道路。這種龐大的力量的影響，它們往往甚至穿破了層層的重關的。」這種民主主義和社會主義的成分，表現在文藝裏面，就組成了作品中的人民性。

每一個民族中的作家，不管他的出身怎樣，只要他是敢於正視現實的，只要他是敢於展望將來，懷着對於新的生活的希望的，在他的作品中，就或多或少的會反映出人民的思想和要求，反映出人民對於剝削和壓迫的抗議與鬥爭。雖然這種人民性常常是「埋藏在深深底層，甚至不是平常的眼睛所能看出來」。(「論文學中的人民性」)一切古典傑作，所以到今天還有它們的藝術生命，還值得我們作為貴重的遺產來繼承，就因為它們具有這種可貴的人民性。

但是，人民性並不就等於大眾化。人民性的文藝，雖然有時以直接的人民形式表現出來，但也常常以間接的形式表現出來，所以具有人民性的作品，可能並不一定立刻為工農大眾所直接接受。可是，大眾化的文藝，它不僅應該具有高度人民性的內容，而且必須具有能為工農大眾所直接接受的大眾的形式。因此，文藝大眾化，固然首先是內容問題，是為什麼人的問題，但跟着就得解決形式問題，即如何為法的問題。因為大眾化的工作必須顧到當時人民的文化水準和接受能力。所以毛澤東解釋普及與提高的基礎，指出「普及是向工農兵普及，提高是從工農兵提高」。而普及必須「用工農兵自己的東西」來「向他們普及」，提高「只有從工農兵的基礎，從工農兵現有文化水平與萌芽狀態的基礎上去提高」。這和「歌唱」雜誌上懷潮先生所說的「什麼是提高底『基礎』?就是總的生活意志，總的生活方向底普遍存在。什麼是普及的『指導』原則?就是總的生活意志，總的生活方向底向前發展。」是毫無相同之處的。他們只看到人民性的內容一方面，却忽略了毛澤東所指出的「用工農兵自己的東西來普及」和「從工農兵現有文化水平與萌芽狀態的基礎上去提高」這兩句話，這就是實際上拒絕了不但為工農兵而且向工農兵的大眾化。這完全是對毛澤東的普及與提高理論的故意曲解。

我們必須認識，長期遭受奴役和壓迫的工農大眾，缺少必須的文化知識來接受藝術的創作，正如列寧所說的，有時候播種和收穫之間，隔着一段很長的時間，托爾斯泰的創作，在革命以前，就只為極少數的俄國人所知道，因為廣大人民是不識字的。海爾岑的作品也是如此。但這樣的作品仍然有它的寶貴的價值，因為「在歷史的客觀進程中，播種從不會白費的：時間或早或晚，但收穫總會得到的。」（「論文學中的人民性」）我們提出大眾化的任務，也不是排斥或拒絕那種播種而在長期以後可以有所收穫的工作，這工作是有它的重要意義的。但是，今天客觀情形不容許我們專門去等待那「一段長時間」以後的「收穫」，今天的情形是廣大人民正在和敵人進行着殘酷的鬥爭，因此，就必須更進一步有直接為廣大工農大眾所欣賞的文藝作品，必須有廣泛的普及工作，而且必須把這普及工作提到第一位上，我們的提高才有眞實基礎。因此，我們不能把內容的「人民性」的要求，看作就是大眾化的要求，不能把前者單純地去代替後者。「實際上，內容的人民性，並不時常和形式的人民性相並行的，我們時常在作家身上發現內容的人民性，但是從這種人民性的表現的觀點來看，我們就能看出這些作家在和人民表現的方法上還有很大的距離。」（「論文學中的人民性」）所以，我們不能把「內容決定形式」一語，那樣機械地解釋，以為只要有了內容，形式問題就自然而然的解決了，這是機械主義的看法。

但是，另一方面，我們也不要把大眾形式和民俗文學的形式看作是同一的東西。這會變成藝術上的民粹主義的觀點。毛澤東說我們要從萌芽狀態的文藝基礎上去提高，並不是說要滿足于萌芽狀態的文藝，或者用萌芽狀態的文藝去代替大眾化的新文藝。魯迅也說：「舊形式是採取，必有所刪除，既有刪除，必有所增，這結果是新形式的出現，也就是變革。」（「且介亭文集」），所以，對於民俗文學形式和舊形式，我們是批判地有所選擇地利用，既不是全盤搬來，也不是全部排斥。說「民間文學是民族形式創造的中心源泉」是近于民粹主義的錯誤；而對于舊形式或民俗文學形式視同蛇蠍，深惡痛絕，又是一種機械主義的錯誤，這兩者都不是毛澤東、魯迅的思想。

根據這種認識，來看中國「五四」以來的新文藝，就可以給它一個正確的評價了。毫無疑問，以魯迅先生為旗手的革命新文藝是始終和中國人民的戰鬥要求結合着的，它在喚起中國人民的覺醒和打擊舊思想舊文化上面，都起了極大的作用。在這意義上說，革命的新文藝作品，都是或多或少具有人民性的。然而，又不可否認，革命的新文藝還是停留在少數知識份子的圈子裏，還沒有深入到大眾中間去，成為大眾自己的東西。在這意義上説，過去一般所謂革命的新文藝作品又還不能説是大眾化的。

把人民性和大眾化混淆起來，就使我們在關於大眾化問題的討論上，得不到正確的結論。一種人從革命的新文藝所確實具有的或多或少的人民性的內容着眼，而認為新文藝既然具有為人民大眾的內容，它就必然會為人民所接受；另一種人則從新文藝在今天確實未能深入大眾的事實，就連新文藝所具有的或多或少的人民性也加以抹煞，認為五四以來的新文藝是根本要不得的東西。顯然地，這兩種看法，都是主觀的，不合實際情形的。

今天我們所説的文藝大眾化，是根據今天人民大眾自己在革命實踐中的迫切要求，人民大眾正在進行着一個翻天覆地的轉折歷史的鬥爭，他們迫切地需要文藝來作為鬥爭的武器。因此，就要求更進一步使新文藝成為人民大眾自己的東西，為人民大眾的文藝，和被人民大眾所享受的文藝，在今天是更迫切地需要統一起來了。

今天所要求的大眾化，必須實際的從大眾的需要和願望以及他們的接受能力出發，不是從我們的主觀臆想出發。它首先應當具有豐富的人民性的內容，這是不消得的，而且這人民性的內容不是像那些古典作家一樣，往往只是不自覺的表現在他們的作品中，而是完全自覺的站在人民大眾的立場，來表現人民大眾的覺悟和鬥爭，這是由革命的意識所照明了的人民性，和過去一般作品中自然流露的人民性，有着質的不同。同時它又必須是為人民大眾所瞭解和喜愛的，是廣大人民在今天所能迅速接受，而立刻有助于他們的鬥爭情緒的提高和革命事業的推進的。這個「雪中送炭」的工作，應該由一切革命文藝工作者自覺地勇敢地去担負起來。這是「第一步最嚴重最中心的任務」。但同時我們又並不取消或抹煞比較高級的藝術創造的意義，因為只要它是眞正具有人民性的，歸根結底也將有利于人民大眾的鬥爭事業。我們所反對的，只是那些內容空虛，而以花花綠綠的形式來掩蓋它們的空虛的作品，這些才是眞正的形式主義的玩意兒。

二

然而，冰菱先生說：「大眾化，照字面解釋，就是大眾都看得懂的意思。但這樣理解問題，是盤旋在作為社會鬥爭底一部份文化鬥爭裡面的技術問題上面。在我們的理解，大眾化首先是在客觀上被人民需要，人民可能接受，應該接受的內容鬥爭底問題上面。……為大眾所進行的鬥爭基本上就是大眾化的，這原來就是新文藝，現實主義底基本任務。」（見螞蟻小集之二：「對大眾化的理解」）

這些話看起來很漂亮，可是却恰恰把大眾丟掉了，原來照他們的並非字面解釋、而是「深奧」解釋的「大眾化」，是並不需要大眾看得懂的！在他們看來，新文藝的基本任務，不是喚起大眾的覺悟，使大眾起來進行解放自己的鬥爭，而只是「為大眾去進行鬥爭」。顯然的，他們所謂「為大眾去進行鬥爭」，和毛澤東所說的「文藝為人民大眾」是不同的，毛澤東要我們把文藝變成人民大眾自己的東西，要「文藝作品向他們作普遍的啟蒙運動，去提高他們的鬥爭熱情與勝利信心，加強他們的團結，使他們同心同德地去和敵人作鬥爭」。冰菱先生們的所謂「為大眾去進行鬥爭」，却是站在大眾之上，是上等人對「下等人」的一種恩賜：「我的文藝是為你們鬥爭的，你們應該接受，至於你們是否懂得，那我就不管了」。這充分表現了一些知識份子的妄自尊大，他們口頭上高喊「為大眾」，而實際上却完全離開了大眾。還要用各種漂亮的辭句，來為自己脫離羣眾的思想和創作作辯護。他們在大眾化問題以及其他問題上的錯誤，都是由於這個基本思想的錯誤產生出來的。

文藝大眾化當然首先是一個內容問題，是和人民大眾在思想感情上打成一片，從而正確地表現人民大眾的生活和鬥爭的問題。沒有為人民大眾所需要的內容，根本沒有大眾化可言。用方言土語翻譯的「聖經」，不管它怎樣通俗，沒有人說它是「大眾化」。在香港，有一種銷路很好的黃色報紙，是用極通俗的方言土語寫的，也沒有人說它是「大眾化」。但是，問題也就在這裏。那些黃色報紙確實擁有極廣大的讀者是工人和一般勞動人民，難道那些黃色報紙的內容是「傳達了人民的歷史要求」嗎？是反映了人民的鬥爭生活嗎？顯然不是的。除了因為黃色報紙迎合了一般人的落後性之外，也因為他們還只能看懂這樣的報紙。而我們的許多進步書報，雖然在內容上反映了人民的生活和鬥爭，但因為文字上形式上都是羣眾不能看懂或沒有看慣的，因此，就無法為他們所接受。這難道不是一個事實嗎？懷潮先生說：「人民可以接受的，是他們必然需要的」。這說法固然沒有錯，可是實際的情形卻並不這樣簡單。當他們所需要的東西，不可能為他們所接受的時候，他們就往往只好去接受那實際上並不需要的東西。革命的新文藝不能去啟發和提高人民的進步性，就只好讓反動的舊文藝去迎合和維持，甚至于加深人民的落後性了，這正是值得我們好好反省的一個嚴重問題。

這個事實，應該使我們認識到：大眾化不但必須在思想內容上為大眾所需要，而且在藝術形式上也必須為大眾所理解，缺少任何一面都是不行的。否則，大眾化的問題就沒有實際的意義了。大眾化問題的提出，就是因為我們的新文藝無論在內容和形式上都還沒有成為大眾喜聞樂見的東西，就是因為要使新文藝突破現在的狹窄的小圈子，而深入到大眾中間去，而這就必須首先使大眾看得懂。今天的問題是怎樣使我們的新文藝成為直接教育羣眾，動員羣眾的東西，是怎樣使廣大羣眾從舊文藝的讀者，變為新文藝的讀者，不從這個實際的情況和需要出發，而籠統的說大眾化衹是一個思想內容的問題，那就是實際上為自己的作品不能接近羣眾作辯解，就是實際上取消了大眾化。

把大眾化看成衹是一個形式的問題，而忽略了更重要的思想內容的問題，這是形式主義者；同樣的，把大眾化看成衹是一思想內容問題，而不肯承認新文藝在形式上面的必須的改造，這實際上也是一種形式主義者，是不顧羣眾能否接受，而死抱住自己的所謂「高級藝術」的形式主義。老實說，這是文藝上的貴族主義的偏見。思想感情的大眾化，必然的同時就包括了這種思想感情的表現方式的大眾化，所以，毛澤東告訴我們，文藝工作者的思想情緒要和工農兵大眾的思想情緒打成一片，應從學習羣眾的語言開始。「瑪耶科夫斯基的思想上的演變，也反映在他詩歌的形式上，當他愈深刻愈完整地表現出全蘇聯人民的情感思想時，他在形式上也更加人民化了……」（「論文學中的人民性」）相反的，那些輕視羣眾的語言，輕視羣眾的萌芽狀態的文藝形式的人們，他們的思想感情也就不可能是眞正羣眾化的。

三

可是，我們再來看一段冰菱先生的話吧：

「大眾都懂得的東西不會一定是大眾所需要、應該需要、於大眾有利的東西，比方很多充滿着封建情調的彈詞唱本，民間戲，以及説書，『説聖諭』之類。同樣的，大眾暫時還不懂得的東西不一定就是『非大眾化』的。……」（螞蟻小集之二：「對於大眾化的理解」）

誠然，大眾懂得的東西，不一定是大眾需要的東西，這一點，他們説得很對。可是，他們竟不了解另一個非常簡單的道理，就是：大眾所不能懂的東西，即使他們「應該需要」，也無法為大眾所接受，因此，也就不能在大眾中間發生應有的作用。對于一件藝術品，當大眾不是出于自願的去接受它，去喜愛它的時候，即使你們認為他怎樣「應該需要」也是沒有用處的。他們會説你的四部合唱是「百鳥歸巢」，會説你的有陰影的美術畫是把臉孔弄髒了，會説你的一開頭先來一大堆對話或心理描寫的新式小説，是摸不着頭腦的「丈八金剛」。因此，儘管你認為大眾「應該需要」新文藝，他們却還是在並非他們「應該需要」的舊文藝中去找糧食，去接受那「封建情調」的感染和教育。這不是等于把嗎啡當糖菓吃嗎？然而，有什麼辦法呢？我們的大文學家又不肯寫為他們所能夠懂得的東西！

不僅是文藝，一切革命工作，都是首先要顧到羣眾的需要，毛澤東指出文教工作的原則，認為「一定要從羣眾的實際需要出發，而不要從任何良好個人願望或歷史的教條出發。」這是完全正確的。但跟着又說「如果羣眾在客觀上雖有此種需要，但在他們的主觀上尚無此種覺悟，則領導者與工作人員應該耐心地等待，直到經過自己的工作使羣眾有了覺悟，因而自願實行之時，才去實行，決不應該強迫命令。凡是需要羣眾參加的工作，沒有羣眾的自覺自願，就只會流於形式主義而失敗，一切工作都是如此，對于改造羣眾思想的文教工作，尤其是如此。」這就是文教工作中的需要與自願的原則。這個原則完全可以應用到文藝大眾化的問題上，那就是說，單單在我們主觀上認為大眾「應該需要」是不行的，還必須羣眾在主觀上也願意接受，可能接受，這樣才能逐漸引導他們脫離那並非為他們所眞需要的舊文藝的影響。誰能說，革命不是為大眾所「應該需要」的呢？但當大眾還沒有這種覺悟的時候，強迫他們來革命是不可能的；土地，不是農民所需要的嗎？但當廣大農民的覺悟程度還不夠，還沒有清楚了解窮苦的根源和「土地回老家」的道理的時候，則雖在人民軍隊到達的地方，也只能首先實行減租減息，不可能立刻平分土地。而耐心地、切實地、眼睛向下地，根據大眾現有的政治認識和文化水準來逐步提高他們的覺悟，正是革命的大眾文藝的中心任務，離開了這個目的，大眾化是沒有意義的。

因此，大眾化的問題，實質上是一個普及的問題：在內容上的普及，這就是更好的表現大眾的生活、鬥爭和要求；在形式上的普及，這就是根據大眾現有的文化水平，創造大眾所能接受的東西。由此而使我們的新文藝，真正和大眾密切結合。冰菱先生一方面談大眾化，而同時又認為「不是普及和提高誰重要的問題」，這完全是離開了大眾來談大眾化。在今天，「對於人民，第一步最嚴重最中心的任務是普及工作，而不是提高工作。」（「文藝問題」）這首先是為了羣眾的迫切需要，為了更迅速地提高羣眾的覺悟，同時也是為了文藝本身的提高，因為提高必須以普及為基礎，這就是說，一方面它是從大眾所能理解接受的文藝基礎上的提高，另一方面它又是隨着羣眾本身的提高而來的提高，只有這樣的提高，才不是空中的提高，也只有這樣的提高，才能反過來指導普及。「在普及基礎上的提高，在提高指導下的普及。」這是一個原則的兩方面，而冰菱先生却單單截取了「在提高指導下的普及」這句話做根據，來實際上取消目前最重要的普及工作，這是完全違反毛澤東的文藝思想的。

糟蹋一種舊思想的最有效的方法，莫過于表面上擁護它，而實際上歪曲它，閹割它。冰菱先生們對於毛澤東的文藝思想，就是這樣做的。

例如懷潮先生說：「這是我們新文藝的任務；這樣使他們（指人民——引者）突破自在狀態達到自覺狀態，這是提高；這裏是說這是唯一的路綫的提高。這樣使他們從各個的飛躍到人民的團結——這是普及；這裏是說，這是僅有的意義的普及。」我們且不管這些話說得多麼別扭，這簡直像外國話。我們只要指出他們的思想的混亂：他們把人民覺悟程度的提高，跟藝術程度的提高混淆起來了。人民的覺悟程度是永遠只應該不斷地提高的，但正是為了要提高廣大人民的覺悟程度，所以，在文藝上就得首先做普及工作，而不是提高工作」。文藝的普及是為了提高廣大人民的覺悟，這正是一個生動的辯證法的關係，懷潮先生們不懂得這個，他們把文藝的提高和人民覺悟的提高混為一談，因此，當然就會抹煞普及工作的意義，而不適當地強調提高的工作了。藝術程度的普及與提高，按毛澤東的解釋完全不是那麼一回事，那是「普及的文藝是指加工較少，較粗糙，因此也極易為目前廣大人民羣眾所迅速接受的東西，而提高的文藝則是指加工較多，較細緻，因此也較難為目前廣大人民所迅速接受的東西。」這和懷潮先生們所說的普及與提高是毫無相同之處的。懷潮先生說「難道『高級』了，內容更深廣也更強大了，倒不更好一些？倒不更為迫切需要嗎？」是的，先生！這是好的，這樣的作品也是需要的。但問題是，在今天廣大人民還不能懂得你這「高級」的「內容更深廣也更強大」的東西，怎麼辦？在讀不懂大作品的時候，還需要小唱本。所以，對於絕大多數人來說，「高級」的藝術，在今天，倒並不「更為迫切需要」的。當大多數人連飯都吃不上的時候，你們却來勸他們吃更有滋養的奶油、鷄肉或人參湯，認為他們「應該需要」，這不是近於說風涼話嗎？一個現實主義者，至少得睜開眼睛看看現實，說空話是沒有用的。你們這些高論，跟腳踏實地的文藝導師所指示我們的完全相反，他們說：「但要啟蒙卽必能懂。懂的標準，當然不能俯就低能兒或白癡，但應該着眼于一般的大眾。」（魯迅）「革命的先鋒隊不應當離開羣眾的隊伍，而自己單獨去成就什麼『英雄的高尚的事業』。籠統的說什麼新的內容必須用新的形式，什麼只應當提高羣眾的程度來鑑賞藝術，而不應當降低藝術的程度去遷就羣眾，這一類的話是『大文學家』的妄自尊大！革命的大眾藝術必須開始利用舊形式的優點——羣眾讀慣看慣的小説詩歌戲劇，逐漸的加入新的成份，養成羣眾的新習慣，同着羣眾一塊兒去提高藝術的程度。」（瞿秋白）才是最清醒的從羣眾利益出發的革命的現實主義的思想。

四

講到利用舊形式，現在似乎沒有人公開反對了。但實際上，還是有人把利用舊形式看成對於舊文藝的投降。懷潮先生就是一個。而且，那説法是很奇怪的：「無條件保留等於無條件投降，而有條件投降也同樣是投降』（螞蟻小集之三：歌唱）。「有條件投降也同樣是投降」，那還用説嗎？這裏本來是應該説「有條件保留也同樣是投降」的。但懷潮先生大概知道這樣説是不十分妥當吧，反正要加人家一個「投降」的罪名，就不管話説得通不通了。魯迅先生在「論『舊形式的採用』」一文中説：「『舊形式的採用』的問題，如果平心靜氣的討論起來，在現在，我想是很有意義的。但開首便遭到了⋯⋯筆伐。『類乎投降』，『機會主義』，這是近十年來『新形式的探求』的結果，是克敵的咒文，至少先使你惹一身不乾不淨。」不料這情形在十多年後的今天還是一樣。

這裏，必須先説一説我們對於所謂歐化形式和中國民間舊形式的看法，吸收外國的進步文化，來作為自己文化的養料，這是完全必要的，否則，中國就不會進步，就不能產生新的文化。在這裏我們反對國粹主義。但一個民族文化的發展，絕不能割斷自己的文化傳統，而必須站在原來的基礎上向前進發，在這裏我們又反對「全盤西化」主義。這個原則，也可應用到創造新文藝的民族形式問題上。事實證明：單純的歐化或完全照搬舊形式，都是行不通的，假如只要歐化或只要採用舊形式就可以解決問題，那就用不着提出什麼創造新文藝的民族形式了。所以今天的問題，是吸收外來的形式，使它合于中國的需要，又利用民間的舊形式使它合于今天的需要，由此創造為今天中國人民所需要和可能接受的民族形式。所以，在我們看來，唯一的標準就是要看它能否表現新的現實的生活內容？能夠表現到什麼程度？是否為大眾所喜愛？凡是能表現新內容而又為大眾所喜歡的，我們就把它拿來，使它發展；凡是不能表現新內容，而又為大眾所不喜歡的，我們就不要它；凡是只能部分表現新內容的，就應該加以改造。「藝術的新舊，基本上決定於其能否為羣眾的利益服務，能否為羣眾的鬥爭、生活、教育等服務。因此，凡能正確表現新生活（與新觀點的歷史）的藝術，都能得到發展，反之，都應受到改造；同樣，凡能正確表現新內容的形式，也都應得到發展，反之都應受到改造。」—（邊區文教大會「關於發展羣眾文藝的決議」）

把舊形式看成完全是封建的、落後的東西，是因為他不了解每一個民族的文化和藝術的兩重性。一個民族中有剝削者，他們的藝術是供少數飽食空閒的人們消遣的，他們的藝術的形式，也是彫琢的，凝固而僵化的。但一個民族中更大多數人是生產者，他們的藝術常常和他們的勞動生活密切結合着，是直接為勞動生活服務的，這就使他們的藝術更具有樸素、剛健和明快的特色，我們所說的舊形式，主要的就是指這種民間的藝術形式，而不是指貴族的藝術形式，最明顯的例子如平劇和秧歌，前者是貴族的東西，後者却始終是農民自己的東西，他是野生的，粗糙的，但因此也就富有生氣，而容易利用和改造，適於裝載新的內容。解放區的文藝工作者利用秧歌的成果，已給了我們有力的證明。平劇就不同，它由幾個地方劇合流演變而成，却完全成了有閒階級的娛樂品，它的形式是相當完整的，但因此也就變成了一具僵硬的軀殼，要想利用它來反映今天的現實生活，幾乎沒有可能，這也是解放區的平劇工作者曾經嘗試而失敗了的。用平劇的說、唱、表情、做工、台步來扮演一個現在的人，一定會叫人笑痛肚皮。但平劇仍然是可以利用和改造的，那就是在內容上使它正確的反映歷史，糾正錯誤的歷史觀點，恢復勞動人民在歷史創造中的主人身份，而在表演方法上，也多少加進一些新的東西，這樣經過改造的平劇，仍然不失為一種很好的教育人民的武器，如「逼上梁山」、「三打祝家莊」等等，就是很好的例子。同時，平劇中的某些表演方法也是可以採取的，「白毛女」，就是融合了秧歌、平劇、話劇等等各種形式的優點而成的新歌劇。

區別舊文化、舊藝術中的貴族的東西與人民的東西，而對它們採取有分別的態度，加以取捨，這也是魯迅和毛澤東早已教導我們的。魯迅要我們區別消費者的藝術和生產者的藝術，並且具體的指出那一些應該採取，那一些應該拋棄。毛澤東說：「必須將古代的封建統治階級的一切腐朽東西和古代的優秀的民間文化，卽多少帶有民主性與革命性的東西區別開來……」但有些人却或者把舊形式看成全是寶貝，不加選擇的一股腦兒搬來，或者把舊形式看成全是廢物，不加分別的一股腦兒拋棄，顯然，這兩種態度都是錯誤的。

列寧的一段指摘政治上的教條主義的話，剛好用來批評這兩種人，他說：「右的教條主義沒有看見新的內容，固執於只承認舊的形式一種，因此已經完全破產了。『左的』教條主義是固執於無條件地否認一定的舊的形式，而沒有看到新的內容正在經過一切和各種各樣的形式，而為自己開闢着道路。」（「左派幼稚病」）這是眞的。有一種人就是機械地抓住了內容決定形式的原則，而不了解舊形式可以採取來為新內容服役，而且新內容在最初的時候常常是利用了舊形式來表現自己的，他們舉了一個例子：「義勇軍進行曲」被上海的商業廣播套用，把「前進！前進」改成了「來喂！來喂！」因而使新的形式完全為舊內容所毀滅了，這自然是事實。但這個例子，不是恰好證明了內容的主導作用嗎？舊內容能夠征服新形式，為什麼新內容就不能夠征服舊形式呢？你們所那麼自信的所謂高度的戰鬥內容，為什麼一下子又那麼不中用了呢？冰菱和懷潮先生們對於流傳民間的舊形式害了一種盲目的恐懼病，他們說用舊形式去接近羣眾，就會放縱了羣眾身上的舊的生活情緒，舊的思想意識。可是，在西北解放區，用西北流傳的郿鄠、道情、秦腔等等的曲調編成歌劇，並沒有「放縱羣眾身上的舊思想」，相反的，却在羣眾中間，灌輸了新思想，而且立刻收到極大的效果，它們破除了羣眾的迷信，宣傳了衛生知識，改造了二流子，組織了人民的生產，加強了軍民的團結。這一切難道不是事實嗎？舊的文藝形式既然在羣眾中間還佔着優勢，那末，利用和改造這些舊形式，注入新內容，使大眾首先能夠接近，然後同着他們一塊兒提高，就成為今天一個十分必要而嚴重的任務。對一切在羣眾中還有影響的東西，採取簡單打倒的辦法，是不行的。在今天的情形下，一定是各種新舊形式，交錯雜陳，只要能夠反映羣眾生活而為羣眾所喜歡和能夠接受的，就應該讓它們自由發展，讓羣眾自己去選擇，他們一定會挑選最適合他們的，也是最適合中國民族的東西；而不適合的東西，最後一定會受到淘汰，這是誰都不能勉強的。

自然，利用舊形式，絕不排斥合理的必要的歐化，這是因為我們的利用，並不是照搬，而是有所分別的採取，汲取精華，剔除糟粕，而且必須大胆地輸進新的血液，這就需要外來形式的幫助，而這結果就是新形式的創造，以為羣眾永遠落後，完全不能接受新的東西，那是錯誤的，隨着生活的變化和覺悟的提高，他們時時刻刻需要新的東西來適應他們新的生活和鬥爭的要求，實際上羣眾自己的藝術也是在不斷地進步和更新的。但認識羣眾有接受新的東西的可能，不應該離開今天的現實基礎，而必須在這個基礎上來逐漸清除，逐漸提高。「從羣眾中來到羣眾中去」，假如不是比來的時候，以更豐富、更精鍊的姿態還給羣眾，羣眾要它來幹什麼呢？比如經過改造、加進了新的表現手法（如話劇和新音樂等等）的新秧歌，就更為農民所歡迎，而且促進了羣眾藝術的改造，農民自己鬧的秧歌，也已經不滿足於他們那舊的一套，而採用許多新的東西了。所以，現在的秧歌，已經不是原來民間的舊秧歌，也不是由城市裡來的話劇，它是一種新形式，是一種新的歌舞劇。

有人會説：「你們這些算得什麼藝術品呢？秧歌、唱本、説書（如『劉巧團圓』）、通俗小説、改良平劇，……這些都不過是為了政治需要的一時的工具罷了。它們是沒有藝術價值的！」一點不奇怪，在自命高尚的文化貴族或準貴族們看來，這些都是不屑一顧的，但它卻確確實實為今天的大眾所需要，而且有益於大眾鬥爭的事業。在大眾和貴族相比之下，對不起，我們就只好犧牲貴族，讓他們頭痛去吧。從前第三種人不是也嘲笑過唱本、説書、連環圖畫，説這樣低級的形式是產生不出眞正的作品來的嗎？魯迅的回答是：從唱本、說書可以產生托爾斯太、弗羅培爾那樣偉大的作家；從連環圖畫也可以產生密蓋朗其和達文希那樣偉大的畫手。我想，這是應該從兩種意義上說的；第一、唱本、說書和連環圖畫，其本身也可以有很高的藝術價值；第二、更重要的是唱本、說書、連環圖畫在今天所起的喚起大眾教育大眾的政治作用，正是加速了這個不合理的戕殺天才的舊社會的死亡，而在那合理的光明的新社會裡就有了產生許許多多托爾斯太、弗羅培爾、密蓋朗其羅和達文希的條件與可能。為了這，在今天來寫唱本、說書、連環圖畫，不也是非常值得的嗎？

這就是我們這些地上凡人的平凡見解。自然哪，這沒有像那些自命不凡的人們站在什麼「美學情緒」之類的雲端所說的話那樣漂亮；不過，為了漂亮而犧牲一切，是那些摩登少爺和摩登小姐們樂意做的事情，至於我們呢？是不幹的。

（八月廿八日寫完）
（十月十五日修改）

選自一九四八年十月香港《論主觀問題》大眾文藝叢刊第五輯

方言文學試論／靜聞

引言

大約去年十月間，林洛君在「正報」上（第二年，第八期）發表了一篇「普及工作的幾點意見」的短文，最後一段談到「地方化」問題。接着藍玲、孺子牛、琳清、阿尺諸君繼續在同刊物上抒發了各自的意見，於是討論就展開來了。「正報」本身不用說，就是「華僑日報」的「文藝周刊」、「文史周刊」，乃至「羣眾週刊」等都有討論或建議的文章發表。方言詩的產量多起來了，方言短劇、方言故事等也產生了。座談會、研究會也開起來了。這種情形，使我們好像回到民國六七年新文學運動發生時候所看到的熱鬧景象。十餘年前，瞿秋白先生所倡議的「新的文學革命」，這回是被實現了——雖然內容和他理想的並不完全一樣。

這個運動在初發生的時候，我就感覺到一種高興。因為我自己除了是一個普通的文藝學徒之外，多少還是個民間文學和民間文化的探索者。可是，職務絆住我，一直沒有寫文章表示意見，甚至連那些討論的文章也沒有完全讀過。近來因為校中不同籍貫的同事，成立了一些這方面的研究會，我也被約去參加。到了會場自然不容許不開口。這一來，我就不免臨時湊些意思說出來，有一回，因為本刊編者的詢問，我把自己意見的一部告訴了他。他希望我寫出來，並且在本刊上登出預告。這樣，欲退不能，只好硬着頭皮拿筆，客裏參考書籍太缺乏，各家所發表的文章也未能夠細讀，加以交卷時期迫促，結果只能夠粗率地寫出一點大意而已。文中所說，也有些已經別人提到的，但是我仍然保留了它。原因是：第一，自己本來具有這種想頭，不是有意鈔襲；其次，這回方言文學問題的討論，已經成了一個運動，同樣的意見多些人開口，也可以壯壯聲勢；最後，主意盡管相同或相似，具體的說話是不會完全一樣的。

對於這樣一個有意義的文學運動，我却第一次獻出這樣草率的文章，怎能夠不對讀者預感到臉熱呢？

從歷史看的方言文學

從歷史的現象看，各民族早期的文學，大都可以說是方言的。

在每個民族的嬰兒時代，他的一般成員，像需要工作和食物一樣，也需要文學——它是他們的鬥爭手段，生活的一個必需部分。在勞動的時，在戰爭的時候，在集會的時候，在求偶的時候，在追思往跡的時候，在工作閒暇的時候，……他們就不免要詠唱歌詩，講述故事，或表演戲劇。因為他們生活在一定的小區域，所用的語言也大都是小集團中所通行的。由這種語言表白的文學，都可以說是方言的文學——更精確點說。是後來方言文學的祖宗。中國古代文獻上所保留的「逸詩」之類，多大是這種文學產品的遺珍（好像塗山女所唱的「候人兮，猗！」或禳田所者唱的「甌窶滿」的祝詞等）。如果從民族學的事實看，我國現代南方一些特殊部族像苗、猺、狼、獞、黎、蛋和猓玀等，他們的文學多少還停留在這種階段中。在清朝李調元編纂的「粵風」，和近人輯集的「廣西特種部族歌謠集」（陳志良）、「貴州苗夷歌謠」（陳國鈞）等裏面，就可以找到這種時期文學作品一些標本。

人類社會發展了，擴大了。同一個民族國家中，因為政治、商業乃至於軍事等關係，一部分的人（大都是上層社會或經商的人），口頭上漸漸說着一種共通或近似的話，一種普通話，它大都是拿那時候政治兼商業的中心地語言做主體的。這種話也叫做「官語」，卽孔老夫子所謂「雅言」。它經過士大夫的採用鍛鍊以及長時期的沿襲，就形成了那種「文言」——它固然跟各地的土話大不相同，就是跟當時的口頭上的官話（普通話）也不能夠怎樣合一了。歐洲古代的拉丁文，中國過去的文言文，大體上就是這樣的東西。正統的文學，自然不能不用這種官話或殭化了的語言去寫作。這種文學，在上層社會中不管它具有怎樣尊嚴，可是僻處各方的民眾，口頭上依然說着他們的土語方言，他們承繼的和自己創作的故事，詩歌，曲文等，也大都是用這種粗野的語言做的。這種現象，恐怕我國自周秦到現在，大體上都是一樣的。（自然，由於地理位置的不一，由於所出族系的異同，更由於遷移時期的先後，和異族間語言融合程度的深淺等，各地民眾間方言差異的程度也很大）。總之，在中國過去長時期中，各地民眾的語言，大體上是被擯斥在士大夫文學語言之外的。但是他們自己却長久創造並承繼着一種方言文學。而一般士大夫雖然自命高雅，平日不大看得起民眾的語言和創作，可是，有時候，也不得不承認它們的價值，甚且進一步去仿效它們。現在只把文學史上一些顯著例子提點一下，大家就可以明白這方面的一些情形了。十五國風和九歌等，是春秋戰國時代，不同區域或不同民族的方言文學。在南北朝時代，北方的橫吹曲，南方的吳聲歌曲和西曲歌等，情思上固然儼然成了對照，在表現的媒介上彼此也是有很大差別的。它們是不同地區的方言作品，而且全是民間的作品。（前人往往把這種歌曲，附會到那些名人文士的身上去，其實是不可信賴的）。唐以後的白話小說、南北戲曲、以及小詞、散曲、山歌等，大都是出自民間的方言文學，或文人模仿這種文學的產品。（宋人的小詞，往往多量地應用着方言；元曲中方言色彩的濃厚，更是大家都知道的了。）

新文化運動主要是一種反封建文化的運動。這個運動在文學方面的任務，是摧毀傳統的文學觀念，方法和形式，而代以一種跟時代生活狀態和要求相適應的東西。在表現媒介上，它主張並實行打倒文言，採用白話——即以北京話做主體的普通語。這個洶洶湧湧的洪流附帶着一條小支流，就是對於民眾的文學和語言（方言）的注意，民國七年北京大學的徵集歌謠，就是這種活動一個有力的先驅。此後，搜集和研究故事、歌謠、諺語等的工作，不斷有人在進行，有些時候還顯得相當熱鬧。在另一方面，又有些作者偶然仿作民謠（例如劉半農），或用土語寫新詩（例如徐志摩），作新劇（例如楊晦），而且成績也並不算壞，我們知道這種現象，在世界文學史上並不是怎樣特殊的。西歐浪漫主義抬頭時期，德國和英國的作家、詩人，都曾經有過類似的活動。我們只要記起赫爾德（J. G. Herder）、哥德和斯葛德等作家的名字就得了。

後來（一九三一——三二年），瞿秋白先生倡議來一次「新的文學革命」（或叫做「俗話革命文學運動」的時候，也曾約略提起方言文學問題。他說：「有特別必要的時候，還要用現代人的土話去寫（方言文學）……」（「大眾文藝的現實問題」）又說：「有必要的時候，還應當用某些地方話來寫，將來也許要建立特別的廣東文、福建文等等。」（「大眾文藝的問題」）上海文藝界熱烈地討論大眾語問題的時候，又有人明白主張用土話來創作給大眾看的文學。好像耳耶先生就是其中的一個。他說：「我們必需有一種以某一個地方為主要對象，完全用一個地方的土話寫的作品。運用一切形式，運用最土的土話，就是大眾最容易瞭解的土話，也就是現有的不折不扣的大眾話寫文章。」（「大眾語跟土話」）從實踐方面來說，在我們廣東，歐陽山先生就曾經辦過一個小刊物，專門做這種活動。抗戰時期，戰地的政工人員，更寫了不少的客音山歌，廣州話的木魚書、龍舟歌等。這些主張和寫作，都是比前者更進一步的。可是到底沒有形成文學上的巨大潮流。時機還沒有怎樣成熟。

方言文學與眼前政治要求

由於當前政治的急迫需要，由於解放區文藝成功的刺激，方言文學的主張，在這裡被認眞提起和合理解決——不，它已經急速地和廣泛地被實踐起來了。這是我們新文藝史上的一件大事，也是中國人民文化演進上的一件大事。

一件社會事象底產生和消滅，滋長或衰頹，都是有它的「因緣」的——社會學上的因果關係的。今天，方言文學主張重新提出後，就遭到大家的熱烈注意，展開了討論，促進了實踐，並且成立固定的組織，給以不斷的研究和輔導。它已經成了華南文藝界一個有力量的運動。這決不是偶然的事情。因為所謂「有特別必要的時候」，這「預言的」日子是已經到臨了。今天是全中國的人民大眾急遽地走向解放大道的日子，是他們為着創造理想的王國，和一切障礙生爭死拼的日子。文學工作，要在這個嚴重的時刻，竭盡它的對民眾加強認識，鼓舞戰鬥，鞏固革命意向等的任務，那種為他們所容易領會，喜歡接納的作品，何等急迫需要！特別在廣東一帶，民眾的語言，和國語相差很遠。對於這些地方鄉僻的農民，國語差不多就像一種外國語。拿國語作品去教育他們，即使不至於全無效果，但是收穫總是緩慢而且微小的。而另一方面，在遙遠的北方，那種採用大眾土語和民間形式的新生文學，又把它成功的範例展示在眼前。我們的文藝工作者怎能夠禁止自己對於方言文學的熱情呢？他們熱烈地辯論、建議、創作、研究……這是一個「新的文學革命」，是應付着巨大的需要和盡着偉大的任務的。從人民的觀點看起來，它比起過去世界文學上的幾次新語文運動，（例如文藝復興時期意大利等的語文運動，或浪漫主義時期歐洲各國的語文運動，乃至日本維新時期和我國五四前後的白話文運動等），是具有更重大的意義的。

從藝術表現效果看的方言文學

方言文學的提倡和實踐，不但滿足了眼前政治的急切要求，從藝術本身說，也是非常需要的。方言文學是最能夠發揮藝術表現效果的文學，是本地作家最容易獲得成功的文學。它同時也是民族文學乃至於世界文學的堅實基礎和重要成分。

文學是語言的藝術。作家用以創作的語言，必須跟他有着深切關係。他不僅要明瞭它的意義，它的結構。他並且要能夠微妙地感覺它；靈活地驅使它。這樣纔會造成那種藝術的奇蹟。我們平常用以談話，講書或寫作論文的語言，是偏於智性的，只要能夠把一定內容傳達出來，大體就算完事了。因此，對於那種需要（談話、寫理論文章等），普通學來的語言，（有時還是在很短時期中學會的），往往就可以勉強應付。如果要拿這種語言去做詩、講故事或寫作戲劇，就會顯出無力了。因為它是比較貧乏的，沒有情趣的。它怎能夠美妙地表現出事物或心靈的體態神味呢？我們懂得最深微，用起來最靈便的，往往是那些從小學來的鄉土的語言，和自己的生活經驗有無限關聯的語言，卽學者們所謂「母舌」（Mother tonguo）。這種語言，一般地說，是豐富的，有活氣的，有情暈的。它是帶着生活的體溫的語言。它是更適宜於創造藝術的語言。我們常常看到有些人，用他自己家鄉的話談天或講故事，覺得津津有味或神情活現。可是，當他用起別一種比較生疏的語言的時候，就索然無味了。這種成功和失敗的理由是很明白的。語言的熟習程度，大大地決定了那表現的結果。你想，一位生長在潮州或廣州鄉下的人，雖然讀了許多國語的文學作品，但是如果要他用國語去刻畫性格，抒寫情思，希望達到那種入神入妙的境界，總是相當困難的。如果讓他用本地方言去表現，往往就要事半而功倍了。（自然，嚴密地說，一件作品的成功與否，因素是相當複雜的，表現媒介只是其中的一項。但它無疑是很重要的一項。它的得力與否，是密切地關聯到全體的。）

我們從另一方面看，也可以知道方言在產生藝術表現效果上的重要性。作品所用的語言，和所表現的事物或心理等（卽作品的內容）有不可分離的關係。用村婦鄉農的語言去描寫貴族、買辦或智識分子的生活、行動和心情，固然不很容易肖妙。反之，用智識分子或達官貴人的「雅言」去描寫農民的狀貌、性情，去抒述他們的憂愁和希望，更不容易做到極恰切的地步。高爾基說過：「一切語言是從行為和勞動中產生的，所以語言是各種事實的骨頭、筋肉、神經、皮膚」。（「文學放言」第三篇）又說：「文學的第一要素是語言。它是文學的基本工具，又跟各種事實和生活現象一樣地是文學的材料。」（「與青年作者的談話」）日本進步的文藝批評家森山啟也說過：「語言當做思考上的概念，不過是文學形式的一部分，不過是表現手段。但是，實際上，它是內容的表情、色彩、肉身。作品有機體的活的各個細胞，是一個個的語言。」（「文藝評論」）他們兩位作家（森山本來是詩人）是深刻地體味出語言和作品內容的骨肉關係的。今天為民眾寫作的文學，它的表現對象，固然不一定只限於民眾本身。可是，主要的必然是他們。表現民眾的勞動、受難、鬥爭的場景，表現他們的苦惱、憤怒、决心、同情……等心理，這些都是今天文學的主要任務。要達成這種任務，用那些跟民眾生活遠離的智識分子歐化的語言，固然缺乏親切，就是用普通的國語去表現，多少也會不夠味道。在這裏，跟當地民眾的生活和感情紐結着語言（方言），就特別顯出它的重要性了。其實這種道理，從來有好些作家就已經知道的，彭斯（R. Burns）拿蘇格蘭土語去寫作田間生活和民主思想的詩，約翰．心孤（John Synge）應用愛爾蘭語寫他的地方情調的劇本，而我們的韓子雲，就大胆地用了蘇白去寫吳妓生活的小説。就是我國古代許多做詩的人，也未嘗不多少知道一定內容和表現媒介的親密關係。我們只要看他們做那些寫述民間疾苦的所謂「謠」「歎」一類作品的時候，大都放棄了傳統的「詩的修辭」，去採用民眾那種直截、質樸的語言，就可以明白了。總之，要寫述某種地方某種人物的生活和他們的行動、情思，最容易傳神的語言，主要是他們所慣用的語言或者在一般生活和文化上跟他們比較近似的人們的語言。各地民眾的方言，正是表現他們的生活、戰鬥和思想、感情的最有効力的手段。

記得幾年前，老舍先生曾經發表過一篇「略論文學的語言」的文章。因為看到許多文學青年在運用國語寫作上，顯出了那樣沒有血氣和神彩的樣子，他誠懇地勸他們拋開假國語，放胆用自己熟悉的方言土語去寫作。這樣，至少也可以除去一些貧血的狀態。這位善用舊京土白寫故事的作者的勸告，不能只當做個人的私見看。它在當時雖然沒有得到應有的反響，現在卻由時勢證實了它的正確和必要了。我們深深理會到：文學作品，由於政治的理由固然需要用方言去寫，由於藝術本身的理由，一樣需要用方言去寫。

對方言文學一些疑問的解答

在這次相當熱鬧的方言文學討論中，曾經有人提出了一些疑問。此外，還有一時雖然沒有正式提出來，却是很可能發生或者已經浮現某些人們心裏的問題。這裏當然不能夠一一舉述和詳細解答。我們只選出一些比較切要的來談談。

第一、是關於方言作品瞭解範圍的問題。有人以為用一種純粹方言寫的作品，不懂這種方言的別個區域的人就沒有法子懂得了。這種文學的讀者不是很狹窄麼？這話並不是沒有根據。一般地說，方言的作品，在傳播上多少是受限制的。可是，我們不要忘記，今天的特別提倡方言文學，主要是在應付一種特殊的要求。就我們廣東來說，絕大多數的民眾，都說着跟國語距離相當遙遠的各種方言。如果我們不要求自己的作品去鼓舞他們，教育他們，使他們奮起並堅持戰鬥，那也就罷了。要不是，我們就不能夠不創造一種為他們此刻所容易接納和喜歡接納的文學，一種用他們熟悉的語言乃至於形式寫作的文學。我們現在寫作着和要寫作的廣州話文學、潮州話文學、客家話文學，海南話文學⋯⋯主要就是為了那些流行着這種語言的區域的人民——特別是他們中占絕大多數的農民。這些區域的人民在數量上已經不是微末，而他們在革命戰鬥上又是那麼重要。只要那些方言作品能夠對於他們起相當作用，就算盡了它的責任，就有它存在的價值。至於別的區域或方言圈的人民或智識分子，到底是否看得懂聽得懂，或懂到怎樣程度，那算是次要的事情。因為別的區域或方言圈的民眾，應該有用別種相應語言寫的作品去滿足他們。（至於智識分子，他們能夠誦讀的作品範圍是很廣泛的。）一種方言的作品，如果必要的話，也可以譯成別種方言或國語。這樣，流通的問題也不是怎麼難解決的。在這一點上，蘇聯各聯邦間文學的關係，多少可以做我們的借鏡。

如果進一步說，那麼，我們知道，一種文學作品，要是眞正優秀的，在流傳上往往就會超越了語言的疆界。方言作品，如果它寫得眞實，寫得靈活，寫得美妙，它就能夠具有那種魔惑人的力量。它往往會強烈地吸引着那些本來不熟悉這種語言的讀者或聽者。它使他們自然地理解它，耽愛它。它同時施行着文學的兼語言的兩重教育。結果，往往不但推廣了那種文學，同時還推廣了那種語言。例子是舉列不盡的。好像從前我們廣東的許多讀者，是不熟悉北方話的，可是，他們對於「水滸傳」、「紅樓夢」、「兒女英雄傳」等，不但看得懂，而且喜歡看。他們在欣賞這些作品，同時也就不覺地學習了這種語言。又如明人編的「山歌」，清人著作的「海上花列傳」、「何典」等，許多本來不懂吳語的人也會讀得懂，甚且喜歡讀。有好些外江佬，居然在不絕口贊美我們招子庸的「粵謳」。現在南方的讀者，也並不因為作品中有些特殊的方言，就不能夠賞識「王貴與李香香」或「李有才板話」。……美好的作品，是會超越語言的界限的。不，它是要擴大那種語言的流傳區域的。何況為着要幫助一種方言作品的流傳，除了前面所出指的翻譯外，還有一種比較簡樸的方法，就是對於作品中那些特殊的語詞或語法，加以扼要的注釋。我們能夠沒有疑難地誦讀用江陰方言和漁歌形式寫作的「瓦釜集」，主要就是得力於這種方法的幫助。

第二、是方言文學和國語文學關係的問題。有人以為如果我們提倡方言文學，發展方言文學，就要妨害到國語文學或國語的統一。關於這個問題，已經有好些人給以答覆了。我只想簡括地說幾句。前面已經很詳細的說過，今天方言文學的提倡和實踐，主要是為着那些不懂普通語的特定區域的民眾的。這些民眾的大部分，眼前對於國語（普通話）和它的文學，是很少緣分的，至少是不容易夠感到很親切。方言文學，是當前他們最可能接納的文學，差不多是不容許別的作品代替的文學。他們將來也許可以去鑑賞用那些別種語言寫作的東西，可是，在今天，在此刻，這未免是奢侈的希望。為着滿足他們的文學需要，方言文學差不多是惟一的粮食，至少也是最主要的粮食。自然我們並不因此就不要別的文學。方言文學不是「排它的」。它是要和別的方言文學以及普通話的文學共存共榮，攜手並進的。它是使將來的普通話文學更加壯實的。在蘇聯，現在除俄羅斯語文學之外，不是還有數十種方言文學（少數民族的文學）麼？他們的文藝理論家或批評家，都把這個當做一種驕傲。實在，只有這種萬紫千紅的景致，才是人民的藝術和文化發達的徵象。我們為什麼要眷戀着那種貧乏的、單色的黃土廣原或嚴冬景色呢？至於所謂「國語的統一」，現在事實上既不存在，將來的又須待各種語言的互相融合滲透，那麼此刻要拿它做理由來阻止急迫需要的方言文學，似乎是不必要的。

第三，是方言俗語筆錄的困難問題。有人以為許多方言，都是沒有經過文人記錄的，它們是沒有在紙筆上定形過的東西。方言文學作者，碰到這類語詞，不能不把它寫成漢字（就眼前的情形說）。可是這就有麻煩了。自然有些方言很容易找到聲音相同或音義都相同的漢字。可是，這種幸運並不是怎樣普遍。有許多語詞簡直很難得有相同或近似聲音的漢字可以寫出來。這將怎麼辦呢？又，對於某些常用的方言語詞，並沒有一定的寫法，你寫你的，我寫我的，一個語詞，在文字上會變成好幾個樣子，這也是成問題的。況且在共同方言區中，同一個語詞，念起來，聲音上就並不完全一致。差不多距離幾里路，語音語調就有些參差了。這又怎麼辦呢？……我得承認這些問題，至少有一部分，現在是沒有十分完善的辦法解決的。可是，這並不妨碍到方言文學的建設。在我們的方言文學沒有出現之前，各種方言中已經產生過無數的作品。（我們可以叫它做「自發的方言文學」。）這種民間的創作，有許多自然只是口傳的。有許多卻是印刷的。後者，就潮州話的「歌冊」來說，就有數百種。廣州話的木魚書、曲本、小說、笑話等，數量也相當可觀。而各地的報紙也常有方言的文學發表。基督教的聖經譯本，差不多是各種方言都有的。這些書本和報章，對於各種方言中比較常用的語詞，大概都已經有了記錄，我們大可以從中間把那些比較常見的拿來應用。如果確有些沒有被記錄過的，我們就只好依據它的聲音（如果可能，也兼顧及意義方面），找尋相同或相似的漢字去把它記出了。方言文學的語詞，既大半以標音為主，就便有一個語詞寫成了各種形體的現象，也不是什麼大不了的事。關於這些問題，我們不妨拿現在和過去的白話文學來做做前例。白話文學初誕生的時候，記錄口語的文字，就大都是沿襲宋元以來的評話，語錄、戲曲和通俗小說的。而前代那些白話著作，對於同一語詞的記錄，也往往並不一致，（例如「的」字或作「底」，什麼或作「甚」，「咱」或作「喒」、「們」或「每」，例子很多。）但我們讀起來並沒有多大問題。能夠劃一，自然更好。一時辦不到，也沒有妨礙。只要聲音念得出來，就會知道它是什麼意思了。至於一定方言區內同一語詞的「音差」，這恐怕是一切語言都有的現象，方言這樣，普通話何曾不一樣？今語這樣，古語也沒有例外。可是，並沒有因為這點，古語或普通話等的「書面化」就無法成功。這種困難，要有更為妥善的解決，恐怕須等到拉丁化實現的時期了。

第四、是方言的表現能力問題。有人也許懷疑到那些從來不登大雅之堂的俚語俗言，到底能不能創作出有價值的文學？它果眞有美妙地塑造人物，描寫故事，抒寫情思的能力麼？關於這一點，我們的回答更是容易的。因為在世界文學史上，用民眾語言創作成的優秀作品太多了。各民族的「自然史詩」之類且不要去說它，那些第二流以下的作品或作家也可以擱在一邊，只要單舉出一些最出色的有世界性的來，也就叫我們大大壯膽了。（關於這點，新文學運動初期已經有人做過，雖不完備，也就不必多贅了。）民眾的語言是從他們實際的生活、鬥爭中產生和發展的。它具有那種剛健的力和質素的美。它不是許多文人的矯揉的、裝飾的和乏弱的語言所能媲美的。古今大作家不但善於運用民眾語言，而且也能夠清楚地說出它的價值。蘇東坡的詩歌是常常用俗語的。他說：「街談市議，皆可入詩，但要人鎔化耳。」（「竹坡老人詩話」）為着想救助民眾而苦惱地度過了下半生的老托爾斯泰，對於民眾語言的美麗是很敏感的。他說：「民眾的語言具有表現詩人能說的一切聲音。它是詩歌最好的調節器。」（據羅蘭「托爾斯泰傳」所引）他又說，語言的天才存在於那些背着糧袋在田野中亂跑的流浪者身上。以歷史小說的成功，被戴上了新時代的月桂冠的小托爾斯泰，對於俗語的藝術說得更酣暢了：「在訴訟的（審問的）案卷裏——審官事的話，不嫌鄙語，人民的俄羅斯，在那裏陳說了，呻吟了，撒謊了，由恐懼和痛苦哭泣了。眞純的，質樸的，準確的，繪影繪聲的，屈折自如的語言，彷彿特別對偉大的藝術而創造的一般。」（「我的創作經驗」）廣東的各種方言都是有相當歷史和文學鍛煉的語言，（單就客家話來說，它在詩歌（山歌）方面的光輝成績，差不多是全國人都知道的。那位清末詩界革命的巨子，就毫不猶豫地把這種人民的優美詩作收進自己的詩集裏去。）民眾的語言在合理而熟練的運用之下，必然要產生優異的作品——至小是會產生那種為當地人民所喜歡接納和應該接納的作品。事實將是最有力的證明人。

選自一九四八年三月香港《文藝生活》總第三十八期

再談「方言文學」／茅盾

對於「方言文學」問題，已經寫了點零碎的感想，投載於「羣眾」第二卷第三期（港版）。現因朋友們希望我就此一題再寫一點，因成此篇，求正於國內文藝界同人。本篇論列各點，大體仍不出前文的範圍，但詳略互有不同，再者，為了詩論上的方便，本篇打算集中討論三個問題：

一、「方言文學」與白話文學

「白話文學」這名詞，已經成立了三十年。「五四」以來的新文學，通稱之為「白話文學」。或稱之為「語體文學」，涵義並無二致，但「語體」一詞本身却不是白話。什麼是「白話」？就是我們的口說的話。中國之大，各地人民口說的話，也就有多種多樣，甚至於不能互相通曉；這些各地的互不相同的口語，通稱為「方言」。照這樣看來，「方言」就是某一特定地區的「白話」，離開了「方言」的「白話」，在理論上是不通，在事實上是沒有的。

然而「五四」以來的「白話文學」却有一個不成文的定義：此種取得了「文學語言」的地位的「白話」應是北中國通行的口語，（就是北中國的方言），或者是以北中國口語為基礎的南腔北調的語言——卽所謂「藍青官話」。三十年來，不知不覺中流行着一種錯誤的觀念，凡有以北方語而外的地方語作為小說詩歌等等的，都被稱為「方言文學」。「白話文學」這一名詞，變為北方語文學作品所獨佔。而且北方語（或藍青官話）亦隱隱然成為新文學的「文學語言」正宗，廣東、福建以及其他和北方語差異甚大的方言區的人們先得學習北方語或藍青官話，然後能從事於新文藝的寫作；甚或僅從書本子上「學習」新文學的「文學語言」，結果是，藍青官話能「寫」而不能口說，寫的和說的依然分離，和從前流行文言的時代，一樣情形。在他們手裏，北方語（白話）竟成了新文言。

北方語或藍青官話成為新文學的「文學語言」，而且顯然居於優勢，這是一個事實。這事實的造成，當然不是無緣無故的。曾有人打算從北方語本身上找尋這原因，列舉此一區域的口語所具備的優點，證明它比其他地區的口語更有資格作為新文學的「文學語言」。當然，北方語，甚至藍青官話，確有資格作為「文學語言」，誰也不能否認。但是，其他地區的言語，亦何嘗就不具備作為「文學語言」的資格？北方語之作為「文學語言」，歷史相當長，從宋人的「平話」起算，約莫有一千年的歷史了，「平話」發展而為小說，歷明清兩代，產生了幾部輝煌的巨著，至今尚光芒萬丈，這都是不容無視的事實。可是，和北方語之成為「文學語言」同時，吳語的口頭的民間文學也早存在，而吳語也逐漸成為書寫的「文學語言」，南曲中的白就有用了吳語的。吳語以外，其他的地方語的民間文學也早已存在。吳語文學中，且有優秀的長篇小說，如「海上花列傳」。這些事實，都說明了任何地方語都具備作為「文學語言」的資格。由此可知：想從地方語本身上找尋理由，何以某一種地方語在新文學的「文學語言」中居然成為優勢，是不能得到正確的結論的。

北方語作為「文學語言」之優勢的形成，從宋人「平話」到清末，巨著的產生是因素之一，此種地方語所佔區域之廣，當然也是因素之一，而政治、經濟、交通諸因素，其重要性更不能不計及。尤其是政治的因素不能忽視。中國政治重心之在北方，可以說是自古已然；北方文學成長發展的六七百年間，政治中心始終在北方，這是北方語既已作為「文學語言」又從而取得優勢的絕大的助力。從世界各民族的歷史看來，凡是長久成為政治中心的地區的語言往往由地方語的身份升級而成為全國的通用語——即所謂「國語」。（雖然其他的地方語並不因此而消滅）。六七百年前的中國北方語亦寖寖乎有此趨勢，然而，一因中國幅員太廣，交通太不便，二因元明以後長江以南的經濟，文化發展都迎頭趕上來了，結果是老大哥身份的北方語終於只是老大哥而已，不能成為全國通用語。但北方語作為「文學語言」之優勢，依然存在。到了「五四」新文學運動起來了，又因襲此舊傳統而以北方語作為「白話文學」的正宗的「文學語言」。「五四」當時，一方面主張「吾手寫吾口」，另一方面却又叫吳語區域以及福建廣東的人們去寫北方之口，實在是一種矛盾，然而當時不聞有異議，亦無非是舊傳統觀念太強而已。

一種地方語之升級而為全國通用語（國語），必有待於政治、經濟、交通諸條件之成熟，其勢不可以強為。十多年前，想用單純的政治力量來推行北京上層社會的通用語（這和北京老百姓的口語是有若干距離的）使成為「國語」，成效如何，現在已可看到；最大的成績是學校出身的青年學會了一種「方言」，和絕大多數的老百姓還是風馬牛。由此又可以知道：「五四」初期的「國語的文學，文學的國語」這一個口號，在理論上既未必圓通，而在思想上是根源於「大一統」的觀念，和政治上所謂「法統」乃至武力統一的主張實在是一鼻孔出氣。

總結上所論述，我們可以弄明白下列各點：

「國語文學」這名詞，現在還不能成立。因為現在我們還不能武斷說，北方話就是國語，我們現在也還不相信學校內所教的「國語」眞是足夠資格成為國語。

但是「白話文學」這名詞，現在却可以成立，而且已經成立了。不過，「白話」既是各地人民的口語，則北方語的文學作品固然是「白話文學」，其他的地方語的文學作品當然也是「白話文學」。如果把北方語的稱為「白話文學」，而把其他的地方語的，稱為「方言文學」，那就是說不通的。因此，這次香港文藝界同人在「方言文學」的論爭中，有時還把「白話文學」和「方言文學」對稱，也是不應該的。「方言」可與「國語」對稱，而在事實上未有國語的中國，「方言文學」這名詞會給人以暗示：只有北方話是新文學的正宗的「文學語言」。而這樣的觀念，在理論上既圓滿，（如上文所已述），並且是文學走上大眾化的路上的一塊絆腳石。乾脆一句話：白話文學就是方言文學。誰要是編什麼「白話文學史」而材料只限於北方語的文學作品是錯誤的。

二、「方言文學」與文學大眾化

只有北方語是新文學正宗的「文學語言」——這一個觀念將是新文學走上大眾化的路上的絆腳石。這是不是過甚其詞呢？我以為不是。

新文學之未能大眾化，是一個事實。我們要承認這事實。而大眾化要求之迫切，未有如今日之甚者，這也是事實。我們也要承認這事實。關於大眾化的言論，十多年來屢見而不一見，從內容到形式的各個問題也都有過頗為詳盡的討論，而作為形式問題之一部份的「語言」問題歷來所論尤多，甚至有「大眾語」的提出。本來，離開了時間和空間的關係，討論任何問題都不會有好結果；而討論「語言」問題尤其如此。我們得坦白承認：理論上的「大眾話」正如理論上的「國語」一般，今天並不存在。今天有的是實際上的「大眾語」。此時此地的人民的口語就是「大眾語」。換言之，各地人民的方言就是今天現實的大眾語。

語言是跟着生活走的。語言决非一成不變。今天的山東話跟湖北、安徽話大體上相差不多，都屬於北方語系；然而在孟子時代，桂人學齊語是欲「置之莊獄之間」而後進步始能速速的。那麼，齊人學桂語，想來也不大容易。戰國時代的越語如何？現在還保留下來一只用方塊字註音的民歌。可是今天的紹興人讀不懂這只古代的越歌。不用說千年百年以前了，我們祖母的口語就有些和我們不同。

時代不同了，生活變化了，語言也必定發生變化；有些語彙死滅，有些語彙新生。有些舊的「語彙」增加了新的意義，反而把原來的意義忘掉了。從前是都市的生活變化較快而較多，因而都市的語言也較多變化；但現在，翻天覆地的大革命把農村生活澈底改過來了，農村語言天天在變化，內容天天在豐富。不久以前，「解放」，「鬥爭」等字樣，還是智識份子的「語彙」，現在却成為大眾的口語了，並且比它們尚屬知識份子「語彙」的時候，更有內容。新的生活和新的事物，不斷地在豐富大眾的口語，在提高大眾口語，在克服它的從長期的封建社會所帶來的落後性。這就是此時此地大眾的口語所經歷的變革的過程。

因此，從「大眾化」的觀點來看今天的「文學語言」這問題，不但北方語正宗的觀念必須拋棄，並且要把理論上的「大眾語」的觀念也拋棄；今天新文學「大眾化」的「語言」問題，應當從此時此地大眾的口語——即天天在變革的方言入手。

北方語系以外各地方語區域的文學工作者固然要把方言作為「文學語言」來貫徹大眾化，北方語系的文學工作者也要把他們的「文學語言」更加方言化。這是因為：不但「五四」以來一般以北方語為基礎的「文學語言」（我們通常所稱的白話文）業已漸漸遠離北方人民的口語，而且今天的北方人民的口語也和昨天的大不相同了。因為昨天的生活已和今天的大不相同。而這不同又是兩方面的，一是由於整個時代在前進，又一是由於處在前進的時代中的各個地區之變革又有久暫深淺的差別。這些不同的生活上的變動不能不在人民的口語上留下濃而且烈的印痕。全翻身的農民和半翻身的農民，不但是生活上有不同，思想意識上有不同，他們的「語彙」乃至表現思想情感的語言的方式和腔調，也會有不同的。而且無疑地這又帶着地方色彩。這是無情的事實。唯有面對這事實，適應這事實，大眾化的任務始能貫徹。在這樣神聖的任務之前，方言不方言不過是一個技術問題罷了。原則上的爭論應當是沒有。站在大眾的立場，表現新的人和新的生活，表現那正向勝利邁進的人民革命的浪潮，新勢力一天天在壯大，舊勢力一天天在崩潰，——配合着這樣內容的形式，尤其是形式構成中的「文學語言」這部份，當然要用大眾自己的語言。

根據了上述的那些意見，我對於華南文藝界同人這一次「方言問題」的論爭，是把它當作「華南文藝工作者如何實踐大眾化」來了解的。「方言」問題不但應當看作大眾化的一面，而且必須在「大眾化」的命題下去處理，這才可以防止單純提倡方言文學所可能引起的倒退性與落後性。在今天來談方言問題，我以為應有這樣的認識。

三、大眾化與民間形式

這一回，香港文藝界同人討論方言問題的時候也帶到「民間形式」問題。「民間形式」和「方言文學」的聯繫性是大家都看得見的，各地民間的小調，唱本等等，無例外地是久已存在的方言文學的大本營。人們創造了自己的文藝形式（小調，唱本等等），用自己的語言（方言）來歌唱。「民間形式」大都是口頭講説或歌唱的形式，而不是書寫的形式，在文藝發展的歷史上看來，這還是原始性的藝術形式，是農業手工業經濟的社會的產物。因為這是從人民生活中間生長出來的文藝形式，故為人民所喜見樂聞。「民間形式」的如何運用，成為「大眾化」的課題之一，不是沒有理由的。但是，由人民中間產生的「民間形式」為人民所喜見樂聞，雖是事實，人民却也並不似有些論者所想像那樣頑強地排斥其他的文藝形式。問題的中心還不在形式之如何，而在是否用人民的語言表現了人民的生活。「民間形式」之合理地處理，應是批判地運用，而不是無條件地因襲。

這一個好多年前就已經提出來的論點，近年來解放區的文藝作家們已經有了很好的實踐。

根據我們現在看到的解放區的作品，在形式方面，粗可分為兩大類：新形式與改造過的「民間形式」。新形式的一類，這裏不打算細說；但有一點應當指出來，卽新形式的小說最多的是短篇小說，中篇寥寥無幾，長篇我則未見。解放區的文學作品中不是沒有長篇小說，可是照我們現在所看到的材料看來，這些長篇小說都是經過改造的舊形式的長篇，例如馬烽、西戎的「呂梁英雄傳」，趙樹理的「李家莊的變遷」，柯藍的「洋鐵桶的故事」和「紅旗呼啦啦飄」。至於改造過的「民間形式」的作品，秧歌劇當然是最大的一宗了，其次為平劇。「劉巧團圓」和「張玉蘭參加選舉會」是「舊瓶裝新酒」的卓越的範例，作者韓起祥本來就是職業的説書人。「説書」單有底本還不夠，還得有精於此道的説書人來表演，所以這是又一型的藝術。李季的長詩「王貴與李香香」，趙樹理的中篇小説「李有才板話」，最值得注意，因為這裏雖有「民間形式」，然而整個作品却又和改造過的「民間形式」有別。

這是我們現在見到的解放區文學作品最粗略的分析。

這裏有幾個問題可以研究：

短篇小説幾乎全是新形式，但是秧歌劇（小型的）最大部份的題材在我看來却就是短篇小説的題材。這應當怎樣解釋呢？可能的解釋是：在農村生活和文化水準的情況下，秧歌劇這形式更為適合。自然，近代的短篇小説是發展到高度的文藝形式，但如果據此而遂指為解放區的人民還不能接受，那亦未免武斷。同樣的反映了生活的橫斷面，這裏既是「喜見樂聞」的形式佔了上風，而且很有效地發揮了宣傳教育組織的作用，那麼，用慣了新形式的作家們自不迫切感到有運用舊形式之必要。這或者就是解放區作家們不曾嘗試改良的舊形式短篇小說的原因罷？同樣的理由也可以說明長篇小說為什麼最多的是利用舊形式。

「李家莊的變遷」、「呂梁英雄傳」、「洋鐵桶的故事」等長篇，是經過改造的舊形式再加上了若干新的手法的。舊的改造，新的增加，有多有少，各篇不同；舊形式保留得比較多的，是「洋鐵桶的故事」，（有回目，每段長短相若，每段起句照顧前段的結尾，每段結尾用「驚人之筆」帶起新節目的開端），新手法增加得比較多的，是「李家莊的變遷」。然而這幾部長篇都為解放區讀者所喜愛。這是一種極有價值的「實驗」，這啟示我們：運用舊形式的尺度，它的伸縮性可以很大。人民接受新東西的能力並不像我們想像那樣不行的。

「李有才板話」中間夾着「板話」，但它本身却又不是「板話」，因此它不是「民間形式」。但是它亦不是我們的所謂「新形式」——舶來的形式。它是一種創造的形式，「板話」部份可唱而叙述部份可以講說，似乎有點像韓起祥的「說書」和江南的「彈詞」，然而它又兩者都不是。「王貴與李香香」亦然，這是一首叙事長詩，但它以兩行為一韻的格式用的是陝北民歌「順天遊」的調子，它是一個卓絕的創造，就說它是「民族形式」的史詩，似乎也不算過份。

最為大宗的秧歌劇則是改造「民間形式」最典型的例子。陝北現在流行的秧歌劇吸收並綜合了舊秧歌戲，地方戲，乃至話劇的成份，增加了新的曲調和樂器，因而已能表現複雜的現代生活。在秧歌戲中，已經可以看出新型的中國歌舞戲的雛形。

新形式，改造過的舊形式或「民間形式」，創造性的形式——這三種解放區的文藝形式有一個共同點，就是它們都儘量盡採用各地人民的口語，方言文學的色彩都相當強烈。然而沒有人讀了牠們以後會發生「這是方言文學」的感想。人們的感想是：大眾化的實踐終於由這些生活在人民中，在戰鬥中的青年作家提供出例證來了！

解放區的文學無論就形式或就內容言，都是向大眾化的路上跨了大大的一步。而在形式方面，他們是儘採用當地人民的口語（方言），大胆採用舊形式和「民間形式」，而又同時大胆把新的血液注入舊形式和「民間形式」，他們教人民進步，同時又向人民學習，不超過羣眾，同時也不做羣眾的尾巴：——這都是值得我們取法的。

人民革命勝利進軍的戰鬥越來越火熱了，作家們貫徹大眾化的要求越來越迫切了，用人民的語言反映這偉大的時代，表現新的人和新的生活罷，不論是方言，是「民間形式」，在為人民而戰鬥的作家的手裏，都是有効的武器，而且必須使其成為服務於人民的武器！

一九四八、二月一日．九龍．

選自一九四八年三月香港《文藝的新方向》大眾文藝叢刊第一輯

華南方言文學運動的現狀和意義／靜聞

方言文學運動的「前史」和現狀

創作和看重方言文學，本來算不得怎樣新鮮的事情，就是主張或提倡這種文學，也不是沒有前例的。

關於方言文學的創作方面，像詩經、楚辭之類的遠古文學，不要去提了。宋人的小詞，元明人的小說和戲劇，明清人的俗曲俚調，（好像馮夢龍、蒲松齡和招子庸等的）……這些也不要多講。單就新文學興起之後的情形來說，這條道路就不是完全生滿青草的。劉復先生用江陰方言寫了許多民歌，徐志摩先生用硤石土語寫出「一條金色的光痕等等」新詩。楊晦、老舍諸位先生用舊京土白寫過劇本和小說。郁達夫先生也在他的小說對話裏使用過江南方言，抗戰以後，這方面的風氣就更加打開了。跟熱心運用民間形式（大鼓詞、民謠和漢劇等）一道，也運用着「書本國語」以外的各種活語言。特別是在許多無名的青年作者的作品中，這種趨向更為顯著。記得二十九年夏天，我在粵北一帶戰地旅行，從許多城市村鎮的古牆斷壁上，看到一般救亡工作者或軍隊政工人員所納（編）寫的報紙，上面大都載着廣州話或客話的時事詩歌和小故事等。這決不光是一個區域的特別情形。它是有相當普遍性的。（這也就是我們今天華南方言文學運動，在創作和理論上的一些有力的憑藉和根據。）

至於看重或主張方言文學，也是有它的歷史淵源的。新文學運動之前，王國維先生著「宋元戲曲史」，曾經盛贊元曲用俗語寫作，是「自古文學上所未有」的事情。新文學運動之後，這種論調就更加常聽到了。自白話文學的辯論起，經過大眾文學、大眾語、抗戰文學、民族形式等討論，到工、農、兵文學的提出，都不斷有人（而且往往是主將們）論及方言文學的需要和價值等問題。劉復先生在他那部特出的方言詩歌集上頭，就有力地說明所以要用鄉土的語言和詩形寫作的原因：「我們要寫誰某的話，就非用誰某的語言與聲調不可；不然，終於是我們的話。」「我們做文做詩，我們所擺脱不了，而且能於運用到最高等最眞摯的一步的，便是我們抱在我們母親膝上時所學的語言，同時能使我們受最深的感動，覺得比一切別種語言分外的親密有味的，也就是這種我們的母親說過的語言。」他那相當成功的方言創作，是根據這種確切的認識來的。

大眾文藝問題的提出，是新文學運動的一個發展。當時的主將瞿秋白先生儘管主張要用那種正在形成中的大城市的「大眾語」寫作，可是，他同時也不否認有用方言土語寫作的必要。在「大眾文藝的現實問題」那篇論上，他說：「有特別必要的時候，還要用現代人的土語去寫（方言文學）」。現（在）另外一篇文章裏。他也說出了近似的話：「……普通話的中國文之外，還要根據各地方的情形成立各個區域的方言文，祇要政治上文化上有這種必要。」他又明白預言將來要建立特別的廣東文、福建文。（我們現在就在實踐着他這種預言。）後來討論語文大眾化的時候，魯迅先生就乾脆地主張「各地方各寫他的土語，用不着顧到和別地方意思不通。」他還正確地品評了方言土語的藝術價值。他說：「方言土語裏，很有意思深長的話，我們那裏叫『煉話』，用起來很有意思的，恰如文言的用古典，聽者也覺得趣味津津。就各處的方言，將語法和詞彙，更加提煉，使牠發達上去，就是專化。這於文學是有益的。牠可以做得比僅用泛泛的話頭的文章更加有意思。」

抗戰時期中，老舍先生讀了許多青年作者的作品，覺得他們所用的語言是一種「假國語」。詞彙已經貧乏，調動又不靈活。要矯正這些毛病，最簡單的辦法就是利用土語。理由是：「半生不熟的國語是貧血的語言。即使運用得好，也不過像桐城派文章那樣清瘦脆弱，絕無蓬蓬勃勃的氣勢。而土語中呢，却有極富於養分的詞彙，與特異的文法。」他承認用土語寫作不免有麻煩的地方，可是他還是願意青年作者們去嘗試一下。

這些引証是一時隨手拈來的。其實，「五四」以來，採用方言創作，看重方言價值，甚至於提倡這種文學的作家學者，決不單止這些。我們也許可以說，在新文學運動的思潮中，本來就包含着注意方言文學的這個觀念。這個運動，主要是半封建半殖民地國家智識份子的文化醒覺運動。它雖然先天就不健康，可是一般資產階級抬頭和生長時期的某些精神特徵是會具備的。剛從長期封鎖的貴族宮禁走出來的智識分子，對於那些向來極端受鄙視的平民的風習、語言和文藝等，多少要張開驚奇的眼或給以浪漫的賞識。這是近代歐洲好些國家和民族的文學史、文化史所証明過的事實。新文學運動，自然不只是一個孤立的文學語言改革運動。可是，語言改革這一點是顯得凸出的。因此。它又被叫做「白話文學運動」。從當時的情形說，所謂「白話」，雖然流行區域相當廣，而且在通俗文學上已經有相當歷史，但它還是根據一定區域人民的口語的，它到底不過是流通較廣的一種「方語俗語」罷了。（後來大部分新文學的語言日益文人化、外國化，那多少是離開了當初運動時候的「標的」的。）所以守舊派的林琴南先生曾諷刺地說：「……行用土語為文字……則凡京津之稗販，皆可用為教授矣。」從重視北方白話而並及各地的方言，這並不是怎樣可怪異的事情。何況二十年來，那種比資產階級的意識形態更加進一步的文化觀、文學觀已經在這個國土上不斷滋長着。那是不容許輕視各地大眾口頭的活語言的。好像魯迅、瞿秋白諸位先生的意見，就是這種新的社會意識的表白。總之，三十年來，由於那些社會背景和一般思潮的關係，方言文學，一直有人在試作着、看重着、甚至於提倡着。

但是，我們得把事實的分別清楚。過去方言文學的活動，儘管像上面所述說，却始終沒有形成一種潮流，形成一個有計劃的運動。它的創作大多限於個別的作家，理論也沒有更加廣泛的展開和深入的闡發。至於專門的研究機構和定期刊物等，自然更加少見了。（在廣東方面，歐陽山先生曾主編過一種廣州話的小刊物，但生命不長，影響也不大。）今天華南的方言文學活動是大大不同的。它已經是具有相當規模的、氣勢健旺的一個文化運動了。這種運動，雖然從開始到現在，還不過只經過兩年多的時間，但是，由於北方文藝的鼓勵，且由於作者們的熱情創作和理論家們的鋭意推進，它就生長得很快了。現在，它的影響已經深入華南各自由區，並遠及上海和南洋等處。在那些自由區裏，它也許有着更加結實的成就，（至少在創作上），不過這種情形，我們比較隔膜。現在，想單就這裏的狀況畧說一下。

首先說研究的機構方面。文藝界最初舉行的通俗文藝座談會，還是臨時性質的。後來，在文協分會研究部下面設立廣東方言文藝研究組，性質比較固定，而且已有分工合作的組織。（全組分為廣州話、客家話和潮州話等小組。）從去年夏天起，這個研究組又改成方言文學研究會，參加的人更多了。組織也更擴大和邏輯化了。（它分成創作、研究、資料、出版等組。）可惜的，是會員住得太散，而且各人忙着自己的工作，集體討論的機會比較少。這是急待設法改進的。除文協分會的研究會外，廣東各方言區域留港的人士和學生，也常有這方面討論研究的集會。

其次，說到創作方面。最初所作，大都限於短篇的韻文，體裁也多是運用民間形式的。後來短劇、故事、長詩等出現了。現在連雜文、論文等也已經在不斷產生。所利用的舊形式更加廣泛（好像粵謳、講古仔等），技術也更加熟練了。從內容上說，自然絕大多數的作品是以時事和重要社會現象為題材的，可是也有些市民風俗畫之類的作品。思想上一般地可說是嚴肅和進步。談到這方面努力的作者，符公望、李門、華嘉、樓棲、黃寧嬰、蘆荻、黃河流、陳殘雲、春草、梁楓、文華、阿茂諸位先生的名字是不能忘記的。

再次，說到理論方面。由於前年十月間，關於方言文學的問題，曾經引起一度論戰，所以這方面的文章算起來並不少。好像郭沫若、茅盾、邵荃麟、馮乃超、周鋼鳴、黃繩、孺子牛諸先生都曾發表過意見。初期的談論，大都着重在一些比較基本的問題，好像方言文學和大眾的關係，作品中方言應用的分量，方言文學實質和形式、方言文學與國語文學的關係、方言文學的讀者範圍，方言土語的寫錄方法等。近來，這種基本的或一般性的論文已經比較少見，發表的大都是關係於創作實踐或結算過去活動情形的文字。（例如司馬文森先生的「談方言小說」、杜埃先生的「方言文藝的實踐」、華嘉先生的「關於方言和文藝的創作實踐」及黃繩先生的「方言文學運動幾個論點的回顧」等。）

其次，我們說到出版方面。最初的作品，大都刊載在各種定期刊物上。後來廣東方言文藝研究組出有「組刊」，所屬潮州話小組也有「組刊」的印行。近來方言文學研究會，編印了一個十萬字的「方言文學」叢刊——兼載理論和創作的文章），又在「大公報」上出一個「方言文學」的雙週刊。在「華商報」的茶亭上也出過了一期「方言文學專號」。此外，單行本的出版物，戲劇有歐文先生的「今時唔同往日」（廣州話），小說有薛汕先生的「和尚舍」（潮州話：局部用方言），詩歌集有王峕編輯的「老爺歌」。還有些長篇叙事詩（金帆、樓棲諸位先生的）和論文集等，正在打算刊印中。

最後，我們要說到這個運動的一些副收穫，（同時也正是很重要的收穫），那就是關於民間語言和民間文藝的。好像文華先生對於廣州話系俗語的廣博搜集，符公望先生對於龍舟、南音的探究，梁楓先生對於華南講說文學的考察，都是很值得我們注意和欽佩的工作。

從這個簡畧的叙述裏我們大約可以曉得今天華南方言文學運動，是怎樣一種面貌和姿態了。

方言文學運動的幾點意義

這個運動，今天還在向前推進中，（嚴格地說，也許它正走了最初兩三步），一下子要來確定它的意義，也許還嫌早些。而且要說得比較完滿也有點困難。不過，指出它的一些重要的意義，在今天，不但是必要的，也是可能的。

文學開始真正地大眾化了 新文學運動開始的時候，就嚷着「平民化」。大革命以後，進步的理論家進一步主張「文藝大眾化」。這種意見，到了抗戰時期，由於客觀形勢的要求，自然更加被注意了，而且創作上也多少有些成績。不過，在一九四二年以前，我們可以說所謂「文學大眾化」，大體上還是和大多數作家的創作實踐很少關係的正確目標而已。這點，恐怕在早已經解放的地區，大半也還是沒有例外的。（我們試看周揚先生「藝術教育的改造問題」等論文，就多少可以推見一些。）自從那回劃時期的文藝座談會開過之後，西北文學、藝術工作者，有了新的認識和方針，他們才在實踐上和理論上大大跨一步。我們現在大家知道和稱贊的趙樹理、李季，柯藍幾位先生的作品，就是這個新階段裏的優異成就。到了這時候，「文學大眾化」這個名詞，才眞正成為有骨有肉的東西。這自然是中國文化史上應該大書特書的事件，可是，中國革命發展的情況並不是很平衡的解放區和非解放區之間，政治、經濟、和藝術等的差別相當巨大，就是各解放區之間，也未見得彼此完全一致。過去新文學的語言是建立在所謂「國語」上面的。而華南（像廣東、福建等省）一般勞動大眾的語言，却跟這種國語相差非常地遠。（茅盾先生曾經把它比做像英國話和法國話的關係。）這在大眾化的問題上又添了一層障礙。在國語流行的區域，大眾化作品的語言，只要更加接近民眾的口語就可以了。但在我們華南，却沒有這樣簡單。如果我們沿用國語創作，不管怎樣貼近口語，從大多數的民眾看來，總是陌生的語言，好像我們在熱鬧的馬路上所碰到的異鄉人面孔一樣。這怎能夠叫他們瞭解和感覺興味呢？又怎能夠有效地教育他們呢？自然一個作品要做到眞正大眾化，並不光是語言的問題，它的內容、結構和體裁等都很有關係。但語言到底是當中一個重要問題。一部在內容和體裁等本來應該很容易引起興味的某種語文的作品，它對於完全不懂得這種語文的人能夠喚起什麼反應呢？今天進步的作家，決心為人民大眾而執筆，他們的作品要能夠眞正地「大眾化」，在思想，感情上、在題材、結構上，固然都得跟以前作者有不同的地方，可是，在表現上，勇敢地採取一定人民熟悉的語言和體裁，這不能夠不說是一個重要的條件。在文學史上曾經有過一些為大眾創作而作品不能為廣大民眾所接受的偉大作家。他們的作品是「為大眾的」，却還不是「大眾化的」。這種情形是悲劇的，現在它已經不必再重覆了。今天的作家，首先應該使自己的作品盡量大眾化。而在非國語的地區，用方言創作，正是使作品能夠眞正達到大眾化的一道橋樑。華南今天的方言文學，就是一個強有力的例證。這是特別值得我們指出來的。

文學跟民族的民主文化傳統接聯起來了　中國新文學運動的產生，主要固然由於社會的內在要求，可是同時也相當地受了世界資本主義國家文化的觸發。在運動初起的時候，那些在外國受過教育的主將們。就是拿了世界近代文學的武器去攻擊那些腐朽的士大夫傳統的文學堡壘的。所以當時許多守舊的學者曾經罵他們是「離經叛道」，「用夷變夏」。到了後來，這方面的情形，更變本加厲。作家們或用外國音尺和詩體（十四行等）寫作，或用意象派，頹廢派的技法寫作，或用西洋小說和戲劇的結構、形式寫作，理論家們也從理論上去提倡它，贊揚它。這種情形，雖然早已經受着正確理論的批評，可是一直到抗戰初期，在正統的文壇裏大體還是保持着原狀。等到廢止洋八股，「而代之以新鮮活潑的，為中國老百姓所喜聞樂見的中國作風與中國氣派」的名論發表以後，民族形式成了文藝界討論的中心，接着又來了文藝座談會的談話，確定往後文藝的對象，內容和表現方法等，文藝界的歪風才漸漸改變過來。在解放區新產生的文學、藝術，不但思想、題材和語言等是道地中國的民族的，就是體裁，風格等，也掃除了那種生硬的洋風。一句話，我們的新文學是生根在民族的土壤上了，是更加和固有的人民的生活、文化傳統接聯起來了。這絕不是向「過去」投降。這是使我們的新文學，新藝術，能夠眞正成為民族文化的有機成分，成為歷史的合法繼承和發展的一個樞紐。因為這種文學藝術所聯結的，主要是勞動人民的文化傳統、文學傳統。而這種傳統和那些士大夫的病態的，貧乏的東西是並不一樣的。它正是伊里奇所說過的，一個民族裏面。那些勞動和被剝削的大眾，在他們那種生活條件下，必然滋生出來的民主主義和社會主義的意識形態。它雖然是沒有發展成熟的，但大致是民族的比較健康的文化成份。它是新的大眾文化，文學和藝術發展的基礎。我們過去的新文學，由於一定社會意識的限制，不能夠跟這種文化貼近，因此，它大半不可避免地要陷於枯窘的、奇詭的或頹唐的狀態。今天新民主主義的文學，一般地是跟過去情形不同的。它要建立在大眾固有的比較民主的文化基礎上面。

華南的方言文學的創作和研究，也正在這個原則下進行着。作者們聰明地從當地大眾「由幾百年幾千年的生活經驗和歷史發展」而造成的智慧、語言和文學形式等去吸取養料，去創造自己的作品。它依靠大眾所創造的文化財產，因此，也就有資格繼承並發展他們這種文化財產。這個意義也不是可以輕忽的。

文學作者的範圍擴大了　我們知道在原始的社會裏，文學、藝術的創作，是氏族中的成員個個都有分的。他們中間也許有比較出色的「作者」，可是這些作者並沒有壟斷唱和說的事業。別的人只要他們有興趣，有一點訓練（自然的訓練），就可以大胆地自由地去唱和說。自從階級分化以後，文化逐漸落到少數人手裏，一般的大眾就被擯出貴族式的文學、藝術範圍之外。這種文學、藝術的創造工作是專屬於那些跟統治者有親切關係的文人雅士的。自然，大眾還是有他們自己的戲劇、故事和詩歌。而且事實上往往還要比那些名家們的作品好得多。但它是得不到名家們和「在朝」批評家們的承認的。中國自從秦漢以來，情形就一直是這樣。新文學運動，雖然解放了一部分的束縛，但作者到底限於有產階級的知識分子，讀者也不能夠擴展到社會底層的民眾，近年來，在解放了的地區，情形已經起了變化。新文學作者和讀者的範圍都大大擴展了。華南的方言文學運動的一個重大意義，就是新文學的作者已經由專門的作家或青年學生們，推廣到普通的排字工人，商店學徒等。他們不但參加創作，甚且對於用方言創作的問題也出來表示意見。「文學創作」，不再只是少數文人，知識分子的特權。它回復到一般人民的手裏了。人民不單是唱山歌，說故事的無名俗子，他們也成為參與高貴的創作事業的作者了。這個革命的意義是劃時期的。

方言文學運動的意義是多方面的。而每一方面中也包含着相當豐富的義蘊。這裏自然述說得很偏頗和簡單。可是，單看了這些，華南今天這個運動的存在和發展前途，不就很值得大家的關心和給與贊助了嗎？

——一九四九、四、廿三、完稿。

選自中華全國文藝協會香港分會主編及出版《文藝卅年》，一九四九年五月四日

「馬華文藝」試論／夏衍

今年一月下旬，當在星洲的朋友把幾篇有關馬華文藝論爭的文章剪寄給我的時候，當時「文生」的編者先生就曾慫恿我寫一點關于這問題的意見，後來一則被雜事牽絆，二則覺得這問題最好是由當地的文藝工作者來研探解決，不必由我們局外人來做文章，所以就擱下了。過了二月，從朋友們的來信中知道有關這問題的文章發表得很多，但是問題還沒有得到適當的解決，而文章的調子，却還和我們過去也曾常常犯過一般的漸漸的從中心滑脱到枝節，而且不自覺地都帶有一點意氣的成份了。對于這樣一個相當錯綜的問題，要我們這些對馬來亞問題祇有一知半解的人來發表意見，實在是不適當的，但現在「文生學習小組」的朋友們既然一再的把這些問題提出來要求國內的文藝工作者作一個答覆，而「文生」的編者又把這一個要求交給我來代他回答，那就無法避免這一份僭越，簡單地說一下我個人的意見了。

首先，提起這問題的注意而展開到論爭的，是發表在「戰友報」上的馬華先生的「馬來亞華僑與政制鬥爭」，周容先生的「談馬華文藝」，和發表在「風下」的沙平先生的「朋友，你鑽進牛角尖裏去了」這三篇文章。因此我覺得為了避開繁枝密葉而便於接觸到問題的中心，應該先把馬來亞中國人「對祖國的關係」和「對當地的關係」這兩者的相互關係得到一個明確的結論。這還看來似乎完全是一個政治問題，是一個馬來亞的中國人今天應該以什麼為當前的鬥爭目標，工作任務的問題，但這也就是實在馬來亞的中國人應該在政治上關心些什麼和在文藝上寫作些什麼的問題。我看了論及「馬華文藝」的許多論文之後，覺得參加這一討論的朋友們似乎都把這中心問題看得太機械，太偏於一方面了。毫無疑問，當前馬來亞的民族問題，政治問題，文化問題，是戰後世界中最複雜而又最難於簡單解決的問題之一，而這複雜的實情，據我的淺見，也許可以說是「史無前例」。馬來亞今天還沒有掙脱英國殖民地的地位，而在這塊土地上的中馬印三大民族，又各有其血族相關，心嚮往之的正在為着各該民族的自由解放而苦鬥中的「宗邦」，於是，在民族關係上，中國人要關心中國自由解放鬥爭，印度人要關心印度的獨立解放鬥爭，甚至相當部分的馬來人也都關心着印度尼西亞的獨立自主，這都是很合理而自然的，可是在政治關係上，在對殖民地宗主國的鬥爭中，由於切身利害相關的原故，這三大民族就應該站在一條戰綫上了。當然這也還是極其粗枝大葉的説法，接觸到實際問題，由于外來民族的中國人佔着全馬來亞人口半數這一事實，由于經過長期間的異族統治而使當地土生民族在經濟上文化上處于劣勢地位這一事實，更由于佔人口半數的中國人因為經濟條件的不同而又有了明顯的階段分化這一事實，即使要組成這樣一條政治上爭人民憲法的民族統一戰綫，也還得經過長期的苦鬥和曲折迂迴。現在，我們且拋棄印度和馬來亞民族的問題不談，單就在馬來亞的兩百多萬的中國人的立場和任務來説，不管他們願不願意放棄中國國籍和願不願意「終老斯邦」，在今天的情形之下，單單為了他們自身任務，而事實上也決不可能依據自發的或外在的主觀要求，而完全擺脱一重任務於不顧的。一方面他們是中國人，不管他是不是已經放棄了中國國籍和是不是已經取得了當他的公民資格，因為他們或他們的祖先來自中國，他們在民族上文化乃至在經濟上和祖國的命運有着不可分割的關聯，所以他們必然的要把中國爭民主爭解放的鬥爭當作自己的任務和工作；但是另一方面，因為他們今天是生活在馬來亞的中國人，不管他們自己願意做一個僑民或者公民，因為他們生息于此，呼吸于此，舉凡馬來亞的政制，憲法，經濟變革等等都和他們的實際生活息息相關，所以為了要使自己今天的和明天的生活過得更自由更美好，他們也必然的應該將爭取馬來亞的民主憲法而終極地建立起一個獨立自由的馬來亞國家當作自己的任務和工作。這兒沒有選擇，不能偏廢，祇要他是一個今天生活在馬來亞的中國人，那麼「馬華」這兩個字就規定了這種雙重任務的性質。說我只是一個暫時僑居的華僑而不管馬來亞的事情，這是一個偏向，說我已經是馬來亞主人的一份子而不管中國的事情，也同樣的是一種偏向。事實上，你主觀的想要自己不管，或者要人家不管，也都是走不通、做不到的。

那麼，在馬來亞的中國人就祇能人人一樣地，無分輕重地以這兩重任務作為每一個人的鬥爭目標了麼？這問題也就不能這樣的機械。大家知道，在馬來亞的「華人社會」，它的構成也是很複雜的，有的已經是「世居於此」，將馬來亞當作自己終老和子孫衍遞的鄉邦，對于作為祖國的中國，除出民族感情和文化影響之外已經並沒有實生活上的關係；有的雖則已經將馬來亞作為定住之處，即使中國自由解放和平幸福了之後也不至于舉家內遷，但是他始終不願意放棄中國國籍，在祖國和他的故鄉也還保有着政治上的關心，經濟上的連繫，或者戚誼間的來往；有的為着不滿祖國現狀，受了政治上經濟上的壓迫而暫時避地南來，「身居海嵎，心切中原」，所以祇要國內情形一旦好轉，就立刻會「不待旦而行」；所以對于這為中國和為馬來亞雙重任務的孰輕孰重，孰先孰後的問題，就應該依據各人的實際情況而定。自己的政治方向，經濟關係，社會條件……已經決定為馬來亞的獨立解放而獻身，那麼無疑的他就應該以「為馬來亞而鬥爭」為主要任務了，但是，在此值得注意的是：不單是因為他還是一個來自中國的人，而且是因為在遠東和東南亞十萬萬人民的解放鬥爭中，中國人民革命居於主導的地位，中國人民解放鬥爭的勝利對于全東南亞十萬萬人民的解放鬥爭有着巨大的實質影響和不可分的關聯，所以不僅馬來亞的中國人應該關心支援中國的人民解放鬥爭，就是馬來亞的印度人民，越南人民，馬來人民，也應該關心支援中國的人民解放鬥爭。反過來說，假如自己的政治方向，經濟關係社會條件……規定了他不能以馬來亞為永住之地，他的一切條件決定了他為祖國的民主和自由而鬥爭，那麼同樣的他可以「為中國而鬥爭」作為他主要的任務和目標，但是如前所說，因為他今天還生活在馬來亞這個地方，馬來亞人民鬥爭的一進一退都和他今天的實際政治經濟文化生活切切相關，所以他同樣地也決不能說「華僑不必過問當地的問題」。本來全世界人民的民主和平事業，永遠是不可分的，且不說馬來亞民族和中國民族有着歷史上民族上文化上的悠久關係了，即使粗看之下，似乎中國人民的解放鬥爭絕不相關的東西歐各國人民的民主鬥爭，實際上在反對美帝國主義者奴役全世界人民獨霸世界這巨大的鬥爭中，也有着休戚相關，榮辱與共的關係。每一個在馬來亞的中國人對于這「為馬來亞的」和「為中國的」雙重任務可以根據各自不同的情況而有輕重之分，但決不能根據主觀的願望而有所偏廢，這應該是一個討論到馬華文藝之前最初必須澄清的問題。

現在，假如在這個問題上大家可以得到一個共同的認識，那麼論到馬華文藝工作者的任務和馬華文藝的內容性質的時候，就可以比較容易的得到結論了。説馬華文藝乃至文化工作是馬華人民解放鬥爭裏面的一個環節，那麼馬華文藝工作者肩上同樣的也有「為中國的」和「為馬來亞的」這雙重任務，而每個人對於這任務輕重先後，也不能機械的偏廢選擇，而應該由每一個工作者的社會關係，生活條件和個人志趣來決定了。

至於説馬華文藝是不是有所謂獨特性問題呢？毫無問題是應該有它的獨特性的。它的獨特性是什麼？據我們的理解，這應該就是指前面説到過的馬來亞人民解放鬥爭這個錯綜複雜到史無前例的典型特徵。民族構成上外來民族的中國民族佔着半數以上的人口，政治上馬來亞還沒有掙脱殖民地的桔梏，經濟上土生民族的經濟基礎非常薄弱，絕大部分的經濟生活操縱在殖民地宗主國和一部分華僑頭家的手中，而文化上不僅三大民族之間各有其傳統的根源而又發展得很不均衡，而一般的説也還是相當的落後，這都是今日馬來亞的現實。現在，馬華文藝是今日在馬來亞中國人的文藝，它既然以這樣的政治社會條件為其下層建築，那麼從這土壤中產生出來的文藝成果，必然的也有自有其不同的獨特性了，但是話説回來，馬華文藝單單衹要強調這些獨特性而就不必注意到世界進步文藝乃至共有文化的一般性的原則了麼？那麼回答應該是：不僅應該及時注意，而且應該盡量接受各先進國家特別是中國進步文藝的經驗教訓，而腳踏實地的迎頭趕上。這些一般性的原則是什麼？如文藝應該為人民服務的原則，如文藝應該與政治結合的原則，如文藝應該從普及的基礎上提高的原則，如文藝應該掙脱公式教條的八股歪風，而老實樸質地表現人民生活的原則……等等。在此，為了獨特性，我們要從此時此地的馬來亞人民生活特別是馬來亞華人社會中去發現典型的生活特徵，典型的人物性格，但同時為了一般性，我們也要放胆地歡迎外來各弱小民族的文藝作品，當然特別是從表現中國人民反封建反帝鬥爭的文藝理論和作品中，我們可以得到更多血肉相關的經驗與教訓。郭沫若先生在「申述馬華化問題的意見」中說：

「不能把前一半（按指表現馬來亞此時此地的）切取為馬華文藝，而把後一半（按指表現中國人民鬥爭的）割棄為僑民文藝，這看法是不正確的。要把兩半合攏才能成為健康的馬來亞文藝，事實上兩半都是現實，不能認為前一半是現實，後一半就不是現實……」

這完全是正確的意見，而事實上，就馬華文藝發展的現階來看，假如有這麼一羣誠實的外來作家能夠總結一下中國五四以來三十年間所謂「新文藝」運動的經驗教訓，本着毛澤東同志「文藝問題的講話」的精神，全心全意從事于為人民服務的文藝工作，那麼不論他描寫的題材是「殖民地反動政策統治下的馬來亞人民的痛苦生活」，或者是「南京的選舉醜劇」和「東北人民大翻身」，對于馬華文藝的創造和發展，都有其同樣重要的貢獻，而反過來說，不管當地的作家也好，外來的作家也好，假如不能清除掉小資產階級的有意無意企圖跨在人民頸上的自高自大，不能誠心誠意地做為人民服務的，那麼不管他寫眼前的當地也好，寫天外的祖國也好，儘管把調子提得很高，話講得漂亮，其結果也祇會自欺欺人，害人害己，而對于整個馬來亞人民解放的事業，對于馬華文藝的推進和發展，都不可能有絲毫實際的貢獻的。

我對于馬來亞實際情形知道得不多，上面所說的也許會有不切實際的地方，但作為一個關切馬華文藝之壯健發展的朋友提供一點粗淺的私見來求正于從事於實際工作的朋友，我的態度是虔誠而帶着熱望的。

選自一九四八年三月香港《文藝生活》總第三十八期

申述「馬華化」問題的意見／郭沫若

在「文藝生活」海外版第一期上，因為司馬文森兄向我提出了「關於馬華化的問題」，我便囘答了一點意見。那時我早隱隱感覺着是有點僭妄的；因為對於馬來亞方面的情形完全不知道，並且處在香港討論天外的問題，是有點不切實際。文章發表了之後，夏衍兄才把這個問題的全貌詳細地告訴了我，並把民生報上的周容先生的兩篇文章，「談馬華文藝」和「也論僑民文學」；風下雜誌上的沙平先生的兩篇文章，「朋友，你鑽進牛角尖裏去了！」和「牛角尖圖解」；以及星華文藝協會編的「馬華文藝的獨特性座談會」記錄等等，都給我看了，我算把問題弄得更明白了些，我便愈加感覺着，前文執筆時未免過於輕率。特別是夏衍兄告訴我一個事實：「去夏南僑日報民意測驗，華僑中有百分之九十以上不願放棄中國國籍」，這更使我相當惶恐了。因此我在這兒要坦白地承認前文所「提供的我一個人的意見」實實在在有「不充分的地方」，有「加以補充」的必要。關於問題的詳細的解析，我想讓比我知道得更清楚的朋友們來處理。我在這兒只把我讀過各項文件之後的一點感想寫出來。

首先我認為有熱烈的爭論是好的；尤其雙方都採取諍友的態度，不多存不必要的「客氣」。這樣把問題展開了出來，而且已經接近了解決的階段，這是很好的。「馬華文藝」的建設是應該的，馬來亞的文藝工作者不能和馬來亞的「此時此地的現實」脫離是應該的。我看沙平先生也並沒有反對這個主張。但說到「手執報紙而眼望天外，決不是一個現實主義作家的態度，僑民文學的傾向（或則說中國文藝「海外版」的傾向）必須及時加以矯正，（周容先生語），那實在是表露了一點偏向。國語問題的麻煩姑且避開不談，在我認為：馬華的文藝創作，對於「馬來亞數十萬工人一致行動反對殖民地政策的進攻」固應多「表現」，而對「南京的選舉醜劇」也應該「喳喳吱吱」，對於「殖民地反動政策統治下的馬來亞人民的痛苦生活」固應該「表現」，而對「台灣貪污」也不妨「聲嘶力竭」；對於「馬來亞具有全馬性和全民性的十月總罷業」固應該「表現」，而對「東北人民大翻身」也合當「讚嘆萬千」。不能把前一半切取為「馬華文藝」，而把後一半割棄為「僑民文藝」。這種看法是不正確的，要把兩半合攏才能成為健康的馬來亞文藝，事實上兩半都是現實，不能認為前一半是現實，後一半就不是現實，這種錯誤在中國也曾犯過。前幾年有好些人把「現實」兩個字解釋為「現前的事實」還是極初步的錯誤，這只是舊現實主義的了解。我們不要忘記，新現實主義是含有革命的羅曼主義在裏面的；更不要忘記，新現實主義的現實包含有未來的第三種現實——歷史發展的必然，未來的透視。假如我們死死地拘泥在「此時此地」四個字的字面上，那只好說每天每天除報紙記載之外便無須乎再要文藝了。新現實主義不拒絕歷史的著作，（北方文叢裏面也有「三打祝家莊」和「逼上梁山」），新現實主義不拒絕天外的題材，新現實主義也不拒絕未來的題材，只要驅使這些題材來是為「此時此地」的人民利益服務，那便是新現實主義的「現實」。把「現實」局限在「此時此地」的題材上去了解，在我看來實在是走了偏向，因而也就把問題弄的愈加紛亂了，何況，人民利益是不可分，革命利益也是不可分的。更何況馬來亞的人民和中國人民，馬來亞的革命和中國革命，勉強地、機械地、分割起來，那實在是大成問題。我現在要以贊成馬華化的一個朋友的資格來向馬來亞的文藝工作者表示敬意和評意：矯枉稍微過正一下是可以的，不要太過。太過正了，超過了回復到正位來的彈性的限度，整個的工作也要失敗的。結果不消說是適得其反。那就還所謂矯牛角，把牛都矯死了的趣談了。再者，列寗告訴我們：「處理問題要尊重大家的意志，不要以命令行之」。(見他關於集體農場的指示) 我覺得似乎很值得我們學習。

當然，我對於馬來亞的情形全不熟悉，我這一次說的話，保不定依然有不充分和不正確的地方的，但我完全是出於誠意，希望讀者不客氣的指責和批評。我敬祝馬華文藝的輝煌的發展和高度的成就。

選自一九四八年三月香港《文藝生活》總第三十八期

第四輯

關於詩歌創作的討論

開拓新詩歌的路／郭沫若

中國的新詩歌，自文學革命以來已經有三十年的歷史了。一般人的見解。認為詩歌最無成績。從前有好些寫新詩的人近來不大寫了，也很受人指責。特別是不寫新詩，而偏偏愛時而寫寫舊詩，似乎回到革命以前去了。我自己就是這類似走回頭路的一種人，今天要來談詩歌的開拓，或許是最不適當的吧。

我依然是尊重新詩歌的，我之所以不大寫，正是因為尊重它的原故，不敢亂寫。新詩和小說戲劇散文等比較起來，要說最無成績，或許有些朋友會不同意，在我自己，我是平心靜氣地可以承認的。但有好些人認為新詩沒有建立出一種形式來，便是最無成績的張本，我却不便同意。我要說一句詭辭：詩沒有建立出一種形式來，倒正是新詩的一個很大的成就。新詩本來是詩的解放，它是從打破舊形式出發的。目的在打破既成的四言五言七言或以四言五言七言為基調的長短句的那些定型，而使詩的感興自由流露。因此，不定型正是詩歌的一種新型，我們如果眞正站在詩歌解放的立場，是不能反因此而責備它的。因而有些從事詩歌活動的人，想把外國詩的形式借些來使詩歌定型化，也正是南轅而北轍的走法。不寫五律七律而寫外國商籟，是脫掉中國枷鎖而戴外國枷鎖而已。新詩歌之所以最無成績，認眞說，這要求定型化的內外交迫，倒要負主要的責任。這樣的要求不是在盡力追求解放，而是在盡力追求枷鎖。豆腐乾化的運動曾經流行過很久，便是這一枷鎖追求的最具體的表現了。拼命學外國人，但沒有學到外國詩歌的解放，而是學到解放以前。這雖然只是形式問題，在實際是和內容的精神分不開來的。大家依然是封建社會的或久或暫的囚徒，是囚徒，故在追求枷鎖。本是寫新詩的人，時而要寫寫舊詩，也就是下意識界的囚徒心理一時失掉控制的表露。

今天依然是過渡時代，但是，是過渡到人民世紀的時代。寫舊式的詩辭是不足為訓的，但只要它不包含反人民的毒素，而却包含着人民意識，倒可以容恕它。寫外國形式的方塊詩也是不足為訓的，但只要它不包含反人民的毒素，而却包含着人民意識，倒也可以容恕它。今天的詩歌必然要以人民為本位，用人民的語言，寫人民的意識，人民的情感，人民的要求，人民的行動。更具體的說，便要適應當前的局勢，人民翻身，土地革命，反美帝，挖蔣根，而促其實現。這正是今天人民最廹切的要求，而這要求已表現而為波瀾壯濶的行動了。詩歌必須以歌頌這些行動而詛咒反人民者的一切為自己的任務。

在這兒可以有兩種開拓詩歌的方法。一種是啟發人民的文藝活動，讓人民自己寫。由今天的工農兵自己寫出來的詩，那才是詩歌礦坑裏的眞正的金礦銀礦。人民自己不能寫字也不要緊，要能寫字的讀書人去代寫。古時候我們中國有過採詩的官，那樣的官倒是值得讀書人自己來搶做的。蘇聯有過一位出色的歌人姜布爾，他就不能寫字，而他的詩歌也就是靠別人紀錄出來的。採集民歌民謠的工作，自五四以來早就有人提倡，而且有人在做，但我認為今天應有一個合理的限制，便是要採集新的民歌民謠。再則要發現民間詩人或歌者，盡量地讓他們歌詠。

其次當然也就是近幾年來的一個普遍號召：向人民學習。這主要是對讀書人在說。讀書人的所謂士，在從前是居於四民之首的，他作為民的時候，傲居於農工商之上，一日脫了民籍而為官，那就要作威作福，管起老百姓來了。所謂「萬般皆下品，唯有讀書高」，這種封建意識，在今天實在還有很多的讀書人未能免掉。就是今天最前進的智識份子吧。儘管天天喊「向人民學習」，但在生活實踐上實際做到了的並沒有幾個。我自己也就是這樣的一個言行未能一致的人。認眞地要獲得人民至上的意識。實實在在每天每天都要做着嚴烈的自我革命才行。現今是「工農兵學商」的時代，「學」已經降到第四位了，論道理還該降到第五位。「萬般皆上品，唯有讀書低。」專門讀死書、死讀書、讀書死的人固然是人品中的低能者，假如是讀活書、活讀書、讀書活的人，他在生活意識和態度上是決不會妄自尊大的。向人民學習的目的是要幹練地替人民服務，做人民的勤務員，那不是很低的嗎？但這是從自意識上來說的話，假如從人民方面來說，只要你是眞實的勤務員，人民是決不會看低你的。人民是最忠厚，最謙虛，最公正的；有這樣一位最忠實，最幹練的人民服務員，人民會擁戴你為最崇高的人民領袖。要經過人民封贈的稱號才是貨眞價實的。「詩人」，也必須經過人民的封贈。做詩的人不要妄自稱為「詩人」，不是存心努力去做詩。而是存心努力去做人，這倒不失為另一條開拓新詩歌的大道。

一月三十一日

選自一九四八年香港《中國詩壇》第一期

戰鬥詩歌的方向／馮乃超

一

「詩是貴族的」。這是有一個時候寫白話詩的詩人，根據詩歌創作的狹隘經驗，得出來的結論。但這種見解只是一種歷史的錯覺。因為，當時的詩人太過熱中於「吐出心裏的東西」，「做我自己的詩」。從來，担當得起天才稱號的詩人，經得起歲月侵蝕的作品，都是向勞苦人民的世界，摘取創作的主題，汲取語言的源泉的。不能理解廣大勞動人民的藝術才能的被犧牲和被壓抑，忽視他們萌芽狀態的作品對於少數天才的文學作品所起的影響，這是詩歌被認為是「貴族的」的原因。

但是，這末說，並不是否定了詩歌裏面事實上存在着的貴族傳統，這是否定不了的。大致上這是怎麼樣的東西呢？這就是發誓不願自己的詩給太多的人懂得的「孤芳自賞」的傾向，是個人沉思回憶的傾向，是脱離勞動失去行動性的傾向，是向政治鬧詩歌王國獨立的傾向，總而言之是脱離羣眾的傾向，也可以稱之為「藝術至上主義」的傾向。屬於這些流派的舊詩新詩，一脉相傳地統治着詩歌的世界，劃出一個小天小地的詩壇，與人民相隔絕，把原來來自人民為人民服務的「杭喲杭喲派」的詩歌，打進十八層地獄。但是，「杭喲杭喲派」的詩歌，從來就沒有因此斷了根，絕了種，人民的智慧營養着它，使它倔強地活下來。現在，這個傳統變成了地層中滾沸的溶巖，衝破了壓抑着它的巖層，流向廣闊的原野，毀滅着狹窄的詩壇，驅逐寂寞無聊和苦悶的氣氛，它抓住了一切有用的新的和舊的詩歌，從人民的立場加以改造。

二

讓我們來檢查一下幾種新的戰鬥武器吧。

詩歌和革命戰爭、生產、參軍、土地改革、羣眾鬥爭緊密地結合起來，錘鍊着各種新的舊的形式。這裏有牆頭詩（街頭詩）、槍桿詩、朗誦詩、快板、小調、歌謠。田間的街頭詩（「給戰鬥者」中載有街頭詩十四首），和蘇北解放區的牆頭詩（見錢毅編的「大眾詩歌」），以短小精悍的形式，簡潔強力的字句，爽朗上口的音節，集中表現突出的思想，熱烈的感情，是宣傳鼓動最犀利的武器。田間的街頭詩如「鞋子」和「多一些」，是常常受人稱道的，本期轉載的幾首參軍牆頭詩也是很好的作品，介紹出來請讀者批評。在鹽阜區，詩人林山曾經提倡過牆頭詩，組織了個牆頭詩畫社，還出了一冊牆頭詩畫集。槍桿詩的形式上是和牆頭詩一樣的，只有寫上牆頭和寫在武器上的分別而已。在革命部隊中的槍桿詩運動是值得介紹的，這裏極度發揮了「詩教」的精神，成為軍隊政治教育工作中的新式武器。這種做法起先是倣傚蘇軍進攻柏林的時候，炮彈坦克上面都寫着「打到柏林去」的做法，根據各種槍炮技術上的優點和缺點以至對它們的要求，寫成短的詩歌貼在槍炮上。比如某砲手的平射炮上貼着：「平射炮，刮刮叫：南洋地（地名，在葉挺城附近）。打得好，團裏旅裏都知道，這次不能打白掉（丟臉的意思）」。這種詩歌出現後，大受戰士的歡迎，大家都紛紛把自己的立功計劃也寫成詩歌，貼在各人的武器上，並且叫它做「槍桿詩」。這種詩歌，根據已有的經驗，據説有三大好處：（一）人人可以寫，不寫的代寫，隨時隨地可以唸，吸收廣大指戰員參加，打破了過去宣傳鼓動工作只限於少數幹部和積極份子的狹小圈子，而且宣傳鼓動口號是根據各人的要求，用各人自己的語言寫成，因此，非常具體有効：（二）把立功計劃詩歌化，戰士們容易記得住，而且非常靈活，隨時按照新任務寫新詩歌，因而有力地推動了各項工作；（三）提高了戰士的文化水平，戰士編好了自己的「槍桿詩」，就很有興趣的去唸它，看它，寫它，這樣把許多生字都記熟了。還有一種從城市羣眾集會行動產生出來的朗誦詩。抗戰初期人民情緒激動，又有了集會的可能，當時有迫切地需要宣傳教育的要求，使一些詩人起來嘗試詩歌的朗誦和朗誦的詩歌的寫作。「朗誦詩是羣眾的詩，是集體的詩。寫作者雖然是個人，可是他的出發點是羣眾，他只是羣眾的代言人。他的作品得在羣眾中朗誦出來，得在羣眾的緊張的集中的氣氛裏長成。……朗誦詩要能夠表達出大家的憎恨，喜愛，需要，和願望；它表達這些感情，不是在平靜的回憶之中，而是在緊張的集中的現場，它給羣眾打氣，強調那現場」（朱自清：「論朗誦詩」）。這是城市革命知識份子的詩，羣眾鬥爭的產物，新詩向前發展的形式，它將跟着城市革命羣眾鬥爭的匯合而充實起來，洗刷它內容的抽象性。上海工人示威行列中，發現了歌謠的標語（如「大票滿天飛，工人餓肚皮……」），學生鬥爭是最能充分利用詩歌來組織感情和行動的，他們常常在戰鬥最尖銳的現場，集體地創作詩歌，比如「狗仔小調」就是在被特務包圍之中寫作出來的。革命詩人瑪耶可夫斯基工作的兩個基本原則，是「參加到革命裏面而去，並且運用革命的方式」，我們今天的戰鬥的詩人，也正在實踐着這兩個工作原則。

三

詩歌在戰場上響亮的唱開了，神聖的抗日戰爭中湧現不少的戰歌，今天的人民戰爭中也湧現更多的戰歌，參軍的新詩和歌謠，這些詩歌都表現着人民的英雄氣概。歌聲迴響在田野裏，勞動生產原有的歌唱習慣，因羣眾思想感情的解放，歌聲更為宏亮了。新華社通訊中常常發現片段的歌詞，在勞動生產中可以聽到「麥子黃呀，八路軍到。分田地呀，吃麵條」，這種羣眾自編自唱的歌謠，響遍山谷和田野。羣眾自然樸素的語言，在眞切地表現自己思想感情的時候，往往成為詩歌。過去太岳軍區的副司令員孫定國這樣說：「聽羣眾工作會報，每一個羣眾鬥爭都有一段詩，羣眾在訴苦、鬥爭、發言的時候，常常就一段一段地唸開了，我聽了一天的會報，就像聽了一天詩歌朗誦」。在艾琴的一篇題自叫做「翻身樂」的膠東通訊中，夾着一些農民嚷出來的，哭訴出來的話，這些話有許多就是農民用自己的語言創作出來的詩。我就挑兩句話，按照新詩的排法，排出來看看吧。

我翻了身，

我怎麼走？
我這樣走啊——
以前在衙門口，
頭也不敢抬。
哈哈！
我翻身啦，
要昂起頭走路了。
（這是一個老人嚷出來的話）

小時候就給地主買來啦，
直到如今
俺不知道俺家在那，
俺爹俺娘是誰？
（這是當了丫頭的張秀美哭訴出來的話）

前一首寫出一個昂起頭的翻身農民的快樂心情，另一首寫出一個農女的無限悽涼的身世。這些都是農民自己說出來的語言。並沒有什麼修飾，却也寫出來了被壓迫被虐待的人們的聲音。

鎮壓着人民思想感情的大石碣被打翻了，反抗的精神從地底衝向雲霄，有冤的敢於訴冤，有苦的敢於訴苦，這是變革舊社會建設新社會的「一切知慧之母」。這種人民的憤怒和憎惡，是植根在人剝削人的社會制度裏面的。農民是最確切地知道地主階級的罪惡的人，翻身詩歌，是可能把中國地主的面目全部刻劃出來的。沒有深刻理解農民對地主的這種階級的感情，想學農民羣眾的語言是學不好的，羣眾的詩歌也是寫不好的。新的形式也吧，舊的形式也吧，新的語彙也吧，舊的方言土語也吧，這些不是基本的問題，問題在於這些東西是不是合乎羣眾當前的需要，是不是能夠反映革命各階層的階級思想和感情。

四

這一二年，文藝被稱為歉收的，但在詩歌領域中，不能不說比較有點兒收穫的。收穫在那兒呢？第一，我以為是在詩歌寫作上的瑪耶可夫斯基的工作原則的實踐上，那就是「參加到革命裏面去，用革命的方式」。詩人不是在幽靜的書房裏寫作，而是在鬥爭的現場當中，不是用一拍三嘆的迂迴調子，也不是用文字的堆砌來抒發個人的革命熱情和願望，而是用為羣眾所能迅速接受的小調，朗誦詩，洋歌調子，還採用簡單的戲劇對白，甚至表演等等的方式來協助或進行實際的鬥爭。這些絕對不是淺薄，也不是胡鬧，而是嚴肅的血肉的鬥爭啊。這末說，我是不是過分的肯定了詩歌的這種寫作方向呢？我想，是應該這樣肯定它的，今天是戰爭與革命的高潮時期啊。詩歌是「不止於表示態度，却更進一步要求行動與工作」（朱自清）。這裏面，有許多新的經驗，詩歌理論工作者是應該注意它的，分析它，抽取它的教訓，根據它來檢查一下自己的理論吧。朱自清先生就是用這種實事求是的態度，來寫他的詩論（如「論朗誦詩」）。

第二，詩理論的工作是比較活躍的。由於「馬凡陀的山歌」的出現，意見之多，批評的熱烈，是「嘗試集」以來所少見的。肯定它的人，甚至於號召「向馬凡陀看齊」，反對它的人，甚至於宣告它是「新詩的魔道」，毀譽之間，有着極大的距離。

馬凡陀是革命的知識份子，他企圖為城市小市民而寫作。生活不盡如想像中那末平穩的時候，小市民是愛發牢騷的，但必需區別有些牢騷是從「庸俗的心靈」出發來反對革命的主義，有些呢，是從生活的不安定出發來反對他們朦朧地認識到的原因。馬凡陀把小市民的糢糊不清的不平不滿，心中的怨望和煩惱，提高到政治覺悟的相當的高度，教他們嘲笑貪官污吏，教他們認識自己的可憐的地位，引導他們去反對反動的獨裁政治。作者的這個企圖，他的山歌給讀者的客觀效果，是不能夠説沒有可取的。城市小資產階級是工人階級的可靠的同盟軍，我們就應該給他們一些有益而為他們所能接受的讀物。「馬凡陀的山歌」就是其中的一種。馬凡陀式的山歌小調自由腔，早就散見在報章裏面，為小市民所愛讀，馬凡陀不過是懂得和敢於拿起這個武器罷了。楊文耕先生是從這道地的山歌民謠形式的觀點來批評馬凡陀山歌的人，他的意見對不對暫且不説，但他指出「……其偉大處是在於有決心和勇氣實行文人們向來自許自欺的諾言（指大眾化的諾言——乃）」，這是很中肯的。同樣，李廣田先生指出「馬凡陀山歌既然為小商人小辦事員們所喜歡，假如它能得到自由流佈的方便，它自然也就發生了某些很好的作用，因為它到底還是表現出了醜惡現實的形形色色，而且又不是別的詩人的詩歌所能辦到的，所以它有了「一種難得的價值」。我想，我們是應該這樣地肯定它的價值的。

對於「馬凡陀的山歌」的過高的讚揚和一筆抹殺，都不是向社會負責的態度。肯定他的這種做法和他的方向，尤其應該指出他的缺點。

我想，他的缺點就在於對小市民生活的理解還不夠深入和他還不夠一心一意的為小市民寫作。就拿大家責難的「洋孤孀哭七七」來說吧。這是政治覺悟相當高的知識份子才會注意到的題材，披上民間形式的外衣的做法。這種做法可以區分為兩種，一種是硬套的做法，另一種是企圖以此來加強詩的效果的做法。「洋孤孀哭七七」是屬於後者，雖然有人認為不新，但知識者認為「詩的効果反而極強烈的」。但很明顯，這種強烈的効果，只是對極少數的革命知識份子才發生的，有這種欣賞力和癖愛的人畢竟不是多數的小市民。這在另方面，反而證明着馬凡陀有時候（並不是常常）在玩弄民間形式，有些人在追求象形文字的「文字學上的凸出」，這些都是為自己而寫作的態度。如果，「詩的魔道」是指這些傾向而言，我想馬凡陀先生也能夠接受的。但如果，以新鮮不新鮮來否定或肯定民間形式的利用與改造的工作，這反而會變成「魔道」的衛道者的。

又有人對於馬凡陀的山歌沒有唱出袁水拍的主觀，表示遺憾的。但袁水拍的主觀的憂鬱性與傍觀性（這些是激情性與熱狂性的孿生兄弟），只是馬凡陀的包袱，為什麼不勸他把它澈底解脱，却勸他繼續把它背着呢？

袁水拍從自然生長的民歌民謠的「政治性」，認識了「那種半明半暗的個人抒情的東西，那種主要是從西洋近代詩歌模擬來的東西」，是要不得的。但袁水拍發展為馬凡陀的思想基礎是很薄弱的。他曾經把「耶蘇的心」和「革命家的心」混淆在一起，他所稱道的「豐富的人情，熱烈的心腸，對於弱小的憐憫，對於強暴的憎恨」，是缺乏一個很明確的革命的人生觀在指揮着的。他對中國舊社會的罪惡是認識得不夠深刻，對於社會現象不能夠深入到它的本質裏去，因此，他多少還留着溫和的革命態度，在作品上反映出來，他那種「對強暴的憎恨」就不夠刻毒。李廣田先生的一篇論「馬凡陀的山歌」的文章裏面，曾經把民間的幾首歌謠來和馬凡陀的山歌做對照。其中一首是這樣的——

背時兒子你莫狂，
汽車洋房坐不常；
敲釘扢錘為能事，
百姓拿你下教場！

老百姓的心事和詩人的心事，雖然是大致相同的，但人民的氣魄畢竟比馬凡陀要堅強得多。

總之，關於「馬凡陀的山歌」的爭論，是詩歌理論工作上值得重視的收穫，主要的地方在於暴露出從形式去追求和從形式上去反對馬凡陀山歌的各種形式主義者的思想內容。

這篇短文只處理了直接服務於戰鬥的一些普及的詩歌的問題，但我絕沒有意思抹殺那些反映人民生活間接服務人民的作品。現在我們已經有了從小調發展出來的唱本「王貴與李香香」，說文雅一點就是叙事詩，這說明詩歌已經從普及基礎上提高了。在另一方面，我們一樣地熱望着能夠有指導普及的提高的作品的產生。不過他的負担是更重了，任務更大了。

選自一九四八年三月香港《文藝的新方向》大眾文藝叢刊第一輯

新現實主義的詩／鄒荻帆

資本主義總崩潰的日子已經到了，無產階級用雷霆萬鈞的力量，動搖着古老的宮殿。在資本主義社會下，作家們被階級的世界所蒙蔽，被統制者所迫害，以致於不能正確了解現實，或了解一點而不深刻。近世詩人如普式庚，列克拉索夫，雨果，惠特曼等，雖然唱出了反抗那時代的聲音，但是他們的世界觀限制了他們，從他們作品裡面不會得到社會主義建設的結論。

新現實主義的創作之成為主流，是從蘇聯十月革命以後，才起了領導作用。無產階級的政權，為新現實主義的文藝展開了一條寬廣的路。

什麼是新現實主義呢？

蘇聯作家協會底規約曾經這樣寫着：「社會主義的現實主義是蘇維埃藝術文學與批評底基本方法，也要求藝術家在那正確的發展中，正確地、歷史地、具體地描寫現實。這場合，藝術描寫底正確性和歷史的具體性，必須與那在社會主義底精神上，從思想方面改造及教育勤勞者的任務聯繫着。社會主義的現實主義對於藝術的創造，保證着創造的首倡者底出現和多樣的形式，風格及樣式底顯著的可能性。」

我們可以再進一步說，新現實主義就是用勞動集團的世界觀，一方面暴露資本主義，封建主義的社會黑幕，並表現在運動發展中的新的集團的思想，感情與生活，無疑的前者只是過渡期的東西，而後者才是主要的。在創作方法上除了綜合一切舊的創作法的優點之外，更不斷注入新的血液。

怎樣纔能正確把握到勞動階級的思想感情，又怎樣的表達，才能為勞動人民所有呢？這就正是毛澤東所說的「必須到羣眾中去，必須長期地無條件地全身心地到工農兵羣眾中去，到火熱的鬥爭中去，到唯一的最廣大最豐富的源泉中去，觀察，體驗，研究，分析一切人，一切階級，一切羣眾，一切生動的生活形式和鬥爭形式。」

「什麼詩人有能力能夠把歷史植根在人裡面，把人裝進歷史，採取典型，抓住特徵，並且通過這點表現世界」呢？只有思想與實踐一致的人，才有這樣的能力。

讓我們看看作為新現實主義的搖籃的，蘇聯的詩歌。

早在十九世紀九十年代，俄國勞動階層就開始唱着實生活裡呼吸的聲音，玻璃工人奈却愛夫就這樣唱着：

工廠裡窒悶得透不過氣來⋯
轟聲痛烈地刺破耳膜，
我疲憊得飄搖不定，
汗液阻閉了呼吸⋯
機管刺痛地燒着手掌，
玻璃軟軟地像水銀一般。

歌唱吧？

胸頭疼痛得發不出聲音。

雖然這聲音是帶有眼淚的蔪喊。還沒有達到創造積極的勞動者的詩歌，但這也決不是舊現實主義者們所能寫出的。

十月革命前後，新現實主義的詩歌，才在革命的怒火中開花。馬耶科夫斯基和布洛克，這是眾所周知的在大革命期間的兩個詩人。馬耶科夫斯基在他自己寫詩經驗中曾經這樣説過：「只對新詩舉幾個例子，或者在羣眾中建立一些關於言語效果的法則，都是不夠的。我們應該來估量怎樣使這效果成為革命運動最偉大的可能協助。」在大革命期中，這些詩人不只是指出了「敵人待機而動地埋伏」（布洛克），而且揭露了敵人的圖形，不只是歌頌了「我們的行進」（馬耶科夫斯基），而且教育人民「配合一切巷戰底法則：為暴動的無產階級奪取電報局，銀行和兵工廠。」

是這樣的馬耶科夫斯基對布爾喬們呼喝着：

狂飲你們底波羅蜜吧！

嚼你們褐色的鷄肉吧！

布爾喬亞，

你們底末日向你們來了！

馬耶科夫斯基最初是沉緬於未來派的詩人，到大革命的年代，詩人參加在革命行列裡，一方面從革命集團受到教育，同時他又用墻頭詩等教育大眾，才看到了無產階級的力的旋律，看到了反叛的大步踏上獸性的街！
驕傲的頭顱底山峰，高舉！
才信任這種力量，可以
在第二洪波的澎湃裡
我們要沖激一切星體的城市。

詩人的詩的社會功利性是極其強的，好多諷刺詩都是針對當時的現象而寫的，如「穿褲子的雲」是諷刺不務實際的人的，「沉醉於會議的人」是諷刺那些成天開會討論而不行動的等等。

這一位「給公眾的嗜好一記耳光」的詩人，一般蘇聯文藝家提到時，是都認為對傳統的舊形式也是一個叛徒的，而詩人對於人民的語言是緊緊掌握着的。在他的寫詩經驗中曾說：「十月革命曾把羣眾底粗魯的演說投在街頭。貧民區俚語曾流動在通衢。知識階級底衰弱的語彙是過去了，完蛋了。」汲取羣眾的語言，特別是「以極大力量騰起」的人民的語言，這是他的作品能夠採取最自由的形式而完成藝術與教育效果統一的主要原因。

當然超於這之上的更是因為詩人表現了羣眾的思想感情，如他自己所稱的：「我底這些詩句是從聖彼德堡底羣眾底心裡採取出來的。」這些對於中國詩歌工作者應該有點啟示的，不從形式出發而從語言出發，不從定義出發而從實踐出發，才能保証詩的多樣的形式，風格等。

另一個詩人布洛克，是和馬耶科夫斯基同時的。足以代表布洛克的詩的是長詩「十二個」，這是一篇革命期間的記錄詩。作者在後記中，這樣寫着：「要否定『十二個』與政治的任何關係，是不可能的。事實在於這篇長詩，是一個最稀有並且又常是短促的時間中寫成的，這時吹來的革命旋風，在自然，生活與藝術所有海洋上，激起了一陣暴風雨……自然，生活和藝術喧騰起來，浪花像彩虹似地升起在它們前面。當寫『十二個』時，我看着這個彩虹；因此在我的長詩裡就留着政治的水滴。」

即使在今天，中國還有詩人沉醉在田園與自然的書寫中，在那些詩中，詩人顯然只憑個人愛好，選取特殊的自然風景加以組合，把自然予以美化，而不看到存在於自然界的地主與貧農的搏鬥，把階級鬥爭性放過，自然界當然是詩人扯起幻想的帆的最好的避風港口。

而在布洛克的「十二個」中，我們才讀到了自然，生活與藝術所組成的彩虹。

黑的夜
白的雪
風，風啊！
不准通過。
風，風啊！
吹遍了上帝保佑的全世界！

這是作者在開始一段所寫的自然界，後來作者寫着：

……十二個不信仰聖名的人。
向着遠方走過去，

他們為了一切都準備好，
他們什麼都沒有惋惜……
他們的鋼槍
向着隱藏的敵人……
就在黑暗的小街上，
那兒正刮着風雪……
就在那鵝毛似的雪堆裡——
靴子陷進去都拖不出來……

從這裏我們看到了，自然界是戰鬥的空間，不是避風港。自然環境與人物強烈地呼應着。「十二個」還有很多優點，我們可以說布洛克帶給了我們一幕城市革命戰爭的縮影。在這裏，革命階層「用子彈射擊神聖的俄羅斯」，「資本家站着正像一頭餓狗」，「舊世界就像一頭無家可歸的狗，夾着尾巴站在資本家的背後」。而且詩人警惕着他的同志們：

——守着革命的步伐吧！
永不睡眠的敵人就在近旁！

大革命過後，是建立新政權的階段，這時的蘇聯是「競開着生物的花朵，機械的花朵，新人類的花朵。」在這期間，生產勞動的詩大量出現，這是勞動者的「幸福之歌」，勞動英雄們昂着頭顱高唱：

我已經長得更高，
我和水平面上的烟突一齊排立着
我不願講故事或演說，我只用鋼鐵聲吼着
「我們要征服」！

拙譯格斯特夫詩（A. GASTEV）

格氏是一個平民詩人，對屬於他們自己底「工廠汽笛」這樣唱着：

在卑微的店鋪我們曾勞苦工作，
在不同的辰刻我們曾開始工作，
如今汽笛在八點鐘尖銳地喊着千百萬人，
如今我們開始工作在同一的時辰。
同一的時辰千百萬人舉起了鐵錘，
我們底第一擊同時響着巨雷。
汽笛在歌唱些什麼事？
他們是早晨一致的讚詩。

引自拙譯披着太陽的少女

同時對生產工具，也這樣親暱地唱着，譬如卡眞（V. KAZIN）的「木工的鉋子」：

平穩地駕駛

勇敢地流走
像一隻小天鵞啊，我的鉋子游過去。

我們敢說，只有像蘇聯這樣社會主義的聯邦下面，才能有這樣健康的歌。當工廠，生產工具都是屬於人民，而且為人民的時候，這眞摯的歌你才知道是一種歡樂的聲音；反之，像法國意大利未來主義者們，對於機械的歌頌，那只是替資本家在麻醉工人。

在反希特勒主義的戰爭中，紅軍和蘇維埃的人民在衛護世界和平戰中，創造了不朽的史實，這也就反映在詩裡面，前方和後方，作家戰士和人民都唱出了許多詩篇。江布爾，西蒙諾夫，鐵霍洛夫、史起巴巧夫（紅軍詩人），馬爾沙克，安托柯里斯基等都有好多優秀的詩篇。讓我們引古歇夫的詩「我們風暴的報信者」作為一個代表吧。這詩是記作者在前方遇到一個坦克駕駛員，即使在戰地也還讀着高爾基的小說。引一節作為例証：

德國人扯碎和焚燒這些書。
人呀，要忘記自由的歌唱。
凡是永世派定做奴隸的人，
他要讀什麼光明和太陽。
幻想被禁止了，
血腥的殘暴的
敵人要把一切都毀掉和

燒光，
但普式庚的詩句，
高爾基的詩句
我們冒着戰火帶在身上。
不，我們的城市不會變成拷問室，
我們的人民為作戰已經奮起，
為那謝夫琴科曾經歌唱過
高爾基曾懷念過的土地。
為了他所愛的，
為俄羅斯平原，
為伊爾明的湖，伏爾加的歌
為烏克蘭草原，靜靜的頓河，
我們進行着決死的戰鬥。
當偵察兵開進黑暗的時候，
聯想起勇士作戰的氣概。
我們要把對於俄羅斯的愛，
和對人類的愛聯合起來。

這就是蘇聯的戰士，以及澎湃於戰士心胸的國際主義。摧殘了希特勒主義後，蘇聯的詩歌更是基於國際主義而在內容方面有兩種巨大的主題，一是歌頌勞動階級的復興工作的，一是暴露資本主義者的陰謀的。用毛澤東的話來説就是「刻劃資產階級黑暗」，「歌頌無產階級光明」。當然這兩者還看作家對那一種能書寫得更眞切，才能感動人，才能説有教育的效果，浮淺地依照一點社會科學常識而去創造作品，是永遠不能解決問題的。

戰後的詩歌，我們可以用柳林科夫的「新房子」，見林陸譯，蘇聯衛國詩選，M 盧科林的「史塔林格勒劇場」（見蘇維埃文學）來代表歌頌光明的，用馬爾沙克的「密斯忒特維斯特」代表刻劃資本家的黑暗的。（後者有柏園與江華的譯文，係描寫一美國財閥極端歧視有色人種，蘇聯的人民給了他一頓打擊。）由於篇幅我們不一一用原詩來舉例了。

選自一九四八年香港《中國詩壇》第三期生產四季花

論詩歌工作上的幾個問題／黃藥眠

在這篇文章裏，我想究明幾個問題。

主觀，怎樣的主觀？——在文學部門中，無疑的，詩歌是最偏重於主觀的抒情的東西。詩人，如果他沒有強烈的主觀，那是很難成其為詩人的。

那麼是不是我們就可以得出這樣的結論，詩人們應加強他們的主觀呢？對於這個問題，我認為是不能籠統地答覆的。

在答覆這個問題之前，我們必須首先究明，這個主觀，是什麼階級的主觀？這個詩人，究竟是出身於那個階級的詩人？生活決定了人們的意識，這是馬克斯主義的基本命題，對這句話我覺得還得補充一句，生活不僅決定了人們的意識，而且也決定了人們的下意識和潛意識。一個出身於工農大眾的詩人，他是從小就受剝削受壓迫的，他一向都在窮困的生活中長大，而這種窮困的生活，也就鍛鍊出了他的革命的意念，只要加以思想上的訓練，那麼他的思想和生活凝結在一起就足以構成完整的革命者的人生觀。不僅他的意識上是人民大眾的，就是他的下意識潛意識，他的生活趣味和偏好也是勞苦大眾的。像這樣的詩人，他的主觀，是徹頭徹尾的和受壓迫的勞苦大眾有機地聯結在一起的，他的主觀和階級的主觀是一致的。所以我們說要加強他們的主觀，這也就是實際意味着，在整個現實鬥爭中去加強他們的主觀，如果是這樣的話，那是對的。

但是對於小資產階級出身的詩人們，如果我們抽去他的階級內容，而籠統地說要加強他們的主觀，那就不對了。因為這些詩人們，儘管他們理論是如何的正確，但是由於他們長久地在壓迫階級的社會裏生長，由於他們的生活，一向是養尊處優，因而他們在生活上，思想上，趣味上，藝術的偏好上都若隱若現地，有意或無意地，還是保持着不同程度的有異於人民大眾的階級趣味和傾向，因此要創造人民大眾的詩歌，小資產階級的詩人們就必須經過自我改造。抽象的強調加強作家的主觀，而不首先究明作家的階級性那是不對的，如果讓這種理論發展下去，必然會變成個人的無政府主義。

要完成作家的自我改造，思想上的加強學習是重要的，如果我們否認了思想訓練的重要，那我們就無異取消了思想鬥爭的意義，和取消了小資產階級出身的作家，轉變成無階級的智識份子的可能。但如果以為思想上的訓練，可以解決創作上的一切問題，那就無異否定了「生活決定意識」的這個基本命題了。所以在目前這樣大轉變的年月中，詩人們投身到人民大眾中去生活，從生活中去鍛鍊出一個新的自我，新的主觀，乃是一件最廹切的課題。

所謂詩人的自我改造是不是說，否定文藝創作上的主觀作用呢？不，不是的。不過如果批評家硬要把詩人們牽回到十九世紀初期個人主義時代去，如果硬要詩人們自我崇拜，以自己的主觀為至高無上，或者是說離開社會，離開被壓廹大眾，而整天在那裡高呼着「加強主觀」，那顯然是非馬克斯主義的唯心論。的確，我們是重視主觀的，我們所重視的主觀，是把被壓廹者大眾的階級性和作者的個性統一起來的主觀，是把集體和個人統一起來的主觀，是把一般性和特殊性統一起來的主觀，是「人的本質在於人與人之間」的主觀。重視階級性，並不就是取消個性。階級性從團體具現着，也從個性具現着，同一階級由於各人的性質不同，而有各人的個性，但每一個人的個性又包含着階級的一般特質。

還有，我們所說的自我改造是不是小資產級的詩人們先把自己挖空，然後再在胸膛裏塡塞上勞苦大眾的心臟，腦壳裏裝上勞苦大眾的靈魂呢？我想，這樣機械的看法也是不對的。所謂「無條件投降」，是就小資產階級的作家，要在思想上生活上向勞苦大眾學習而言，是就小資產階級的作家，放棄他們的優越，和自尊，放棄他們原有的生活方式和習慣而言，而就小資產階級的氣質，向無產階級的氣質轉化而言，但是我們並沒有意思要否定小資產階級的作家從過去社會裏所訓練得來的智識人的敏感。綿密的組織力，和文學上的特殊的技術。只有當作家們思想，感情，生活，趣味，偏愛都一般地轉化成為勞苦大眾的以後，只有當作家的新的主觀形成以後，這些敏感，組織力和技巧，才會變成新的主觀構成部份，在無產階級的革命的精神的指導之下，成為了鬥爭的利器。當然，在今天，過份強調智識人的優點，是不對的，因為藝術的創作決不是等於敏感，技巧和組織力；但是如果根本抹煞牠也是不對的，因為這就會使我們拒絕承認，接受優良傳統的重要，同時也會使我們無法了解經過自我改造的智識份子在未來建設社會主義社會時所起的作用。（註）

第二，文藝政策與文藝批評——為什麼要提倡大眾文藝？這裏必須先從一般形勢看。由於帝國主義對我們進攻的加緊，由於獨裁統治走上堅决賣國，反民主的道路，工人政黨要負担起這個民族解放爭取民主的偉大任務，首先就必須和佔中國百分之九十以上的勞苦農民團結起來，所以今天中國的民主運動，應以工農為主導，這是沒有疑義的。為了配合這一個政治形勢，文藝就必須面向大眾，深入工農羣之中，作為政治動員的武器，這是一。其次是經過了十年的內戰，八年的對日戰爭，工人階級的政治意識已提到空前的高度，牠在精神上有了充份的準備來批評清算「五四」的文化傳統。並建立自己的有完整體系的文化。第三，是在有些地區，勞苦人民的物質生活已經提高，他們正需要文化，可是以小資產階級為主體的文化，並不能滿足這些大眾的要求，因此人民大眾要求有自己的文化。第四，從「五四」傳統下來的文藝運動到了今天，的確也已經到了末路了。封建文學盤據在落後的讀者羣中，市儈的商品主義的文學橫行於都市的小市民層，而作為小資產階級的文藝的社會基礎的中間層的智識份子則正在迅速的貧窮化的過程中，絕大多數的作家，已無法依靠出版市場來生活下去，因而即在他們的本身來說，也到了非得另行找尋新的寫作方向不可了。

根據以上四點理由，所以文藝應該為大眾而寫，文藝作家應寫一些為大眾所喜愛的作品，這已經不僅從理論上看應該如此的理論問題，而且也是現實問題——這是文藝運動的總的方向。

但是今天的民主運動雖然是以工農為主，可是小資產階級仍是可靠的同盟，因此在策畧上還是要努力去團結進步的力量，爭取中間的力量。既然要團結，要爭取，自然就不能不尊重他們的利益，傾聽他們的意見，和在某種限度內的容忍。我們必須緊記，文化戰線上的鬥爭，是相當長期的，過份性急，不僅不能獲得應有的効果，反而要獲得相反的效果。

把這個運動的方向，和政策應用到文藝批評上，那就更複雜了。我們不僅對於每一個作家，而且對於每一個作家的每一種作品，都應該有一種態度，輕重不同的說法。我們不能把文藝運動的總的方針和政策，無條件的加到每一篇的作品上，給予不及格的評價。我們必須照顧到革命運動發展的不平衡性，必須照顧到當時具體的政治經濟的條件，階級力量的對比，必須照顧到文學上的歷史的傳統，必須照顧到作家個人在當時所處的地位，他的歷史發展的足跡，他們心理轉變的過程。批評家如果不願意這樣做，就未免太懶惰了。

對於一個時代的文藝運動的估計，尤不應把當時的經濟的政治的情況拋開孤立的來談文藝運動。目前的整個形勢變了，根據着新的形勢，所以有新的任務，(在某些地區說來，這也許不是新的任務了)，這在我們南方，是必須有一個說明。不分析整個形勢，文藝運動的新任務就無法建立，不把新的任務提出來，對於過去的清算就失去了根據。歷史是有階段性的，在前一個階段，這種現象也許是一種微小的缺點，或是可以容忍的錯誤，但在新的一個階段裏，這種現象已經是不可容忍的，原則性的錯誤了。不把這個階段性標明，而籠統地說過去是如何的錯誤，這就會使讀者不服；既然錯誤了十年，為什麼今天才來這樣嚴格清算呢？

有人說，我們的警鐘早就敲過了，無奈你們總是貪睡，這就難怪我們要給予批評的巨棒了。其實，我想這也是不大妥的。所貴乎領導者，就是他不僅能及時敲起警鐘，而且他有時還得提起人們的耳朵，把他們叫了醒來。這雖然是一件麻煩的事情，不過既然是把他當作同路人，作為一個嚮導就不能不有此義務。

詩歌是文藝裏面的一部門，對於詩歌的批評自也不能例外。比方有這樣的一個詩人，他是傾向於人民大眾的，但是因為他受着他本身階級的限制，對於客觀的事實，並不能眞實地表現，對於這樣的一個詩人，我想，我們就必須指出他的主觀的努力的傾向是可貴的，但，為得要獲得藝術的眞實，他必須更進一步，打破自己的狹小的天地而走進人民大眾的廣濶的世界裏去。鼓勵應該多於打擊。

今天是一個轉形期。在過去革命的低潮時期，或者是說在南中國的統綫時期，封建勢力獨裁勢力佔着統治地位，在這個時候，小資產階級的個人主義的文藝作家，以他的個人主義和封建勢力對抗，毫無疑義這是有進步的意義的，而且是起着前衛的作用。但是當人民大眾已經起來，當雙方主力在作尖銳鬥爭的時候，這些作家們，由於他本人的出身和過去所受的教育，常常就會表示動搖，或甚至對革命起着一種抵抗作用。這種情況在我們馬克斯主義者看來，是非常之明白而且易於了解的，但這對於許多作家們，是很不容易了解的。因為他們就不明白：為什麼前一些時期，他都還是前進的，給人們贊許的，為什麼轉瞬之間就被人視為落後的反革命的了。批評家如果是作家的教師（盧那柴爾斯基的話），那麼他就有義務引導這些作家渡過這個難關，不然就不能說是「與人為善」。

歷史的教訓是值得珍視的。當一九一七年俄國革命的時候，高爾基對於當時的情況是不大了解的，所以列寧善意地勸他到南歐去休息一個時期。小托爾斯泰且為革命所震驚而跑到巴黎去。李昂諾夫，當時也不過是一個動搖的同路人。像這三位先生都是不世出的人材，但革命教育了他們，所以他們也終始成為了人民的藝人。

所謂教育，並不一定一開始就陳列許多原則原理，使到人望而卻步。做這種教育工作，首先必須耐性，其次必須更多鼓勵，再其次，必須給予他們以更多的機會去接觸生活。如果有人以為自己是受着嚴格的紀律的生活，因而也要求別人也和自己一樣，或在他們自覺要受這個紀律之前，就先加以嚴格的紀律，或是給人以「刺激」只為了自己取快一時，我想，這個態度是不妥的。

第三，表現方法的問題。——關於這個問題，又可以分成幾個問題來討論。

A、我們今天的詩歌是用國語（卽俗稱白話文）來創作呢，還是用方言來創作呢？為了要使作者更親切，更細微的表現人物，為了使廣大的讀者們更容易接近文學，為了使文學更能密切的配合於政治運動，我們應該提倡方言文學，關於這方面的理論，已有許多朋友們說過，我不必再在這裏贅述一遍。我所想說的，倒是問題的另一方面，就是中國是否正存在着國語，同時我們是不是還值得用國語來寫詩歌。

有些朋友們，有這樣的意見，以為中國並沒有國語，今天在各地流行的國語，都不過是北方的方言，而且還只是屬於上層社會所說的官話。五四運動所提倡的「語體文學」，並不能算是「國語文學」，這個意見我是不敢苟同的。據我個人所知，今天我們所說的國語，除了廣東，福建，浙江及其他各省的某些地區外，在國內各地大致是可以通用的，雖然各省各區還保存着某些大同小異的語言。比方以北平，南京，成都，桂林四個地方來說，他們老百姓所說的話，大致還是相同的，老實說今天廣東人還能夠和北平人浙江人通話，主要還是靠這種「國語」。近年以來，由於省際交通的頻緊，和生活的需要，就是許多廣東偏僻地區的人也已開始學說一些「國語」，或者表示以能說幾句「國語」為榮。同時自從「五四」運動以來，「國語」文學，不能否認的已有了若干的成績，作為文學的媒質來看，牠雖然還是異常貧乏，但無論如何牠究竟是存在着。問題是，我們中國是不是需要一種國語，是的，需要的。那麼今天在各地流行的藍青官話算不算是國語呢？如果說不是的，這不過是北方的方言，那麼是不是說，我們應把目前流行的「官話」的「國語」資格取消，而另行重新起過爐灶建立一種國語呢？如果把這種學說實行的話，我們廣東人就沒有理由來這樣認眞地學習「北方的方言」了，過去宋人的平話，以及「五四」文藝運動以來新文學作品都應該列入方言文學的範圍了，廣東人自然應該不用生硬的北方方言來寫，而應用廣東方言來寫了。所有的書報，在香港廣東出版的，那都該一概改為廣東話，所有用北方方言出版的東西都應該請他們搬回老家去。

這樣的說法是不是對呢？我認為是不妥的。今天的國語作為文學的語言，儘管是怎樣生硬怎樣貧乏，他的普遍性和歷史性，已足以使牠有成為有全國性的代表語言的資格。老實說，現在全國各地的文化思想的傳遞，還是要靠這種「國語」。普遍於上層社會的「官話」並不是就不能成為國語，只要牠是為人民生活所必需，那麼牠也就可以漸漸普及於下層而成為眞正的國語了。一個地方的方言也未嘗不可以成為國語，蘇聯的俄語本來是大俄羅斯民族的語言，但是現在牠也已經漸漸成為各民族共有的語言了。

我們提倡方言文學，雖然主要的是要向民間的口語和現存的萌芽狀態的民間文學學習，但不可否認的，在某些部份我們是要向那有將近千年歷史的「國語」文學學習，要接受近三十年來中國新文藝運動的傳統。所以我個人認為問題之正確的提法，應該是提倡方言文學，同時並以現有的國語為基礎，補充牠，豐富牠，使牠成為有全國性的文學的語言。

歐洲當十八世紀末十九世紀初，資產階級興起的時候，曾經有過一段國民文學時期，在這個時期中，作家們都熱心於搜集民間故事和歌謠。如英國的班斯，渥茨渥斯，德國的狂飆時代的詩人們都是民間文學的熱心的搜尋者。至於班斯，他本身就是民間詩人，他的詩是先隨口唱出來，然後再寫的。地方性的文學之提倡是和國民文學的建立是一致的。至於我們中國是沒有經過國民文學這個時期的。正如中國資產階級性的民主革命不是由資產階級來完成，而是由工人階級完成一樣，中國文學之眞正和人民大眾結合的運動，中國文學之眞正形成民族的風格也是由工人的政黨來領導完成的。這一個事實是文學史上一個有趣味的問題。

總之，我們提倡用方言來創作詩歌，但也並不放棄「國語」文學的陣地。這個陣地我相信將來不僅不會縮小，而且還會擴大。

B、詩歌的形象，性格，和語言的問題。一提到詩歌的創作，人們就立卽聯想到詩歌的形象性問題。我們承認在詩歌裡面形象的重要性，但問題還是在於適當的應用。中國雖有過一派詩人，他們的努力的方向是在於造成功這樣一個形象的外形，來暗示出一種情調和氣氛，而作者也就通過這種形象把自己的感覺和情緒傳染給讀者。但是這一種風格的詩、是比較適合於表現個人的，憂鬱和傷感的，優美和纖細的情調的。艾青先生的詩就有着這樣的傾向，而且對於中國詩壇有過很大的影響。但我們必須知道艾青先生的詩，是受象徵主義和影像派 Imagist 的影響相當深的。先從詩的表現方式看來，牠的毛病是在於過份偏愛了形象之豐滿與豪華，因而損害了他的熱情的直接的傾訴。花雖然是美麗，但太多的花也會使枝幹弱化。羅科科式的柱頭，雖然是富麗，但牠可沒有羅馬式的柱頭那樣雄偉和莊嚴。

還有一種詩，牠着重於熱情的迸發，或衷情的傾訴，牠像長江大河一樣磅礡而有氣魄。如果前一種詩是屬於「杏花春雨江南」的女性美，那麼這後一種詩是屬於「駿馬西風漠北」的男性美了。牠並不重視外在的形象的追求，牠只放開喉嚨，把心裏面所有的苦惱，悲憤，戰鬥的激情唱了出來。因為他是出於詩人的至誠，所以也就使人們十分感動。牠不假裝飾，但牠自有一種樸素美，的確，牠有時也許是粗糙，茁壯，健康而有力。

今天，我覺得我們詩歌的創作的傾向，應該是提倡後者，而不是前者。我們所需要的是質樸而健康的詩。從階級的風格論說來，每當一個階級，快要沒落的時候，牠的藝術是喜歡雕琢和纖巧，喜歡賣弄才華，相反的，當一個階級正在起來，正在革命的時候，牠的藝術是喜歡樸素，直率，明朗，健康和雄偉。

當然，我們並不是說，革命詩歌裏面，用不着技巧，用不着形象。形象是要的，但是一定要注意，不要過份重視了外在的形象的追求，不要讓太多的形象阻塞了你的感情的迸瀉，不要讓太多的形象引導讀者和生活遠離，適當的應用形象正所以使讀者們對於生活感到格外的親切。

其次是詩歌裡面的性格問題。一提到詩歌裏面的人物性格問題，很自然的就令人聯想到叙事詩的問題，所以這個問題又一變而為叙事詩值不值得提倡，和人物性格在叙事詩中所佔的地位問題。

要了解這一點，我們必須首先來説明一下叙事詩的特點和從歷史的發展上考察一下文藝作品中的性格問題。

如果要要求詩人們在叙事詩裡面也能和小説一樣刻劃出人物的性格，那是不可能的。這原因是叙事詩，多少還存在着作者的抒情的成份，而且容量較小，牠不能像小説一樣對於人物的性格，作很詳細的描繪；其次在小説裡面表現人物的性格時所常用的對白和心理分析，在叙事詩裏面，不能多次使用，或寫得和眞實的生活一樣；第三叙事詩裏面，句子多少總受到格律，音節，腔調的限制，不能夠處理得十分自由。也正因為這個緣故，所以當中世紀末葉，商業資本抬頭，市民趣味反映到文學上來的時候，叙事詩逐漸給散文和小説代替了。這些市民層所要求於文學的，是表現的內容要有更多方面的生活，表現的形式要有更多的自由。叙事詩，顯然不適合於表現近代的複雜的生活了。

至於文學中的人物性格問題，這也是隨着社會的發展而有着不同的看法的。在古典主義時代，作家是比較注意於有普遍代表性的模範和類型的。隨着資本主義的發達，個人主義，自我發展的傾向盛極一時，這種學説反映到文學上來，文藝作家也就極力企求作品裡面人物性格的凸出，或甚而至專門找尋獨特的性格或畸形的性格來加以誇大的描寫。以人物性格的明顯與否作為判斷作品好壞的標準。從文化史的見地看來，這的確也是一種進步，因為以理解別人的心理狀態為一種娛樂的習慣是文化水準較高的人才會有的。

新現實主義對於文藝作品裡面的人物性格問題，又有一種新的看法，卽牠把古典主義時代的偏重類型，和資本主義時代的偏重個人性格，綜合起來，提出了典型論。這個典型論的特點就是着重於通過具體的人物的性格來看出他所代表的階級性和他本人的素質的辯証的統一。

根據我上面所作的分析，回頭來答覆上面所提出的問題，我想至少我們可以得出這樣的結論。第一、叙事詩，雖然在近代文藝中佔着較小的位置，但在今天的中國還是值得提倡的，因為我們今天中國的叙事詩是建立在農民們所習慣的唱本的基礎之上的。第二、在叙事詩裡面，人物性格雖然應該值得重視，但亦不應該過份強調。如果用近代都市的文藝作家的眼光，或者是以小說讀者的眼光去要求叙事詩裏面人物的性格的凸出的詳細的描寫，那就是過份了；第三、在中國今天的叙事詩裏面，如能強調人物的代表性，這對農民的理解上說是有益的，同時對於典型論的我們看來也是對的。

最後是詩歌的語言問題。把詩歌和小說戲劇比較起來，小說的篇幅較多，容量較大，形式也比較自由，戲劇則有人物動作和舞台的佈置來補充作品的不足。而詩歌則依靠洗練的語言之豐富的暗示性，和語言本身的音樂美。特別是當廣大的鄉村農民都習於流行的唱本的時候，詩歌語言的音樂性便必須特別強調。比方同樣是一篇演說詞一個聲調好的人，說起來就很能令人感動，而一個聲調不好的人，說起來就使人厭倦。這裏還有一個眼前的例證。比方樓棲先生的客家方言詩，「鴛鴦子」的初稿，有很多不懂客家話的朋友們看過以後，都覺得就其結構之完整性而言，就其人物性格之明顯而言都是有缺點的，但在我一個能懂客家話的人看來，牠的語言的美使我迷住了，而同時也使我對於牠的結構上的缺點，人物性格上的缺點忘記了。如果詩歌美的主要的要素是牠的結構，形象性，人物性格，和語言的話，我們今天把語言的重要性看得重些，我認為是應該的。

要想把詩歌的語言問題，講牠一個清楚，那是非得另寫一篇專文不可的，我現在只能夠把語言的重要性提一提便了。

C、是我們今天寫詩是應該用歌謠體寫呢？還是用自由詩的形式寫呢？

要答覆這個問題，首先要究明自由詩所從而產生的社會背景。顯然的自由詩的形式是近代都市的產物。在都市裡面，到處是電車汽車火車交錯地飛馳，許多人羣匆忙地來來往往，烱爍的電光，五顏六色的霓虹燈，通明的光管，高矗的，高低不平的立體的洋房，蛛蜘網似的電線，同時到處响着車輪聲，馬達聲，市聲和各種噪音。久居都市的人們，他們生活的內容是複雜的，多方面的，生活的調子是急驟的，多變的。由於這樣的生活，所以也就養成了他們對於美感的偏好，他們是比較不喜愛重複的單調的節奏，而喜歡不平衡的強烈的刺激。（當然這也不過是就一般而言）。顯然的，形式整齊而音節單調的詩是不能滿足這些人的，這一來是因為這種詩實無法來處理像近代都市般那樣複雜的題材，二來也是因為這種詩和都市人的忙碌生活在情調上不能一致。在這樣的條件之下，再加上個人主義的自我展發的要求，於是就產生出了一種自由詩的形式。

自由詩之所以誕生的社會根據既然是如此，那麼我們今天應該提倡那一種形式的詩呢？是歌謠體詩呢?還是自由詩呢?顯然的,自由詩的風格是非那些一向居住在農村裡的農民們所能欣賞的。今天我們的詩歌主要的是以農村的農民為讀者對象,自然自由詩的提倡也就失去其根據了。我們應把歌謠體的詩擺在第一位,這是異常明顯的。

但是不是我們就從此可以得出一個結論,從今以後,我們就不要寫自由詩了呢?那也不是的,中國最大多數的老百姓雖然住在農村裏,但中國也並不是沒有近代的都市,所以自由詩還是可以寫的,但牠的比重無疑的是比以前減少了,而且同時在「自由」當中也總不能不多少注意到韻律問題了。

順便在這裏,也讓我們來談一下格律問題罷,從前古典主義的批評家是主張嚴格遵守格律的。他們的最有力的論據就是他們認為所謂格律乃不過是「被發現了的自然」,他和自然是並沒有什麼衝突的。浪漫主義興起,他的主要的口號就是個性解放,發展自我,在盧騷的「回歸自然」的影響之下,有些詩人認為一切格律都是人為的束縛,詩的任務乃在打破這些束縛,流露眞情,自由奔放。我覺得我們今天對於這兩種學說,應該來一個綜合了。詩的格律,在其開始誕生的時候都是有他的一定的根據的,但是後來由於時代的遷移,生活的變化,詩人所欲表現的思想感情的內容不同了,詩人對於音節和韻律的偏好不同了,而作為表現生活的語言的本身也有着顯著的變化,於是有許多的詩的格律,遂變成了人為的束縛。今天我們對於格律的態度,我覺得應該是揚棄人為的,不適合於我們今天需要的部份,(但並不是全部破壞)而同時則根據於目前的新的生活,新的內容和新的語言,來提倡出一種新的風尚。所謂風尚自然就是意味着牠並不是格律,不過我們知道過去有許多格律，都是從一時的風尚定型化而成為格律的。

我們要提倡什麼一種新的風尚呢？當然歌謠的風尚應該是主要的風尚。但這並不是意味着，我們要排斥其他不同風格的詩歌。既然小資產階級在目前還是起進步作用，既然自由詩在五四新文化運動中有他自己的傳統，而自由詩本身也還存在着有許多優點。因此如果有這樣一個詩人，有這樣一種題材他需要用自由詩的形式來表現，那麼我們是沒有理由來反對牠的。而且從文藝發展的長遠的道路看來，各種不同風格的同時並存不僅在當時是一個好處，而且經過一個時期的互相影響以後，他可能形成更多的新的更高級的混合的風格。

第四，如何開展詩歌運動問題

談到如何展開詩歌運動，首先就得要求有大批的新的創作。關於創作問題，我在上面已經說過了。這裏我只想説幾句關於作為運動看的詩歌工作。對於這問題，我有兩點意見：

第一，我們應該有組織地和工農羣眾接近，不僅是和他們一道開會，而且要和他們交朋友，幫助他們做些工作，這或者是用小組的形式分別和他們的團體聯繫，或者是以個人的資格去服務，把一般的工作和詩歌工作聯繫起來。

第二，是從創作到朗誦，和從朗誦到創作，過去我們也有過詩歌朗誦會，在桂林曾經有過很好的成績。

但究竟還是不普遍，而且朗誦會並不經常舉行，在作家看來朗誦不過是把自己的詩歌向羣眾散播出去而已。我想今後我們的態度應該改變。即詩人拿詩到羣眾裏面去的時候，他是帶有向羣眾請教的意思。卽詩人把詩寫出來以後，拿到羣眾裡面去朗誦，經由羣眾的批判，再回頭來修改創作，這樣羣眾的意見不斷的滲透到詩歌創作裡面去，詩雖然還是個人的作品，但已經具備着集體的精神了。同時這樣也可以改變詩歌工作者關起門來寫作的態度和孤芳自賞的潔癖。詩人和羣眾得互相教育。

這種朗誦會，最初也許是少數人的集會，但等到有了若干成績以後，我們就可以慢慢擴大，而成為大規模的集會。

還有，因為我們的詩歌，主要的是採取民謠的風格，那麼自然而然的，牠和音樂更接近了，所以詩歌工作者和音樂工作者今後需要有更多的配合，這也是應該的。我們應該把更多的詩譜成曲子散佈到各地方去。但詩和歌還是有分別的，並不是所有的詩都能夠歌唱，反轉來說，也並不是所有能唱的歌都是詩。有些形象豐富的詩是常常不適合於歌唱而只適合於閱讀和個人吟誦的。

拉拉雜雜寫來，不覺文章已經寫得太長了，這裡面有些意見是偶然聯想所及，就把牠寫下來的。所以有些意見也許不成熟，文章也許寫得不完整，不過我寫這篇文章的目的，不過是就這幾個問題上表示一下我個人的看法。至於是否正確，那就惟有請讀者們賜教了。

六、一日

註：請參閱拙著「約瑟夫的外套」裏的兩篇文章：「論思想與創作」和「論創作上的主觀和客觀」。

選自一九四八年香港《中國詩壇》第二期《黑奴船》

蓬勃的香港詩運／犁青

兩年來，香港的詩歌運動，正展開著非常蓬勃的現象。從勝利後，由呂劍組織的詩歌工作社起，到最近方言詩歌創作組的成立，開展，新詩歌社的成立，新詩歌，與中國詩壇的出版等一串串的活動，正在整個華南，整個中國詩壇上起着主流的作用，隨同國內文化界知名人士的到來香港，香港的詩歌運動，正好好的配合着。……

現在，我簡單的把香港詩歌運動，告訴給海外愛好詩歌的朋友們知道。

呂劍是勝利後第一個到港的詩人，他到港後，就着手準備組織詩歌工作社，詩工社很快的就在香港政府正式登記，會員主要的是呂劍，黃寧嬰，洪遒，符公望等。當時因為內地來香港的還不多，香港的詩運隨同香港的被日淪陷，已遭着敵人的摧殘，所以，詩工社在香港只起著拓荒的任務，與普通影響而已，隨着呂劍返北方去，詩工社的工作就稍呈停滯，但是，由國內流亡來香港的詩人一天天的加多了，四川的方言詩人沙鷗來了，抒情詩人力揚來了，以搜集民謠著名的薛汕也來了，年輕的詩作者，詩工作者，音樂工作者，李淩，郭傑等等也都來了，菲律賓的政治氣氛也一天天的緊束，南洋詩人林林也來了。於是，香港的詩歌運動，在詩人的創作上，在詩運的幹部上，從上到下的人才，條件都有了。香港的學生，香港的青年，在普通的提高對政治，對藝術的認識中，也普遍的，被捲進熱愛詩歌的狂瀾裡……

在這個蓬勃的階段的表現上，主要的有三種，第一是：為着配合，為着切實認真地走詩歌大眾化路線，香港的詩人們提出了寫方言詩，和方言的創作及問題上的探討，文協很快的就負起了這個任務，由文協的研究組長馮乃超，與熱心於方言詩歌創作的符公望領導，有系統的組織了方言詩歌創作組，由黃寧嬰負責廣州方言組，薛汕負責潮州方言組，樓棲負責客家方言組。這些方言組的組員們，貢獻出很多很寶貴意見的論文，如馮乃超，邵荃麟的，鍾靜聞的，在正報上及大眾文藝叢刊上的文章，如薛汕、李梨尼等在陳君葆編的「文史」上的文章，如符公望等，在「正報」，「熱風」上的文章。同樣的，在方言詩歌的創作上，也表現得很熱鬧，和有收穫，如符公望寫了很多歌詞，黃寧嬰寫了很多廣州話詩，丹木寫了潮州方言詩，樓棲創作了客家方言長詩：「鴛鴦子」。厦門留港的詩人不多，但犁青也寫了厦門方言詩。「新詩歌」雜誌，更起了一個很艱辛的模範作用，出版了一輯「晴天一聲雷」，特地介紹了四川、廣州、潮州的方言詩（閩萬隆，芝巴德八十八號美風書店有售出）。目前，方言詩在香港已更深入的展開着。

第二種主要的表現是：香港的詩創作，詩刊物的增多。第一個在香港出現的純詩刊是新詩歌雜誌，新詩歌從創刊到現在已出版了三輯，從「晴天一聲雷」、「被逼害的行列」到「血染紅了華山」等。這幾輯的經常撰稿者是沙鷗，黃寧嬰，戈陽，丹木、劉倩，薛汕，犁青，蕭野，力揚，麥青、胡明樹，李凌等，其中「被逼害的行列」為敘事詩專輯，有力揚、薛汕的論文，沙鷗，陳亞鷗，胡明樹，犁青，黃寧嬰，戈陽，童晴風等的長敘事詩，長達計二千七百多行，內容分量可說相當重。「中國詩壇」是繼新詩歌的地方為：前者是大型的，後者是小型的，前者偏重於方言詩，敘事詩，每輯有一個顯明的主題，或者是專輯，新詩，歌、謠並茂。而後者則側重於政治諷刺詩。

香港的詩運第三種主要的表現是：它深深與羣眾結合着，香港的詩人們、詩工作者們相互之間，表現着一種非常民主的作風。新詩歌與中國詩壇社的社員們，每月有一次例會，經常討論詩歌上的問題，及討論每人所寫的，所要寫的主題，相互提供意見，香港的詩工作者與新音樂運動工作者，每個月也有例會，長篇的詩，被譜成曲子，無數的短詩、方言詩，被無數的學校學生，工人們，歌詠團員們演唱着。香港的新詩歌社，由新詩歌總社沙鷗，薛汕，戈陽，蕭野，黃雨，犁青，丹木等做核心，經常有研究會，編委會，及散佈在青年文藝團體、學校、工團裡的新詩歌學習小組的組織，也聯絡，指導國內一些青年詩團體。

香港的詩運，正蓬勃的展開着，隨着祖國，香港的民主運動在邁進。

選自一九四八年香港《生活週報》第二〇六期

關於詩腔／林林

這個問題，是個詩的技術問題，但這裏也包括着兩點，一是對於詩的構造問題的認識，二是什麼詩式才能算是大眾化。

五四文藝運動的貢獻，就是提倡白話文，詩文學也從這時期起，打破了中國舊詩的桎梏，走上詩的白話化的路，自由詩，散文詩，吸收了西洋詩的某些優點，這是對於中國詩式的否定。但是，我們的新詩，自把纏足布解放之後，又變成過於歐化，而消化不良，發生洋酸氣了，詩是散文化了，缺乏中國詩的音樂美，因為以白話寫詩音節韻律太不注意了，對於大眾化，對於中國氣派也是有障碍的，詩失了詩腔，好看不好誦讀，這傾向相當濃厚，因而不能不提出來商討，今天也許是應該來個五四文藝運動的否定之否定。這不是復古，而是進步。

魯迅先生早就提起這問題（約在一九三四年），他給「新詩歌」的朋友説：「詩歌雖有眼看的和嘴唱的兩種，也究以後一種為好，可惜中國的新詩大概是前一種。沒有節調，沒有韻，它唱不來，唱不來，就記不住，記不住，就不能在人們的腦子裏將舊詩擠出佔了它的地位。」

郭沫若先生也在「序戲的唸詞與詩的朗誦」一文中（一九四三年）指出：「詩歌過分的追求靜美，會完全流而為散文，而宣告詩歌的壽終正寢，也就給造型美術過分的『破形』（Deforimation），會完全失掉美的作用一樣。」「儘管是怎樣形態的詩，假使不能成誦，那根本不是好詩。」

這些話，值得我們重新吟味而將它變為詩創作的指針。過去詩友們（連我自己）也曾懂得詩的音樂性，但事實上是理論的概念的了解，沒有認識這種意見（就是關於詩腔）的實質，故在創作上還是不能根據這意見，來一番革新的實踐。

在這裏，毋妨粗枝大葉，試談一談，詩與散文的差別，我以為在今天應該把這兩者的分野，廓清一下了。詩有詩的構造（Architecture），散文有散文的構造，該有其不同的格式。譬如以陶潛的「桃花源記」，跟王維的「桃源行」詩，同一個題材，類似的意境，但前者是散文，而後者則是詩。又如將「長恨歌」，「木蘭辭」，「孔雀東南飛」等叙事詩，用無韻的口語寫出，恐怕也不像短篇小說的散文，就必減聲減色。又如拜倫的「哀希臘」這首詩，以白話（放棄音節韻律）句法譯出的胡適譯詩，至今無人稱好，而馬君武以中國詩腔譯的「哀希臘」，大家都愛朗誦不忘。（蘇曼殊譯的五言詩哀希臘，那就太古晦了）再來，文藝朋友們讀屠格涅夫的小說，多感到其中有些是詩的感覺，那即是說它的意境是詩，但言語的格式，却不是詩，因為沒有詩的節奏韻律——沒有詩腔，所以我們說不是詩。散文的節奏，是不像詩那麼有一定的格式的，詩的節奏，當然允許散文節奏的滲入，但有特定的數目與部位，詩句應有基本音節的迴復，滿足聽者的氣應聲和，心的共鳴，因此詩較集中較凝鍊，不像散文的鬆漫自由。散文沒有韻律，詩有韻律，但，有韻律的文字，不等於詩。韻律好聽好記，一些口訣之類，既非詩也非散文。韻律服從詩的內容，幫助詩的行進，詩要騎馬就騎馬，要溜冰就穿冰鞋。遵照詩的喜怒哀樂的情緒，而變化詩的韻律。

自由詩，不是散文化的詩，也非詩化的散文，它似是不過將某些規律解放了的詩。散文詩，意境是詩，而行文句法，沒有詩腔，跡近精煉的散文了。

我們新詩運動，由於艾青詩的影響，偏向散文去。他主張詩的散文美，他的詩是注重「形象化」，因而另一面，對於詩腔的發揚，就被忽視了，他的詩過分歐化，而缺乏中國氣派，但他在詩壇起了巨大的作用。艾青曾是畫家，他的詩裏有畫意，「形象」特別明確。他曾把詩與歌分得很清，因此，詩多散文美而缺乏音樂性，所以他的詩，沒有譜成曲。艾青當然有他的成就，但這種詩的傾向，少了中國詩腔，沒有民族氣派，終究難以大眾化，所以他到了人民運動蓬勃的地區，他要跟人民結合，詩式就不能不改變了，從他的「吳滿有」，就可看出他走向中國詩腔的方向來。又如何其芳的詩，也多散文氣的句子，如「夜歌」裏，有許多優美的詩意境，然亦不少不大好讀的句法，有許多二行要連讀才能完成意義的句子，音節過多，讀起來上氣接不着下氣，我想他在那解放區，要攪詩運動，總會感到這缺陷而需要改正的吧。

王國維的名作「人間詞語」，論詞的高低，只側重意境，固有它的獨特的價值，倘能對於詞的音樂美、如李清照的「冷冷清清，淒淒慘慘」之類的音樂美，多闡明，那就更好了。

詩腔本身也不是死的，它是隨時代發展的。從詩經，而楚辭，到唐詩，而宋詞，元曲，是逐步解放的；六朝時代的歌謠到現代的歌謠，也是逐步解放而通俗的。但這些我們可以尋出它不變的中國詩歌的格調。

我這麼想法，詩，是要將「詩意」通過「詩腔」來表現的，詩才有詩的特性，詩才能有內容與形式的諧和，當然推敲詩腔，沒有好詩意，那是陳腔濫調。但有詩意，沒有詩腔，像上述郭先生的意見，只求形象化，不能成誦，那根本不是好詩。這是指詩的文藝構造來說的。而魯迅先生的話，新詩「沒有節調，沒有韻，它唱不來，就不能在人們的腦子裏將舊詩擠出佔了它的地位」。這便是接觸到指導新詩人如何運用詩腔，取得讀者，使詩能夠大眾化的問題了。

新詩經過提倡朗誦運動，這使我們批判了只供觀看的詩，詩要請教於耳朵先生，不是請教於眼睛先生，這却是一個大進步。但不夠的是：當時詩只在於口語的朗誦，較少聯系到吟唱方面來。沒有更意識地來吸取中國的詩詞歌賦，特別是民謠民歌以至俗曲的腔調，注意民歌民謠，多是側重其內容的形象性與素朴美。（這當然很重要）。然而，陶行知體的詩，是有中國詩腔的，馬凡陀的山歌，是有中國詩腔的，（舉例：如「老母刺瞎親子目等」），因此，他們的詩，就比較大眾化，老少皆合，雅俗共賞。走出智識份子的象牙塔，向着流着臭汗的人羣了。

最近解放區新興的槍桿詩運動，那種詩之所以能夠深入文化水平低落的戰地士兵羣，詩具有其內容上的戰鬥性，形體精悍而外，而音調韻律，就脱胎於中國固有的歌謠小調，那是很明顯的。下抄的一首，試聽聽看：

「八二砲，你的年齡眞不少！可是你的威信不很高，這次反攻到，不能再落後了。」

這是一個淺顯的道理，我以為凡是大眾化的東西，必然是具有民族性，歷史性與地方性的東西。我們如果眞得認清了攪文藝的目標，檢查新詩的效果，如果有了接觸了實際工作的經驗，要在人民中生長壯大，那麼毫無疑義，是要斬截地揚棄文藝上的洋酸氣與知識份子氣的。詩人性格，感情要改造，而詩語也得改造。對於新詩的方面，我想（雖然自己還做不到）：詩腔也是其中不容忽視的一個問題。

一九四八年二月四日香港

選自林林《詩歌雜論》，香港：人間書屋，一九四九

談詩腔／黃繩

為了大眾化的實踐，為了中國作風和中國氣派的創造，詩壇上有詩腔問題的提出。

中國詩歌原是唱的，民間的詩歌更全是唱的。文盲詩人的創作，沒有經過筆墨，出自口頭，入人耳朵，不能唱就根本不是詩，沒有人唱開來就絕不會流傳。既然是唱的，自然講究音調、節奏、韻律，且不分精和粗，簡單和複湊，它總有音樂性，總有教人聽得下去的腔。

到了五四，反抗的精神像兇猛的雷電，轟擊在所有傳統文化的身上。打碎了士大夫詩歌的尊嚴的格律，自由詩體出現了，中國文人的詩歌開始離開嘴巴，教人祇用眼睛來接受，也就使不識字的老百姓不知道有所謂新詩的存在，沒有辦法在中國大地上生根茁長。今天，大眾化成為迫切的課題，於是詩人們猛然感覺，新詩那股「洋酸氣」必須排除，中國詩歌的固有特色則有繼承的必要。前幾年郭沫若先生指出，詩歌過分追求靜美，會完全流而為散文，而宣告詩歌的壽終正寢；現在差不多大家都認為確有道理。

不過，有幾點必須提起：第一，新詩是眼看的東西，因為唱不來，所以人家記不住，這是事實。但認為新詩完全不講求音韻節奏，這一筆抹殺的說法究竟不公平。比如說吧，聞一多先生在田間的詩裏聽到鼓聲，如果田間的詩完全沒有音樂性，怎能使人有如聞鼓聲之感？過去，即使提倡散文美的詩人，在創造自然節奏上也有過一番努力，這在詩歌上打破人為格律的精神，至今仍用得着。第二，所謂詩的節奏，既不該是人為格律，而該是自然音節，也就並沒有什麼一定的格式，並沒有什麼特定的數目和部位。詩人創造新詩，替自己解除了桎梏，現在又回頭去找一套桎梏來，這究竟犯不着。對於過去士大夫的詩詞該視之為詩，但拿着它有詩腔這一點，因而認為新詩沒有詩腔便全不是詩，這也究竟太洩氣。第三，民間歌謠有節調，有韻，却沒有舊詩詞那套嚴整的格律，它是隨便唱的，阿乙所唱不必和阿甲所唱完全相同，演唱者有其伸展減削之權。拿到一個民間歌調，以為詩腔所在，於是按譜填詞式的照搬，這當然並無不可；但若以為非如此則大眾不懂，不敢有所改革創造，則會變成「新國粹派」，如魯迅先生之所曾謚，不見得頂好。

我們的祖先開始歌唱的時候，大概不會着意去創造一種腔，他們有那樣的情感就發出那樣的音響，漸漸使音響變得更有節拍，更適於傳達心中的情感。他們之間，過着共同的生活，有着共同的情感，那種共同創造出來的調子，經過反覆多次的運用，為大家所熟習和喜愛，也就漸漸定型。所謂詩腔也者，恐怕是這樣產生出來的。

那麼，所謂詩腔，就是情感的基調；所謂詩的節奏，就是情感波動的痕跡或記號。情感基調有不同，詩腔也就有不同；情感波動有不同，節奏也就有不同。中國絕大多數人民長久地生活在古老的農村，他們世世代代過着那麼樣的生活，情感的基調沒有過什麼變動，於是他們的歌謠的腔和節奏也就沒有多大改變，老是差不多的調子。這種調子代表着他們長久被壓迫的情感。同時，這種調子既然為他們所熟習和喜愛，一種偶然而來的新的情感，還沒有改變這種調子的可能；但是，當他們的生活起了劇變，情感的基調跟着起了變動的時候，他們也會唱出新腔來的。

所以，我們現在的詩腔，不應是舊腔調的全部因襲：我們要獲得人民的情感，來創造我們的詩腔。這含有新的特點的詩腔一定能為人民所接受，而且足以幫助人民唱出他們自己的情感。我們的詩歌，如果字面上熱辣辣，而唱起來却是憂鬱哀怨的調子，就顯得太不相襯，成為無力的東西。我們要求詩腔，但不贊成對現成腔調的無選擇的襲用，而期待着詩人革新創造精神的發揮。

選自一九四八年香港《中國詩壇》第二期《黑奴船》

論人民詩歌的「詩腔」／樓棲

一

關於「詩腔」的討論，有過兩篇文章。最初提起這問題來的是林林先生的「關於詩腔」，排在「最前哨」裏。接着黃繩先生寫了「談詩腔」，載在「黑奴船」上。

林林先生是這樣把問題提出來的：「我這麼想法，詩，是要將『詩意』通過『詩腔』來表現，詩才有詩的特性，詩才能有內容與形式的和諧。當然推敲詩腔，沒有好詩意，那是陳腔濫調。……」

他雖然沒有進一步作正面的說明，但也從側面表示了他的意見。說到「詩朗誦運動」時，他這麼說：「但不夠的是：當時詩只在於口語的朗誦，較少聯繫到吟唱方面來，沒有更意識地來吸取中國的詩詞歌賦，特別是民謠民歌以至俗曲的腔調。注意民歌民謠，多是側重其內容的形象與素樸美。……」

黃繩先生的「談詩腔」，大概是針對林林先生的這些意見來寫的：「不過，有幾點必須提起：第一，新詩是眼看的東西，因為唱不來，所以人家記不住，這是事實。但認為新詩完全不講求音韻節奏，這一筆抹煞的說法，究竟不公平。……過去，即使提倡散文美的人，在創造自然節奏上也有過一番努力，這在詩歌上打破人為格律的精神，至今仍用得着。第二，所謂詩的節奏，既不該是人為格律，而該是自然音節，也就並沒有一定的格式，並沒有什麼特定的數目和部位。詩人創造新詩，替自己解除了桎梏，現在又回頭去找一套桎梏來，這究竟犯不着。對於過去士大夫的詩詞該視之為詩，但拿着它有詩腔這一點，因而認為新詩沒有詩腔便全不是詩，這也究竟太洩氣。第三，民間歌謠有節調，有韻，却沒有舊詩詞那麼嚴整的格律。……拿到一個民間歌謠，以為詩腔所在，於是按譜填詞式的照搬，這當然並無不可；但若以為非如此則大眾不懂，不敢有所改革創造，則會變成『新國粹派』。……」

接着，黃繩先生進一步這樣說明：「那麼所謂詩腔，就是感情的基調；所謂詩的節奏，就是感情的波動或記號。情感基調有不同，詩腔也就有不同；情感波動有不同，節奏也就有不同。……所以，我們現在的詩腔，不應是舊腔調的全部因襲；我們要獲得人民的感情，來創造我們的詩腔。這含有新的特點的詩腔一定能為人民所接受，而且是幫助人民唱出他們自己的感情。我們的詩歌，如果字面上熱辣辣，而唱起來却是憂鬱的調子，就顯得太不相襯，成為無力的東西。我們要求詩腔，但不贊成對現成腔調的無選擇的襲用，而期待着詩人革新創造精神的發揮。」

我引用了他們兩位的原文，想對照一下他們的論點：他們雖然都贊成詩腔，但在基本態度上却隔着一段距離的。林林先生所說的詩腔，是舊詩詞的音韻特別是民謠民歌以至俗曲的腔調。而黃繩先生却強調了「感情的基調」，「不贊成對現成腔調的無選擇的襲用，而期待着詩人革新創造精神的發揮。」「詩人創造新詩，替自己解除了桎梏，現在又回頭去找一套桎梏來，這究竟犯不着。」黃繩先生對詩腔問題，特別強調了「創新」。

二

我以為，今天把詩腔的問題提出來，應該有新鮮的特殊的意義。第一，它不同於過去的舊詩腔，也不同於過去的新詩腔，它是人民大眾所喜聞樂見的詩腔。第二，它是在普及與提高的原則下提出來的，因此，不能離開語言來談詩腔。

黃繩先生說：「到了五四，反抗的精神像兇猛的雷電，轟擊在所有傳統文化的身上。打碎了士大夫詩歌的尊嚴格律，自由詩體出現了，中國文人的詩歌開始離開了嘴巴，教人祇用眼睛來接受，也就使不識字的老百姓不知道有所謂新詩的存在，沒有辦法在中國大地上生根茁長。」其實，不祇是「不識字的老百姓不知道有所謂新詩的存在」，甚至很多智識份子不是一直到現在為止還不肯承認新詩是「詩」的麼？原因是：新詩不僅不能吟誦，而且讀不順口，沒有詩腔，不像「詩」。很多詩句簡直不像話。新詩運動初期的詩人，都是從舊詩詞中哺養出來的。為了想從舊詩詞的格律中解放出來，便極力模仿外國的自由詩體。有一部份人注意到了詩句的音韻；但也有人祇強調詩情的節拍。到了後來，就完全走向散文化的道路了。倘說這種自由詩體也有不成詩腔的「詩腔」，也有「感情的基調」，那恐怕是西歐資本主義社會下的「感情的基調」，那祇有極少數的人才能欣賞領悟的。舉一個音樂上的例子：貝多芬的「月光曲」，對西洋音樂很有修養的人，聽了也許會沉醉；但普通的人聽起來，恐怕會感到不耐煩。原因在那裏呢？就是聽不慣，聽不懂。聞一多先生能夠在田間的詩裏聽到「鼓聲」；但不經聞先生提起，有多少人能在田間的詩裏聽得出「鼓聲」來的？不過，田間的詩，音節響亮，拿來朗誦，人民卽使聽不出「鼓聲」，大概也會感到新鮮，有味，激起感情。而另外有些人的詩，卻簡直不能朗誦。你說它沒有「音韻」麼？他說它們的音節不是用耳朵來聽的，而是要用感情來接受的。自然這樣的詩也有人能夠了解；但大多數的讀者却要對它搖頭，那就難怪有人要懷疑它是不是「詩」了。那麼，我們先要訓練好感覺來接受這種「詩腔」呢？還是我們先放棄那些不成腔的自由詩體，來接受人民大眾所喜聞樂見的「詩腔」呢？

今天來談「詩腔」，不是為了少數的識智份子，而是為了人民大眾。卽使今天的人民大眾「生活起了劇變」，卽使他們「感情的基調」也跟着「起了變動」，但他們的歌唱卻不會一下子飛躍到文人詩腔裏去的，因為這種適應過程不像「生活劇變」那麼強烈，推陳出新，要從熟悉的基調出發。目前大都市的工人羣眾，還不喜歡文人詩腔，一方面由於那些詩腔對他們還不熟悉，跟他們的「感情基調」還不適應，另一方面又由於那些詩不夠口語化，不夠中國化，文不像文，詩不像詩，叫他們沒辦法聽得懂。至於農村裏的農民，那就更加不用提了。

那麼，把詩腔拉回到舊詩詞裏面去麼？不是的。新詩衝出了舊詩詞的格律，是一個可喜的進步，再沒有回過頭去作繭自縛的理由。舊詩詞的平仄音韻和各種格律固然也是一種詩腔；但這種詩腔是限制內容發展的一種縛束，好像一條裹脚布了。舊詩由五言詩發展到七言詩，再發展到詞，發展到曲，都很明顯的可以看出詩腔的逐步解放。（後來詞律比詩律更嚴，那是因為士大夫鑽牛角尖的結果。）今天所要求的詩腔，絕對不要回到舊詩詞的格律圈套裏去的——那是過去士大夫階級文人的牛角尖，不是人民大眾的道路。人民大眾一向就有他們自由歌唱的田野。

三

詩腔不一定要有嚴整的格律，那是明明白白的事了。人民大眾的歌唱，從來沒有「按譜填詞」過——他們連格律也不懂得；但他們的詩歌卻自自然然唱了出來，有音韻，有節拍，人民不僅聽得慣，而且很愛聽。它們有詩腔，但不很縛束感情。但有些地方過於泥守成法，不敢更動，不敢創新，也是事實。那是由於農村生活長期沉滯的反映。

民間歌謠的詩腔，主要是從勞動的韻律來的，從民間的語言來的。他們在歌謠中反應了勞動節拍，使用了生活詞頭，語彙。他們感情眞實，詞彙豐富，信口唱來，音韻自然。他們的詩腔不是「削足適履」的辦法，而是自由自在的放歌。唱得不順口時，要改到順口，那是眞的；但不要調平仄，沒有「人為的格律」，也是事實。

今天談人民詩歌的詩腔，如果不把它放在人民的生活和語言裏去處理，結果不僅要遠遠的落在民間歌謠後面，而且恐怕又要回到舊詩詞的老路去了。

把詩腔說成僅僅是「感情的基調」，不免要使人覺得過於抽象了些。「我們的詩歌，如果字面上熟辣辣，而唱起來卻是憂鬱的調子，就顯得太不相襯，成為無力的東西。」這也不能一概而論。雖然同一詩腔，但感情不同，唱出來的調子也就不會一樣。同樣舊詩詞的調子，有的憂鬱蒼涼，有的慷慨激昂，這因素是要由詩的感情來決定的。魯迅先生的「忍看朋輩成新鬼，怒向刀叢覓小詩」，你恐怕不能説它「字面熟辣辣，而唱起來卻是憂鬱的調子」吧？

人民的感情基調，和他們的勞働過程分不開，他們不像智識份子那麼多幻想，可以從地面跳上天空。我們聽俄羅斯的民歌，歐州各國的民歌，覺得它們和中國民歌的基調有點相似。但為什麼中國的詩腔和外國的詩腔卻相差得這麼遠呢？那是因為語言的發音根本不同，因此西洋詩腔，中國人民無法領會。

人民詩歌的詩腔，要向民間歌謠去學習，創新，才能叫人民感到熟悉而又新鮮，這一點我認為必須強調。陶行知的詩，「馬凡陀的山歌」，「王貴與李香香」，已經這樣走過來了，香港的方言詩歌運動，走的也是這條道路。民間歌謠的形式，也是多種多樣的，有些民歌的詞句雖然限制較嚴，但另外有些民謠卻幾乎很少限制；然有它的詩腔：詞句字數自由，音節很响亮，可以朗誦，可以歌唱；音韻雖不嚴緊，但要叶口韻。符公望先生過去寫的一些方言詩歌，內容暫且不説，形式的運用卻相當靈活。它有詩腔，有民間歌謠的風味，但它也有創新。「詩人的革新創造精神」，應該從民間歌謠的基調出發，那樣才是「普及」裏面的「提高」。當前的人民詩歌運動，走的是一條正確的方向。

要是智識份子的詩人，他要創造更新的詩腔，他要繼續他的自由詩體，給智識份子們看，那是智識份子們的事情；不過，你不能說：人民詩歌應該向那些詩腔趕上來。文人詩歌和民間歌謠好幾千年來就分道揚鑣了，但過去的文人模倣民間歌謠來寫詩的，已屢見不鮮。倘說，今天的文人不該再因襲歌謠的詩腔，難道人民會來「高攀」詩人們的詩腔麼？本來這兩條道路今天應該合流了；但首先第一步，是文人回到人民的隊伍裏去，因此，文人的詩腔，也該從歌謠，或者接近歌謠的基調出發，去創造革新。這對智識份子的詩人來說，仍然還是一條比較堅實的道路。

一九四九年廿六日於香港

作者附註：文章寫好了後，曾交給林林，黃繩兩先生看過，林林先生這樣表示：他並沒有主張詩腔要回到舊腔裏去。我願意附帶聲明一下，這篇文章的有些意見，不一定是針對他們兩位來說的，我這篇題目就和他們兩位的題目有點不同，但為了說得週密一點，我不能不堵塞了一些可能的漏洞，希望讀者不要以為我的整篇文章都是針對他們而發的。

選自一九四八年香港《中國詩壇》第三期《生產四季花》

第五輯

主要作品評論

論「蝦球傳」的創作道路／于逢

S兄：

「蝦球傳」的出版，影響很大，大家很注意，認為這是今天華南的一本難得的小説：你推薦給我讀。後來關於「蝦球傳」問題的論爭，批評者們有些指出蝦球這個人物的真實性不夠，有些指出作者對於其他一些人物與事件的立場和觀點還值得榷商：你説你不能同意，問我的意見。是的，我有意見，我覺得應該告訴你和你討論，俾得我們能夠摸索出一條路，更好和更有效地為人民服務。

是的，「蝦球傳」是一本好小説，而且影響也確實大。它曾使多少羣眾感動、覺悟，並把他們從落後文藝的影響中，爭取了過來。特別對於香港的一般青年讀者，它曾盡了新文藝所應盡的宣傳、啟蒙、和教育的作用。這光榮是屬於「蝦球傳」及其作者的。我以為，「蝦球傳」之所以成功，是在於它的為羣眾的觀點上。我們每個人讀着這本小説，都有這樣的一個強烈感覺：就是作者在寫作中無時無刻不記得他的讀者羣眾，他知道應該給他們一些什麼，知道他們喜歡什麼，並且知道怎樣使他們喜歡。我覺得，作者在某種限度內是把握着毛澤東先生的指示的「喜見樂聞」的原則。作者就是這樣用他的作品戰鬥，並且收到很豐富的戰果。在「蝦球傳」裡，作者使我們得到很強的現實感與時代感，他在我們面前展開香港、蔣管區與游擊區的諸種動態，諸種畫景，並提出千百萬羣眾所關心的諸種問題，加以表現和解答。對於所能蒐集得到的材料，作者這樣珍惜，幾乎完全交織進故事之中，不願捨棄。就是這樣，做成了作品裡的豐富內涵與絢爛色彩，使有些讀者驚異而且嘆賞，其次，作品的反映現實是非常迅速的，幾乎是今天發生的新聞明天就作為一章節出現於故事之中，好像人民游擊隊，襲擊古勞鄉就是例。這種迅速反映，本身就具有戰鬥性，使作品增加了極大的力量。此外，一般讀者還提起作品中的大眾化問題。作品中運用着通俗的語言，使得廣大羣眾能夠看懂與容易看懂；其中羼入活生生的廣州人民方言，使得書中人物活了起來，站在讀者面前。

總而言之，為羣眾，是作者無敵的武器，他因它建立了作品的內容，運用了靈活的技術，他用它攻破了黃色文藝堡壘，殺出一條路來。在這一點上，「蝦球傳」對於我們，對於我們將要必須而且已經開始建立起來的方言文學，是有着某種積極意義的，但我們能不能因此就認為「蝦球傳」已經完全沒有什麼弱點呢？當然不能夠。我以為不特有弱點，而且弱點相當大。自然我們今天必須肯定它的戰鬥性、羣眾性。但當我們接觸到立場與觀點的問題，接觸到現實主義的問題，接觸到形象創造的問題的時候，我們就會看到這作品的弱點所在及其產生的原因。年前關於它的論爭，正如大家所知道，是從這裡開始的。

蝦球這個人物，他的性格與他的生活鬥爭，成為論爭的中心，我以為並不是偶然的。蝦球，不特由於他是主人公，是貫串全書的線索，是方生一代的代表，是作者的希望，而且由於他是創造的形象，我們可以通過他把握全書的中心環節，發見作品的內在矛盾。蝦球，曾感動了無數的讀者羣眾，他天真聰明，熱情勇敢，經歷了種種人生苦難，終於走上革命的道路，這個故事與主題是很動人的。

蝦球以一個小販出身，由於一個偶然的原因，他走出家庭，變為一流浪無產者，從此開始他的生活鬥爭。但確切說起來，他的生活鬥爭只是一種生活遭遇而已，正如河流中的一件浮物，在沖激中打滾、漂浮。他的遭遇都是很偶然的。這並不是說，他沒有生活的鬥志和不去找尋生活的道路，而是說，他的鬥志與道路缺乏現實的基礎與必然發展的規律。誠然，小蝦球的生活經歷是頗為曲折坎坷的：他做過流氓頭目的爪牙，坐過牢，流浪回國，他被捉過當兵而又逃脫，他遇到沉船又重新流浪，他最後跑進了人民武裝隊伍裡去，成為一個戰士和英雄。但我們看見，作者對於蝦球的安排，却使他與所謂生活鬥爭無緣，因此就與必然的發展規律無緣。蝦球是一個「眉清目秀」的少年，有一副小弟弟式的性格，人們都很喜歡他和關心他，女人們對他都有深刻的印象。他的遭遇似乎很不幸的，但時時「絕處逢生」，總是「天無絕人之路」。他對生活是極少本領的，他所以能夠生活下去而且流浪各地，完全靠着鱷魚頭，靠着牛仔，和靠着意外之財。他身上藏有不少港幣，藉着這些港幣他結交了一羣難友和「戰友」，做了他們的「大哥」，並由此和游擊隊取得關係，一窩蜂投了進去，一切是機緣，一切是偶然綫索交織。在這裡，他的性格並未發生什麼作用；而這些離奇曲折的遭遇也沒有或很少影響他的性格。他彷彿總是依然故我，毫無長進。什麼是生活鬥爭？生活鬥爭本質上是階級鬥爭。人在鬥爭中為他的社會基礎所決定。生活鬥爭總是影響着人的性格，而人的性格亦在某種程度上反作用於生活鬥爭。生活鬥爭發展，人的性格也跟着發展。兩者是矛盾的統一體，永遠互相影響而絕不彼此脱節。但我們從蝦球身上却正正看到這種脱節。在蝦球，生活鬥爭往往化為有趣的故事，而性格則變成了抽象的存在。這種脱節，經過「蝦球問題」的論爭以後，在第三部「山長水遠」中可以看出部份彌補了過來，但痕跡還是有的。作為一個少年的流浪者，蝦球常有不應屬於他的東西。例如説：他已經是十六七歲的少年了，經歷了無限的人生苦難，但他給我們的印象，却這樣幼稺、單純、和天真，好像是個十二三歲的兒童；但故事需要他做事的時候，他又每能「人急智生」、「忽發奇想」、非常老練。其次，他的人生思想很成疑問的，什麼是他的人生思想呢？做好人，不偷騙，不下流，不墮落，心腸善良，孝順母親，知恩必報，發奮向上，見義勇為，為民除害；全是一套小學教科書裡面的道理。這是一種封建的道德和一種資產階級的偽善。它們一直支配着他，並使他在生活中常常表現出許多可恥的弱點。鱷魚頭幾次打他，他毫無反抗，即使是精神上的反抗，鱷魚頭對他的欺騙，他好像滿不在乎；鱷魚頭的罪惡本質，他似乎熟視無覩。他和牛仔的相處中，只表現了一些虛偽、庸懦、渺小的性格，和亞炳們的結交中，除了出錢請客和自我吹牛外，並未做出什麼真的使人佩服的行為。

所以，倘若脱下了流浪無產者的衣服，蝦球只是一個小市民階層的學生哥而已。關於蝦球這一切弱點，適夷先生在其批評中曾經指出，而且很詳盡很確當。自然，他不是把蝦球當為一個人來指出，而是把蝦球當為一個形象來指出。換言之，他所指摘的不是在於蝦球這個人有性格上的小資產階級，即作者所謂「思想意識以及行為的一切不健康的骯髒的東西」（答小讀者），而在於這些東西和蝦球的階級基礎與生活條件沒有必然的聯繫。但這却曾引起某些批評者誤解，以為適夷先生要求蝦球是一個毫無弱點、毫無矛盾、而自覺地筆直地走上革命道路的理想人物。但難道到今天還有批評者不懂得一個人的發展必須經過矛盾與複雜的辯證歷程，而且在這一點上要求作者給予我們以活生生的形象嗎？問題在於這些形象是否由具體的環境條件與階級鬥爭中產生。作者對於他的蝦球的「愛心」是真摯而且濃烈的，使讀者們時常不禁跟着作者為這位小主人公的命運祝禱。這是作者的真誠與愛的感動！不過倘若把這位小主人公真的當為一個流浪無產者，則他的弱點在作品中所受到的指責與批判實在太不夠了；反之，他的弱點却常常被輕輕放過或當作很自然東西描寫着，甚或加以宣揚。倘若放在一般幸福的小朋友身上，這些弱點也許是一些逗人憐愛的東西；但放在一個備受苦難與壓迫的流浪少年身上，却是多麼不相稱、多麼使人惋惜與遺憾啊！

蝦球這個人，他到底怎樣走上革命的道路呢？

蝦球這個人，我以為，他之所以終於走上革命道路，本來很偶然，而且也牽強。今天在游擊隊裏的英雄的「小鬼」們，他們大都在農村長大，並在集體的真實鬥爭中，走上革命道路。他們的發展都是很自然和很必然的。當然，條條大路通羅馬，我們不能指定一條一般的道路要蝦球走，但他的「特殊」道路却總不應超越他個人發展的規律與社會條件的制約。如上所述，他帶着小市民的性格走進世界，碰到那裏是那裏，碰到什麼人就跟什麼人。在他生活中遇着的大都是溫情主義的施與者，沒有一個戰友。但他的走上革命道路却又好像是註定了似的。他見了丁哥一面，談了幾句話，以後「打游擊」就幾乎變成他的唯一的生活理想，好像宗教信徒似地千辛萬苦去追尋。他所日夕夢想的是「既可打水鴨又可打強盜的雙槍在腰，爬山涉水，到處紮營的游擊生活」，彷彿這很有趣，很好玩。三姐批評他很對：「他跟那些看了連環圖就真的實行上山尋師學道的孩子，是同一氣質的。」他受「連環圖」的教育影響真是太深了。周鋼鳴先生在其批評中對他的轉變有很確當的分析。他的轉變首先是受到革命的實踐丁大哥所給予的傳奇式的片面影響，其次是得到革命的說教者龍大副所灌輸的許多革命道理。我以為，要用這種注入式的教育作為促使一個少年流浪無產者走上革命道路的契機，將必非常脆弱無力，而且也與歷史的真實不相符。一個人倘若不是從本身的生活鬥爭經驗中獲得階級覺醒與革命認識，不是從偉大的集體鬥爭鍛鍊中洗刷自身的一切弱點，他的轉變是沒有根據的；一個人倘若不是把個人的生活鬥爭與羣眾的生活鬥爭相結合，不是把自己的出路與人民的翻身運動相結合，他的成為革命英雄，更其不易想像。但我們所期待於蝦球的，却沒有從他的道路上看到。他一直漂泊在羣眾的邊緣之外，感不到羣眾的呼吸與脈搏，也沒有從個人的生活經驗中得到某種覺醒；他曾有一羣朋友，但他們相處的結果只使他悟到「自己打自己的主義」這個可悲的個人主義的「真理」。因此他的「糢糢糊糊的革命觀」也只有從外面機械地注進去了。

我們翻開「山長水遠」的三十一、三十二頁，就可以看到這種「糢糢糊糊的革命觀」是什麼樣的和如何注了進去的。這種「糢糢糊糊的革命觀」，我以為只是「施公案」或「連環圖」裡面的革命觀，和今天廣大羣眾以自身經驗所或多或少了解了的新民主主義的革命思想其實有本質上的不同：它與我們今天歷史現實沒有絲毫聯系，它與我們今天革命鬥爭是完全脱節的。我們今天想要把「忠」字解釋為「服務於人民」，把「奸」字解釋為「背叛人民」，不單不能增加什麼意義，反會歪曲了原意。所謂「忠」「奸」，所謂「打抱不平」、「除暴安良」，其實都是封建的濫調，不祇陳舊，而且有害。二十多年來，革命的叛徒們曾用封建道德來束縛人民的頭腦，歪曲他們的革命思想，以便利自己的統治。但今天已是一九四七——四九年了。今天中國人民的覺醒程度已空前提高：每個人都知道為了解放自己，必須作集體的戰鬥。在今天，上述的封建道德除了在國門之外麻痺一部份落後華僑外，在到處燃燒革命烈火的中國大地上是已完全破產了。但成長在香港、流浪回到祖國、經歷無數折磨的小主人公蝦球，却還抱着這樣一種胡塗的革命觀，不能不使人覺得驚異，因而他每次要求參加「游擊隊」的舉動也就不能不使人感到突兀了。他在廣州路上見到丁大哥就叫：「丁大哥，我沒飯吃了！我要投游擊隊！」他在鶴山渡船上見到三姐就追前去請求：「大姑，讓我跟你學革命吧！」這和一般流浪無產者的走上革命道路能有什麼共通之處呢？

「新中國在胎動中，新的人、新的英雄在不斷湧生」（作者），這是書本中一個重要的主題。顯然地，作者把他的希望放在蝦球身上。蝦球，這一個方生的典型，到底怎樣變為新的英雄呢？他跑進了游擊隊以後，上了「第一課捉虱子」，曾向從前是朋友、現在是敵人的蟹王七的隊伍放了一槍，從走路不慎踢掉了脚趾甲這事中領會了「舊的不脱，新的不生」的道理。後來他立了功，成了英雄了，不是在熱辣的戰鬥中，不是在獻身的工作中，而是仍舊時時藉着某種私人關係，拉拉扯扯。蝦球給我們的印象，從開頭到最後總脱不了小市民的孩子的模型。但他要「革命」，他要瞭解這個社會和今天的鬥爭，於是只得時常學成人一樣做事和一樣思想，變得煞有介事，皺皮苦臉，呆若木雞，或者有所悟。但由於他到底是一個名符其實的孩子，於是他所通過的道路都充滿適應於他的氣氛。從這裏，產生了作品中的濃厚的童話色彩；也從這裏，產生了一個真實的鬥爭向一個有趣的故事的消融。

作者自白道：「這兩個既相似又不同的人物——蝦球和鱷魚頭，出生在不同的時代，今天活在曙光在前的中國，他們會有怎樣的前途呢？放在今天歷史的現實糾葛中，他們會演些什麼脚色呢？」似乎是先有既定的形象，再放到現實沖激中看他們將起着怎樣的變化，這和生物學者把某種生物放進各種各樣的環境中去觀察他們的適應狀態，是一樣的。這是一種創作方法上的機械論。這種機械論發展達到極端的時候，甚至使人物與題材分裂，服從題材，而為題材的傀儡，我們可以看得到「蝦球傳」是在一步步陷入這個泥沼中，而且從第一部「春風秋雨」就已經開始。為了展開動人的社會生活畫景，為了穿插活生生的現實鬥爭故事，為了描繪熱辣辣的游擊區的各個側面，蝦球於是給趕來趕去客串，盡着線索作用；那麼他的道路走得曲折而又離奇，他的行為表現出許多不近情理，他的性格內部發生了矛盾與分裂，也就不足為奇了！

但這和現實主義的要求實在還有不少的距離。根據現實主義的原理、形象與歷史、性格與環境的關係是並非如此的。「典型環境中的典型性格」，在這一句名言裏，不單是要求着典型的概括性，同時要求着性格與環境、環境與性格的正確的辯證關係。任何脫離現實主義的傾向，必然產生不良的結果。一位朋友對我說：他讀「蝦球傳」，每每發見蝦球碰到什麼重要關頭或巨大事變的時候，總是一抽身就閃了過去，避重就輕；他越讀下去越摸不着蝦球的性格，彷彿這個人是沒有什麼「定性」似的。由此可見，稍為離開現實主義，就連一個性格的抽象的統一也不可能呵！花朵植根於泥土才能生長；性格植根於環境才能繁茂。花朵脫離了泥土就會凋謝；性格脫離了環境就會枯萎。從「春風秋雨」「白雲珠海」到「山長水遠」，作為一個流浪少年的蝦球是在成長着、「轉變」着的：但作為一個文藝形象的蝦球却是日漸枯萎下去了。

現實主義告訴我們：只有深入認識客觀現實的本質，把握其社會關係與階級鬥爭的發展，才能發掘出諸種典型的形象。反過來說，要發掘形象，首先有賴於我們對客觀現實本質的認識的深入；但要達到這點，又首先有賴於我們在社會階級鬥爭方面的實踐的加強。否則，我們所創造的形象必然帶着或多或少的主觀成份，而與客觀現實有着某種程度的脫節。因此，一個作品中形象與歷史、性格與環境的分裂，實際上不過是作者的思想與生活，理論與實踐的未臻一致的一種反映而已。從這裏，我們將發現一個戰鬥的辯證唯物觀點與一個戰鬥的階級革命實踐對於一個進步作家是如何重要了。

假如說，我們從蝦球這個主人公的身上看到的，是階級的人消解於抽象的人之中；那麼，我們在作品中看到的，則是階級道德消解於所謂人類愛之中，階級鬥爭消解於原始生存競爭之中，歷史的真實面目消解於故事的曲折離奇之中，必然的發展軌跡消解於偶然的變幻開闔之中。這是從創作方法上的機械論所引導出來的羣眾立場、階級立場的消失之結果。關於這個問題，周鋼鳴先生和適夷先生在他們的批評中早已在原則上或個別部份上加以指出了。

作者在「在摸索中」一文中敘述「蝦球傳」的創作經過，說他把蝦球的性格分為「美」與「醜」的兩面，使它們互相鬥爭。其實，書中只把蝦球的性格機械地分裂，而不是作矛盾的統一；並且在所謂「美」與「醜」之中，抽去了它們的社會、階級的基礎。這是不對的。一個人的性格時常不但表現於他在做着什麼事，而且特別表現於他怎樣做着這件事。在這個「怎樣」後面，就站着了他的整個真實的人格，和站着了一定的階級鬥爭與全部的社會背景。例如說，蝦球的聰明機智，當他為鱷魚頭獻身的時候，只表現他是一個十足的奴才；但當他為游擊隊立功的時候，他就變成一個小英雄了。這點作者處理得很對。但這樣情形却不多。我們所見到蝦球的所作所為，都是不大能夠使人讚賞的，雖然他的逗人憐愛的樣子曾令好些讀者付出了尊貴的同情。文中說，這都是蝦球「醜」的一面；他還有「美」的一面啊！但我們要問，所謂「美」，所謂「醜」，是根據什麼樣的道德標準來決定呢？文中說，「知識份子的、或成年人的道德標準，在他身上不能適用。也不能用量解放區兒童的尺來量度他。」那麼，到底應該拿什麼「尺」來量他呢？我們現在社會上有一種封建地主的道德，一種資產階級的道德，一種小資產階級的道德，還有一種無產階級的道德，但絕對沒有一種抽象的超階級的道德。從這裏，於是出現了一個作者的立場與觀點的問題了。

「善良」，是蝦球性格「美」的一面，他同情弱小者，病患者；但當鱷魚頭打他的耳光，他却馴服得像綿羊時，所謂「善良」，也只能變為「醜」的一面了。「樂觀」，這是很好的，但應該建築在自己的鬥爭信心上；倘若事事都是倚賴着主子像一條哈叭狗，我們要這種「樂觀」什麼用？我們評論蝦球這個形象，是說他不像一個少年流浪無產者以至難童；我們批評蝦球這個人，是說他是一個小市民階級的學生哥。這是兩件不同的事。前者是一個形象創造、亦即現實主義的問題；後者是一個階級立場與觀點的問題。關於後一點，我以為書中對於蝦球的批評實在太不夠了。對於所謂「美」與「醜」，既然似乎沒有什麼準則，於是它們也就混亂起來了。例如，對於蝦球來說，牛仔本是他的一個戰友。但在牛仔的天真、坦率、忠耿的對照下，他顯出多麼虛偽、卑劣和懦怯啊！牛仔是用偉大的階級愛來愛着蝦球的，而蝦球却回報給牛仔以小資產階級的偽善教育。他們共同生活期間屢次的小衝突，大都由此而起。我們在書中看到，牛仔是處處被低貶的，而蝦球則處處得到褒揚：彷彿他在走向正路，走向善，而牛仔却是走向「墮落」，走向惡。

作者曾提出了人性和理性的問題，並加以詳細闡明。蝦球這個人的性格弱點，於是被當作是「人性的流露」；而他之所以終於走上革命的道路，則是被當作受了「理性的節制」。我以為這也是不對的。在階級社會裏，人性是透過階級性表現出來的；倘抽去了階級性，人性也只能歸於烏有。抽象的人性是沒有的；某一種人性表現出來，它必然帶着特定的階級本質。據蝦球的表現看來，他的人性實質上只是一種小資產階級性。小資產階級是一個可上可下的階級，當動搖的時候，他的精神狀態表現為感情與理智的分裂，理智伸向無產階級革命，而感情則依戀於資產階級的生活。從這裏，產生了小資產階級的溫情主義。不從生活鬥爭中發現偉大的階級愛，而從資產階級的偽人道主義中找尋什麼人類愛或人情味，也許這就是小資產階級的「人性」吧？自然這種「人性是應受理性的節制的」，但這理性必須是無產階級的理性，並且必須表現於作品中的人物，特別是蝦球的正確批判上。

其次，在「蝦球傳」中，人物間的社會或階級關係也是糢糊的。以代表兩個逐漸各走極端的社會勢力的人物蝦球和鱷魚頭來說吧，他們之間的關係不單好像沒有主奴之分。反之還幾乎好像父子：蝦球回到鱷魚頭那裏就像回到了家，他們之間的矛盾與衝突，壓迫與剝削，都被輕輕地抹煞了。於是，一切階級「成見」都完全融化在溫情主義之中。後來蝦球之所以終於認識了鱷魚頭的真面目，决心和這隻「鬼」分手，乃是由於愛友牛仔的被殺。但這個事件除了具有生物生存競爭的意義外，實在極少社會內容。蝦球不是從自己與他的矛盾鬥爭的經驗中，不是從自己對他的社會罪惡的瞭解中，而僅僅是從一個偶然事件的發生中，認識了鱷魚頭的本質，作為蝦球到底開始覺悟的契機，恐怕是太過無力了吧？後來蝦球參加游襲隊做了「觸鬚」，重新與鱷魚頭碰在一起，這次他們是完全處於敵對的地位了，但蝦球對敵人的憎恨感情却仍是多麼淡薄啊！

鱷魚頭，作為一個亦流氓亦官僚的反動類型是具有很大的真實性的：歷史正在產生這種垂死的人物。鱷魚頭，他的生活鬥爭是和時代環境緊扣起來的，因此給予我們以活生生的印象，超過了主人公蝦球，但這印象却不是完全正確的。周鋼鳴先生曾引述一個青年讀者對於鱷魚頭的意見，以為他所作所為乃是生存競爭所必需。鱷魚頭之所以很容易被誤認為一個「小市民的冒險英雄」，無疑由於書中批判力的不夠，而這不夠其實又是起源於羣眾、階級的立場與觀點的軟弱。因此鱷魚頭的本質不單被隱藏了去，而且其他人物的面目也糢糊了。例如蝦球，我們不是也感到他有點類似「小市民的冒險英雄」嗎？鱷魚頭與馬專員，他們的利益有衝突也有一致，他們互相排斥或互相勾結就是建立在這一點上。這是不錯的。但後來他們的這種真實的社會關係，却為一種黃色的「美人計」所代替了，「冤家對頭樓上樓」和「訂密約發假誓」兩幕，真是令人恍如置身於偵探小說之中。但類此的情形，這表現於其他的地方。例如張果老本是大撈家，但看來好像一個隱士，鱷魚頭與他促膝談論的場面，極似演義小說；巫營長們的走私，却是列隊唱歌前進，彷彿什麼青年政工隊；男女青年去參加革命，一路談着理論，「好像去做新嫁娘似的」：游擊隊所開的祝捷晚會，實際上只是抗戰初期的「民眾」晚會的翻版；人民武裝的軍事幹部吳隊長，看來却類於國民黨反動軍隊裏的軍官。……於是，現實的面目開始糢糊了，歷史的脈搏開始呆滯了，鬥爭的殘酷性完全沖淡了，革命的嚴肅性完全降低了：一切都逐漸消解了，給我們留下來的只是一個多姿多彩的「故事」。

也許有人會問：「山長水遠」不是正面描寫游擊區，正面接觸革命鬥爭嗎？為什麼關於它上面說得這樣少呢？真的，說得很少。不過朋友間談起來也是說得很少的。「山長水遠」曾有很大的企圖，它要描寫一個新的世界，和一個真實的鬥爭。但它越要使我們相信這是真實，它本身却離開真實越遠。江子萍先生的「馬騮精和猪八戒」，雖然寫得粗糙一點，但已給了我們以新的真實形象；最近刊載於「華商報」上的林洛先生們的游擊區通訊，雖然報導得很簡略，但已在我們面前顯出了一個新社會：這都是我們要從「蝦球傳」得到而得不到的。無論是新聞記事的演繹或材料的鋪排與編織，都不是藝術的創造，因此亦不是客觀的真實。

從製作方法和方向來說，「春風秋雨」和「山長水遠」沒有什麼不同，但其中有一個差異的地方，就是它的真實畫景乃是從真實生活取得；而在取得的過程中，作者曾和真實生活勝利地搏鬥了過來。

「蝦球傳」在華南、特別在香港有着廣大的和廣泛的讀者，這是由於內容有強烈的時代感與現實感，此外還由於它，形式在某種程度上做到大眾化。簡單、明快、文字淺白，而且還吸收了一般流行小說的優點，使它具有這樣大的力量，一下攻進了黃色文藝的堡壘。在南方真是從未有過的事。

關於大眾化，從前曾有或許現在還有一些人，把它等同通俗化。這自然是一種錯誤。大眾化問題，在我們今天的理論上是早已解決了，但做起來往往很易陷入過去錯誤的窠臼。大眾化，首先是一個內容問題，其次是一個形式問題。但我們平時一提起大眾化，往往不自覺地把內容的思想性降低了，把內容的複雜性矛盾性簡單化了，以為否則不易使羣眾看懂；其次又往往不自覺地在形式方面作些遷就，並且盡量把文字粗淺化，以為這樣就可以討到羣眾的歡喜。我們不是曾經有人寫了不少的通俗小說嗎？但直到現在是不是能夠從這個基礎上建立起大眾化的文藝呢？自然是不能夠。大眾化，不是從我們拿東西給大眾，而有從大眾中間發展他們自己的東西。趙樹理的小說是我們的驕傲，它是一種全新的東西，它的語言跳動着人民的脈搏、簡易、明瞭，而又一個個字發光，有生命。但「李有才板語」和「李家莊的變遷」所接觸的主題是多麼巨大，而它的思想內容又多麼豐富啊！

我們的創作要大眾化，首先自然為了給大眾看懂，但其實同時也為了使我們取得更強的鬥爭性（思想性）與更高的藝術性。只有採取了大眾的語言與表現方法，才能正確刻劃出大眾的鬥爭，創造出活生生的大眾的典型。大眾化與思想性和藝術性不是互相衝突，而是根本上一致的。我們要在故事中故意佈置波瀾，製造驚險，舞弄「矛盾」，以為這樣就可以加強藝術性嗎？但這只是流俗小說的技巧，它或許能夠暫時增加某種效果，却往往同時把藝術性淺薄化了。我們要在作品中羼入種種的理論演說，舖張一般的社會知識，以為這樣就可以加強思想嗎？但這只有便得所謂思想性變成一個贅瘤，掛在作品的身上。我們要在描寫中運用知識份子的語言，以為這樣才能正確深刻表達內容的事物嗎？但結果只能使一切事物失去生命。大眾化與上述一切是無緣的。

在嚴格的大眾化意義上說，「蝦球傳」自然還不能算是我們的理想作品；而且就在語言方面說，它也有些不純。廣州人民的語言，一般知識份子的白話，舊小說的文腔，在作品中是並存的。但不管怎樣，「蝦球傳」到底仍是我們今天傑出的作品，我們絕不能低估它的實際的效果與價值。從整個小說來說，它雖有立場上和觀點上的弱點以及創作方法上的離開現實主義的傾向；但以個別部份來看，它實在擁有極多的輝煌的篇章。它的表現方法是這樣直接、明快，它的方言的運用又是這樣的活生生、有力量。從紙面上，廣東人民的生活鬥爭的激烈與殘酷，他們的生命力壯旺與飽滿，他們的聲音的洪大與響亮，都透露出來了。那些亞娣們和亞喜們，那些蟹王們與吳猛們，那些牛仔們與亞炳們，他們的生命是跳躍着的而且將要永遠活在我們的面前。

我們今天需要「蝦球傳」，不祇一本，而是十本百本千本，因為只要能夠攻擊敵人、收到戰鬥效果的武器我們都應該拿起來用。從「蝦球傳」，我們知道它的作者是一個為羣眾服務的幹才，是一個使用文藝武器的能手，我們相信他將來一定能夠把他的武器鍛練得更好，更銳利。我們是和廣大的讀者羣眾站在一起，作着充滿信心的期待！……

一九四九年三月改寫於香港銅鑼灣

附記：本文所引周鋼鳴先生，適夷先生及作者本人的文句，具見他們發表於「大眾文藝叢刊」；「青年知識」，文匯報「文藝周刊」和「學習叢書」上的文章，茲不再一一註明出處。

選自一九四九年六月香港《小說》第二卷第六期

評蝦球傳第一二部／周鋼鳴

黃谷柳著的「蝦球傳」是包括着好幾部的一本長篇小說。第一部「春風秋雨」和第二部「白雲珠海」都已經印成單行本了，第三部「山長水遠」尚在報上連載，也許還有第四部，第五部。這是規模相當龐大的一個長篇。內容是寫一個流浪兒童在香港和廣東的黑社會生活中的曲折經歷，以及他將如何從這種生活中掙扎出來走向光明。這種題材在新文藝上，可以說是很少或甚至沒有被人描寫過，由於作者對於這方面生活的熟悉，以及他社會知識的豐富，這個作品確實具有一種引人入勝的魔力，使讀者跟着書中人物如親歷其境一般，看到這種社會生活中萬花鏡似的多彩多姿的面貌。這的確是開拓了新文藝的視野，暴露出殖民地和半殖民地社會最陰暗的角落裏的生活狀貌。作者這種努力，以及生活知識的豐盛，是值得讚美的；這兩部小說贏得了極廣大讀者的歡迎，並不是沒有理由的。

但是剛看完這兩部連續的小說後，除了使我熱烈地關心書中的主人公，那個流浪兒童蝦球今後的命運遭遇及其出路之外，立刻要進一步去分析它所表現的內容的意義，人物和作者的思想時，頗感到困惑，原因是，從這樣複雜曲折的情節和縱橫交錯的場面中，要去理出它的題旨，是頗不容易的事。現在我稍稍整理出來一些讀後意見，就算是我對于作者前二部的批評吧。

作者在作品前二部所表現的中心思想是什麼呢？

看了「春風秋雨」和「白雲珠海」之後，覺得蝦球所說的「我總不會餓死！」和六姑所說的「人是不容易餓死的！」這兩句話最突出，大概作者是以這兩句話作為這作品的中心思想，來表現蝦球的苦難經歷和奮鬥經歷吧？馮乃超先生在評介「春風秋雨」時，也曾肯定地說蝦球說出「我總不會餓死！」這話，「是一句莊嚴的反抗宣言」。並指出「蝦球的這個思想，是有它積極的內容的。」這樣說來，作者的企圖，真和我們所分析的一般無二，（可惜我趕寫這文章前已來不及去找作者一談。）那麼我們可以看出，作者在前二部所表現的中心思想，就是這種「我總不會餓死的！」的生存鬥爭的思想。而作者正是緊緊地抓着這一中心思想，滲透在蝦球的生活實踐裡，使蝦球經歷了多少艱難危險，而鍛鍊出堅強的意志，「獨立不羈的精神。」（乃超先生語）並且以這種生存鬥爭的意志來支持他從過去到將來。作者所賦與這個人物的性格特徵，也就是貫通上二部小說的中心思想。

但是這種生存鬥爭的思想，是不是如乃超先生所說的，——也是作者現在所着重表現的，具有積極內容的意義呢？我想這應當從兩方面來看，它是有積極的意義的一面，也有消極的意義的另一面。以「我總不會餓死的！」和「人是不容易餓死的！」這兩句話，從它的積極意來說，就是要活下去。的確，在今天的社會裡，能活下去，就是在生存鬥爭的戰線上的一個大勝利。但是相反的，「我總是不會餓死的！」和「人是不容易餓死的！」實際上也帶有消極的「天無絕人之路」的宿命論觀點；這是和那種得過且過，隨遇而安的生活態度一脈相通的思想。因此，我覺得單從這兩句話的字面含義來講，是不能得出它是富有積極的意義的。所以，要把這兩句話作為小說所要表現的中心思想，或是從批評上來肯定它的積極意義，都必須是：要有原則地來表現；要有原則地來肯定；不然的話，在這渾渾噩噩的生活海洋裡，我們就會迷失了明確的方向。這就是我首先對於這「我總不會餓死的！」生存鬥爭的思想，先提出這一點原則的意見。

其次，我想來分析一下這作品的前二部，作者是怎樣來表現「我總不會餓死的！」生存鬥爭思想的呢？從第一部蝦球作小生意競爭失敗之後，他就投身到這黑暗的生活海洋裡，隨波逐浪，任其浮沉；雖然他冒過險，受過苦，幹過偷竊盜竄，在黑暗生活中，也有掙扎，也有不滿和怨恨，也有模糊的憧憬和追求，但這一切總還是為着這「我總不會餓死的！」的生存願望，而任生活擺佈着。當然蝦球這個人物，不是天生下來的現實反抗者，所以我們不能要求作者硬生生地把蝦球寫成一個一下就覺醒的流浪少年；事實上也正相反的，中國的流浪漢，一切江湖好漢，草莽英雄，馬路流氓，都是在幾千年來封建勢力，和近百餘年來帝國主義侵略下的半殖民地奴役生活的壓迫下，而又受了這封建迷信思想和半殖民地的買辦奴才思想，麻醉很深的流氓無產階級。他們表面上是舊社會的反抗者，實質上還是舊社會的保安隊。可以落草為寇，招安為官；是非法的行為和「合法」的生存觀念的矛盾混合體。因此他們似乎是強者，其實是弱者。所以蝦球最初無法生存時可以當王狗子的馬仔。後來蟹王七打他，他勇敢地反抗；但是到了他的靠山主子鱷魚頭打他幾次耳光，他不但不反抗，反而屈服，却沒有一點怨恨之心。所以這類人物的覺醒和發展，不是走直綫的，而是走曲綫的。因此作者表現出蝦球這個人物軟弱的一面，是並不奇怪。同時根據小說現在發展的情節趨向上來看，已透露出作者對這個人物的發展的安排，正是想寫他從那無原則的不擇手段目的的生存鬥爭思想，以逐步提高到反對這種無原則的生存鬥爭思想；（如在「春風秋雨」中，因偶然地偷竊了由美歸來的老僑的錢正是自己老父的錢，而厭惡做扒手的偷竊行為，决心洗手不幹。如在「白雲珠海」中經歷了種種遭遇之後，所透露出對鱷魚頭的不滿與仇恨的思想情緒等等）以引導到進一步去作有原則有目的的生存鬥爭。——我相信作者的確是下了這樣的苦心，來佈置這小說的來龍去脈，而想在第三部第四部中來表現出這樣的轉變吧？

但是儘管作者的企圖是如此，可是在作品的第一部第二部所表現出來的，——在作品裡所描寫的社會生活，所描寫的這些狡黠而又爽朗的人物性格，和他們大胆冒險的行徑，自我中心的盡情縱慾享受，……這一切的新奇的情節和傳奇式的描寫和煊染却缺少了通過主觀的分析批判來暴露。所以就加重了這無原則的不擇手段的生存鬥爭思想的影響作用，減輕了對於這種思想的批判和否定的作用。一個青年讀者曾對我說，這作品上二部可能給人一個相反的影響，尤其是許多思想糊糢批判力薄弱，而又在現實生活重壓下喘不過氣來的小市民，看到鱷魚頭等所幹的行徑，就會發生這樣的思想，以為人要活下去，就得要幹壞事；與其萎縮可憐的向人乞討而不能活下去，反不如像鱷魚頭他們一樣的痛痛快快地幹，痛痛快快地吃、喝、玩樂、和痛痛快快地死。這個年青讀者甚至說，在運輸船沉沒後的怒海孤舟中，鱷魚頭為了要求得自己生存，而打死牛仔等，都是對的，情有可原的；因為這就是生存鬥爭呀！這個青年讀者的意見，未免是過慮過偏之見；但這個讀者的意見，也就說明了作者處理鱷魚頭這些人物時，還有着許多弱點存在，就是描寫他們時，沒有把握明確的立場，通過主觀的分析批判來暴露，而把他們寫成新奇冒險的中心人物，

——小市民的冒險英雄了。所不同的是程度之差，如靠山大手面大的就是「撈世界」，而靠山小氣派小就是「搵飯食」。所不同的是鱷魚頭做主子做大哥（他也還有主子），蝦球做爪牙做馬前卒，前者似乎「可以」獨立自主，頤指氣使，恩威並施，後者只是依人籬下，供人榨取；這也不過是大魚吃小魚，還看不出有什麼本質上的差別。而有差異的地方，就是鱷魚頭等的甘心為惡，而蝦球是善良者的附從為惡。但是蝦球雖然是善良的，可是他仍是飄浮在現實人民生活之上的，因此他親眼看見人民的苦難仇恨和鬥爭，却都沒有發生有血有肉的共同感受。因此我覺得以蝦球來貫串一切黑暗新奇的生活角落，雖然是可以牽涉附會；但要寫他成為一個有血肉的生根在人民生活中的轉變和改造的性格，以現在這樣的處理方法，我就耽心不容易寫得踏實。

因此，我覺得作者在處理這些人物時，就還有一些弱點存在的地方。大概是作者對於「我總不會餓死的！」和「人總是不容易餓死的。」這種生存鬥爭的思想，是同情多，而批判少的緣故。所以一方面就為着要使蝦球活下去上着眼做文章。另方面對那些在無原則的生存鬥爭中的人，也付與了過多的同情，而減輕了批判他們怎樣活下去的意義了。甚至過份強調這句話，而減輕了對現實的人不能活下去的描寫。如廣州每日的路屍，就是許多人活不下去的現實。作者雖然提到了，但却缺少控訴黑暗的感情的流露。所以「我總不會餓死的！」這句話，並不一定是一句「莊嚴的反抗宣言。」因為一切流氓都不會餓死的，他們就靠敲榨犧牲別人而活。所以要表現這種中心思想，就要批判地表現，看他們是怎樣的活下來。寫黑暗現實中的一切生活現象，就得要加重寫它的內在矛盾，諷刺和暴露這矛盾中的沒落一面的人物和生活，甚至對蝦球在這種矛盾生活中的盲目性也應當是批判的。——事實上作者對他也是同情多而是批判少。

其次作者在描寫這些黑暗社會的新奇生活外，作者本身也被這些新鮮、粗獷、奇趣的生活所俘虜了。他一方面是為了適應報紙連載以吸引讀者的緣故，把讀者視野打開了，使他們看到一套一套新鮮的事物——各種社會的生活角落，因而讀者也無形地被這新奇的事物所俘虜了。所以作者在寫這些黑暗社會的生活現象時，也無形地欣賞這些生活，如寫洪少奶奶跟馬專員勾勾搭搭的場面，寫六姑的短到肚臍的淺紅內衣，寫阿娣的白肚皮，寫年輕丫環踩在張果老那瘋濕痛的背脊上，寫黑牡丹的風塵，甚至寫鱷魚頭，王狗仔等的一切冒險的行徑，作者都是以欣賞嚮往的態度來渲染他們。這原因是什麼道理呢？這我想是生活的觀照態度和小資產階級的感情，障礙了作者對於這舊社會的批判和暴露的敏銳能力。甚至有些讀者讀了都引起飄飄然之感，也都是這種小市民意識的反應作怪。

我並不反對寫男女愛情或是舊社會人物的荒淫無恥，但主要的是看你怎樣地來寫。高爾基也寫流浪漢的愛情，如他所寫的「秋夜」，他寫出一雙流浪男女在餓寒中熱烈擁抱，互相用自己的體溫來溫暖對方的行為，也寫妓女的賣淫，如「大災星」中的母親，靠賣淫來撫養殘廢的兒子，使我們看到她的賣淫，是令人厭惡的舊社會的罪惡傷害了她。如迭更斯所寫的流浪兒童作品，把舊社會中的善和惡，表現得非常分明。都是站在非常強烈嚴肅的批判態度，對舊社會的罪惡予以諷刺，暴露，而絕不是以欣賞、渲染、傳奇的態度來描寫。當然在今天奪取黃色文藝的讀者是重要的，但不能為了適合他們的口味，也在自己的作品中滲進這種忽視現實痛苦的趣味面。如作者的寫踩在張果老背上的這些丫環，一個個都是痛苦的靈魂，若是作者緊緊跟她們站在一塊，站在暴露舊社會的罪惡的態度來寫的話，就不會把張果老寫成一個有趣的老頭子，把這些場面寫成是一幅太有趣的場面了。寫洪少奶這個人物，她固然是被人當玩物當作釣魚的引餌，但却不應該把她寫成是個沒有靈魂沒有一點內心矛盾的玩偶。就是寫黑社會人物，也是這不合理的社會產物，不能把他們寫成一種傳奇式的英雄。這一切都是統治階級的罪惡，我們應當深入內在，認清矛盾，從這一點上嚴肅的諷刺、批判、暴露，不應當走馬看花，浮光掠影，尋奇獵艷，停留於表面現象和片面的知識。因此，我覺得，作者雖然熟悉了這些黑社會的生活狀態，但是說到更深入去熟悉這些性格中所包含的本質關係，以及它的矛盾與根源，似乎還不夠，所以要從這些性格的描寫上，去表現它的社會意義，就感覺不夠充分，批判力的所以感到薄弱，主要是由此而來。現實主義的創作，要求作者不僅從生活外部去熟悉社會現象，而且從內部去研究，把握，剖解它的本質關係（階級關係）與社會意義。

作者如果能夠對他所得這許多材料和看到的現象，作一番更深入的研究，我想他會獲得更多的成就。而要這樣做，作者的世界觀和思想方法，是個重要的問題。這不是什麼主觀精神的問題，而仍然是對客觀認識的深度的問題。我並不想來責備作者的描寫是太客觀了，倒毋寧說是客觀的認識深度還不夠，雖然這樣提出，對于作者近乎過于苛求，但是作為一個創作問題來說，說明這一點，我以為還是必要的。

以上我們就作者的創作態度，提出了些意見之外，我想對作者所寫的人物，來分析一下。首先是寫蝦球這個人物，我認為「春風秋雨」中比「白雲珠海」中要寫得好。因為那個時期的蝦球的性格特徵，是混沌與倔強；作者緊緊地抓住了他的兩個特徵，來展開他在生活浪潮裡的搏擊姿態，這和作者所寫的香港黑社會生活起着強烈的動人呼應。可是寫到他因偶然偷竊的錢，正是自己父親流浪海外含辛茹苦的積蓄，而明白過來之後，作者想從這個偶然的契機，來寫蝦球的黎明覺醒，就顯得人物性格的把握，有些不牢實起來了。這一方面是在寫第一部裡的蝦球，跟現實生活的血肉相聯不夠，——雖然他也是生活在下層生活中，但這是游離產生人民的流氓無產階級的生活。雖然丁大哥給他傳奇式的片面影響，作為促成他決心離開香港生活的一個契機之外，但是對他的性格的影響是很輕微的。所以在作者寫第二部「白雲珠海」的蝦球時就非常性急地，用了些知識份子的感傷情緒和軟弱的良心主義來代替他的有血有肉的轉變了。如牛仔叫他去偷母親二十元來作路費，他踢牛仔屁股，罵着「我不要你這個小流氓跟我回中國去！」如把牛仔扒來的錢包退回那個紳士；在教堂裡會感到「聖潔的空氣」的洗禮，而在「心中正充溢着一種難說的感激之情。」如他忽然有了責任感，要送牛仔進監牢一樣的孤兒院；及以後跟蟹王七互讓愛人的事等等，把蝦球寫成一個理想主義的人物了。這一方面是作者這種以一個人來貫串一切黑暗社會生活的處理方法——也是想從廣闊的角度來反映現實的創作方法限制了他，使得作者不能將自己的人物性格發展，植根在某一一定的現實環境的基礎上，來寫現實的發展與人物的發展有機地結合起來的緣故。所以在第二部中，蝦球的性格就不如牛仔的性格的突出而顯得真實，——其實牛仔的性格就是以前蝦球的性格的繼續和移植。

本來在一定的空間時間內寫一個人物性格是較容易把握的，而寫在不同的空間和時間的推移發展過程中，來寫人物性格的發展和轉變，就是一件最困難的工作。而要解決這問題，就只有使人物性格的發展與社會環境的發展緊緊地扣合起來，才能表現出他有血有肉的動的發展的過程，才不致使人物來個懸空式的轉變。而現在在「白雲珠海」裡的蝦球，就多少令人覺得有些懸空式的轉變之感。所以我希望作者開始第三部第四部的寫作時，能照顧到創造這個人物的過程，能緊緊地把握着與現實發展取得有機的結合轉變的過程。這樣才可能避免把人物寫成個人英雄主義式的人物。

其次寫蟹王七這個人物，開頭寫他與蝦球第一次見面時，真是生猛強悍，可是寫到後來，就越寫越減少了他的生命粗獷活力了。這個人物，照作者寫他與蝦球的關係的密切，和他後來對於鱷魚頭那套把戲透切的冷嘲態度，我想他將在後二部起很大作用的吧？他將成為蝦球的戰友？作者應當給他多描寫一些離心、分化的過程。至於作品前二部中，我認為寫鱷魚頭是刻劃得最深刻最生動突出的人物。不論正面描寫側面的紹介，都顯出作者真真了解這種人物，但是作者在描寫這個人物時的批判是不夠的，甚至有些過細地體會描寫，看出作者的同情。如在「白雲珠海」中冤家對頭樓上樓所寫的那幾段。

但在全書中，以後發展的情節中，更重要的人物將是丁大哥了，在「春風秋雨」中只簡略的描寫和介紹他的過去。在「白雲珠海」中，寫他對蝦球的態度，曾受姓萬的批評，他曾承認自己的錯誤。姓萬的批評固然有道理，但在廣州那種恐怖的環境中，而蝦球又是跟過鱷魚頭這類不可靠的黑社會人物混過來的人，那麼，為着嚴密地保護革命的組織，丁大哥對蝦球的那番審慎態度，在原則上是不會錯誤的。可是作者却把他寫成個在知識份子面前謙虛到沒有主見的人，這我認為是值得商量的。我想這或許是作者為了還要讓蝦球再到那些黑暗的各種各樣的社會角落裡去滾，以增強他多難的偶然性遭遇，和傳奇性的情節起見，所以才來設計蝦球與丁大哥這次失之交臂的相遇。但無可否認的，因為太着重在安排蝦球的個人遭遇上，是有損於丁大哥這個人物的明確描寫了。

一切人物都還是在發展，整個故事還剛寫到中途，當然不能對所有的人物的發展先下肯定的判斷，這裡只不過先表示我個人的了解和熱望而已。

除了以上提出向作者所要討論的意見外，我覺得作者的努力，是有了很大的成功。他寫出了別人所未寫過的現實生活的各方面，就廣闊多面地反映了現實。暴露當前黑暗統治者對人民的摧殘，以及統治者喪權辱國媚外出賣華南和黃埔的權益給美帝國主義。現在聽了受過軍校訓練出身，而現在變成了流氓頭的鱷魚頭，來唱出黃埔軍校初期反帝反封建的軍歌，這却成了對統治者一個辛辣的鮮明諷刺。同樣地作者也寫出了在下層生活中的人民，他們都是善良而具有人類最高的同情心的人，如六姑、阿娣、阿喜等，顯示作者的愛和恨。他的獲得廣大讀者，——收到雅俗共賞的積極意義，都是作者敏感地反映現實，而又以最大的同情心想去和廣大的人民打成一片而所得到的效果。不論在採用人民語言上，在故事情節的結構組織上，表現形式的創造上，都有了嶄新的成就，我在這裡不想再重複文藝界諸多批評已經説過的贊詞。就讓我在這裡結束我的介紹和批評吧！

選自一九四八年九月香港《論批評》大眾文藝叢刊第四輯

「風砂的城」的自我檢討／陳殘雲

這十年來我都寫詩，但寫得並不多，而且都很蹩脚，沒有一篇稱得上是「及格」的，更談不上是「為人民服務」。實際上，寫出的詩多半是為了自己，都是發洩個人的生活的苦悶，與乎追求一個近於空洞的光明的希望。現在重讀起來，覺得自己幼稚得令人發笑。即如司馬幾次提過的認為「好詩」的「海濱散曲」，實在都是一種「小資產者的王國」裏的點綴品，屬於「自我陶醉」的一類。因此我覺得自己在詩歌的道路上走了許多歪路，灣來灣去灣不通。

為了在文學的途程上不斷苦惱，不斷摸索，抗戰「勝利」後，我偶然學人家寫小說，寫了「風砂的城」。這小說一發表之後，似乎博得一些年輕者的誦讀，與及朋友們的鼓勵，自己倒有些沾沾自喜，以為這一碰，可碰着門徑了。

後來接到不少不相識者底來信，有問「江瑤」是否是我自己，有問「馮靈」走到何處去，有問是不是就這樣完結；同時據説黨老爺們曾根據這篇東西來研究我的「身份」，認為「很有問題」。這之間，有幾位朋友都認為這個故事還可發展，於是「江瑤」這個我所熟悉的人物，又在我的腦子裏盤旋，結果便從這個綫索上續寫了「激盪」與「沉落」。

但這一「補充」，却做成了許多拖拖拉拉，不着實際的毛病。原來，在「風砂的城」中，「江瑤」和「馮靈」都是飄忽的不大有血肉的人物，再牽引下去就變成無中生有，漏洞百出了。而最嚴重的是，我把「舜華」和「芸大姊」這代表了實際鬥爭的一面，寫得過份晦暗和微弱，強調了「江瑤」的灰感，苦悶消極和沉落，而帶給人們一種荒涼的蒼白的情緒。

着實是有些軟弱的女性們，為「江瑤」的不幸的收場而同情流淚。娥說，她們的同學中就有人流過淚的。我想，我只能帶給人們一種淒清的眼淚，便是叫人淡然這血淋淋的現實，我應該負起這純然是個人主觀的錯誤和罪過。一切堅強的女性，對我的責備是應當的，我的一羣女學生，就曾對我說過：「我們還不是江瑤！」我說：「我並不希望你們學她。」她們說：「那麼你為什麼把中國女性寫得這樣脆弱？」

我為什麼把一個有希望的時代的女性，逃避一面是醜惡一面又是光明的現實？我想，主要的是小所有者思想意識的作怪。在抗戰期間，多少拋掉了溫暖的家庭，拋掉了一切牽累，而投身於烽火中的女性，她們誠心誠意為民族解放，她們熱情於工作，她們受苦受難，吃不飽，穿不暖，睡猪欄牛欄。但她們堅定，豪放，克服許多「抗戰老爺」的迫害，而跨步前行，她們願意犧牲了一切，而至於生命。這不是嚴肅的，活生生的代表了新生中國的典型女性麼？但我不寫她們，我寫的却是經不起風浪而沉落的「江瑤」。

在浪濤似的洪流中，退落畏縮，飛出了朱紅色的封建大門，而又做了囘籠的「家鴿」是有的；吃不得苦，而投進「抗戰老爺」的懷裏做「抗戰夫人」是有的；挨不住「寂寞」，胡裏胡塗的搞幾頓戀愛是有；疲倦了，隨便抓一個商人或「繼庭大哥」作為「避難窩」是有的。但這不是主流，沒有代表意義的，我竟然不加批判地拿來做主人翁，而在另一方面又不能深入為暴露「黑手們」的醜惡和卑賤。這都是個人精神的直覺的偏愛，是思想的浮面和軟弱。文藝是服從於政治，服役於政治的，在這意義上，「風砂的城」却是滑跌了方向。

其次，這次的寫作動機和態度是不夠純良的。嚴格一點說就是「投機」。我原來並沒有一個完整的人物和故事，或者說，簡直沒有成熟的人物和故事，在動筆寫的時候，又不曾經過縝密的思索，佈局，僅憑一些鷄零狗碎的感覺，記憶，人物的浮影，即草率下筆，想到什麼寫什麼，人物走到那裏寫那裏，碰了可以發揮的事情就一直發揮下去，隨人物跑隨故事演進，因此，避重就輕，想不通的情節就「簡化」或「拖住」，有時又大江流水似的「跑野馬」，只要細心一讀就露出馬脚，矛盾和牽強的地方隨處皆是。

我承認，我缺乏了控制人物行動的能力，相反，人物把我帶走了；不知是情感過份沖激還是近于「溫情」，有時候連一點既有的意圖也把不牢，比如說，我對姚貞，就想把她寫成醜陋不堪的，而結果，却把她從「泥淖」中抽拔出來，那就變作了「牽一髮而動全身」，結局完全走了樣。

或者說，這就是「投機性」的具體表現，是的，如果不是因為最初的發表博得若干人的鼓掌，不是企圖藉此去吸引讀者，就不會七湊八湊的「補充」，也就不會扯得那麼多的不夠實在的毛病。一個嚴肅的責任心強的創作者，他對於人物的處理，故事的處理，是有着全盤的計劃和深思熟慮的，他和每一個人物都該熟悉得像身邊的朋友，她們的性格，語言動作，喜怒愛惡，與及精神狀態的內在的質素，他都比別人清楚，都善於掌握。但我呢，却是模模糊糊，粗枝大葉，滑來滑去，像「舜華」和「繼庭大哥」，事先並沒有那兩個人的影子，有需要了才拖他們出場，這是相當錯誤的。最近谷柳兄批評我的未發表的中篇「春苗」，也正說出了「需要就拖出來，不需要就扯回去」的毛病，這說法正擢中了「風砂的城」的人物處理的要害。

我的這種無條無理的「信手拈來」的態度，和牧良兄的嚴謹認眞，連短篇小說都有縝密的提綱的負責態度，對照一下，實在是相去千里。這另一方面的根源，似乎是歸諸於我的浮囂不實，散漫不羈，愛抄小路的生活態度。

此外，還有着「唯美派」的不健康的傾向，我意圖把故事寫得美麗動人，鋪排一些彩色的場面和細節，在辭藻上用語上着重纖巧細彫，着力於分析女性心理的微妙和矛盾，點（着）重於個人的感情底起伏，特別是「激蕩」一章中。這用意是很明白的，我想用這種複什的人物的搖擺心情，來掩遮內容的貧乏和空虛，於是在形式上用工夫。

我的生活經驗並不豐富，又缺少了「調查研究」的精神，就只好避重就輕，替它裁一龔彩色的外衣遮一遮內裏的貧血的肉身。比如說，我想寫無恥的殘酷的特務組織，起初還要把「江珞」放進去，但我茫無所知，他們如何釘（盯）人，如何害人，如何過他們的腐爛生活，都不大淸楚。僅憑道聽途說的一點微薄跡象，側面的加插了姚貞。因此在故事上進程上，這「神秘人物」只是變成了點綴品。（即使是點綴品吧，也許是不眞實的特務們或熟知特務內情的人，一定會說我幼稚。）

揭去了「豪華」的外套就沒有東西，這誠然是帶壞讀者的一種壞傾向，我需要在這傾向上去糾正自己。

總之，「風砂的城」是一篇失敗的作品，是思想不健康的作品。我痛苦地剖白了自己的錯誤根源，目的是為了警惕和改造。過去若干讀友提出疑問，我不曾一一作答，最近x x兄來信，說他們的學生差不多都讀過這本書，使我不能不自檢一下，作為公開的回答和感激。要是還有人讀它，我願意我們都從批判的態度着眼，我認為這個剖白，是有助於讀友們的認識和批判的。最後，我還在摸索中，學習中，我願以實際的自我鬥爭和自我改造，來克復（服）現存的缺點。好在我還是文藝隊伍裏的學徒，錯誤和失敗都是意中的事，但我重視這些錯誤，也重視自己的前途。

即對於詩，十年來都寫不好，但我同樣不灰心，不沮喪，我願望在新的現實中，把它重新提鍊。

選自一九四八年八月香港《文藝生活》總第四十一期

關於「泥土的歌」的自白／臧克家

「泥土的歌」，從題名上就可以看出來它是怎樣性質的一本東西。裏面的詩，都是短短的，而總共也只那麼薄薄的一小本。但是，由它引起的反响却超過了抗戰以來我別的集子。有些文藝團體討論過它，有些詩選家（包括國內外）格外重視它，有些讀者特別偏愛它，有些批評家嚴厲的批判它。就是我個人，在「十年詩選」的序言裏，也曾把它和「烙印」列為「一雙寵愛」。遠在零星發表之初，已經有人在說着一個風格的轉變了。

這本小詩所以惹起注意，是與它所表現的內容有着密切的關係的。我是一個鄉下人 性格上黏着濃厚的農民性，而這本詩，又全是寫鄉村的。它的吸人處在這裏，問題也在這裏。

「我用一支淡墨筆鄉村，一筆自然的風景，一筆農民生活的縮影」，一筆一筆，都是蘸着我的濃烈的感情的。就是這點眞情實意使農村的生活片斷，「活動影片」似的栩動於眼前，而喚起讀者對於悲慘的農村生活的——特別是北方——一股悲痛，寂寞而又多少帶點惘然的感覺。這點效果是由於藝術的眞所引起的，而這點藝術的眞又是由於對生活的眞所產生的。

當時「新華日報」副刊上有篇批評它的文章，說它雖不能與現實緊密結合，但由於「情感的眞摯而不矯飾，所以頗令人敬愛。」

另外一些人指責它有些地方過於強調，以至於失了眞實，例證是：

「我不愛刺眼霓虹燈，
偏愛那柳梢上的月明。」
「開春了，滿村大糞香……」
「連他們身上的創疤我也喜歡……」

對於許許多多的文字和口頭上的批評，我不曾回答過，解釋過一句，我覺得那是多餘的。雖是如此，然而對於組緗兄關於這本小詩的一封信，却使我不能不驚心，反省，因為他一下擊中了我的要害，這簡直是致命的一擊啊！

在我今天摹寫他的大意時，心下還有點餘顫呢。他說：「你無論寫農民的生活或一片風景，都是頂真不過的，筆尖上的情感幾乎要滴下來了；尤其是在相當寂寞的心境下寫過去，這更帶上了一片朦朧的憂鬱和近乎感傷的情調，因而，這也就更感人。有一些小詩，情景融會，已臻化境；但是，目前的現實是如此，而我們又必須確定自己的立場，想到這裡，我又為你寫作的前途担心，而我們將向那裡走呢……？」（大意如此）

這封信所以重要，不但是扼要而中肯的解說了這本詩，而更進一步的提出了生活寫作的立場問題，而這個問題不但關係於未來，也就關係着這本詩的本身。

自剖需要誠懇比需要勇氣更多。自我批判，是一個人在前進的途程所作的有益的一次回顧。讓我回溯一下寫它的時間和空間，還有，我當時的生活和心境。這一些，可以作為評價的標準，稍一移動，情形就不相同了。

三十年的冬天，我從「豫鄂皖邊區」到了河南葉縣參加「三一出版社」工作。住在一個名叫「寺莊」的鄉村裡，它有一道殘破的圍牆，一條貫串全村的黃土大道，上面走着雖在冬天也赤着脚的農民，走着牛羊，走着鷄犬。在寨門外，隔天有一個小小的市集，農夫農婦們從各處湊集了來，掮一袋糧食，提半籃鷄蛋，來換一點他（她）們所需要的東西——也許是食鹽，也許是布匹。每次逢集，我都是去和他們擠一擠，買幾個蘿蔔，一口袋花生回來，心裡覺得熱辣辣，發出一種親切溫暖的感覺。這種感覺是一個飄泊者突然回到了故鄉所常有的。寨門外的大道兩邊，排列的洋槐樹，偶有一兩輛軍用汽車嗚嗚的疾馳過去，揚起來一陣塵霧，也揚起來一羣拾草的孩子們的轟笑和歡呼。前面是光堂堂的塲垣，柿子樹的枝子低垂着，幾個大石滾子，安靜而潔白的躺在那兒，等着好事的人來站上去，滾着它走。夕陽西下的時候，一條一條小道上走着歸來的農民，他們一直在坡下勞苦了一天，現在，在夕陽紅光的籠罩中走回家來。塲垣對面是一片菜園，綠生生的，丟下幾毛錢，可以帶走七八條滿身粉尖的黃瓜，我常是一個人，在清早的時候來這兒散步，聽鳥叫，聽轆轆聲，聽百尺的白楊樹葉，在一陣微風前，不勝歡欣的蕭蕭抖動。解開上衣，對太陽拍拍胸膛，吐一口鬱悶的氣，回來的時節，鞋子也許被露水打濕了，但是內心却十分舒暢，因為被壓抑與迫害的心靈得到了自由與解放。

村子裡有池塘，水，發酵似的蒸發起一層暗綠的小泡，男女在裡邊飲牛，婦女在裡邊洗衣服，孩子們在裡邊游泳，鵝在裏邊划船……秋收時節，大道上响不斷的車聲，牛馬親切而疲倦的叫聲；早上，窗子上還見不到白色，我常被呼喚的聲音驚醒，誤把月色當做了天光，而隆隆的車聲彷彿是在夢中，越聽越朦朧了。不幾天，塲垣上塞得滿滿的，一個希望被填飽了，而軍糧，稅捐，正在伺候着它……

這個時間，戰爭還沒有接近「寺莊」，它還是相當平靜的，而農民生活的貧苦，以及風俗習慣，都同我的故鄉差不多，於是，對於他們，對於這樣的一個農村，我心裡油然發生了一種情感，這情感，彷彿早在心裡，一被觸動，它便爆發了。

我被壓迫着要表現這種情感，於是，決定寫一本「泥土的歌」。一天寫一首，也許寫兩首，因為都是在強烈的要求下下筆的，所以勉強性是不多的。這樣的寫作，在當時是有一種快感的，對於農民和自身所受的痛苦，壓迫，可以藉着詩篇而得到一種疏導。在葉縣只寫了不多的一部份，那一個大草紙本子一直跟我跋涉遍千山萬水而到了重慶。住在「文協」裡，沒有工作，需要寫稿子生活，乍換一個新環境，創作興趣也很強烈，於是，沒有唱完的「泥土的歌」，又開始繼續下去。置身在大都會裡，失掉了生命根土一樣的痛苦，因而對農村更加懷念起來。推開窗子，讓嘉陵江上的青山把綠意透過來，手裡搦着一管筆，精神上排除了一切蕪雜，使整個心純粹的貞潔和過去連接起來。這時候，身子雖然是在都市裡，而靈魂却回到了北方的農村。故鄉四時的景色，農民悲慘的生活影子，那麼鮮亮，那麼親切，那麼生動的在我眼前活現，立刻我的情感被這悲慘感染了，心發痛起來。這時候我似乎最合適被稱做「詩人」，因為，這時候我的情感頂眞。把春夏秋冬最凸出，最生動，最有代表意義的農民生活，再配上和它十分和諧的自然景色，更增加了它悲慘的氣氛。一首詩寫成了，自己的心許久許久，被一種悲傷的感情糾纏住而不能平靜。在表現方面，我並沒有用力去琢磨，那種眞切的感覺它不需要這樣做。

這便是「泥土的歌」這本短詩寫作的情形，我相信，我說得很坦白。明白了這種寫作過程，然後才覺得出組緗對它的那幾句話的分量。這本詩裏確有一點憂鬱的感傷的成分，這是因為我在都市的寂寞中對過往作的一串追憶，但更重要的是，這種寂寞和淒涼是農民悲慘生活所給予的。想一想幾千年來，千千萬萬農民的生活的情景吧。活了一生，辛苦寂寞了一生，死後，一口小土墳，淒涼的，寂寞的在幾株蕭蕭作响的白楊柳樹下躺着。認識了這情形，對於「黃昏，從墳墓裏爬起來，拉住個人，談談心，」這樣的描寫，才可以感到沉痛。這是一個例子，別的許多詩，也有生活做它的注脚的。我覺得，我給了封建農村和農民實際的悲慘生活一點眞實的描繪，像一片一片的活動的影片，映過眼睛，在心上留下一分悲痛。也就是這種悲慘生活，才使他們要求翻身，而終於翻了身。

然而，從另一方面看，這也正是這本小詩的致命傷。批評過它的人就抓住了這一點。是的，我甘心接受這批判。三十一年，那時候，解放的區域雖然還沒有現在這麼大，然而新的土地上却有新型的農民生長起來了。而且，田間，艾青，以及別的許多詩人，已經用新的詩篇來歌頌新的農村，為新的生活而戰鬥了。一個詩人的眼睛不是為了向後看而生長的。「泥土的歌」給人的是舊式農村的悲慘和死寂，而實際上，三十一年却是暴風雨的時代。同時，那種憂傷的情感，和昂揚的鬥爭的眞實，相去又多麼遠啊。

退一步說，就是在有了新型的農村和農民，而仍然去寫它過去情形，作一種歷史的追溯，也並不是沒有價值，歷史劇，歷史小說，也一樣富於現實的意義，何況封建性以及由它帶來的生活上的貧富不平，至今尚在用鬥爭，用血去消滅它。這樣看來，問題不在寫舊式農村，而在個人對它的態度上。熱愛農村，同情農民，我這顆心是赤裸裸的；但是，我眼睛裡的農村景色和情調，眞正「地之子」的農民不一定有同感，因為，我雖然也不富裕，然而到底有吃飯了一顆閒心。我愛農民，連他們身上的創疤也感到親切，但是，他們自己却不一定愛它；我把農村寫得太平靜了，我把農民寫得太忠厚了，我在贊美着將要爆發的一座火山，用了「你看，它多麼美麗而安靜啊。」我沒有寫出農村的階級對立，農民的反抗行為和意志，雖也有些近乎這樣的東西，那都是觀念化而不十分眞摯的。漏去了這一些，實際上就失掉了封建農村本質的意義，也就失掉了農民的眞正面目。農民的忠厚，純樸，善良……也只是性格要素的某種意義上講，也許並不值得我那樣去贊美他們，這一部份性格由於封建社會的培養而成，造成了牛馬的命運，而使壓迫者的地主的寶座永無動搖的顧慮。可是，他們並不白具有這種種，而還有相反的一些東西，那就是憎恨，反抗，戰鬥，歷史上的農民暴動，今天的農民翻身運動，足以證明他們並不是天生的羔羊。他們的特點，優越的地方，他們同地主階級鬥爭的行為和意向，在這本詩裡沒有影子，有，也僅僅是糢糢糊糊的一點而已。

我曾經在「十年詩選」序裡寫過這樣的話：「你愛農民，但要小心落在他們的後邊啊！」不是嗎？今天的農民的翻身運動，轟轟烈烈氣勢驚人，他們是如此勇敢，如此勇進！如果單只強調他們性格的弱點——忠厚，良善……，這種驚天動地的行為就變為不可想像的了。

當然，在今天的心情下，我絕對不會寫出這樣一本詩集來，時間把一切都變了，我的思想和情感也已經不同。如果將來再繼續唱「泥土的歌」，那調子一定是明朗而且歡樂的吧。

一九四八、十二月二十日。

選自司馬文森主編《創作經驗》，香港：智源書局，一九四九

關於馬凡陀／刑天舞

一，我以為關於馬凡陀的討論，或者説關於馬凡陀「體」的討論，反映了一種為藝術而藝術的嚴重傾向。因為，嚴格説來，馬凡陀的詩並無所謂體，或者説並無一定的體；馬凡陀之所以值得鼓勵，主要地並不是因為他創造了，或者説，成功地運用了什麼體，而是因為他的詩反映了廣泛的現實。

二，贊成或者反對馬凡陀體的人，我以為那應該把話説清楚。假定贊成者的着眼點是放在那體上，認為大家應該向馬凡陀體看齊，或者説新詩的道路只此一條……這樣的説法好像很不錯；但我以為，骨子裏這種説法也是一種為藝術而藝術的觀點：詩必有體，然後成詩，我們寫不出好詩，是因為我們還沒有找到好體。假定反對者的着眼點，同樣是放在那體上，認為詩是語言的藝術，馬凡陀的語言不夠藝術，從而不是詩，或者説民謠這種舊形式，根本就不能表現新內容，馬凡陀這樣做不過是譁眾取寵而已……這種觀點無論在內容（精神）和形式（説法）上，都是一種變相的為藝術而藝術的觀點。

三，馬凡陀並無一定的體，但他運用了些什麼體呢？孟姜女，五更調，十四行……五花八門，無奇不有。他運用了可能的新舊形式，但實際上他也就否定了所有的形式。我以為在形式問題上，馬凡陀值得學習的地方不是他成功地運用了什麼體，而是他的放手運用一切的體。特別是更多的運用民謠體。將來會不會有一種最能反映今天中國的詩歌形式呢？我想，有的，但這種適當形式的產生（不一定是高級的形式）決不會是在那些目前一心一意推敲形式的人們的手裏，而是在那些為了表現內容，放手運用一切形式而又暫不最後肯定任何一種形式的人們的手裏。

四，馬凡陀的用語有沒有缺點呢？有的，但那缺點不是它的不夠藝術，而是它的不夠通俗；在不少地方新舊所謂「詩的語言」出現得太多。詩的用語毫無疑問應該簡練些，但古往今來都沒有一個什麼獨特的詩的語言，除非詩人們自己在一個什麼偏僻的地方，成立一個完全包含詩人，不准旁人進去的王國。「語不驚人死不休」的玩意兒，假如有人願意「驚人」自然可以讓他們繼續「驚」下去，但我們是不要這些撈什子的。不管是什麼流派的詩，其用語一定要求其能使較大多數的人懂，假定今天還非如此，明天也要求其如此。馬凡陀山歌的用語一般的說是求其大家能懂的，這種精神是好的。

五，放手運用一切形式，採取比較通俗的用語，這沒有什麼了不得的地方，馬凡陀之所以值得鼓勵，事實上，主要地也不在這裏。馬凡陀之所以值得鼓勵是因為他的詩反映了廣泛的現實，有許多過去被人認為不屑寫的東西，都被他寫了。有些人可能認為這破壞了詩的莊嚴的藝術性，但我認為眞正的新詩的出發點就是在於寫那些被一般的詩人認為是不屑寫，而一般的羣眾都非常關心的東西。有這樣的一種理論，說：藝術性是一件藝術品的價值，政治性不過是它的價格而已；因而沒有藝術性或者藝術性較少的東西是沒有價值或價值較少的東西；這是一種顛倒是非的糊塗觀點。我們看見不少自由主義者在進步，倒反是他們堅持了文以載道（載人民的道）的大旗，而我們自己不少的理論家和作家，却是事實上在那裏追求藝術性，事實上變成了「文以言志」的為藝術而藝術的一流。他們對於馬凡陀確有貢獻的一面，認為不值一顧，暴露了他們這種新的為藝術而藝術的面貌。

六，有人問，馬凡陀反映了廣泛的現實，但那是什麼性質的現實呢？是的，它不是羣眾鬥爭的血肉場面，而是城市居民的瑣碎事物。我想應該承認，馬凡陀所反映的，的確是一般的小市民的生活和情調。但和其他的社會階層一樣，小市民中有落後的，也有進步的；我以為，說馬凡陀的山歌表現了落後的小市民趣味是不但不公平，也沒有根據的。很顯然，山歌中所反映的小市民，是一種對于現狀不滿的城市居民，他們是不能稱為落後的。

七，馬凡陀用什麼樣的態度去寫作的呢？應該承認有時是甚不嚴肅的；但認為他的所有作品都表現了一種小市民的油腔滑調是不但不公平，也沒根據的。一般的說，馬凡陀的作品叫人感覺統治者可笑，然而不能叫人奮發，不能催人鬥爭，這或者是他主觀上不能或者是客觀上不許的地方。但我以為公正的批評家應該告訴馬凡陀：已有的還不夠，還得向前；而不是告訴他，你錯了，應該洗手不幹。

八，馬凡陀的山歌中找不出堂堂正正的人民的憤怒，這是他的缺點；他所給我們的只是一些旁敲側擊的嘲諷而已。但我以為，一千篇抽象的憤怒抵不上一兩句具體的諷嘲。假如有人以為只有那抽象的憤怒，才是眞正表現人民的；我們就應該指出，這種名之叫做人民的憤怒不過是小資產階級的一種主觀狂熱而已，那是和實際生活與鬥爭着的人民毫無相同之處的。

九，為藝術而藝術的觀點，正在以各式各樣不同的名義滋長着，我覺得這是一種嚴重的傾向，一切強調藝術性，永久性，偉大作品，……都多少表現了這一傾向。

選自一九四七年十二月香港《野草》第六期

讀林林的詩——「同志，攻進城來了」讀後感／周鋼鳴

當太平洋戰爭爆發時，我們從日寇的鐵蹄下逃出香港，回到了桂林，大家都為着遠處菲律賓的林林兄的生命安危担心，待從報上看到菲律賓華僑抗日游擊隊消息的出現，我們就猜想，也許林林會參加在這支抗日的游擊隊裏吧？因為這是他可能走的路，而且正是反抗日本法西斯爭取生存的唯一道路——事實果然不錯，林林不僅參加這支隊伍，而且是這支隊伍裡的中堅的指戰員！勝利帶來了解放的歡愉，也帶來了老友林林兄健在的喜訊，現在讀着他在戰時所寫的詩集，就更使我們了解他在戰爭中在過着怎樣的日子。

他這本詩集，「同志，攻進城來了！」一方面是紀錄下他在戰爭中所過着的戰鬥日子，同時也記錄了華僑抗日游擊隊解放馬尼拉等各戰役的英雄戰績。在去年，當他第一次寄回「春天和燕子」這篇散文詩給我們時，我很粗心地讀過之後，就覺得他所給我的印象，沒有什麼新鮮的感情，他所關心的還是那些過去的生活片段，和一些被刼後的田園的自然現象，辭藻和形式方面也覺得他枯澀拘束。沒有奔放的激情和壯烈的呼喊。但是現在將他的這部詩集讀完之後，和重讀到「春天和燕子」這一首詩的時候，他在這詩裏所流露出來的深厚感情，就深深地感動了我。我首先應當批判自己的粗心。可以說，去年我對於他這首詩裏所表現的深厚感情，是不了解的，這正是我不了解他這幾年來，在這塊「東海的寶石」的土地上的戰鬥生活一樣。幾年來他和他的戰友們，在

這塊土地上流過血汗，這塊土地上的紫莓，山芋，小蝦，山螺，草蔗，野菓等等一切自然產物，都成了他們在抗日反法西斯的戰爭中的饑餓日子裏療饑的珍品，他們曾和這個被壓迫民族的貧苦勞動人民，結成生死與共的戰鬥盟友，那麼在戰爭結束之後，他來回顧戰鬥日子中的每一生活片段，關心這塊土地上的每一種自然物產的榮枯，和這個被壓迫的民族的盟友們，每時每刻的自由或是再被屈辱的命運，這不正是一個詩人，戰士，盟友所應當懷念關切，而又自然流露出來的深厚友情熱愛嗎？當一個詩人，戰士，生死與共的盟友，在內心裏充沛着這樣深切的愛情，而又必需即刻在自己的戰友和同志之前傾訴的時候，又那裏有閒情逸致來修飾辭藻的完美，來雕鑿形式與風格的優雅呢？所以我第一次對於他那首詩的批評是主觀的，是犯了藝術至上的錯誤觀點。現在，我不僅要糾正我過去這種觀點，而且應當從詩人的戰鬥生活中，和他們——華僑人民抗日游擊隊，與菲律賓勞苦人民結成生死與共的抗日反法西斯的共同鬥爭中，來了解詩人的感情。來評價這本詩集，和它所表現出中菲這兩大民族，在戰爭中團結無間的歷史意義。

這詩集的第一篇史詩「英雄林阿鳳」，就是叙述四百七十年前華僑林阿鳳人民部隊抵菲，與菲人民共同反抗西班牙侵略者的英雄故事。英雄林阿鳳的歷史，一向是被統治者歪曲為海盜或亂民的，現在詩人把這個人民英雄的眞實面目展現出來了。

「他們生長在祖國，祖國却將他們來放逐。於是，他們集結在海上要到遠方創造新大陸。」（原詩分行，縮排）

他部下這些人「來路不相同，意志却集中。」

他們飄泊大海洋，竟如蒼鷹翱翔在雲天，帆風滿滿遙向海的彼方。

但是在當時的海的彼方，早已盤據了西班牙的海賊，而西班牙的海賊是歐洲人侵略到遠東和美洲的最初侵略者，他們正以征服者的殘暴手段來奴役菲律賓人民。

種子下地會發芽，仇恨入心也會開花，西班牙的海賊，虐待菲人像畜牲，奴役鞭撻夠殘酷，好像羅馬暴蹄，踐踏可憐的奴隸。（原詩分行，縮排）

因此，當林阿鳳的人民隊伍攻到菲島來的時候，菲島人民就起來作這支遠征盟軍的內應，喊出「可不是翻身的時候了！」這支盟軍的力量雖然是很英勇的，但菲律賓人民要爭得自由的命運，還得要靠自己；詩人在這篇史詩裏也寫出了他對菲人，也可以說是對每個想爭取翻身的人民的激勵。

自由的命運，
還須依靠自己的胳膊。
此時一番揚眉吐氣，
還得保障翻身最後的勝利。

林阿鳳所率領的中菲人民盟軍的英勇，終敵不過當時正在興起的西班牙帝國主義的拓展雄力，和當時中國的「糊塗」政府。其實任何國家奴役人民的統治者，他們所共同害怕的就是人民力量的發展，奴隸翻身，為了鎮壓人民翻身，統治者是同一鼻孔出氣的。從史例到現實都是一樣。詩人寫着：

被壓迫者四海皆兄弟，壓迫者也像孿生連一氣。西班牙政府跟中國政府，血腥的手，握在一起。

當時中國的統治者——皇帝，「又派將軍王望高，飄洋過海，帶了大兵來菲島，」

不為國家打天下、反幫敵人打自家。

林阿鳳在四百七十年前，遭遇了中西反動殘暴統治者，握起血腥的手的聯合鎮壓；但是在四百七十年後的今天菲島的僑胞，不也正在遭受到反動獨裁賣國政府的國特，勾結菲奸美帝國主義，來殘害僑胞嗎？這又是中外反動統治者，握起血腥的手再來殘殺中菲人民的歷史重演。現在的反動獨裁政府，正是「不為僑胞爭生存，反幫菲奸美帝害人民。」因此這篇史詩，就是充滿了對現實的教育意義。

但儘管古今中外統治者握起血腥的手來殘害中菲人民，中菲兩大民族人民之間的結合，是不會鬆懈的。詩人歌唱着歷史上中菲人民，

為了打倒西班牙，
中菲結成了一家。
…………
河裡魚兒在比目，
樹上鳥兒相和鳴。
中菲男女，相親相愛結成婚。（英雄林阿鳳一詩）

之後，當日寇法西斯的鐵蹄踐踏到這塊「東海的寶石」的土地上，中菲兩大民族的人民力量，又在光輝歷史的戰爭中匯合了，在中呂宋，為了共同抵抗新的侵略者，這兩大力量結合得更加緊密起來了。

中國人，菲律賓人，和日本法西斯，對抗，火對火，追擊而散出光焰。（阿萊耶山一詩原詩分行縮排。）

這次的結合，已不是原始式的反抗，而是在這條戰鬥的血的紐帶緊緊地結合之上，加上深刻的思想內容，具有無產階級堅強的鬥志，和對於未來的命運明確的把握。

「我們翻蘇聯黨史，有圖畫，有游擊戰鬥員，在森林裡，開秘密會議，我們大家也在森林裏幹了不少工作，其情其景，相差能幾何？」（「春天和燕子」）

而詩人也幫助菲律賓的人民武裝，也從中國人民的革命戰爭中，學習了「游擊戰術」，學習了「軍隊中的政治工作」（羅邁着），才取得對敵人的決定勝利！同時參加游擊隊堅持抗日反法西斯戰爭的成員，絕不是菲奸，ｘｘｘ之類舊統治者和剝削人民的階級，而正是詩人所歌頌的菲律賓貧苦的勞動人民。

佃農，告別着那些生銹的農具，參加游擊隊去了！但他却痛心地在茅屋的頂上掛起一面太陽旗。（「河邊」一詩原詩分行，縮排。）

隊伍準備出發了，藏在深林裏的同志，正忙着，嘈雜着。

而在那幾片蒲莉葉搭成的小茅屋裏，一個菲律賓的老同志，正靜靜地，用破布沾着椰油擦他的古舊的短鎗，那是像孩子們玩具的短鎗啊。然而，那老頭子却像孩子們愛玩具地愛惜他的短鎗，他以為打鬼子，牙齒也用得着。他老了，但要死，也要死得其所，死得英勇，四十年前他打過外來的侵略者，今天打日本法西斯，就是發揚過去打西班牙人的光榮。我瞧着他握着古舊的短鎗那一隻手，因年歲而不斷發抖的手，又是充滿勞作的繭痕的農民的手。這一隻手啊，給年青的以激勵，給懦怯的以勇氣，那是戰鬥的手，永生的手喲！（「雁來鴻」散文詩）

從這些詩句裏，顯出詩人對於菲律賓勞苦人民的熱愛和歌頌。同時也深刻地表達出菲島勞苦人民對侵略者的仇恨，他們「那雙雙充滿勞作的繭痕的農民的手，」正是決定菲律賓民族自由解放的命運，而繼續戰鬥的手啊。

在中菲兩大民族的戰鬥結合中，華僑游擊支隊也在不斷的艱苦鬥爭中成長起來了。

你們從沒有訓練，到訓練，從混亂，到齊整，從動搖到堅定。紀律，自覺的紀律。……你們的根據地，就在人民的心裏。（「同志，你們攻進城來了」。原詩分行縮排。）

詩人直接參加在這支光榮的隊伍裏，一面改造自己；被這集體的力量所鍛煉，使他自己的鬥志更強固起來。這集體的戰鬥意志和熱情，又深深地透過詩人的內心和呼吸，流露到他抒情的歌頌裏。

你們意志的堅韌，信仰的崇高，以及那熱情勇敢。你們這麼年紀，生在這麼年代幹了這麼事業，是多麼幸福啊！（「同志，你們攻進城來了」原詩分行縮排）

由於這種崇高的信仰，堅韌的鬥志，和熱情的勇敢，他們終於戰勝日寇和奸徒，攻進到馬尼刺這中心的大城市來了。使三年在黑暗中。

匍匐的僑胞，
今天看見陽光了，
看見自己子弟的隊伍了。（「同志，你們攻進城來了」）

而中菲人民對着這支子弟的隊伍，充滿了疼愛和感激。當他們還在農村裏苦鬥的時候，中呂宋的人民待他們像兄弟，老婆子把他們當兒子。當他們出發了，「殺了鷄宰了猪，村民熱烈的歡送會，火般的言語呀，盼望不久，華支能再歸來！」當這些「同志，攻進城來了」的時候，城市裏的人民：

那些叔伯，那些姑嬸，那些少女，那些小孩，那些災難者，從淒惶的小巷。從瓦爍場中，從血蹟斑斑的地上，望着你們，帶着笑面，望着你們，哦，他們笑，他們流淚了，那是歡愉的淚。感激的淚。（「同志，你們攻進城來了！」原詩分行，縮排。）

那麼這些游擊隊是怎樣的一副面目呢？詩人刻畫出他們明確的英勇姿態。

同志，你們攻進城來了！擎着旗，……以赤脚的步伐，進城來了！你們頭髮蓬亂，有的帶着草帽，寬邊的草帽，窄邊的草帽，而你們的臉，菜色的臉，瘦削的臉，興奮的臉，神采奕奕的臉。（「同志，你們攻進城來了！」原詩分行，縮排）

這些蓬頭赤足的隊伍，「是搶奪敵人的武器來武裝自己」的。在和敵人英勇的作戰中。

你受傷流血的同志啊，與高采烈對着鬼子射擊，當戰友發覺而扶助你的時候，你還會神色泰然的説「沒有什麼！」（「給干崙巴之役的同志」原分行）

或是：「他摘下青蕉葉，揩着那擦傷的血。」這些詩，就佔了全詩集三分之二的幅頁，來歌頌中菲人民抗日鬥爭的英雄戰績。同時我們看到詩人在三年的戰鬥中，把自己的政治警覺性提高了，政治鬥爭的感覺敏鋭了。而這種警覺性的提高與敏鋭感，是建立在詩人深愛着自己的同志，戰友，和關心菲律賓人民盟友的自由，這深厚的人民解放事業的基礎之上的。詩人保衛着這光輝戰鬥的血的歷史，保衛着中菲人民流了血鬥爭得來的勝利果實。因此，他以他的憤怒和熱愛的詩句，用血的盟證來回答那些國特菲奸造謠中傷的閑言。在「我看見」這首詩，就是對於這造謠者以流血的事實來證明戰士的崇高行動。在「復仇」裏，傳達出人民對戰爭罪犯和企圖優容罪犯的統治者的仇恨。

但是菲律賓的舊反動統治者，又終於在美帝國主義的「支持」下重新抬頭了。xxx以日寇傀儡的身份又搖身一變而為美帝國主義的傀儡了；這個奴才，他從他的美國主子手中，重新帶回來給菲律賓人民以鎖鏈和鐐銬。我們詩人一面向菲律賓人民敲着歷史的警鐘。

自由的命運，還須靠自己的胳膊。此時一番揚眉吐氣，還得保障翻身最後的勝利。

這呼聲之後，詩人又在一九四五年十二月十四日寫「春天和燕子」——致中呂宋的菲律賓同志的散文詩中，一再向他們提起他熱情敏鋭的警惕：

「可是，你們曾記得？美國人運用了兩種法寶，放在每個小小的村落，一個教堂，一個學校，於是：

人民的頭腦被溶化了，

人民的耳朵眼睛被染色了，

再也看不見半個民族英雄，出現在那美國統治的四十年間。

而今，三年來，從血泊中奪來的武器？是否已經生了銹，子彈給孩子們當玩具？你們會不會強韌和堅毅，將刀劍變做犂鋤？

…………

從「民主」國家歸來的，為什麼要和在日本法西斯污池裡浸過的談團結，不分裂……

…………

燕子羣還飛不出籠裡，春天怎麼到來呢？（春天和燕子）

現在事實證明了詩人最初的警惕是正確的，菲律賓人民還是拖着鎖枷，在走着漫長的黑夜的道路，正如詩人在「贈」這一首短詩裡所寫的：

朋友，是狹的籠子，

使烈性的蒼鷹折翼流血嗎？

菲律賓雄鷄叫得太早，

而天亮得那麼遲慢啊！

是的，菲律賓的天亮得那麼遲慢，但讀完了詩人這些如火的詩句，使我們還可以確信，菲律賓的人民還是在不停地走着自己的道路啊！我用許多篇幅來分析詩人所歌頌的中菲人民的戰鬥結合，證明了這兩度歷史的會合不是偶然的，那麼，從現實的發展中，我們中菲人民還要有第三度的結合吧！那將是反美帝國主義的同盟鬥爭。可是詩人在這些詩篇裡，已開始給我們帶來了這深刻的警惕和激昂的號召了。

從這詩集裡，我們看到詩人林林是在戰爭期間的情緒始終是堅定的。這在一個小資產階級出身的革命知識份子，是非常難得的。這一方面由於受過了長期間的思想鍛鍊，也由於在這激越的戰鬥中，眞是「形勢比人還強」，使得每個人，都沒有時間來考慮個人自己；一個對現實最敏感，而又最容易激越的現實所感動的詩人，他就更容易被壯烈的戰鬥所溶化，而與戰鬥結為一體。在戰爭中，詩人沒有一點哀愁和感傷，在悼亡篇的「懷E」這首詩裡，就最足以表現在戰時緊張的戰鬥和工作情緒：

> F被捕死去了，留下一條氈子給E，E參加華支在St. ORUZ陣亡了，又留下那條氈子給我，可是我還沒有死，我把那氈子送給別的同志了。因為我要把他們忘記，死者讓他死去，活人應作活人事。
>
> F被捕死去了，我無法尋到他的墓；E殺敵陣亡了，我不能遠遠的去探他的墓；可是他們的墓，又似乎葬在我蕪亂的心中。（原詩分行，縮排）

這可見，在戰鬥中連悼亡的情緒都覺得是生命的浪費。死去的讓他死去吧，活着的就必須担負起更沉重的戰鬥。但是，戰鬥是不是就使詩人的情熱變成冷酷了呢？不，而詩人對於戰友的安危又是多麼的關心啊！在篝火集「皮帶受了傷」的詩裡，詩人為去摸營的戰友萬分担心——

夜靜靜，鎗聲聽得分明，吃虧呢？還是打勝？我還不如一道去，心更安定。（原分行）

尤其是在戰爭中，為了喚起更廣大的人民，爭取得偉大的勝利，作為一個戰士，他是不惜任何犧牲的。在「春天和燕子」，詩人的心情是充滿了這種高度的自覺的情緒的——

同志，我和你一起工作，那時候曾有這麼奇妙的冥想，我們兩個，假如要死，應死了我，我不會有火般的言語，將廣大的農民煽起啊。

這種思想情緒，雖然在今天是詩人用墨寫出來的詩句，但這種思想情緒在戰鬥當中揚溢出來的，這不是用戰士的血來寫出的戰士的自覺的莊嚴誓詞嗎？今天我們的戰鬥還需要走一大段的路程，那麼這些詩句，還是我們戰鬥中最寶貴的教訓啊。

正因為在激烈的戰鬥中，沒有個人考慮自己的餘裕，同時詩人也沒有充分的時間來分析他的戰友——把戰友們的身份、思想、風貌、氣質、性格，給以更生動地浮雕地的具現和歌頌。和更深入地去體現菲律賓人民的生活和感情；——所有的也只是在簡單的詩句中，描畫出一兩幅樸素的生活面貌，和他們對華支的一點感激心情而已。當然這原因除了戰鬥的緊張，和飄忽不定的游擊戰鬥生活之外，到底詩人是中國的知識份子，而當地的人民却是菲律賓的人民，這種民族生活的距離和隔閡，都妨礙着我們的詩人還不能跟他們混凝為一體。但詩人對他們的熱愛是深厚的，而詩人的內心情緒，在戰爭中，和崇高的人民解放戰爭結合起來了，也處處都充滿了這獻身於戰鬥，更陶醉在戰鬥裡的心情。透過這樣的燃燒的精神狀態的心情所看到的一切，一切又都是充滿了戰鬥的氣氛和激越行動的甜美的感覺，和勝利的歡愉的感覺。

> 當時的波羅蜜呀，美的鮮妍，花兒處處開，花啊，你是迎接我們而開，因為我為解放這土地重來。……南國三月的波羅蜜，將希望的花兒，滿開在葉叢，滿開在心中。（「波羅蜜花開的時候」原分行）

在戰鬥着的詩人眼裡，一切的自然現象，也都構成一幅幅壯麗的生動的圖景；

> 小菜園，一棵老了的木瓜樹，已沒有垂乳似的果實，笑着這風景，是矛盾的，但這裡却是壯麗的游擊區。（「河邊」一詩，原分行）

尤其在篝火集這幾首小詩裡，充滿了愉快激昂的戰鬥情緒，是戰士與自然、戰爭、人民的結合，最和諧的情緒表現。

> 日落了，向三巴列山落了，我們檢着乾枯的草木，升起紅紅的篝火。
>
> 荊叢的野花，已在睡覺了，鳥兒遠遠地對唱着晚歌；我們圍着篝火，談論着：菲島的形勢，成敗的戰役，工作的佈置，宣傳跟組織……
>
> 篝火紅，映得同志們的臉緋紅，篝火亮，我們的眼睛更亮。荒野的林中夜，並不寂寞啊！

沒有這種戰鬥生活，是絕不會寫出這樣美麗的又充滿愉快的戰鬥情緒的抒情詩的，而這種心情也只是革命的知識份子，在戰鬥情緒飽滿，而又忘我地溶解於這戰鬥的集體之中，才能如涓泊泉湧般地自然地流露出詩句來。

戰爭的日子終於像旋風般過去了，在所謂和平民主的鬥爭日子裡，歷史的重壓重新予以每個民族，每個戰士，以新的考驗。能持鎗上戰場，轟轟烈烈地，在旋風般戰鬥中痛痛快快幹一場的戰士，固然是顯出英勇豪邁的氣概。但眞正堅強的戰士，是在沉重的歲月裡，在平凡而又偉大的日常生活的鬥爭考驗中，能善於體現人民羣眾的思想情緒，能善於組織羣眾的思想情緒，來改造自己，改造現實；使自己跟羣眾結為一體，又使自己成為羣眾中自覺的、一粒揮發力最大的酵素！這樣的性格和氣質，才是眞眞被新的歷史的考驗所鍛鍊出來的典型戰士！今天，這艱難苦痛的時代，偉大的人民翻身鬥爭，就迫着我們每個青年知識份子走這樣的「轉變和改造」的道路。無疑的，有些知識份子，在這條路上重新開步的時候，有的輕快活潑，有的徘徊踟躕，有的蹉跎嗟嘆，有的迴避或甚至跌落，這要看各人所背負着的過去包袱的或輕或重的程度，來決定他的快慢和順逆。

詩人林林，從中菲抗日持鎗的戰場上歸來了，歷史的輪子帶着他前進，而也是迫着他在迎接這偉大的新考驗啊！這又將是比戰爭更艱苦的戰爭。在這條新的路程上，詩人已跨過了在民族解放戰爭中直接參加到羣眾鬥爭的隊伍裡去，還是進了大步。但是當他走上這條新路程之上的時候，詩人過去那個敏感沉靜，顯得有些幻想和懷舊的知識份子的個人心緒，又慢慢地浮泛起來；舊的生活影子又在艱苦沉重的歲月裡飄忽閃動，這不僅是詩人林林兄的個人心緒，也可以說是我們這類知識份子很多共通的怔忡不寧的心緒。再加上他遠離祖國，懷念戰後家園的情緒，就不免在他的詩篇裏，如「設想」的「補鞋匠」裏，流露出這淡淡的愁緒。「倫禮沓感懷」一詩也就是這種情緒在自制下的心安理得的思想表現。

> 佇望看夕陽下的多難的祖國啊，懷念起我天南地北的兄弟，而現實，不容我飛起歸國幻想的翅翼，為什麼我竟像一把磨鈍了的劍呢？心靈顯不出光輝的鋒芒，不計聲名，權力，愛情與享樂，只慚缺乏剛毅，強韌和才華，我淡漠，沒有悲傷，也不曾有一度的狂喜，私私地卻暗笑生命的鍛鍊。（原詩分行，縮排）

但這種自制的心安理得思想情緒，只能自慰一時，而不能支持他的進取與發展，所以詩人憧憬如「水」（原詩）一般的奔流衝決，擊起生命的泡沫浪花，以匯合到聲勢浩大，洶湧澎湃奔騰着巨濤的偉大海洋裡。可是這種憧憬衝擊發展奔騰的思緒，又很容易引起個人主義的英雄夢幻，引起內心的搏鬥，引起詩人自覺反省和苦痛的批判，「我得掌握我自己」一首，就是這全部詩集裡詩人表現自己的思想情緒，——一切在改造與轉變中的知識份子的思想情緒，表現得最深刻最典型的一首詩，也是最眞實的好詩。讓我在這裏不惜篇幅地給以全篇的介紹：

> 哦，要做鳥，就做鷹罷，高飛的鷹，哦，要做獸，就做獅子罷，勇壯的獅子，哦，要做人，就作個不平凡的英雄，但是矛盾啊，我憎厭平凡，我又愛慕平凡，那麼，以鷹作平凡的鳥罷！以獅子作平凡的獸罷！以英雄作平凡的人罷！
>
> 我愛飛折羽翼的鷹，我愛垂死而被辱的獅子，我也愛那紅照西天的夕陽，美麗的死去還是美麗的啊！我祈求着，神啊！給我高飛的羽翼，給我壯大的氣魄與力，給我英雄的平凡，

對待平凡的庸眾罷！

逝去吧，不安的夢幻！逝去吧，心造的愛戀！逝去吧，使我苦惱的友情！變換吧，死水般的週遭！枯萎吧，迷惑人的希望的花朵！人間既有了我，就應有我的業績，我得喝現實的乳液，流勞動人民的汗啊！

我冀望生活的大海啊！那怕是暴風雨或是驚濤駭浪！寧可在酣戰裡闖出我自己的胆怯，寧可在偉大中暴露我自己的渺小！

讓我醉於詩，醉於工作，醉於戰鬥……讓我歡樂，悲愁，讓我嘲笑和激怒罷！我既騎在馬上，就得攬轡揚鞭，馳騁奔騰，我得掌握自己啊！（「我得掌握我自己」原詩分行，縮排。）

全篇詩裡，不能自制地充滿了舊英雄主義的抱負和對於新的羣眾時代的追求的矛盾衝突，顯出了在沉重的歷史負担的重負下，一個知識份子的苦悶，矛盾、掙扎、搏鬥、不安的心境。我們不必再分析，詩人已在詩中坦白地暴露自己的思想；和自己對自己進行自我批判。我們希望詩人堅決地和舊的影子告別，跨大脚步，勇往地向前，迎接這歷史的考驗，走着自己的「改造和轉變」的大路罷！

最後，在這詩集裡，詩人譯了菲律賓愛國志士，詩人扶西。黎刹臨難時詩篇「最後書懷」，這是一首充滿了愛國熱情，美麗感人的詩篇。顯示出一個民族英雄的崇高的人格。譯文非常流暢清麗，尤為難得。至於林林兄的詩作的形式和語言，我總覺還有些苦澀和拘束，還沒達到流暢和奔放，不能將他內心所蘊蓄的情感思緒，充分地表達出來。這也許是和他的性格有關；他所追求的是內容的深刻與眞實的流露，而不是激越奔放的壯烈情緒的高揚與呼喊。

在今天，每個知識份子，面臨着歷史要求我們作自我改造與轉變，要求着我們更一進步地去與羣眾的戰鬥相結合的時代，我願意介紹林林兄這本揚溢着戰爭感情的詩集，作為他和我們將跨向前去的一番獻禮和祝詞罷！

選自一九四八年二月香港《文藝生活》總第三十七期

寂寞的夢——讀侶倫的「無盡的愛」與「永久之歌」

／霖明　孟仲　文燊　周志　韋誠

一

侶倫先生的小說，特別是「無盡的愛」與「永久之歌」，聽說在本港以至華南一些地方，博得相當廣泛的讀者的喜愛，這當然表示這些小說，有它的吸引力，才能達到這個境地，實在不容易的。按一些寫作的朋友說，是它的故事曲折離奇，文筆細膩優美，感情也頗為真摯，這些是構成為讀者所喜愛的條件，因此，我們也引起讀這些小說的慾望，大家讀了也有點意見，就把這點意見寫出來，我們不敢「自以為是」，企望和作者與讀者討論討論，我們相信我們的態度是誠懇的，目的是希求能夠在寫作與閱讀的範圍互相獲取更多更深的認識吧了。

二

讀這兩部小說，作者所選取的題材，差不多是在這個國際性的近代都市——香港，故事內容在時間的距離，也不很遠，難怪本港的讀者感到親切；而且在這些小說裏面，又是大多集中在男女關係以至性愛的主題，這的確是合乎洋場都市的小有產者的胃口的。提到這點，我們並不是有意貶抑性愛這永久的主題的描寫，而是要看怎樣的寫法，愛這命題，怎樣看法，這點下面再談。但在這裏，我們應指出作者對愛的看法，是不同凡俗的，他把它提到更理想化神聖化的境界，他對於色情文學的東西，是深惡痛絕的，讀者別誤會把問題跟一些迎合低級色情趣味的東西，相提並論。作者自己說過（在「無盡的愛」的前記），「不肯稍微遷就時尚，寫些迎合地方性的流行趣味的作品。」這種不願同流合污的「脾氣」，却是有他的好處的。我們說他合乎這洋化都市小有產者的胃口，有一點就是作者所開拓的題材的視野，使這層讀者感到興味，像「漂亮的男客」和「福田大佐的幸運」，可說屬於「間諜文學」一流的；像「穿黑旗袍的太太」，那有些像徐訏的荒唐無稽的「鬼戀」了；像「黑麗拉」却是寫了都市女侍的淒涼身世，愛的悲劇：以至一些洋人戀愛的故事，「西班牙小姐」和「無盡的愛」，「永久之歌」等等，是把愛寫得深切入微，纏綿盡致的。這些作品，很有都市色彩，且帶着異國的情調。

作者的創作方法，是重情節不重人物性格的。好像他為着情節的佈置，怎麼逐步展開，化了不少心思，而人物性格的現實性如何，却不大細加體察，不，也許可以說，作者是把他的理想來雕塑人像的，有些人物的心境，顯然可以看出是作者自己的抒情。

一個作品，太過重視情節，就可能帶來了種種離奇的偶然的穿鑿痕跡，這會使作品內容與現實游離，傳奇性過重，往往使作品中人物，服從情節，而弄成人物也是傳奇人物、失却了應有的眞實性。雖然普通讀者一時讀來，興致酣然，有吸引再讀下去的魅力，但如果那位讀者讀了再加思索一下，就會發現這是小說人物，現實不能有那回事；讀者也就不能藉這小說來認識現實事物的了。侶倫先生的小說，有一個時期，可以看出這種偏向，頗為濃厚，虛構的傳奇性，非常顯然。表現得最露色的，是上述「鬼戀」式的「穿黑旗袍的太太」，雖然陰森神秘的氣氛，寫得很好，總使讀者像在讀「聊齋」一樣，娓娓動聽，結果也不過是一個鬼故事。但是鬼故事，如果有好寓意在裏面，也不能說它怎麼壞的，恰恰這個鬼故事，內容是空疏的，不過反映女人因愛丈夫，丈夫因危險事件匆忙離開她，沒有好好關照，就使這女人起了對於一切男人的報復，而且對於抗戰的看法，也是取埋怨的態度。她生存的世界，只局限於自己的丈夫，那是沒有什麼良好的寓意的。其次，是「漂亮的男客」，這篇雖然同其它的作品，具有民族思想的義憤，憎惡日寇的橫蠻：處理情節的技巧，也很高妙（運用咄咄逼人的高潮），但把抗日的工作，却想象在那麼神秘無比的一個女人間諜的英雄的驚險行動，在現實上，是個難以捉摸的事體。

寫人物，除了「絨線衫」和「銀霧」二篇較有現實性而外，其他大多是想象中的人物，或者是自己抒情化的人物。「永久之歌」和「無盡的愛」裏面的人物，差不多是戀愛至上的人物。「永久之歌」的主人翁的一位盲者，少年時代的戀情，一直牽纏到後來落魄的晚年。不時還愛帶淚唱着那種相思的歌曲：

> 夢難圓，我心為你相牽，
> 任暮眼朦朧，永遠帶淚；
> 任霜雪盈頭，相思難斷：

一天天，一月月，一年年……

從唱歌的盲者，敘述他年青時和好友史密德與女友戴茵蘿的三角戀愛，演成後來的悲劇的命運。女人物戴茵蘿寫得像屠格湼夫貴族之家似的女性，他們把愛看成極崇高聖潔，影響終生事業的大問題。這人物，如果以通俗一些的語氣來說，眞是個洋才子佳人的了。

「無盡的愛」的女主人亞莉安娜，也是個戀愛至上者的女人，情人巴羅被日寇俘虜，她在馬路擺書攤想能會到在俘虜車上的愛人，後來竟有一個機會在路上碰到愛人，她在路上大喊巴羅！巴羅！愛人巴羅在車上跳下來，一對情人，相見之下，擁抱不開，結果巴羅被押回去，後來想逃跑被鎗殺了。亞莉安娜給日本軍官帶去，為着愛人不惜被污辱了肉體，知道愛人已死，便將日本軍官謀殺，後來被發覺從容就義上斷頭台了。作者寫亞莉安娜是非常痴情的，為愛可以犧牲生命。此外如黑麗拉，西班牙小姐，也無非是沉淪於愛的深淵的人物，愛是她們心靈上唯一的統攝者。當然反對一些貪戀肉慾的卑賤的愛情，朝三暮四愛的功利主義者。我們是贊成的，但是反過來把愛情看成至上，決定一切，憂思終生，演成人生悲劇，那又何苦來呢？斯湯達爾的「熱情愛」的時代，是該早就過去了。

在這兩部小說中，不少的人物，帶着一種「孤芳自賞」的寂寞感，也有是非之心，有惻隱之心，也有崇高的理念，看不慣別人庸俗過日，惟利是圖，好像在芸芸眾生，難尋三二知己的慨嘆。這種寂寞感的氣氛，在這些小說中是披着一層憂鬱的面紗的。作者在寫杜子賓（「黑旗袍的太太」的男主人公）時就說明得很清楚，「人有點落魄的脾氣」，「常流露憂鬱的氣氛」，「加上寂寞寡合的性格」，「大家都説他是個人主義的感傷主義者。」看來作者雖然對這人物，稍有微語的指摘，但作者是相當賞識這性格的，在許多人物上，如「永久之歌」，「黑麗拉」等，都可以體味出這種寂寞感的性格的偏愛。這恐怕可以説小説上的這種人物，也就是作者自己的抒情化了。

三

讀了「永久之歌」和「無盡的愛」這些短篇，顯然可以體味到作者的心是純潔善良的，它滲透在這小説的字裏行間，但它是對人生社會的看法，確是落寞寡合的，它同情那些在社會受了傷的心靈，它也願為這些受了傷的心靈幫點忙，甚至不計利害得失，像「無盡的愛」，「黑麗拉」，「漂亮的男客」，這些短篇中那個「我」就是表現這種好心腸的人。但他缺乏尋求集體力量的勇氣，缺乏反抗他所不滿的社會而奮鬥的熱力。作品中的「我」，有時，還表現出消極的一面，雖然在動盪的民族革命戰爭中，却用他所愛好的世界名著來麻醉自己。作者在「漂亮的男客」裏面，就有一段這樣的告白：

> 躺在床上，我把「波華利夫人」繼續（讀）起來。這是一個月來固定了的習慣，在一切夜間的正常生活隨了地方的淪陷而失去活動的自由以後，除了躲在屋內讀點書，我找不到更好消磨時間的方法，和更足以遺忘那醜惡的現實的東西。

但這種「駝鳥政策」，在作者也知道是不能解救心靈的苦痛的。作者難以遺忘醜惡的現實的苦痛，因而他就在心靈打開一條理念的境界，憧憬它、思慕它的存在，於是，就在寂寞的生活中，圓它的美夢了，他的創作，濃厚地表示出作者的「寂寞的夢」來，這不是我們妄自揣測，有他的作品作証，如果這還不夠，那麼作者的自白也可作個有力的証明了。他在「永久之歌」初版序說過：「有過一個時期，在一種無可奈何的情形下，我的筆幾乎是為忘記痛苦而提起來的。」用筆來忘記痛苦，但筆是要把痛苦的痕跡吐露出來的，人家借酒消愁，作者却借筆消愁，所以在他筆下的故事人物，也難免犯着憂鬱症，在這些短篇中，就開了作者想從現實忘却，想把現實理想化的一種「寂寞的夢」的花朵。

既然提了筆寫作品，作者的寂寞的人生觀，滲在那裏面，同時，這裏也體現作者的藝術觀，人生觀與藝術觀，是彼此扣得很緊的。作者是生活在這國際性的近代都市，目濡耳染，都是洋化，又兼愛讀那種唯美主義的「莎樂美」之類（關於「莎樂美」在「黑旗袍的太太」裏面提到，並非筆者亂猜）的西洋名著，文藝技術的重視，是可想而知的，又帶着「孤芳自賞」，心嚮星中的寂寞感的人生觀，再加上那種或多或少帶着唯美主義的重視技巧的文藝觀，那麼，無疑義，作品的故事人物，往往會脫離現實的，情節人物，往往會徜徉於所謂純潔崇高的虛無飄渺的意境中去了。請問讀了這兩部小說的親愛的讀者，會不會覺得我們這麼說法，是太武斷的呢？抓不着作者的要害呢？

四

侶倫先生的這些短篇。按內容的性質，大體可分三類，佔主要的中心的，是「永久之歌」與「無盡的愛」這兩個短篇，可說是一種殉情的文學，第二類是側重技巧，全憑虛構的傳奇性的文學，如「穿黑旗袍的太太」和「漂亮的男客」，這是作風較不好的一類，第三類，是我們認為良好的一類，因為那是更接觸現實生活的作品，如「絨綫衫」和「銀霧」，雖然「銀霧」的手法，稍為遜色，但傾向卻是應該肯定的。

那麼，這兩部小説給讀者的影響怎樣？這也是值得我們研究的問題。據説他的讀者是較有文化水平的小有產者的市民（如洋行職員及其他）和青年學生等等最多，有些是抱着欣賞態度，消遣態度，滿足於人物的歐化，離奇和纏綿的情節，與輕鬆的筆調，欣賞一番，消遣一番也就完了，這種讀者我們且暫不去説它。可是對於青年學生，我們不能不稍加重視，青年學生往往易為小説的情感所傳染，作者那種寂寞的夢，不免會影響他們年青的心靈的。當然從庸俗色情方面，解除他們的薰陶，是多少有點好處的，但是影響青年朋友，也傳染一種「孤芳自賞」的寂寞感，自以為感情高人一等，社會庸俗勢利不堪，走進自我陶醉的遐思的境界，忘記了現實，那就不該了。聽説有些個別的女同學，手裏提着「永久之歌」，獨自個兒呆坐在海濱，情感也有與人「落寞寡合」的意味，如果她也受小説那種殉情的戀愛觀的影響，忘記人生還有其他更重要的事業，那就不大好了，萬一以小説中的戀愛觀，用於現實，也可能碰釘子的。這麼説，也許有些過於強調之嫌，好像要對作者加什麼罪過，我們並沒有這麼惡意，不過，這些小說既然出了三版四版，有了這麼多的讀者，而且也發覺一些女同學的多少受這種寂寞感的傳染，就不能不從讀者的觀感，加以留心。這也就是魯迅先生對於那種拿出還有體溫的錢，買他的書，而不能不對讀者負責的責任感。這種責任感，在侶倫先生也是明白的，他已經多少感覺到了，他在「永久之歌」初版序說過：「因為心緒的關係，行文上就常常被過分濃重的感情所支配。這樣無聊的東西，雖然據我知道，也為一些人喜愛着，在我却覺得是罪過的事情。」

我們的作者，心地確是善良的，是在求進步的。作者比我們更了解他自己，我們的希望作者，也就是作者的希望自己。作者甚至過於自貶地批評自己的作品，而且對自己也有相當的自信，這是很好的。他在「永久之歌」四版附記（一九四八年九月）有如下的表白：——

「但是無論如何，這幾篇東西在個人生命中已經屬於過去，在時間意義上也僅是一點點的渣滓罷了。為了事業，為了前途，我要活得堅強些，我是再也不會寫這類東西了的。」

我們在這裏，不揣冒昧，不覺要替作者說出這麼一句話：——去吧。寂寞的夢！

五

但是，如上所述，這兩部短篇集，也不是沒有值得保留，和加以發揚的富有現實的作品，如「銀霧」，以此時此地來論，對於那種惟名利是圖的導演，東拉西湊的編劇家以至稿子胡亂做出來的電影宣傳員等等的諷刺，不是沒有必要的。「絨線衫」那種描寫夫婦的生活，彼此相愛，但為一種道理而相持不下的固執，也是有教育意義的，雖然不是從生活問題出發，像魯迅先生的「傷逝」，為貧苦而弄得愛的破裂。它是值得一些過小家庭生活的夫婦看一看的。

的確，侶倫先生是有他的優良的基礎，文藝的表現技術的掌握，是用過苦心的，而對於現實題材的選擇，在早一個時期，已有上述的二作品作証明，今後再強堅些走上現實的路，作品是可以更發光輝的。侶倫先生自已還珍惜他的筆，他已接着寫出都市的下層人民的生活，「窮巷」和「私奔」，這就說明他的人生觀，藝術觀在變化了，向這條現實文學的路努力了，向新的現實的創作之路走，起初也許還有困難，還有一些舊觀點舊手法的殘餘的阻障，但相信侶倫先生是有自信克服它的，我們祝他有更大的成就。

（一九四八年十二月七日）

選自一九四九年一月香港《青年知識》第四十一期

作者簡介

邵荃麟（1906-1971）

文藝理論家。原名邵駿運。原籍浙江慈溪，生於四川重慶。一九三六年在上海復旦大學念書時加入中國共產黨，長期從事黨團工作。一九四六年受周恩來委派去香港從事文藝界統戰工作，擔任工委會文委委員和南方局文委書記，並主編《大眾文藝叢刊》，寫了一些重要的文藝理論文章《論主觀問題》、《對於當前文藝運動的意見》等。還翻譯了一些馬列主義文藝理論。一九五三年起任中國作協副主席兼黨組書記。一九六二年八月，主持大連農村題材短篇小說創作座談會，提出「現實主義深化」，「寫中間人物」的創作主張，「文革」中被定為「黑八論」中的兩論，橫遭迫害，含冤逝世。

郭沫若（1892-1978）

幼名文豹，原名開貞，字鼎堂，號尚武。是中國新詩的奠基人之一、中國歷史劇的開創者和奠基人之一、中國唯物史觀史學的先鋒、古文字學家、考古學家、社會活動家，甲骨學四堂之一，第一屆中央研究院院士。一九四九年以後，曾任中國科學院首任院長、中央人民政府政務院副總理兼文化教育委員會主任、全國人大常委會副委員長、中國文聯首任主席、中國科學技術大學首任校長。一九四七年十一月抵達香港，擔任中華全國文藝界協會香港分會的領導工作。一九四八年八月二十五日，香港《華商報》副刊《茶亭》開始連載郭氏的《抗戰回憶錄》（後改名《洪波曲》）持續三個月。並發表了不少關於文藝問題的意見。

蕭愷（1906-1977）

原名潘漢年，江蘇宜興人，中共著名特工，作家。一九二五年在上海參加創造社，從事業餘文學創作。一九二六年底應國民革命軍總政治部副主任郭沫若邀請赴南昌編輯《革命軍日報》，後任總編輯，國民革命軍總政治部宣傳科科長。一九三〇年任中國左翼文化界總同盟中共黨組書記。一九三三年夏，離滬進入江西中央蘇區，任中共中央局宣傳部部長、中國工農紅軍總政治部宣傳部部長兼地方工作部部長等。一九三四年十月參加長征。一九三七年九月，任八路軍駐上海辦事處主任。上海淪陷後，撤往香港。一九三八年九月，回延安任中共中央社會部副部長。一九三九年赴港從事情報工作。在港時期，參與組織民主黨派領導人和無黨派知名人士從上海等地轉往香港，然後由香港通過海上通道轉移到解放區。一九四九年四月赴北平，五月赴上海。先後任中共中央華東局社會部部長和統戰部部長、中共上海市委副書記和第三書記、上海市人民政府副市長。一九五五年遭毛澤東下令秘密逮捕，因「內奸」、「反革命」被判處有期徒刑十五年，並永久開除中國共產黨籍，一九七七年罹患肝癌病逝於湖南。一九八二年為其公開恢復名譽。

以群（1911-1966）

原名葉以群，出生於安徽歙縣藝田村，中共黨員、九三學社成員。曾任上海文化局電管處副處長，上海聯合電影製片廠副廠長、藝術處處長，上海市文聯、作家協會副主席，上海市文學研究所所長，《上海文學》、《收穫》副主編。民國三十七年被派往香港主持文藝通訊社。開展對海外華僑文藝社團和報刊的文藝通訊及聯絡活動。文革期間，因受「潘漢年案件」株連，被長時間審查，一九六六年被迫害跳樓自殺。

史篤

生平資料不詳。

陳閑

歷任廣西梧州、桂林、南寧等地教師，《廣西日報》編輯，《南僑日報》駐香港通訊員，一九五〇年後在廣西文聯工作。

侯外廬（1903-1987）

原名兆麟，又名玉樞，自號外廬，山西平遙人，著名歷史學家、哲學史家，與郭沫若、范文瀾、翦伯贊、呂振羽並稱「馬克思主義史學家五老」。抗日戰爭期間在重慶任《中蘇文化》主編。一九四七年赴香港達德學院任教。中華人民共和國成立後，曾任政務院文教委員會委員、北京師範大學歷史系主任、西北大學校長等職。

白堅離

生平資料不詳。

聶紺弩（1903-1986）

筆名有耳耶、蕭今度等。湖北京山人。畢業莫斯科中山大學。一九二四年入黃埔軍校。一九三二年參加左聯，一九三四年編輯《中華日報》副刊《動向》。一九三八年到延安，後任新四軍編輯《抗敵》雜誌。一九四〇年參加《野草》編輯部。一九四五至四六年任重慶《商務日報》和《新民報》副刊編輯。後任職香港《文匯報》總主筆，人民文學出版社副總編輯兼古典文學部主任等職務。

胡喬木（1912-1992）

原名胡鼎新，江蘇省鹽城市龍岡鎮人。馬克思主義理論家。曾任毛澤東的秘書，擔任中國社會科學院院長，新華社社長，中共中央書記處候補書記，中共中央政治局委員，中共中央顧問委員會常委等職。

茅　盾（1896-1981）

原名沈德鴻，字雁冰。浙江嘉興桐鄉人。中國現代作家及文學評論家。文學研究會成員，著有長篇小説《子夜》等，著作頗豐。一九三八年二月，全家到香港，主編《立報・言林》和《文藝陣地》，成為當時有重大影響的抗戰刊物。一九四〇年底到重慶。後到桂林、香港，擔任《大眾生活》編委。一九四六年底，應邀赴蘇聯訪問。一九四九年後任中國文聯副主席，中國作家協會主席、文化部長，文化大革命時期挨批。一九七九年當選為全國文聯名譽主席、中國作家協會主席。

穆　文

生平資料不詳。

默　涵（1913-2008）

原名林烈，筆名默涵，福建武平人。文藝理論家。一九三五年留學日本，一九三八年到延安。抗日戰爭及第二次國共內戰時期，他先後在《解放日報》、重慶《新華日報》、《群眾》周刊、《新文化》、香港《大眾文藝叢刊》等報刊任編輯和領導。在香港出版了雜文集《獅和龍》。解放後，出任中共中央宣傳部副部長、國務院文化部副部長等職務。

靜　聞（1903-2002）

原名鍾敬文，廣東海豐人，原名鍾譚宗，筆名靜聞、金粟，中國民間文學和民俗學的開拓者之一，被譽為「中國民俗學之父」。一九三四年鍾敬文赴日本早稻田大學文學部研究院留學研修。一九四七年曾在香港達德學院任文學系教授。解放後在中山大學、浙江大學等校任教，後任北京師範大學中文系教授、系主任。曾長期擔任中國民間文藝家協會主席、中國民俗學會理事長等職務。著有《民間文藝》、《鍾敬文民間文學論集》、《鍾敬文學術論著自選集》、《民俗文化學》等專著，散文集有《荔枝小品》、《西湖漫拾》、《湖上散記》，詩集《海濱的二月》、《未來的春》、《天風海濤室詩詞鈔》等。

夏　衍（1900-1995）

原名沈乃熙，字端先，浙江杭州人，中國現代劇作家。抗戰爆發後，夏衍輾轉各地開展救亡運動，創辦《救亡日報》。一九四一年因皖南事變發生，夏衍抵達香港，和鄒韜奮、范長江等人籌辦《華商報》。一九四六年起，夏衍在周恩來領導下在南京、香港等地進行統戰工作。一九四九年五日，夏衍跟隨陳毅往上海，任上海軍管會文管會副主任，負責上海文教單位的接收工作，後任上海市宣傳部長等職務。文化大革命時被迫害，一九七七年復出，一九九五年病逝於北京。

馮乃超（1901-1983）

筆名馮子韜、馬公越等。祖籍廣東南海，生於日本。中國現代詩人、文藝活動家。創造社和左聯等文藝社團的領導人。曾任中共中央人事部副部長、中山大學副校長、廣東省政協副主席等職。一九四六年一月任中共中央南方局統戰委員會文化組副組長，五月任上海工委委員、文委書記。同年十月，赴香港，任中共中央華南分局香港工委委員、文委書記。一九四七年七月編選了瞿秋白著《論中國文學革命》和詩集《毛澤東頌》，由中共在香港的出版社海洋書屋出版。一九四九年春，率領香港文藝界二百多人，出席了中國人民政治協商會議第一屆全體會議。中華人民共和國成立後，應葉劍英要求在二月降級出任中山大學副校長，後曾任中山大學黨委第一書記。當選廣東省政協副主席。文革期間被批鬥，一九七一年七月獲解放。

鄒荻帆（1917-1995）

當代詩人和翻譯家。湖北天門人。一九三九年畢業於復旦大學。全國文藝界抗敵協會發起人之一，在第五戰區從事文化工作，曾在成都、漢口美國新聞處工作，後歷任香港《文匯報》、《大公報》特約撰稿人，香港《華商報》特約編輯，文化部對外文化聯絡局聯絡處長，《文藝報》副秘書長、編輯部主任，《世界文學》編委，《詩刊》副主編、主編。

黃藥眠（1903-1987）

原名黃訪、黃恍，筆名有達史、黃吉、番茄等，著名的文學家、詩人、文藝理論家、教育家和新聞工作者。生於廣東梅縣。抗戰爆發後，即奔赴延安，在新華社工作。後任中國文協桂林分會的常務理事兼秘書，皖南事變後，黃藥眠逃亡到香港，在廖承志領導下從事國際宣傳工作，常為《國際時事論叢》、《華商報》撰稿。抗戰勝利後，黃藥眠再度赴香港，主編《民主與文化》，兼農工民主黨機關刊物《人民報》主筆。與友人創辦了達德學院，任文哲系系主任。同時，黃藥眠兼做民主同盟南方總支部的宣傳工作，主編《光明報》，兼任中華文協香港分會的主席。一九四九年春，黃藥眠應邀參加第一次文代會和全國政協會議。中華人民共和國成立後，黃藥眠在北京師範大學任教。一九五七年整風期間，任民盟中央宣傳部長，是民盟的理論家和宣傳家，民盟高校領導體制改革小組的負責人，「六六六教授會議」中六教授之一，後被劃為右派。文革時，被劃為反動學術權威，飽受牢囚之苦。

犁　青（1933-　）

原籍福建省安溪縣。一九四四年開始寫作，一九四五年任廈門《中央日報》「詩葉」副刊助理編輯，一九四七年南來香港，參加「新詩歌」社及香港文協文藝通訊部，並任「文通」詩歌組長，五〇年代旅居印尼，八〇年代定居香港。著有《犁青文集》六卷，詩集有《山花初放》、《我在家鄉山水間飛翔》、《翡翠帶上》、《犁青山水》及《科索沃，苦澀的童話》等，論著有《詩旅斷想》、《香港新詩史》、《東南亞華人與華文文學》等。

林林（1910-2011）

原名林仰山，福建詔安縣人。一九三三年入讀日本早稻田大學，並參加左聯。抗戰時期參加廣州、桂林出版的《救亡日報》編輯工作。一九四八年參加中國文學藝術界協會香港分會，曾在香港達德學院和南方學院任文學系教授。編輯《華商報》副刊「筆談」、「讀書生活」，並為司馬文森主編的《文藝生活》撰稿。在人間書屋出版了反映菲律賓遊擊戰爭的詩集《阿萊耶山》和《同志，攻進城來了》，以及論文集《詩歌雜談》等。

黃繩（1914-1998）

又名黃承燊。原籍廣東廣州。一九三七年來港，任中學教師。一九三九年參與組織「中華全國文藝界抗敵協會香港分會」。翌年出任該會理事，兼「組織部」及「組織部」附設「文藝通訊部」負責人。香港淪陷後，轉往桂林。一九四八年回港，任香島中學校長。一九三〇、四〇年代在香港發表的作品見於《大公報》、《大眾日報》、《立報》、《星島日報》及《人世間》、《文藝生活》、《文藝青年》、《文藝陣地》、《詩創作》等雜誌。

樓棲（1912-1997）

原名鄒冠群，著名詩人、作家、教授、文藝理論家。出生於廣東省梅縣石坑鎮。一九三七年大學畢業後，即投身於革命文藝運動和教學活動，曾在香港、桂林等地歷任中學教師、報紙新聞編輯、文藝副刊總編輯、大專院校教授等職；一九四九年參加廣州市軍管會文教接管工作；一九五〇年調入中山大學中文系歷任副教授、教授一職，並曾任中文系副主任、中山大學學報主編、廣東省文學藝術界聯合會委員、中國作家協會廣東分會副主席、廣東現代革命作家研究學會顧問等職。

于　逢（1915-2008）

筆名李冰之。廣東台山人。一九三一年畢業於越南海防僑辦初級中學。曾任《救亡日報》記者、編輯、特約戰地記者，《柳州日報》副刊編輯，華南文聯編輯出版部部長、專業創作員。中國作家協會廣東分會副主席、文學院主任，廣東省文化藝術界諮詢委員。著有文學評論集《論〈蝦球傳〉及其他》，長篇小說《夥伴們》、《金沙洲》、《無產者》等。

周鋼鳴（1909-1981）

原名周剛明，筆名周達、康敏。廣西羅城人。著名作家，文學理論家。在上海參加左聯。抗戰時期任中華全國文藝界抗敵協會桂林分會理事、《人世間》雜誌主編。抗日戰爭勝利之際被組織派往香港，負責香港九龍文學界的組織工作。期間發表不少文學評論。解放後曾任廣東省文聯主席和中國作家協會廣東省分會主席。

陳殘雲（1914-2002）

廣州人，新加坡歸僑。著名小說家、劇作家。廣州北郊石馬村人。抗戰期間，擔任桂林文化界抗敵工作隊隊長，廣西梧州大坡山李濟琛部隊當政工隊長。國內戰爭期間，逃抵香港，與司馬文森合編《文藝生活》，寫了中篇小說《風砂的城》。廣州解放後，任華南文學藝術學院秘書長，一九五三年後，他先後擔任中國作家協會廣東分會副主席，廣東文聯副主席及對外友好協會廣東分會副會長等職。主要作品有：《香飄四季》、《山谷風煙》、電影劇本《羊城暗哨》、《珠江淚》等。

臧克家（1905-2004）

山東省諸城臧家莊人。一九三〇年入讀山東大學，得到聞一多的鼓勵和幫助，開始從事詩歌創作，一九三三年出版第一本詩集《烙印》。之後出版詩集《罪惡的黑手》、《自己的寫照》、《運河》等，抗戰期間，寫有詩集《從軍行》、《淮上吟》、《泥淖集》、《泥土的歌》、《生命的零度》和長詩《古樹的花朵》，以及散文集《亂荠集》等，為中國現實主義新詩的開山人之一。一九四八年逃亡香港。一九四九年返北京，一九五七至六五年任《詩刊》主編，出版了詩集《春天》、長詩《李大釗》，文藝論集《學詩斷想》等。文革期間受迫害，一九七六年復出，任《詩刊》顧問兼編委。

刑天舞

生平資料不詳。

霖　明等

生平資料不詳。

《香港文學大系一九一九—一九四九》編輯委員會鳴謝
以下人士及單位，資助本計劃之研究及編纂經費：

李律仁先生

・

香港藝術發展局

香港藝術發展局
Hong Kong Arts Development Council

藝發局邀約計劃
香港藝術發展局全力支持藝術表達自由，
本計劃內容並不反映本局意見。

・

香港教育學院　中國文學文化研究中心

The Hong Kong Institute of Education
香港教育學院

中國文學文化研究中心